MILLENNIUM ⑥

A GAROTA MARCADA PARA MORRER
DAVID LAGERCRANTZ
O ÚLTIMO LIVRO DA SÉRIE DE
STIEG LARSSON

Tradução do sueco
Kristin Garrubo

Copyright © 2019 by David Lagercrantz & Moggliden AB
Publicado originalmente pela Norstedts na Suécia em 2019.
Publicado mediante acordo com a Norstedts Agency.

Grafia atualizada segundo o Acordo Ortográfico da Língua Portuguesa de 1990, que entrou em vigor no Brasil em 2009.

Título original
Hon som måste dö

Capa
Alceu Chiesorin Nunes

Preparação
Ciça Caropreso

Revisão
Renata Lopes Del Nero
Clara Diament

Dados Internacionais de Catalogação na Publicação (CIP)
(Câmara Brasileira do Livro, SP, Brasil)

Lagercrantz, David
    A garota marcada para morrer / David Lagercrantz ; tradução do sueco Kristin Garrubo. — 1ª ed. — São Paulo : Companhia das Letras, 2019. — (Millennium ; 6)

    Título original : Hon som måste dö.
    Sequência de: O homem que buscava sua sombra.
    ISBN 978-85-359-3268-3

    1. Ficção sueca I. Título. III. Série.

19-29582   CDD-839.73

Índice para catálogo sistemático:
1. Ficção : Literatura sueca   839.73

Maria Alice Ferreira – Bibliotecária – CRB-8/7964

[2019]
Todos os direitos desta edição reservados à
EDITORA SCHWARCZ S.A.
Rua Bandeira Paulista, 702, cj. 32
04532-002 — São Paulo — SP
Telefone: (11) 3707-3500
www.companhiadasletras.com.br
www.blogdacompanhia.com.br
facebook.com/companhiadasletras
instagram.com/companhiadasletras
twitter.com/cialetras

SUMÁRIO

Prólogo, 7

I. Os desconhecidos, 11
II. O povo das montanhas, 109
III. Servir a dois senhores, 225

Epílogo, 327

PRÓLOGO

Naquele verão apareceu um novo mendigo na vizinhança. Ninguém sabia seu nome e ninguém se importava, embora um jovem casal que passava por ele todas as manhãs o chamasse de "anão maluco", o que era injusto, pelo menos em parte. Ele não apresentava nanismo do ponto de vista médico. Tinha 1,54 metro de altura e uma constituição proporcional. Mas de fato era louco, e volta e meia se levantava bruscamente, agarrando as pessoas e falando palavras incoerentes.

De resto, passava a maior parte do tempo sentado em cima de um pedaço de papelão na praça de Mariatorget, ao lado do chafariz e da estátua de Thor, quando então acontecia o contrário: ele inspirava veneração. Com a cabeça altiva e as costas eretas, era até capaz de passar por um cacique caído em desgraça, e esse era seu derradeiro capital social e a própria razão por que as pessoas ainda lhe jogavam moedas ou cédulas. Elas viam ali uma grandeza perdida, e não estavam enganadas. Houve uma época em que as pessoas se curvavam diante dele.

Mas agora já fazia tempo que fora destituído de tudo, e a mancha negra em seu rosto também não ajudava em nada. Ela parecia um pedaço da própria morte. A única coisa que se destacava era o casaco de pluma de ganso, um casaco azul e caro, da marca Marmot. Ainda assim, ele não lhe conferia nenhum ar de normalidade, não apenas por estar coberto de sujeira e restos de comida, mas também por ser do tipo ártico, quando era verão em Estocolmo. Um calor abafado pairava sobre a cidade, e o suor que brotava das faces do homem fazia as pessoas olharem incomodadas para o casaco, como se a mera visão dele as deixasse ainda mais atormentadas pelo calor. Mas ele nunca o tirava.

O mendigo estava alienado do mundo e parecia improvável que representasse uma ameaça a qualquer pessoa. No início de agosto, contudo, seus olhos ganharam um ar mais determinado, e na tarde do dia 11 ele escreveu com esmero uma sinuosa história em folhas pautadas A4, que na mesma noite colou, como se fosse um jornal mural, no ponto de ônibus da estação Södra.

O relato era uma descrição alucinada de uma tempestade terrível. Mesmo assim, a jovem médica residente Else Sandberg, que esperava o ônibus número 4, decifrou partes da introdução e depois notou que um membro do governo era mencionado. De resto, concentrou-se mais em fazer um diagnóstico. Seu palpite: esquizofrenia paranoide.

Entretanto, dez minutos depois, ao embarcar no ônibus, ela esqueceu tudo, e a única coisa que restou foi uma sensação desagradável. Deu-se uma espécie de maldição de Cassandra. Ninguém levou o homem a sério, pois a verdade exposta por ele estava tão envolta em insanidade que dificilmente poderia ser compreendida. Ainda assim, a mensagem de alguma forma devia ter atingido o alvo, pois já na manhã seguinte um sujeito de camisa branca desceu de um Audi azul e arrancou o jornal mural do ponto de ônibus.

Na noite da sexta para o sábado 15 de agosto, o mendigo foi até a região de Norra Bantorget para conseguir aguardente no mercado negro. Ali topou com outro beberrão, o ex-operário Heikki Järvinen, de Ostrobótnia.

— E aí, meu irmão? A coisa está feia? — disse Järvinen.

Não recebeu nenhuma resposta, não na hora. Logo mais veio um longo falatório que Heikki interpretou como bravatas e mentiras, ele rosnou "baboseira" e acrescentou, de forma desnecessária, como admitiu a si mesmo, que o homem parecia um "ching chong, chinesinho".

— *Me Khamba-chen, I hate China* — o mendigo latiu em resposta.

Então o circo pegou fogo. Com sua mão com tocos de dedos, ele deu um soco em Heikki, e, embora não parecesse exatamente estudada ou ensaiada, havia uma autoridade inesperada em sua violência. A boca de Heikki sangrava e ele xingava como o diabo em finlandês ao sair cambaleando em direção à estação central do metrô.

Quando o mendigo foi visto outra vez, estava de volta a seu velho bairro, seriamente embriagado e indisposto. Saliva escorria de sua boca e ele segurava o pescoço, resmungando:

— *Very tired. Must find a dharamsala, and an Ihawa, very good Ihawa. Do you know?*

Sem esperar por uma resposta, atravessou a Ringvägen como um sonâmbulo, jogou meia garrafa de aguardente sem rótulo no chão e desapareceu por entre as árvores e os arbustos do parque de Tantolunden. Depois disso, ninguém soube direito o que aconteceu, apenas que uma leve chuva caiu de manhã e que o vento soprava do norte. Às oito horas, quando o vento diminuiu e o tempo abriu, o homem estava de joelhos, encostado numa bétula.

Na rua, aconteciam os preparativos para a Corrida da Meia-Noite. Havia um clima festivo no bairro. O mendigo estava morto, cercado por uma nova alegria no ar, sem que ninguém se importasse que ele tivesse vivido uma vida de improváveis aventuras e feitos heroicos, muito menos que tivesse amado uma única mulher na vida, e que ela também tivesse morrido numa solidão desoladora.

I. OS DESCONHECIDOS

Muitos mortos nunca recebem um nome e alguns nem sequer um túmulo.

Outros ganham cruzes brancas entre milhares de outras cruzes, como no Cemitério e Memorial Americano da Normandia.

A alguns poucos dedica-se um monumento inteiro, como o Túmulo do Soldado Desconhecido sob o Arco do Triunfo, em Paris, ou o Jardim de Alexandre, em Moscou.

1. 15 DE AGOSTO

A escritora Ingela Dufva foi quem primeiro se atreveu a ir até a árvore, e notou que o homem estava morto. Eram onze e meia da manhã. Ele cheirava mal, moscas e mosquitos fervilhavam em torno, e Ingela Dufva não foi totalmente sincera quando mais tarde disse que havia algo de comovente naquela figura.

O homem tinha vomitado e sofrido uma diarreia severa. Ao contrário de veneração, diante dele Ingela sentiu um forte mal-estar e um temor da própria morte. Tampouco os policiais Sandra Lindevall e Samir Eman, que chegaram ao local quinze minutos depois, viram naquilo algo além de uma tarefa ingrata.

Fotografaram o homem e vasculharam as imediações, embora sem explorar a ladeira abaixo da Zinkens väg, onde estava a meia garrafa de aguardente com uma fina camada como que de cascalho no fundo. Embora nenhum dos dois achasse que "o incidente cheirava a crime", ainda assim examinaram minuciosamente a cabeça e o tórax do homem. Não encontraram vestígios de violência nem outros sinais de causas suspeitas da morte, exceto uma baba espessa que havia escorrido de sua boca. Depois de discutirem o assunto com seus superiores, decidiram não isolar o local.

Enquanto aguardavam a chegada da ambulância que levaria o corpo, conferiram os bolsos do disforme casaco de pluma de ganso. Encontraram uma porção de papéis translúcidos de embrulhar cachorro-quente, algumas moedas, uma cédula de vinte coroas e um recibo de uma papelaria da Hornsgatan, mas nenhuma carteira de identidade ou outro documento capaz de identificá-lo.

Mesmo assim, acharam que seria fácil descobrir a identidade do homem. Não lhe faltavam características marcantes. Mas também essa hipótese, como tantas outras, mostrou-se equivocada. No Instituto de Medicina Legal de Solna, onde a autópsia foi realizada, tiraram radiografias dentárias. Porém, nem elas nem as impressões digitais colhidas foram encontradas nos bancos de dados. Depois de ter encaminhado uma série de amostras ao NFC, o Centro Nacional de Medicina Legal, a médica-legista Fredrika Nyman conferiu alguns números de telefone que encontrara anotados num pedacinho de papel amarrotado no bolso da calça do homem, algo que nem fazia parte de suas responsabilidades profissionais.

Um deles era de Mikael Blomkvist, da revista *Millennium*, e por algumas horas ela não pensou mais a respeito. Entretanto à noite, logo depois de uma briga exaustiva com uma de suas filhas adolescentes, ao se lembrar que somente no último ano fizera a autópsia de três corpos enterrados sem identificação, amaldiçoou esse fato e a vida em geral.

Fredrika Nyman tinha quarenta e dois anos, era mãe solteira de duas filhas, sofria de dores nas costas, insônia e de uma sensação de falta de sentido na vida, e sem entender direito por quê, ela telefonou para Mikael Blomkvist.

O telefone tocou. Era um número desconhecido, e Mikael Blomkvist o ignorou. Tinha acabado de sair de seu apartamento e caminhava pela Hornsgatan em direção a Slussen e Gamla Stan, sem se importar para onde estava indo. Vestia uma calça cinza de linho e uma camisa jeans sem passar, e por um bom tempo simplesmente vagueou pelas ruelas até parar num bar com mesinhas na calçada na Österlånggatan e pedir uma cerveja Guinness.

Eram sete da noite, mas ainda estava quente. De Skeppsholmen vinham risos e aplausos, e ele olhou para o céu azul, sentindo a brisa leve e suave da água, tentando se convencer de que a vida, afinal, não era tão ruim. Não foi especialmente bem-sucedido, e tampouco ajudaram muito as duas cervejas que tomou. Por fim, murmurou alguma coisa consigo mesmo, pagou e seguiu em direção à sua casa, a fim de continuar trabalhando ou para apenas mergulhar num seriado de TV ou num romance policial.

No entanto mudou de ideia outra vez e, num impulso, foi andando para Mosebacke e para a rua Fiskargatan. No número 9 da Fiskargatan morava Lisbeth Salander, mas ele não tinha grandes esperanças de encontrá-la em casa. Depois do enterro de seu ex-tutor, Holger Palmgren, ela havia viajado pela Europa e apenas esporadicamente respondera aos e-mails e mensagens de texto de Mikael. Mesmo assim, ele decidiu tocar a campainha. Enquanto subia a escadaria da praça, olhou surpreso para o prédio em frente. Toda a fachada estava coberta por um novo e imenso grafite. Mikael, entretanto, não perdeu tempo com ele, embora fosse um desenho dentro do qual se poderia desaparecer, cheio de detalhes surrealistas, entre eles um curioso homenzinho de calça xadrez e descalço, sobre um vagão verde de metrô.

Ele digitou a senha da porta de acesso ao edifício, entrou no elevador e fitou sua imagem no espelho lá dentro. Ela não mostrava exatamente que o verão havia sido quente e ensolarado — estava pálido e com os olhos encovados, e mais uma vez pensou no crash da Bolsa de Valores com o qual havia se batido o mês de julho inteiro. Era uma matéria importante, sem dúvida, um crash não só causado por valorizações elevadas e expectativas infladas, mas também por ataques hacker e campanhas de desinformação. Só que atualmente todos os jornalistas investigativos importantes andavam esquadrinhando a história, e embora ele tivesse descoberto alguma coisa, por exemplo que a fábrica de trolls na Rússia havia divulgado as piores mentiras, tinha a sensação de que o mundo estava indo bem sem seus esforços. Quem sabe devesse tirar uma folga, também começar a se exercitar, e talvez até cuidar melhor de Erika, que estava se separando de Greger.

O elevador parou, ele abriu a porta pantográfica com um puxão e saiu no andar dela ainda mais convencido de que a visita seria em vão. Certamente Lisbeth estava fora e não se importava com ele. No mesmo instante se preocupou. A porta do apartamento dela estava escancarada, e de repente ele se lembrou de como, durante o verão todo, havia temido que ela fosse atacada por seus inimigos. Mikael passou correndo pela porta aberta, gritando "Olá! Olá!", e se deparou com um cheiro de tinta e produtos de limpeza.

No entanto, não foi mais longe. Ouviu passos. Alguém resfolegou feito um touro bufante na escada atrás dele, e Mikael se virou de repente, dando com dois brutamontes de macacão azul. Os homens carregavam um objeto grande, e em sua agitação Mikael não conseguiu interpretar a cena corriqueira de maneira normal.

— O que vocês estão fazendo? — perguntou.

— O que é que você acha?

Pareciam dois carregadores de uma empresa de mudanças às voltas com um sofá azul, um móvel moderno e de design bacana, e ele sabia mais do que ninguém que Lisbeth não era fã de objetos de design e decoração, e estava prestes a dizer alguma coisa, quando ouviu uma voz vinda do interior do apartamento. Por um instante, achou que fosse Lisbeth, e se animou. Mas obviamente tinha se iludido. A voz nem mesmo lembrava a dela.

— Olha só que visita importante... A que devo a honra?

Ele se virou outra vez, e viu uma mulher negra e alta de quarenta e poucos anos observando-o com um olhar zombeteiro. Ela vestia uma calça jeans e uma blusa cinza elegante. Usava o cabelo trançado e tinha olhos oblíquos e cintilantes. Mikael ficou ainda mais confuso. Será que a conhecia de algum lugar?

— Não, não — ele murmurou. — Eu só...

— Você só...

— Errei o andar.

— Ou não sabia que a jovem tinha vendido a casa?

Ele não sabia e se constrangeu, sobretudo porque a mulher continuou sorrindo. Sentiu um grande alívio quando ela voltou a atenção para os carregadores, cuidando para que o sofá não esbarrasse no batente da porta, e em seguida desapareceu dentro do apartamento de novo. Ele queria sair dali e digerir a informação. Queria outra Guinness. Mas ficou, como que petrificado, olhando de soslaio para a caixa de correio embutida na porta. Ali não estava mais escrito "V. Kulla", apenas Linder. Quem diabos era Linder? Ele fez uma busca pelo nome em seu celular, e a mulher apareceu na tela.

Era Kadi Linder, psicóloga e membro de diversos conselhos. Ele pensou no pouco que sabia sobre ela, mas principalmente em Lisbeth, e só conseguiu se recompor mais ou menos e parecer calmo quando Kadi Linder voltou à porta, a essa altura não apenas zombeteira, mas também intrigada e com um olhar hesitante. Ela cheirava levemente a perfume, era elegante, com pulsos delgados e clavículas acentuadas.

— Agora me conte, você se enganou mesmo de andar?

— Vou passar essa pergunta — ele respondeu, imediatamente percebendo que não tinha sido uma boa resposta.

Pelo sorriso dela, porém, Mikael entendeu que ela não se deixara enganar por sua evasiva, e ele quis se safar com o menor prejuízo possível. Nada o faria revelar que Lisbeth havia morado naquele endereço sob uma identidade falsa, não importando o que Kadi Linder soubesse ou não sobre ela.

— Isso não me deixa exatamente menos curiosa — ela disse.

Ele riu, como se tudo não passasse de um assunto particular risível.

— Então você não está aqui para me investigar? — ela continuou. — Afinal, esse lugar não foi barato.

— Se você não cortou a cabeça de um cavalo e a deixou na cama de alguém, claro que eu vou te deixar em paz.

— Não me lembro de todos os detalhes das negociações, mas não acho que isso tenha acontecido.

— Ótimo. Então lhe desejo boa sorte — Mikael disse com fingida jovialidade, querendo ir embora com os carregadores, que já deixavam o apartamento.

No entanto, era evidente que Kadi Linder queria conversar mais. Ela mexeu inquieta na blusa e nas tranças, e ele se deu conta de que interpretara como uma irritante autoconfiança o que na verdade era uma fachada para algo bem diferente.

— Você a conhece? — ela perguntou.

— Quem?

— A pessoa que morava aqui.

Ele devolveu a pergunta.

— Você a conhece?

— Não — ela respondeu. — Nem sei como se chama, mas gosto dela de qualquer jeito.

— Como assim?

— Apesar de todo o caos na Bolsa, as ofertas acabaram disparando, eu não tive como acompanhar, por isso desisti da compra. Mas consegui o apar-

tamento mesmo assim, pois "a jovem", como o advogado a chamava, queria que eu ficasse com ele.
— Que engraçado.
— Não é?
— Será que você fez alguma coisa que agradou a essa jovem?
— Na mídia, minha fama é a de alguém que briga com os homens velhos dos conselhos de administração.
— Talvez ela goste desse tipo de coisa.
— Talvez. Posso te oferecer uma cerveja para inaugurar a casa? Assim quem sabe você me conta alguma coisa. Deixa eu te dizer...
Ela hesitou de novo.
— Adorei sua reportagem sobre os gêmeos. Foi emocionante.
— Obrigado — disse ele. — Você é muito gentil, mas preciso ir.
Ela assentiu com a cabeça e ele conseguiu articular um "tchau". Mikael mal se lembrava de como fora embora de lá, apenas que saiu para a rua na noite de verão. Não notou as duas novas câmeras de segurança instaladas do lado de fora da porta de entrada do edifício nem mesmo o balão no céu logo acima. Ele simplesmente atravessou a praça de Mosebacke e seguiu descendo pela Urvädersgränd. Só ao chegar à Götgatan ele diminuiu o ritmo, sentindo-se totalmente sem energia, e no entanto nada havia acontecido além de Lisbeth ter se mudado. Na verdade ele deveria ter ficado feliz; ela estava mais segura agora. Mas em vez de se alegrar, sentiu isso como uma bofetada, o que obviamente era ridículo.

Afinal ela era Lisbeth Salander. E era do jeito que era. Mesmo assim, ele estava magoado. Ela pelo menos poderia ter dado a entender alguma coisa, e ele pegou seu celular de novo, pensando em lhe mandar uma mensagem, fazer uma pergunta. Mas deixou para lá. Desceu a Hornsgatan e viu que os mais jovens já haviam começado sua Corrida da Meia-Noite. Olhou admirado para os pais que aplaudiam e gritavam na beira da calçada, como se a alegria deles lhe fosse incompreensível, e se esforçou para encontrar uma brecha entre os corredores e atravessar a rua. Lá em cima na Bellmansgatan, os pensamentos continuaram a vagar e ele se lembrou da última vez em que tinha visto Lisbeth.

Fora no restaurante Kvarnen, na noite seguinte ao enterro de Holger, e nenhum dos dois encontrava facilidade para se expressar, o que, por motivos óbvios, não era surpreendente. A única coisa que na verdade ele gravou desse encontro foi a resposta que ouviu dela quando lhe perguntou:

— O que você vai fazer agora?

— Vou ser o gato e não o rato.

O gato e não o rato.

Ele tentou fazê-la explicar, e não conseguiu. Lembrou de como depois ela foi embora, atravessando a praça de Medborgarplatsen com seu terninho preto feito sob medida que a fazia parecer um menino raivoso que havia se arrumado para uma festa a contragosto. Não fazia tanto tempo. Fora no início de julho. Mas já parecia distante, e ele ficou pensando nisso e em outras coisas enquanto caminhava para casa. Quando enfim já havia subido a seu apartamento e se instalado no sofá com uma Pilsner Urquell, o telefone tocou outra vez.

Era uma médica-legista chamada Fredrika Nyman.

2. 15 DE AGOSTO

Lisbeth Salander estava sentada num quarto de hotel na praça Manege, em Moscou, olhando seu notebook e vendo Mikael sair do prédio da Fiskargatan. Ele não exibia a postura confiante de sempre, parecia perdido, e ela sentiu uma pontada no peito que não entendeu direito e que muito menos perdeu tempo em examinar a fundo. Apenas tirou os olhos do computador e contemplou no alto a cúpula abobadada de vidro que brilhava com um fulgor multicolorido.

A cidade que havia pouco lhe fora indiferente puxava-a para si, e ela cogitou largar tudo, sumir e encher a cara. Mas sabia que seria uma bobagem. Ela precisava manter a disciplina. Na prática, estava direto em frente ao computador e às vezes mal dormia. Paradoxalmente, estava mais arrumada do que nunca. Os piercings haviam desaparecido, o cabelo estava recém-cortado e curtinho, e ela usava uma camisa branca. Seu terninho preto do enterro na verdade não fora em homenagem a Holger; ele se tornara um hábito e a fazia passar despercebida.

Ela tinha decidido atacar primeiro, em vez de ficar à espera como uma presa, como uma caça encurralada. Por esse motivo estava em Moscou, e também por isso mandara instalar câmeras na Fiskargatan, em Estocolmo. O preço, porém, estava sendo mais alto do que tinha imaginado. Não somente porque seu passado se reabria diante dela, mantendo-a acordada à noite, como também porque o inimigo se escondia atrás de cortinas de fumaça e criptografias indecifráveis, e ela ficava horas apagando seus rastros. Vivia como uma prisioneira, como uma fugitiva, e nada do que procurava lhe chegava com facilidade. Só agora, passado mais de um mês de trabalho, ela começava a se aproximar de seu objetivo. Mas não era fácil ter certeza, e às vezes ela se perguntava se o inimigo não estaria um passo à frente.

Hoje, enquanto repassava os detalhes de sua operação e verificava os preparativos, ela tinha se sentido vigiada. À noite, por vezes escutava, apreensiva, pessoas no corredor do hotel, sobretudo um homem. Sim, tinha certeza de que era um homem com um caminhar irregular e recorrente, com passos que muitas vezes desaceleravam na frente de sua porta, parecendo ficar à escuta.

Ela recuou o vídeo. Mais uma vez observou Mikael Blomkvist deixar a Fiskargatan com cara de cão sem dono. Pensando nisso, pegou o copo e tomou um gole de uísque olhando pela janela. Nuvens negras sobrevoavam a Duma do Estado em direção à Praça Vermelha e ao Kremlin. Parecia que ia chover, cair uma tempestade terrível, e talvez fosse melhor assim. Ela se levantou, calculando se ia tomar um banho de chuveiro ou de banheira. Contentou-se em trocar de camisa. Escolheu uma preta. Parecia conveniente, e de um compartimento secreto em sua mala tirou sua Cheetah, uma pistola Beretta que comprara no mercado negro em seu segundo dia em Moscou. Enfiou-a no coldre dentro do paletó e passou os olhos pelo quarto.

Não gostava nem dele nem do hotel. Era luxuoso e vistoso demais, e lá embaixo nos salões não só circulavam homens como seu pai, canalhas monumentais exibindo seu descarado direito de propriedade sobre suas amantes e subordinados; olhos também a observavam, e mensagens poderiam ser transmitidas para o serviço de inteligência ou para os mafiosos, e muitas vezes ela ficava sentada como agora, de punhos cerrados, como se estivesse preparada para uma luta.

Ela entrou no banheiro e jogou água fria no rosto. Não ajudou muito. Sua fronte estava tensa por causa da insônia e da dor de cabeça. Será que já devia sair? Era o melhor a fazer, não? Junto à porta, dirigiu os ouvidos ao corredor e não escutou nada. Então saiu. Estava hospedada no vigésimo andar, e o elevador não ficava longe de seu quarto. Perto dos elevadores, havia um homem de uns quarenta e cinco anos. Estiloso, tinha cabelo curto, usava jeans e um casaco de couro, e uma camisa preta como a dela. Lisbeth já o tinha visto por ali. Havia algo estranho em seus olhos, eles brilhavam com diversos tipos de cores e radiâncias, mas ela não ligou para isso.

Baixando os olhos, ela desceu com ele e saiu no saguão. Foi até a praça e olhou para a grande cúpula de vidro que cintilava na escuridão com seu mapa-múndi giratório. Embaixo dela havia um shopping de quatro andares com uma estátua de bronze de são Jorge e o dragão no topo. São Jorge era o padroeiro de Moscou, e ela o via de espada em riste em todos os cantos da cidade. Volta e meia colocava a mão na escápula, como um gesto de proteção a seu próprio dragão. De vez em quando, tocava a velha ferida de bala no ombro e a cicatriz de uma facada no quadril. Como se quisesse relembrar o que havia doído.

Pensou em incêndios, em desastres, em sua mãe, o tempo todo se esforçando para não ser captada pelas câmeras de segurança. Portanto, seu andar era irrequieto e tenso enquanto caminhava apressada em direção ao Bulevar Tverskói, a enorme e clássica avenida com seus parques e jardins, e ela não se deteve até chegar ao Versailles, um dos restaurantes mais sofisticados da cidade.

Com suas colunas e ornamentos de ouro e cristal, o lugar lembrava um palácio barroco, um resplandecente pastiche setecentista, e tudo que ela quis foi ir embora dali. Mas naquela noite haveria uma festa para os personagens mais ricos da cidade, e ela já tinha acompanhado os preparativos à distância. Por enquanto, ninguém havia chegado, a não ser uma série de jovens beldades, com certeza acompanhantes contratadas. A equipe de funcionários trabalhava duro para ajeitar os últimos detalhes, e ao se aproximar mais Lisbeth viu o anfitrião.

Vladimir Kuznetsov estava ao lado da entrada, de smoking branco e sapato de verniz. Apesar de não ser velho, nem tinha chegado aos cinquenta anos, parecia o próprio Papai Noel, com sua barba e cabelo brancos, e uma barriga gorda que contrastava com as pernas finas. Oficialmente, ele era o resultado de uma pequena história de final feliz, um gatuno fracassado que havia mudado de vida e se tornado um chefe de cozinha de sucesso, especialista em assados de carne de urso e molhos de cogumelo. Clandestinamente, porém, ele administrava diversas fábricas de trolls que produziam fake news, muitas vezes com um tom antissemita. Kuznetsov não só causara caos e influenciara eleições políticas, como também tinha as mãos sujas de sangue.

Ele criara condições para um genocídio e fizera do ódio um grande negócio, e só o fato de vê-lo na entrada fortaleceu Lisbeth. Ela passou a mão sobre o contorno de sua Beretta no coldre e olhou em volta. Kuznetsov puxava a barba nervosamente. Era sua grande noite, e lá dentro tocava o quarteto de cordas que mais tarde seria substituído pela banda de jazz Russian Swing, conforme Lisbeth já sabia.

Do lado de fora, um tapete vermelho, delimitado por cordas e seguranças, estendia-se sob dosséis negros. Os seguranças mantinham-se bem perto uns dos outros, todos de terno cinza, fones de ouvido, e armados. Kuznetsov conferiu seu relógio de pulso. Nenhum convidado ainda, talvez fosse uma espécie de jogo. Ninguém quisera ser o primeiro a chegar.

No entanto, muita gente lotava a rua, pessoas que queriam assistir ao espetáculo. Evidentemente, se espalhara o boato de que figurões estavam chegando, e Lisbeth achou isso bom, pois poderia se misturar melhor à multidão. Mas então a chuva começou a cair, primeiro um chuvisco, depois um aguaceiro. Um clarão reluziu ao longe. O trovão ribombou e os curiosos se dispersaram. Apenas alguns valentes permaneceram debaixo de seus guarda-chuvas, até que logo mais chegaram as primeiras limusines com os convidados. Kuznetsov distribuía cumprimentos e fazia reverências, enquanto uma mulher a seu lado conferia os nomes num pequeno livro preto. Lentamente o restaurante foi se enchendo de homens de meia-idade e ainda mais de mulheres jovens.

Lisbeth ouviu o burburinho lá dentro se misturar à música da orquestra de cordas, e volta e meia vislumbrava figuras que tinha visto em seu levantamento, notando como a expressão e os gestos de Kuznetsov mudavam de acordo com a importância e a posição de cada uma. Os convidados recebiam o sorriso e a reverência que Kuznetsov julgava que mereciam, e a verdadeira nata ganhava uma piada de brinde, embora Kuznetsov fosse quem ria mais.

Ele ria de um jeito tosco, gracejava como um bobo da corte, e Lisbeth ali, gelada e molhada, assistindo àquele espetáculo, talvez tivesse se distraído demais. Um dos guardas notou-a e fez um gesto para um colega, e isso não era nada bom. Ela fingiu que estava indo embora, mas se escondeu junto a um portão mais afastado, e então percebeu que suas mãos tremiam, o que ela não julgava ser culpa da chuva ou do frio.

Sua tensão era tanta, que sentia como se fosse explodir. Pegou o celular e confirmou que estava tudo pronto. O ataque teria de ser perfeitamente cronometrado, do contrário estaria ferrada, e ela repassou tudo uma, duas, três vezes. Mas o tempo corria, e logo ela parou de acreditar que fosse dar certo. A chuva caía, nada acontecia, e cada vez mais a impressão era a de uma oportunidade perdida.

Todos os convidados pareciam já ter chegado. Quando até Kuznetsov entrou, ela deu alguns passos cuidadosos à frente e olhou dentro do restaurante. A festa estava em pleno andamento. Os homens já começavam a virar suas doses de bebida e a apalpar as garotas. Então ela decidiu voltar para o hotel.

Mas, exatamente nesse instante, outra limusine chegou, e uma mulher próximo à porta do restaurante correu para dentro a fim de chamar Kuznetsov, que saiu dali com passos pesados, suor na testa e uma taça de champanhe na mão. Lisbeth, então, resolveu ficar. Estava claro que era um convidado importante. Notava isso nos guardas, na inquietação que tomou conta do ar e na expressão tola de Kuznetsov. Lisbeth afastou-se para perto do portão onde estivera. No entanto, ninguém desceu da limusine.

Nenhum motorista saiu correndo na chuva para abrir a porta. O carro simplesmente ficou parado ali, Kuznetsov ajeitou o cabelo e a gravata-borboleta, enxugou a testa, encolheu a barriga, esvaziou sua taça de champanhe, e naquele instante Lisbeth parou de tremer. Captou algo no olhar de Kuznetsov que ela conhecia muito bem e, sem hesitar, iniciou seu ataque hacker.

Em seguida, guardou o celular no bolso, deixando os códigos do programa trabalharem sozinhos. Olhou em volta com acuidade fotográfica, registrando cada detalhe do entorno, a linguagem corporal dos guarda-costas, a distância entre suas mãos e as armas, o espaço deixado entre os ombros de cada um deles ao longo do tapete vermelho, as irregularidades na calçada diante dela, as poças de água.

Quieta, quase catatônica, ficou ali observando tudo, até que o motorista saiu da limusine, abriu um guarda-chuva e a porta de trás. Então Lisbeth avançou com passos de gato, a mão pousada na pistola dentro do casaco.

3. 15 DE AGOSTO

Mikael não tinha mais um bom relacionamento com o celular, e deveria ter providenciado um número secreto faz tempo. Ele ainda resistia. Como jornalista, não queria fechar a porta para o público. Mas todas aquelas chamadas intermináveis o atormentavam, e além disso sentia que algo mudara no último ano.

O tom havia se tornado mais grosseiro. As pessoas esbravejavam, gritavam, ou então vinham com dicas insanas para reportagens. Ele tinha parado de atender chamadas de números desconhecidos. Deixava o celular tocando, e se pegava o telefone, como agora, fazia caretas sem perceber.

— Mikael aqui — disse, indo buscar uma cerveja na geladeira.

— Desculpe — disse uma voz de mulher. — Devo ligar mais tarde?

— De jeito nenhum — ele respondeu, mais gentil. — Do que se trata?

— Meu nome é Fredrika Nyman, sou médica do Instituto de Medicina Legal de Solna.

O terror o invadiu.

— O que aconteceu?

— Não aconteceu nada, nada mais do que sempre acontece, e com certeza não tem nada a ver com você. É que recebemos um corpo...

— Uma mulher? — interrompeu ele.

— Não, não, um homem, sem sombra de dúvida. "Sem sombra de dúvida" soou um pouco estranho, não é? De qualquer forma, é um homem, talvez na casa dos sessenta ou um pouco mais jovem, que passou por provações horríveis. De fato, nunca vi nada igual.

— Será que você poderia ir direto ao ponto, por favor?

— Desculpe, não tive a intenção de preocupá-lo. É difícil imaginar que você o tenha conhecido. Claramente ele era um mendigo, e com certeza dos escalões mais baixos na hierarquia até desse meio.

— E o que ele tem a ver comigo?

— No bolso dele havia um papel com o número do seu telefone.

— Muita gente tem o meu telefone — ele disse, irritado, mas logo se envergonhou do tom indelicado.

— Entendo — continuou Fredrika Nyman. — Seu telefone não deve parar de tocar. Mas é que este se tornou um caso pessoal para mim.

— De que forma?

— Na minha opinião, mesmo o mais miserável de nós merece dignidade na morte.

— Claro — disse Mikael com ênfase excessiva, como se para compensar a insensibilidade de antes.

— Exatamente, e a Suécia tem sido um país civilizado a esse respeito. Mesmo assim, todos os anos temos recebido mais e mais corpos que não conseguimos identificar, e isso me deixa realmente triste. Todo mundo tem o direito a uma identidade na morte. A um nome, a uma história.

— É verdade — disse ele com a mesma ênfase. Sem quase perceber o quanto já havia se desconcentrado da conversa, Mikael foi até a mesa de seu computador.

— Sem dúvida, alguns casos têm sido muito difíceis — continuou ela.

— E muitas vezes o motivo é a falta de recursos, de tempo ou, ainda pior, a falta de vontade. E com esse corpo tenho uma sensação ruim nesse sentido.

— Por quê?

— Porque ainda não apareceu nada nos registros a respeito do morto, e porque ele parece uma pessoa sem nenhuma importância. Alguém bem lá de baixo. De quem preferimos desviar os olhos e simplesmente esquecer.

— Triste — disse ele.

Ele estava olhando os arquivos que ao longo dos anos tinha criado para Lisbeth.

— Mas espero estar errada — disse Fredrika Nyman. — Acabo de mandar minhas amostras, e logo talvez a gente descubra mais sobre esse homem. Só que como agora estou em casa pensei que seria bom adiantar o processo. Você mora na Bellmansgatan, não é? Não fica longe de onde ele foi encontrado. Quem sabe vocês já tenham se visto? Talvez ele até tenha te telefonado.

— Onde ele foi encontrado?

— Ao lado de uma árvore no parque de Tantolunden, e você se lembrará se o tiver visto. Rosto moreno e sujo, com sulcos profundos. Barba rala. Ele provavelmente foi exposto a um sol forte e a um frio intenso. Tem geladuras no corpo, falta-lhe a maioria dos dedos das mãos e dos pés. As inserções musculares mostram sinais de esforços extremos. Diria que é originário de algum lugar do Sudeste Asiático. Talvez tenha sido bem bonito no passado. As feições são harmoniosas, mesmo que o rosto esteja bastante estragado. Pele amarelada devido à hepatopatia. Grande parte do tecido do rosto está morta, com manchas escuras. Você deve saber que é difícil determinar a idade nesse primeiro momento da investigação, mas, como eu disse, acho que ele estava perto dos sessenta e que fazia muito tempo que estava à beira da desidratação. Tinha baixa estatura, mal passava de um metro e meio.

— Não sei mesmo. A descrição não me lembra ninguém — disse Mikael.

Ele fora ver se havia alguma mensagem de Lisbeth. Não achou nenhuma. Ela parecia nem hackeá-lo mais, e a inquietação de Mikael aumentou. Como se pressentisse que ela estava em perigo.

— Ainda tem mais — continuou Fredrika Nyman. — Faltou mencionar a coisa mais notável nele: o casaco de pluma de ganso.

— O que tinha o casaco?

— Era tão grande e quente que devia chamar atenção neste calor.

— Como você mesma disse, eu me lembraria se o tivesse visto.

Ele fechou o computador e olhou para Riddarfjärden. Mais uma vez pensou como Lisbeth, afinal, tinha sido bastante precavida em se mudar.

— Mas você não se lembra.

— Não... — disse ele, hesitante. — Você não tem uma foto para me mandar?

— Não seria ético.

— Como você acha que ele morreu?

Mikael ainda não estava inteiro na conversa.

— A curto prazo, meu palpite é envenenamento, provavelmente autoinfligido, em primeiro lugar por álcool, claro. Ele fedia a bebida, o que não descarta a possibilidade de ele ter ingerido outra coisa. Daqui a alguns dias o Laboratório de Química Forense vai me mandar informações sobre isso. Fiz um teste de triagem que abrange mais de oitocentas substâncias. A longo prazo, a morte ocorreu por falência de órgãos e dilatação do coração.

Mikael sentou-se no sofá bebendo sua cerveja e, pelo visto, ficou tempo demais calado.

— Você ainda está aí? — perguntou a médica-legista.

— Estou. Só estava pensando...

— Pensando no quê?

Ele estava pensando em Lisbeth.

— Que talvez tenha sido bom ele estar com o número do meu telefone.

— De que forma?

— Evidentemente, ele achava que tinha alguma coisa para me contar, e isso deve motivar os policiais a se esforçarem mais. Às vezes, nos meus melhores momentos, assusto um pouco os agentes da lei.

Ela deu risada.

— Posso imaginar.

— Só que às vezes eu os irrito.

E às vezes irrito a mim mesmo, Mikael pensou.

— Então vamos torcer pela primeira opção.

— Vamos.

Ele queria encerrar a conversa para voltar a seus próprios pensamentos, mas Fredrika Nyman claramente queria prosseguir, e Mikael não conseguiu desligar.

— Eu disse que o homem era alguém que gostaríamos de simplesmente esquecer, certo? — continuou ela.

— Foi o que você disse.

— Mas não é totalmente verdade, ao menos não para mim. Parece que...
— Parece o quê?
— Que o corpo dele tem alguma coisa para contar.
— Como assim?
— Ele parece ter passado pelo frio e pelo fogo. Como eu já disse, acho que nunca vi nada igual.
— Um sujeito durão.
— Sim, talvez. Ele estava acabado e indescritivelmente imundo. Fedia demais. Ainda assim, tinha uma espécie de altivez. Acho que é isso que estou tentando dizer. Alguma coisa o fazia parecer respeitável em meio a toda aquela degradação. Ele tinha lutado, batalhado.
— Será que ele foi um soldado?
— Não vi sinais de bala, nada assim.
— Alguém de uma tribo primitiva?
— Duvido. Ele teve acesso a atendimento odontológico e claramente sabia escrever. Há uma tatuagem de uma roda budista no pulso esquerdo.
— Entendo.
— Será que você entende mesmo?
— Entendo que ele te afetou de alguma forma. Vou dar uma olhada no meu correio de voz e ver se ele me procurou.
— Obrigada — disse ela. Provavelmente falaram por mais algum tempo, ele não sabia direito, continuava distraído.

Depois que desligaram, Mikael permaneceu pensativo no sofá. Ouviam-se gritos e aplausos vindos da Corrida da Meia-Noite na Hornsgatan, e ele passou a mão pelo cabelo. Fazia pelo menos três meses que não cortava o cabelo. Precisava agarrar sua vida nas mãos. Precisava viver de verdade, se divertir como todo mundo, e não só trabalhar e se esforçar até o limite. E talvez também atender o telefone e não ficar tão obcecadamente focado apenas em suas malditas reportagens.

Entrou no banheiro sem que esses pensamentos o tivessem animado de forma significativa. Havia roupa pendurada para secar. Havia manchas de pasta de dente e espuma de barbear na pia, e fios de cabelo na banheira. Um casaco de pluma de ganso, pensou, em pleno verão? Isso significava alguma coisa, não? Mas estava com dificuldade de se concentrar. Uma enxurrada de pensamentos o invadiu, ele limpou a pia e o espelho, dobrou a roupa lavada, depois pegou o celular para ouvir as mensagens da caixa postal.

Havia trinta e sete mensagens de voz não ouvidas. Ninguém pode ter trinta e sete mensagens não ouvidas, e ele começou a escutá-las, atordoado. Meu Deus, o que estava acontecendo com as pessoas? Muitas davam dicas, eram gentis e discretas. A maioria, porém, só estava com raiva. Vocês mentem sobre a imigração, gritavam. Vocês escondem o que sabem sobre os muçulmanos. Vocês protegem os judeus da elite financeira. Ele se sentiu inundado de lama, pensou em desligar, mas continuou bravamente, até que no fim ouviu algo que não era nem uma coisa nem outra. Apenas um momento de confusão.

— *Hello, hello* — disse uma voz em inglês com sotaque forte e respiração ofegante que, depois de um momento de silêncio, acrescentou: — *Come in, over.*

Parecia uma chamada num walkie-talkie. Depois se seguiram mais palavras incompreensíveis, talvez fosse até outro idioma, que soavam desesperadas, solitárias. Seria o mendigo? Era possível. Mas também poderia ser qualquer pessoa, impossível saber. Mikael desligou e foi até a cozinha, pensando em telefonar para Malin Frode ou para alguém que pudesse animá-lo. Mas desistiu da ideia, preferindo mandar uma mensagem criptografada para Lisbeth. E daí se ela não queria saber dele?

Ele sempre esteve e sempre estaria ligado a ela.

A chuva caía sobre o Bulevar Tverskói, e Camilla, ou Kira, como ela se chamava agora, estava sentada em sua limusine com seu motorista e seus guarda-costas, olhando as próprias pernas compridas. Usava um vestido Dior preto, sapatos Gucci vermelhos de salto alto e um colar com um diamante Oppenheimer, que reluzia uma luz azul logo acima do decote.

Ela era de uma beleza estonteante, e Kira sabia disso melhor do que ninguém. Muitas vezes, como agora, demorava-se no banco de trás, pois gostava de visualizar a cena de sua entrada: os homens estremeciam, muitos deles sem conseguir tirar os olhos ou manter a boca fechada. Somente uns poucos, ela sabia disso por experiência, tinham coragem suficiente para elogiá-la e olhá-la nos olhos. Kira sempre sonhava em brilhar mais do que qualquer pessoa, e ali no carro ela fechou os olhos e ouviu a chuva que tamborilava na lataria. Depois, espiou pelos vidros escurecidos. Não havia muito para ver.

Apenas uma meia dúzia de homens e mulheres tiritando debaixo de seus guarda-chuvas e que não pareciam interessados em quem sairia daquele carro. Ela lançou um olhar irritado para o restaurante. Os convidados estavam aglomerados lá dentro, brindando e tagarelando, e mais ao fundo, sobre um pequeno palco, músicos tocavam violino e violoncelo. E agora, meu Deus, lá vinha Kuznetsov se arrastando com sua pança e seus olhos suínos. Kuznetsov era um bufão, e ela sentiu vontade de simplesmente sair do carro e esbofeteá-lo.

Mas precisava manter a calma e seu brilho de rainha, sem permitir que um único olhar seu revelasse como ultimamente ela vinha caindo como que num abismo e se sentindo furiosa por ainda não terem conseguido encontrar sua irmã. Ela imaginou que seria fácil uma vez que descobrissem seu endereço e seu disfarce. Lisbeth, porém, continuava desaparecida, e nem os contatos de Kira no GRU, o Departamento Central de Inteligência da Rússia, nem Galinov eram capazes de localizá-la. Eles sabiam que houvera ataques hacker sofisticados contra as fábricas de trolls de Kuznetsov e contra outros alvos que poderiam estar ligados a ela. Mas não sabiam o que era obra de Lisbeth e o que era de outros autores. Apenas uma coisa era certa: aquilo tinha que acabar. Ela precisava enfim de paz.

Ouviam-se trovões à distância. Um carro de polícia passou, ela pegou um espelho na bolsa e riu para si mesma, como se buscasse força. Depois ergueu os olhos de novo e viu Kuznetsov inquieto e mexendo na gravata-borboleta e no colarinho da camisa. Aquele idiota estava nervoso, e isso pelo menos era bom. Ela queria que ele suasse e tremesse, e não contasse mais suas piadas horrorosas.

— Agora — ela disse, e observou o motorista Sergei sair e abrir a porta.

Os guarda-costas desceram do carro. Sem nenhuma pressa, ela viu que Sergei já tinha aberto o guarda-chuva. Esticou um pé para fora, ansiando, como de costume, para ouvir um suspiro, um sussurro, uma exclamação. Mas nada se ouviu além da chuva, da orquestra e do burburinho no restaurante, então ela decidiu se mostrar fria e indiferente e manter a cabeça erguida. E no instante em que viu Kuznetsov se iluminar de expectativa e ansiedade, abrindo os braços para recebê-la, ela também sentiu uma coisa diferente: um verdadeiro terror penetrar seu corpo.

Havia algo indistinguível à direita dela e mais acima ao longo do muro. Kira olhou de relance para lá, captou um vulto escuro vindo em sua direção com uma das mãos dentro do casaco e quis gritar para seus guarda-costas ou simplesmente se jogar no chão. Em vez disso, ficou paralisada, totalmente concentrada, como se entendesse que estava numa situação em que o menor movimento imprudente poderia lhe custar a vida — e já entendesse também quem era, embora só enxergasse uma silhueta, uma sombra se aproximando.

Alguma coisa nos gestos, na determinação dos passos, fez Kira se encher de uma terrível premonição, e antes que tivesse tempo de processar o que acontecia, ela entendeu que estava perdida.

4. 15 DE AGOSTO

Será que alguma vez elas tiveram a chance de estar juntas? De serem outra coisa que não inimigas? Talvez não fosse algo inconcebível, apesar de tudo. Por um tempo compartilharam pelo menos uma coisa: o ódio ao pai, Alexander Zalachenko, e o medo de que ele matasse a mãe delas, Agneta.

Naquela época, as irmãs viviam numa espécie de quarto de despejo num apartamento na Lundagatan, em Estocolmo, e quando o pai aparecia por lá fedendo a bebida e a fumo, e arrastava a mãe delas para o quarto de dormir e a estuprava, as duas ouviam cada grito, cada soco e suspiro. Às vezes, Lisbeth e Camilla apertavam a mão uma da outra, procurando consolo na falta de outra coisa, mas pelo menos... pelo menos elas dividiram seu medo, sua vulnerabilidade em comum. No entanto, até isso lhes foi tirado.

Quando elas tinham doze anos, a situação se agravou. Não apenas pela intensificação da violência, mas também por sua frequência. Zalachenko começou a morar com elas de tempos em tempos, e às vezes estuprava Agneta noites a fio. Uma mudança, então, se insinuou também no relacionamento das irmãs, a princípio não muito nítida, mas que foi sendo traída pelo brilho luminoso nos olhos de Camilla, pelo novo vigor de seus passos quando ia receber o pai na porta. E foi então que se deu a guinada.

Com o conflito prestes a se tornar fatal, elas escolheram lados opostos na guerra, e a partir de então não houve possibilidade de reconciliação — não depois de Agneta ser espancada quase até a morte no chão da cozinha e sofrer danos cerebrais irreversíveis, e de Lisbeth lançar um coquetel molotov em Zalachenko e vê-lo queimar no banco da frente de sua Mercedes. Desde então, tudo se tornou uma questão de vida ou morte. Desde então, o passado nada mais era do que uma bomba na iminência de explodir, e agora, anos depois, enquanto Lisbeth Salander emergia do portão onde se escondera no Bulevar Tverskói, todos aqueles dias na Lundagatan brotaram em sua mente numa série intermitente de flashes.

Ela estava no aqui e agora. Havia identificado com toda a precisão através de que lacuna ali adiante deveria atirar e sabia exatamente como iria escapar depois. Mas as lembranças do passado estavam mais presentes do que ela percebera e Lisbeth caminhava devagar, devagar. Apenas quando Camilla pôs os pés no tapete vermelho com seus saltos altos e vestido preto, Lisbeth apertou o passo, embora ainda encurvada e sem emitir nenhum som.

Através da porta aberta do restaurante, vazavam o som da orquestra de cordas e o do tilintar de copos, e o tempo todo se ouvia o tamborilar da chuva. Um carro de polícia passou sobre uma poça d'água, e ela olhou para ele e para a fileira de seguranças, pensando quando iriam notá-la de novo. Antes ou depois de ela atirar? Não havia como saber. Até agora, tudo certo. Estava escuro e nublado, e todos os olhos voltavam-se para Camilla.

Ela estava luminosa como sempre, e os olhos de Kuznetsov brilhavam como os dos meninos no pátio da escola costumavam brilhar muitos anos antes. Camilla era capaz de fazer a vida parar. Ela havia nascido com esse poder. Lisbeth observou a irmã avançar majestosamente e Kuznetsov empertigar as costas e abrir os braços num gesto nervoso de boas-vindas. Alguns convidados tinham ido se aglomerar junto à porta para vê-la. Mas naquele instante ouviu-se uma voz na rua que Lisbeth na verdade já estava esperando.

— Там, посмотрите. Olha ali. — Um dos seguranças, um homem de cabelo loiro e nariz achatado, a tinha visto. Não havia mais tempo para hesitação.

Ela levou a mão à Beretta no coldre e foi tomada pela mesma frieza glacial que sentira ao atirar a embalagem de leite cheia de gasolina em seu pai. Ainda teve tempo de ver Camilla petrificada de terror e três guarda-costas alcançarem suas armas e a encararem com firmeza. Era hora de agir, rápida como um raio e sem piedade.

No entanto, uma paralisia repentina a fez congelar, e a princípio Lisbeth não entendeu por quê. Só sentiu uma nova sombra da infância passar sobre ela e se deu conta de que não apenas havia perdido a oportunidade como estava desprotegida diante de uma fileira de inimigos, sem nenhuma rota de fuga à disposição.

Camilla não viu a figura hesitar. Ouviu apenas seu próprio grito e a súbita movimentação sobressaltada de cabeças e corpos, e armas sendo empunhadas. Mesmo assim se convenceu de que era tarde demais e que seu peito a qualquer momento seria rasgado por balas. Mas nenhum ataque aconteceu, e ela conseguiu correr na direção do restaurante e buscar proteção atrás do corpo de Kuznetsov. Por alguns segundos só esteve consciente de sua própria respiração ofegante e dos movimentos agitados à sua volta.

Demorou algum tempo até ela entender que não só se salvara como a situação tinha virado a seu favor. Não era mais a sua vida que estava em risco, e sim a do vulto escuro cujo rosto ela ainda não enxergava. A figura abaixou a cabeça para verificar alguma coisa no celular. Só podia ser Lisbeth. Camilla sentiu isso com um ódio pulsante e sede de sangue, com um desejo violento de observar o vulto sofrer e morrer. Mais calma, olhou para o tumulto.

Parecia muito melhor do que ela poderia ter imaginado. Enquanto ela estava cercada de guarda-costas com coletes à prova de balas, Lisbeth estava sozinha na calçada com uma coluna de armas apontadas para ela. Nada menos que fantástico. Camilla quis prolongar o momento, já entendendo que mais tarde voltaria a ele repetidas vezes. Lisbeth estava acabada, logo seria eliminada, e, para que ninguém ousasse hesitar, Camilla gritou:

— Atirem. Ela quer me matar. — E depois de um instante ela realmente pensou ter ouvido uma rajada de balas.

Sentiu o abalo e os estrondos no corpo inteiro, e, embora não conseguisse mais ver Lisbeth, pois as pessoas corriam de um lado para o outro à sua frente, imaginou a irmã atingida e morta por uma saraivada de tiros, sangrando na calçada. Mas não... alguma coisa estava errada. Não eram tiros de pistola, e sim... o quê?... Uma bomba, uma explosão? Um barulho infernal vindo do restaurante fluiu em sua direção, e por mais que Camilla não quisesse perder um segundo da humilhação e da morte de Lisbeth, ela se virou para olhar a multidão lá dentro. Mas nada do que viu fez sentido.

Os violinistas tinham parado de tocar e olhavam aterrorizados para a multidão diante deles. Muitos convidados estavam imóveis, tapando os ouvidos, outros tinham as mãos no peito ou gritavam de medo. Mas a maioria corria em pânico em direção à saída, e só quando a porta do restaurante se escancarou e as primeiras pessoas surgiram correndo na chuva foi que Camilla entendeu. Não era uma bomba. Era a música, elevada a um volume tão ensurdecedor que mal podia ser percebida como música; parecia mais um ataque sonoro de alta frequência, por isso Camilla não se surpreendeu quando um homem calvo de idade se pôs a gritar sem parar:

— O que é isso? O que é isso?

Uma mulher perto dos seus vinte anos, de vestido azul-escuro curto, caiu no chão de joelhos e com as mãos na cabeça, como se temendo que o teto fosse desabar sobre ela. Kuznetsov, ao lado da jovem, murmurou alguma coisa ininteligível, abafada pelo estrépito de sons, e naquele instante Camilla se deu conta de seu erro: ela havia se desconcentrado. Voltou a olhar furiosa na direção de Lisbeth, os olhos percorrendo a rua, o tapete vermelho, o muro, e sua irmã não estava mais lá.

Era como se tivesse sido tragada pela terra. Camilla olhou desesperada para aquela loucura geral de convidados gritando confusos e, mal havia deixado escapar um urro de frustração, quando um golpe violento a atingiu no ombro e ela caiu no chão. Bateu um cotovelo e a cabeça na calçada e, enquanto a testa latejava de dor, seu lábio sangrava, ouviu passos pesados soando a seu redor e uma voz de uma familiaridade glacial dizer logo acima dela:

— A vingança está chegando, irmã, pode esperar. — E ela devia estar grogue demais, pois não conseguiu reagir a tempo.

Quando ergueu a cabeça e conseguiu olhar em volta com clareza, Camilla não viu sinal de Lisbeth, apenas uma confusão de pessoas lançando-se para fora do restaurante. Então ela gritou outra vez: — Atirem! — Mas já sem nenhuma convicção.

Vladimir Kuznetsov não percebeu Kira cair no chão e mal notou toda a loucura em volta. Em meio a todo aquele pandemônio, ele tinha captado uma coisa que o apavorou mais que tudo, uma sequência de palavras gritadas num ritmo pulsante, ferino, e a princípio ele se recusou a acreditar no que ouviu.

Ele sacudiu a cabeça e murmurou: "Não, não", tentando pôr tudo na conta de uma ilusão fantasiosa, uma peça pregada por sua imaginação exaltada. Mas realmente era aquela música, a música de seus pesadelos, e ele apenas quis ser engolido pela terra e morrer.

— Não é verdade, não é verdade — Kuznetsov gemia, enquanto o refrão ribombava sobre ele como a onda de choque de uma granada:

Killing the world with lies.
Giving the leaders
The power to paralyze
Feeding the murderers with hate,
Amputate, devastate, congratulate.
But never, never
Apologize.*

Nenhuma música no mundo o aterrorizava mais do que aquela, e, comparada a ela, a sabotagem da festa tão ansiosamente aguardada, ou mesmo o risco de que ele fosse processado por oligarcas e poderosos por causa dos tímpanos estourados, não era nada. A única coisa em que ele pensava era na música. O fato de ela estar sendo tocada ali, naquele momento, significava que alguém tinha conseguido descobrir seu segredo mais tenebroso. Ele corria o risco de cair em desgraça diante do mundo inteiro, e um pânico incontrolável pressionou seu peito, dificultando a respiração. No entanto, ele se esforçou para fazer uma cara boa assim que seus rapazes conseguiram, finalmente, pôr um fim naquela barulheira insana. Ele até soltou um suspiro fingido de alívio.

— Senhoras e senhores, peço que me desculpem — declarou. — Pelo visto, não se pode mesmo confiar na tecnologia. Peço a todos, de verdade, mil

---

* Matando o mundo com mentiras/ Entregando aos líderes/ O poder de paralisar/ Alimentando os assassinos com ódio,/ Ampute, devaste, parabenize./ Mas nunca, nunca/ Peça desculpas. (N. E.)

desculpas. E vamos continuar a nossa festa. Prometo não regular a bebida nem outras tentações. Por falar nisso...

Procurou com os olhos por algumas garotas de programa escassamente vestidas, como se um pouco de beleza feminina pudesse salvar a situação. Mas as únicas moças que avistou estavam encostadas no muro com a expressão aterrorizada, e ele não terminou a frase. Sua voz carecia de convicção, e as pessoas perceberam isso. Viram que ele estava desmoronando, e quando os músicos passaram ostensivamente por ele e foram para a rua, a maioria dos convidados parecia só querer voltar depressa para casa. Na verdade Kuznetsov ficava até agradecido por isso. Queria ficar a sós com seus pensamentos e seu medo.

Era hora de recorrer a seus advogados e contatos no Kremlin, na esperança de receber um pouco de consolo e de ouvir que não havia a menor possibilidade de ele acabar nos jornais de todo o Ocidente como uma vergonha mundial e um criminoso de guerra. Vladimir Kuznetsov tinha protetores poderosos e, sem dúvida, era um figurão que cometera crimes hediondos sem que isso lhe doesse na consciência. Ainda assim, não era uma pessoa forte, não quando "Killing the world with lies" estava sendo tocada em sua festa particular de ostentação.

Quando coisas desse tipo ocorriam, ele se via de volta ao que sempre fora desde o início, um vagabundo medíocre, um criminoso de quinta categoria que a certa altura da vida, por uma coincidência divina, tinha acabado na mesma sauna turca que dois membros da Duma e lhes contado algumas histórias mirabolantes. De resto, Kuznetsov não possuía nenhum talento, formação, ou dom especial, mas sabia contar histórias estapafúrdias e isso era mais do que suficiente.

Certa tarde, há muito tempo, depois de beber e mentir muito numa sauna, fez amigos influentes e começou a trabalhar duro. Hoje tinha centenas de funcionários, a maioria bem mais inteligente do que ele mesmo: matemáticos, estrategistas, psicólogos, consultores do Serviço de Segurança Russo e do GRU, hackers, cientistas da computação, engenheiros, especialistas em IA e robótica. Kuznetsov era rico e poderoso, e o mais importante: de fora, ninguém o associava a agências de informação e mentiras.

Ele tinha encoberto suas responsabilidades e participação societária de modo competente e nos últimos tempos agradecia sua boa sorte por isso. Não tinha a ver com o seu envolvimento no crash da Bolsa — pelo contrário, aquilo ele só via como motivo de orgulho —, mas com os serviços na Chechênia, que explodiram na mídia e provocaram movimentos de protesto e revolta na ONU. O pior de tudo era o rock pesado de protesto que eles fizeram e que obviamente se tornou um sucesso mundial.

A música fora ouvida em cada uma das malditas manifestações contra os assassinatos, e toda vez ele morria de medo que seu nome fosse associado a eles. Só agora, nas últimas semanas, enquanto planejava a festa, sua vida tinha voltado ao normal. Sua risada reapareceu, assim como suas piadas e histórias mirabolantes, e nesta noite um convidado VIP após outro tinha comparecido. Ele estava cheio de orgulho e se deliciando com aquele momento, quando de repente o volume da música aumentou de tal forma que sua cabeça quase explodiu.

— Filhos da puta do caralho!

— O que o senhor está dizendo?

Um idoso distinto, de chapéu e bengala, que ele, em seu estado de atordoamento, não conseguiu identificar, fitou-o com olhar crítico, e embora Kuznetsov quisesse mandar o homem sumir da sua frente, temeu que o velho fosse mais poderoso do que ele, por isso respondeu o mais educadamente que pôde.

— Me perdoe o linguajar, mas estou um pouco zangado.

— O senhor precisa reavaliar sua segurança de TI.

Caralho, não faço outra coisa na vida, pensou.

— Uma coisa nada tem a ver com a outra.

— O que foi que aconteceu então?

— Foi alguma coisa... na instalação elétrica — ele respondeu.

Instalação elétrica. Por acaso ele era um idiota completo? Quer dizer que a fiação simplesmente tinha entrado em curto-circuito e, por conta própria, tocado "Killing the world with lies"? Ele ficou envergonhado, desviou o olhar e acenou como um tolo para alguns dos últimos convidados que entravam nos táxis. O restaurante se esvaziou e ele olhou em volta, procurando por Felix, seu jovem chefe da área técnica. Onde diabos tinha se metido aquele cretino inútil?

No fim o encontrou na frente do palco, falando ao telefone, com seu cavanhaque ridículo e seu smoking de palhaço que caía como um saco de feno nele. Ele parecia inquieto, e só podia estar mesmo. O idiota tinha lhe prometido que nada poderia dar errado, e o céu desabara na cabeça deles. Kuznetsov acenou com raiva para ele.

Felix fez um gesto defensivo com a mão, e Kuznetsov sentiu vontade de dar um soco nele ou de bater sua cabeça na parede. Ainda assim, quando Felix se aproximou caminhando bem devagar, Kuznetsov agiu de forma diferente. Ele soou desamparado.

— Você ouviu a música que tocou?

— Ouvi — disse Felix.

— Então alguém de fora sabe.

— Parece que sim.

— O que você acha que vai acontecer?

— Não sei.

— Será que em breve vamos receber uma carta de extorsão?

Felix ficou calado, mordendo o lábio, e Kuznetsov contemplou a rua com um olhar vago.

— Acho que a gente deve se preparar para algo pior — disse Felix.

Não diga isso, Kuznetsov pensou. Não diga isso.

— Por quê?

Sua voz desafinou.

— Porque Bogdanov acabou de ligar...

— Bogdanov?

— O homem de Kira.

Kira, ele pensou, a encantadora e odiosa Kira, e em seguida se lembrou: foi como tudo começou, com o belo rosto dela se torcendo numa careta medonha, sua boca gritando "Atire para matar" e seus olhos pregados em um vulto escuro rente ao muro. Na sua lembrança, isso parecia se ligar ao barulho infernal que se seguiu.

— O que Bogdanov disse? — perguntou.

— Que sabia quem hackeou a gente.

A instalação elétrica, pensou. Como ele podia ter dito *instalação elétrica*?

— Alguém nos hackeou então?

— Parece que sim.

— Mas isso não deveria ser possível, seu idiota, não deveria ser possível.

— Não deveria, só que essa pessoa...

— O que é que tem essa maldita pessoa?

— Ela é extremamente habilidosa.
— Ah, é uma mulher?
— É uma mulher, e pelo visto ela não está atrás de dinheiro.
— Está atrás do quê, então?
— De vingança — respondeu Felix, e então Kuznetsov começou a tremer e acertou um soco no queixo dele.
Depois ele se afastou e foi encher a cara de champanhe e vodca.

Ao entrar em seu quarto no hotel, Lisbeth parecia calma, sem aparentar a pressa que tinha. Serviu-se de um copo de uísque e o bebeu de um só gole, pegou algumas nozes em uma tigela na mesa de centro. Depois fez a mala, e não havia nada de impetuoso ou de nervoso em seus movimentos.

Só quando já havia fechado a mala e estava pronta para ir, notou seu corpo estranhamente tenso. Seus olhos procuravam alguma coisa para fazer em pedaços, um vaso, um quadro, o lustre de cristal no teto. No fim, contentou-se em ir até o banheiro, olhar fixo para o espelho e analisar cada traço de seu rosto. Ela não viu nada.

Em pensamento, ela ainda estava no Bulevar Tverskói, sua mão indo até a arma e depois recuando. Lembrou o que fez o gesto parecer simples e o que o tornou tão difícil, e se deu conta de que, pela primeira vez em todo o verão, não sabia o que fazer. Ela estava... bem, ela estava como? Pelo jeito, totalmente perdida, e nem mesmo pegar seu celular e descobrir onde Camilla morava a fez se sentir revigorada.

Em um mapa de satélite do Google Earth, ela viu um casarão de alvenaria rodeado de terraços, jardins, piscinas e estátuas, mas nem a imagem de tudo aquilo queimando, como o pai em sua Mercedes na Lundagatan, a fez se sentir melhor. O que pouco antes havia sido um plano perfeito já era uma confusão total, e ela concluiu que a hesitação de agora, assim como a daquela vez há muitos anos, era extremamente perigosa e a deixava em desvantagem. Lisbeth emitiu um resmungo inaudível e bebeu mais uísque.

Em seguida pagou via on-line a conta do hotel e saiu com sua mala. Só depois de haver percorrido muitos quarteirões, pegou a pistola, limpou-a bem e jogou-a num escoadouro no meio-fio da calçada. Pegou um táxi e, com um de seus passaportes falsos, marcou um voo para Copenhague no dia seguinte bem cedo. Depois foi se hospedar no Sheraton, logo ao lado do aeroporto de Sheremetevo.

De madrugada, ela viu que Mikael tinha mandado uma mensagem de texto. Ele escreveu que estava preocupado, então ela se lembrou do vídeo da Fiskargatan e decidiu espiar o computador dele com seu acesso clandestino. Não soube dizer por quê. Quem sabe precisasse desviar os pensamentos para alguma coisa diferente daquilo que dava voltas e voltas em sua cabeça. Sentou à mesa.

Depois de algum tempo, encontrou alguns documentos criptografados aparentemente importantes para ele. Mikael ainda parecia querer lhe dar acesso. Nos arquivos que ele criara para ela, havia pistas e chaves que apenas Lisbeth poderia entender, e depois de circular um pouco pelo servidor de Mikael, a garota ficou absorta num longo artigo sobre o crash da Bolsa e as fábricas de trolls. Ele tinha conseguido desenterrar bastante coisa, mas não tanto quanto ela. Depois de ler o artigo inteiro duas vezes, ela acrescentou algumas coisas mais para o final do texto e incluiu um link com documentos e trocas de e-mail. Àquela altura já estava tão cansada que não percebeu ter grafado errado o nome de Kuznetsov e que, de forma geral, não manteve o estilo de Mikael. Certificou-se de ter encerrado a sessão e se deitou de costas na cama, sem tirar nem o terninho nem os sapatos.

Quando pegou no sono, sonhou que seu pai estava dentro de um mar de fogo, uma mensagem clara de que ela agora estava fraca e não teria a mínima chance contra Camilla.

5. 16 DE AGOSTO

Mikael acordou às seis da manhã no domingo. Pensou que fosse o calor. Estava quente e abafado como se um temporal estivesse prestes a desabar. Os lençóis e as fronhas, molhados de suor. Sentia a cabeça doer e por instantes se perguntou se estaria doente. Até se lembrar da noite anterior. Ele tinha ficado acordado até tarde, bebendo, e amaldiçoou a luz da manhã que penetrava por baixo das cortinas. Puxou o cobertor sobre a cabeça, tentando voltar a dormir.

Mas então cometeu a estupidez de dar uma olhada no celular para ver se Lisbeth tinha respondido à sua mensagem. Claro que não. Começou a refletir sobre ela outra vez e, não havendo como se aquietar, enfim se sentou na cama.

Na mesa de cabeceira havia uma pilha de livros que ele começara a ler e não terminara, e cogitou ficar lendo na cama ou talvez sentar e continuar trabalhando no seu artigo. Em vez disso, foi para a cozinha fazer um cappuccino. Em seguida, pegou os jornais da manhã e se concentrou nas notícias. Meia hora depois respondeu alguns e-mails, arrumou um pouco o apartamento e limpou o banheiro.

Às nove e meia, recebeu uma mensagem de texto de Sofie Melker, sua jovem colega que acabara de se mudar para o bairro com o marido e dois filhos. Sofie queria discutir a ideia de uma reportagem. Mikael não estava muito a fim disso, mas como gostava de Sofie sugeriu tomarem um café no Kaffebar da Sankt Paulsgatan dali a meia hora. Recebeu um polegar para cima como resposta. Ele não gostava de emojis. Na sua opinião, a linguagem escrita era mais que suficiente. Mas não quis parecer antiquado e mandou de volta uma figurinha feliz qualquer.

Infelizmente, seus dedos desajeitados demais enviaram, em vez de uma carinha sorridente, um coração vermelho. Aquilo poderia ser mal interpretado. Mas que se dane, pensou, tudo já estava tão banalizado... Um coração não significava mais nada, certo? Um abraço era "oi" e o coração devia ser uma espécie de "querida". Deixou estar, foi tomar banho, fez a barba, vestiu um jeans e uma camisa azul e saiu.

O céu estava de um azul cristalino e o sol brilhava forte. Mikael desceu a escadaria de pedra até a Hornsgatan e entrou na Mariatorget olhando em volta, surpreso por haver tão poucos vestígios da festa popular do dia anterior. Não viu sequer uma bituca de cigarro no caminho de cascalho. As lixeiras tinham sido esvaziadas, e mais adiante, à esquerda, do lado de fora do Hotel Rival, uma garota de colete laranja espetava o lixo da grama com uma longa vara de metal. Ele passou por ela e pela estátua no meio da praça.

Não havia nenhuma outra estátua na cidade pela qual ele passasse mais do que aquela. Ainda assim, nem sabia o que ela representava. Nunca se importara com ela, como acontecia com tanta coisa bem na frente do nariz das pessoas. Se alguém tivesse perguntado, ele talvez arriscasse a dizer que era são Jorge e o dragão. No entanto, era Thor matando a Serpente de Midgard. Em todos aqueles anos, ele nunca lera a inscrição, e também dessa vez seu olhar se dirigiu para além da estátua, para o parquinho, onde um jovem pai com expressão entediada empurrava o filho no balanço, e para os bancos e o gramado, onde as pessoas tinham o rosto virado para o sol. Parecia uma manhã qualquer de domingo. Mesmo assim, teve a sensação de que faltava alguma coisa. Afastou o pensamento, achando-o uma tolice, uma ilusão, e apertou o passo outra vez, entrando na Sankt Paulsgatan. E de repente a ficha caiu.

O que faltava era uma figura que ele não via fazia uma semana e que costumava ficar sentada, imóvel, perto da estátua e em cima de um pedaço de papelão, como um monge meditando. Um homem com dedos que não passavam de tocos e um rosto ressecado e envelhecido, e com um enorme casaco azul de neve. Por algum tempo, o homem fez parte da paisagem diária de Mikael, embora fosse mais um pano de fundo em seus períodos de trabalho intensivo.

Ele andara tão recolhido em si mesmo que não enxergara. Mas o pobre-diabo estivera ali o tempo todo, como uma sombra em seu inconsciente, e só agora, depois de ele desaparecer, se apresentou com mais nitidez. Do nada, Mikael foi capaz de evocar uma série de detalhes sobre ele na memória: a mancha escura no rosto, os lábios rachados e um quê de orgulho na postura que contrastava com sua figura sofrida. Como pôde ter se esquecido dele? Em algum lugar, ele sabia a resposta.

Em outros tempos, um homem como aquele teria saltado à sua vista como uma ferida aberta nas ruas. Hoje mal se caminhava cinquenta metros sem que alguém lhe pedisse algumas moedas. Ao longo das calçadas, do lado de fora das lojas, nos pontos de coleta de lixo reciclável e nas entradas do metrô, homens e mulheres mendigavam. Uma Estocolmo nova e arruinada tinha surgido, e num piscar de olhos todos se acostumaram. Esta é a triste verdade.

O número de mendigos havia aumentado praticamente ao mesmo tempo que os holmienses pararam de andar com dinheiro em espécie no bolso, e assim como todo mundo ele tinha aprendido a desviar os olhos. Com frequência nem sentia mais culpa, e foi invadido por uma melancolia que não tinha necessariamente a ver com aquele homem nem com os mendigos em geral, mas talvez com a transitoriedade do tempo e com as mudanças da vida às quais mal prestávamos atenção.

Do lado de fora do Kaffebar, um caminhão estacionado tinha ficado tão espremido na vaga que Mikael pensou em como ele iria sair dali. Dentro do café, como sempre, viu muitos conhecidos seus. Ele estava sem energia para eles, cumprimentou-os apenas por obrigação, pediu um espresso duplo e um pão torrado com *cantarella*, e sentou-se à mesa da janela que dava para a Sankt Paulsgatan, absorto em pensamentos. Pouco depois sentiu uma mão em suas costas. Era Sofie. Ela estava com um vestido verde, tinha o cabelo solto e sorria discretamente para ele. Ela pediu chá com leite, uma garrafa de Perrier, e depois mostrou seu celular com o coração vermelho.

— Flertando ou cuidando do bem-estar dos funcionários? — ela perguntou.

— Dedos desajeitados — ele respondeu.
— Resposta errada.
— Então cuidando do bem-estar dos funcionários. Instruções da Erika.
— Resposta errada ainda, mas melhor.
— Como vai a família? — ele perguntou.
— A mãe da família acha que as férias de verão são longas demais, as crianças exigem entretenimento o tempo todo, esses pequenos vândalos.
— Há quanto tempo vocês estão morando aqui?
— Há quase cinco meses, e você?
— Há séculos.
Ela riu.
— De certa forma é isso mesmo — ele disse. — Quando se mora aqui há tanto tempo como eu, você para de enxergar as coisas, fica andando por aí como se estivesse entorpecido.
— É mesmo?
— Pelo menos comigo acontece isso. Mas imagino que você, por ser nova no bairro, tenha os olhos mais abertos.
— Talvez.
— Lembra de um mendigo com um casaco grande de neve que ficava sentado lá embaixo na Mariatorget? Ele tinha uma mancha escura no rosto e quase nenhum dedo nas mãos.
Ela deu um sorriso triste.
— Ah, sim, lembro muito bem dele.
— Por que você lembra?
— Porque ele não era alguém fácil de esquecer.
— Eu o esqueci.
Sofie olhou espantada para ele.
— Como assim?
— Eu devo tê-lo visto pelo menos umas dez vezes, mesmo assim nunca o enxerguei de verdade. Só agora que está morto é que ele me parece vivo.
— Ele morreu?
— A médica-legista me telefonou ontem.
— E por que justamente para você?
— O homem tinha o número do meu telefone no bolso, e a médica provavelmente achou que eu pudesse ajudar a identificá-lo.

— E não ajudou?
— Não mesmo.
— Ele deve ter achado que tinha alguma matéria para você.
— Provavelmente.

Sofie tomou um pouco de chá, e os dois ficaram calados por um momento.

— Há uma semana ele abordou Catrin Lindås também — ela disse.
— Sério?
— Ficou enlouquecido quando topou com ela. Eu vi a cena à distância, na Swedenborgsgatan.
— O que ele queria com ela?
— Deve ter visto a Catrin na TV.

De fato Catrin Lindås aparecia na TV de vez em quando. Ela era editorialista e colunista, conservadora, e participava com frequência de debates sobre a ordem pública e sobre disciplina e aprendizado nas escolas. Era bonita de um jeito cafona, usava tailleurs de corte impecável e blusas com gola de laço bem passadas, e na cabeça jamais havia um único fio de cabelo fora do lugar. Mikael a achava rígida e sem imaginação. Ela o tinha criticado no jornal *Svenska Dagbladet*.

— E o que aconteceu? — perguntou Mikael.
— Ele agarrou o braço dela e gritou.
— Gritou o quê?
— Não faço ideia, mas ele ficou agitando um galho ou um pau. Catrin ficou muito abalada depois. Tentei acalmá-la e ajudá-la a tirar uma mancha do casaco.
— Nossa, deve ter sido difícil para ela.

Ele não quis ser sarcástico nem achou que tivesse sido. Mas Sofie o interrompeu de repente.

— Você nunca gostou dela, não é?
— Nada disso — ele disse na defensiva. — Não há nada de errado com ela, eu acho. Ela é apenas muito certinha e um pouco de direita demais para o meu gosto.
— A Senhorita Perfeição, certo?
— Eu não disse isso.
— Mas foi o que você quis dizer. Você faz ideia da quantidade de merda

que ela recebe pela internet? As pessoas tendem a vê-la como uma vaca da alta sociedade que estudou no Lundsberg e que olha as pessoas comuns lá do alto, com desprezo. Só que você sabe como foi a vida dela?

— Não, Sofie, não sei.

Ele não entendeu por que ela havia ficado tão zangada de repente.

— Então eu vou te contar.

— Por favor.

— Ela cresceu na maior miséria, numa comunidade hippie em Gotemburgo, arruinada pelas drogas. Seus pais usavam LSD e heroína, e a casa dela era um caos total, cheia de lixo e de toxicômanos drogadaços. Seus tailleurs e sua disciplina foram seu modo de sobreviver. Ela é uma lutadora. É uma rebelde à sua maneira.

— Interessante.

— Exatamente. Sei que você acha que ela é reacionária, mas Catrin faz muita coisa boa na sua luta contra a new age, a neoespiritualidade e contra toda essa bosta com a qual ela cresceu. Ela é muito mais interessante do que as pessoas pensam.

— Vocês são amigas?

— Somos amigas, sim.

— Obrigado, Sofie. Nesse caso, vou tentar enxergá-la de outra perspectiva da próxima vez.

— Eu não acredito em você — ela disse, rindo como quem se desculpa, mas de um jeito que deixou claro que aquele era um assunto delicado para ela.

Depois ela perguntou como estava indo a matéria dele. Mikael respondeu que não tinha feito grandes progressos. Disse que a pista russa andava emperrada.

— Mas suas fontes são boas, não?

— O que as fontes não sabem eu também não sei.

— Talvez seja uma boa ideia você dar um pulo em São Petersburgo e ficar de olho naquela fábrica de trolls. Qual é o nome dela mesmo?

— New Agency House?

— Não era uma espécie de central?

— Também parece uma porta fechada.

— Será que estou ouvindo um Blomkvist mais pessimista do que o normal?

Ele mesmo estava ouvindo um também, mas não sentia a menor vontade de ir a São Petersburgo. A cidade já estava lotada de jornalistas, e ninguém tinha sido capaz de descobrir quem estava por trás da fábrica nem o grau de envolvimento do serviço de inteligência ou do governo. Ele estava saturado daquilo. Andava cansado das notícias em geral e da deprimente evolução da política no mundo. Mikael bebeu seu espresso e perguntou qual era a ideia que Sofie tinha para uma reportagem.

Ela queria escrever sobre o tom antissemita da campanha de desinformação, o que também não era nenhuma novidade, pois os trolls obviamente não paravam de insinuar que a queda da Bolsa não passava de uma conspiração dos judeus. Era o mesmo lodo repulsivo ouvido há séculos e que já havia sido comentado e analisado inúmeras vezes. O enfoque de Sofie, porém, era mais concreto.

A ideia dela era contar como isso afetava o dia a dia das pessoas, das crianças em idade escolar, dos professores, dos intelectuais, das pessoas comuns que mal haviam parado para refletir sobre sua origem judaica. Ele disse: "Ótimo, vá em frente", fez algumas perguntas, estimulou-a um pouco, falou de modo geral sobre o ódio na sociedade, sobre os populistas e os extremistas, e também falou sobre os idiotas que destilavam veneno na secretária eletrônica dele. Depois de um tempo, ficou de saco cheio de si mesmo, abraçou Sofie, dizendo tchau e desculpe, sem nem saber por quê, voltou para casa, se trocou e saiu para correr.

6. 16 DE AGOSTO

Kira estava deitada em sua cama no casarão de Rubliovka, a oeste de Moscou, quando soube que seu hacker-chefe, Jurij Bogdanov, queria falar com ela. Ela mandou dizer que ele esperasse, e para deixar isso bem claro atirou uma escova de cabelo em sua governanta Katia, que lhe fora dar o recado, e puxou o cobertor sobre a cabeça. Tinha sido uma noite de cão. A lembrança do barulho infernal no restaurante, dos passos e da silhueta da irmã não a largava, e o tempo todo ela levava a mão ao ombro dolorido pelo empurrão que a jogara na calçada. Nem era tanto a dor, mas uma presença da qual não conseguia se livrar.

Por que aquilo não acabava nunca? Ela havia trabalhado duro e conquistado muito. Só que o passado continuava voltando sem parar, e cada vez com uma cara nova. Não tinha sido uma boa infância, no entanto havia partes que ela amava do seu jeito. Agora, pouco a pouco, até isso lhe estava sendo tirado.

Desde criança Camilla havia ansiado desesperadamente por ir embora, bater asas, sair da Lundagatan e daquela vida com a irmã e a mãe, deixar para trás toda a pobreza e aquela sensação de vulnerabilidade. Desde cedo entendeu que merecia coisa melhor. Ela tinha uma lembrança distante. Estava em Ljusgården, na loja de departamentos NK, quando viu uma mulher de casaco de pele e calça estampada que ria e era tão incrivelmente linda que parecia de outro mundo. Camilla foi se aproximando, até ficar ao lado das pernas da mulher. Então uma amiga também muito elegante apareceu, deu dois beijos no rosto da mulher e disse:

— Ah, é sua filha?

A mulher se virou, olhou para baixo e só então viu Camilla. Com um sorriso, respondeu em inglês:

— *I wish it were.*

Camilla não entendeu as palavras, mas sentiu que eram elogiosas. Enquanto se afastava, ouviu a mulher dizer em sueco: — Uma graça de menina. Se ao menos sua mãe soubesse vesti-la melhor... — Essas palavras abriram uma ferida em Camilla, e ela lançou um olhar na direção de Agneta — já naquela época chamava a mãe de Agneta —, que estava a alguma distância, olhando a decoração de Natal com Lisbeth, e viu a diferença abismal. Enquanto as duas mulheres brilhavam como se a vida só estivesse ali para seu bel-prazer, Agneta estava curvada e pálida, vestida com roupas gastas e feias. Um sentimento de injustiça se acendeu dentro dela. Vim parar no lugar errado, pensou, no lugar errado.

Houve muitos momentos como esse em sua infância, momentos em que ela se sentia ao mesmo tempo enaltecida e condenada. Enaltecida porque as pessoas a achavam linda como uma pequena princesa, e condenada porque pertencia a uma família que vivia à margem, nas sombras.

É verdade que ela começou a roubar para poder comprar roupas e presilhas de cabelo. Não era muito, no final das contas, em geral moedas, depois algumas cédulas, um broche da avó, o vaso russo da estante. Mas também é verdade que foi acusada de muito mais que isso, e começou a ficar evidente que Agneta e Lisbeth aliavam-se contra ela. Muitas vezes sentia-se a própria estranha no ninho, uma criança trocada na maternidade que estava sendo mantida sob vigilância, e tudo ficava pior quando Zala ia visitá-las e a jogava para longe, como se ela fosse uma cadela vira-lata.

Em momentos como esse, ela era o ser mais solitário da face da Terra e sonhava em fugir e arrumar outra pessoa para cuidar dela, alguém que a merecesse. Entretanto, uma luz começou a se infiltrar lentamente, um brilho falso talvez, mas era a única coisa disponível. Ela começou a prestar atenção em alguns detalhes: um relógio de ouro, rolos de cédulas em bolsos da calça, um tom imperioso ao telefone — pequenos sinais de que havia mais em Zala do que sua violência. Aos poucos começou a ver também a autoconfiança natural dele, a autoridade, sua atitude de homem do mundo, a energia dos gestos, todo o poder que ele irradiava.

Mas acima de tudo viu como *ele* começou a olhar para *ela*. Ele ficava parado, observando-a de cima a baixo, às vezes sorrindo, e não havia como resistir àquilo. Ele não costumava sorrir, por isso esse ato adquiriu tanta força, como se um holofote estivesse apontado para ela, e a certa altura ela parou de ter medo das visitas dele e até começou a fantasiar que *ele* é quem a tiraria de lá a fim de levá-la para um lugar mais rico e bonito.

Uma noite, quando ela tinha onze ou doze anos, e Agneta e Lisbeth haviam saído, o pai estava na cozinha bebendo vodca. Ela foi até ele, Zala acariciou o cabelo dela e lhe ofereceu uma bebida misturada com suco. — Um *screwdriver* — disse, contando que havia sido criado num orfanato em Sverdlovsk, nos montes Urais, onde apanhava todos os dias, mas que havia progredido na vida e se tornado rico e poderoso, com amigos no mundo inteiro. Parecia algo de um conto de fadas, e ele levou o dedo aos lábios, pedindo segredo. Ela estremeceu e em seguida se encheu de coragem para contar a ele como Agneta e Lisbeth a tratavam mal.

— Elas estão com inveja. Todo mundo inveja pessoas como você e eu — ele disse, prometendo fazer com que as duas a tratassem melhor. Depois disso, os dias na casa mudaram.

Quando Zala as visitava, o grande mundo chegava com ele, e ela o amava não apenas como seu salvador, mas também porque nada conseguia abalá-lo — nem os homens com expressão séria e de sobretudo cinza que às vezes iam procurá-lo nem os policiais de ombros largos que uma manhã bateram à porta. Mas *ela* conseguia.

Ela o fez ficar gentil e atencioso, e por muito tempo não entendeu o preço que estava pagando, e menos ainda como se iludia. Só via naquilo a melhor época de sua vida. Finalmente alguém prestava atenção nela, e ela era feliz. Ficou encantada com as visitas cada vez mais frequentes do pai e com os presentes e o dinheiro que ele lhe dava escondido. E no momento em que algo novo e grandioso parecia prestes a acontecer, Lisbeth lhe tirou tudo, e desde então ela passara a odiar a irmã com uma força cheia de fúria, com um ódio que se instalou nela como a parte mais duradoura e fundamental de seu ser. Camilla queria revidar e destruir Lisbeth, e não iria vacilar só porque a irmã agora, por acaso, estava um passo à sua frente.

Do lado de lá das cortinas, o sol brilhava forte depois da noite de chuva. Ela ouviu o som dos cortadores de grama, vozes distantes, e fechou os olhos, pensando nos passos que se aproximavam de seu quarto, à noite, na Lundagatan. Depois fechou o punho direito, chutou o edredom e se levantou.

Iria retomar a iniciativa.

Já fazia uma hora que Jurij Bogdanov esperava. Mas ele não tinha ficado ocioso. Estivera concentrado em seu notebook no colo, e só agora olhou inquieto para o terraço e o grande jardim lá fora. Não tinha nenhuma boa notícia e não esperava nada além de broncas e trabalho duro, mas ainda assim se sentia forte e motivado, e tinha mobilizado sua rede inteira. Seu celular tocou. Ele recusou a ligação. Era Kuznetsov de novo. O histérico, o idiota, o maldito Kuznetsov.

Eram onze e dez, e lá fora os jardineiros faziam um intervalo para o almoço. O tempo passava, e ele olhou para baixo, para o seu sapato. Hoje Bogdanov era rico e usava ternos de alfaiate e relógios caros. Mas a sarjeta nunca o deixara. Ele era um ex-viciado criado nas ruas, e aquela vida havia deixado marcas em seu olhar e em seus movimentos.

Seu rosto era anguloso e cheio de cicatrizes, ele era alto e magro, com lábios estreitos e tatuagens amadoras nos braços. Mesmo que Kira não quisesse exatamente exibi-lo em sociedade, ele continuava valioso para ela, e isso lhe deu forças agora que ouvia os saltos dela reverberando sobre o piso de mármore. Ela vinha em sua direção, tão divina como sempre, vestindo um tailleur azul-claro e uma blusa vermelha desabotoada no pescoço. Kira se acomodou na poltrona ao lado dele.

— E aí, o que temos? — perguntou ela.
— Problemas — respondeu ele.
— Fale logo.
— Aquela mulher...
— Lisbeth Salander.
— Ainda não temos a confirmação, mas sim, só pode ser ela, sobretudo levando-se em conta o nível da invasão hacker. Kuznetsov é tão paranoico

com seus sistemas de TI que obriga seus especialistas a revisá-los de cabo a rabo. Ele tinha recebido garantias de que eram impossíveis de quebrar.

— Mas estava redondamente errado.

— Estava, e ainda não sabemos como ela agiu, mas a operação em si, ela já estando lá dentro, foi até que simples. Ela se conectou ao Spotify e aos alto-falantes instalados para a noite e tocou aquela música conhecida de rock.

— E as pessoas quase enlouqueceram.

— Também tinha um equalizador lá, que infelizmente era digital e paramétrico, e ligado ao wi-fi.

— Fale de um jeito que eu entenda.

— O equalizador configura o som, ajusta o grave e o agudo, Salander se conectou a ele pelo celular e criou o pior tipo de choque sonoro. Foi extremamente desagradável aos ouvidos, e as pessoas devem ter sentido aquilo no coração. Por isso muita gente pôs a mão no peito, sem entender que era o som que estava causando aquilo.

— A ideia dela foi criar um tumulto.

— Em primeiro lugar, ela quis mandar um recado. O nome da música é "Killing the world with lies", da banda Pussy Strikers.

— Aquelas ruivas vadias?

— Exatamente — disse Bogdanov, sem por um instante admitir que achava Pussy Strikers o máximo.

— Continue.

— A música foi escrita como protesto aos primeiros relatos de assassinatos de homossexuais na Chechênia, mas na verdade ela não fala dos assassinos nem da máquina do Estado, e sim da pessoa que orquestrou a campanha de ódio nas redes sociais que levou aos atos de violência.

— Ou seja, o próprio Kuznetsov.

— Exatamente, só que...

— ... que ninguém de fora deveria ter conhecimento disso — completou ela.

— Ninguém deveria nem mesmo saber que ele é quem está por trás das agências de informação.

— Então como Lisbeth soube?

— Estamos vendo isso e tentando acalmar os envolvidos. Kuznetsov está fora de si. Bêbado como um gambá e morrendo de medo.

— Por quê? Não deve ser a primeira vez que ele instigou as pessoas umas contra as outras.

— Não mesmo, mas é que na Chechênia as coisas desandaram. Houve até pessoas enterradas vivas — disse ele.

— Problema de Kuznetsov.

— De certa forma. Mas o que me preocupa...

— Fale logo.

— ... é que o principal alvo de Salander não deve ser Kuznetsov. Não podemos descartar que ela saiba da nossa participação nas agências de informação. É de você que ela quer se vingar e não dele, certo?

— A gente devia ter acabado com ela há muito tempo.

— Tem mais uma coisa.

— O quê?

Bogdanov sabia que não valia a pena protelar mais.

— Depois de empurrar você ontem à noite, ela tropeçou — continuou ele. — Ela perdeu o equilíbrio por causa do impacto e caiu para a frente, ou pelo menos foi o que pareceu. Ela teve que se segurar na sua limusine, logo acima da roda traseira, e a princípio achei que o movimento parecia bem natural. Mas depois repassei as imagens de vigilância várias vezes e concluí que ela talvez não tivesse perdido o equilíbrio e que, em vez de estar se apoiando na lataria, estava grudando alguma coisa nela. Aqui está.

Ele mostrou uma caixinha retangular.

— O que é isso?

— Um transmissor de GPS que seguiu você até aqui.

— Ou seja, agora ela sabe onde eu moro?

Camilla resmungou as palavras entre os dentes e sentiu um gosto parecido com ferro ou sangue na boca.

— Infelizmente, sim — disse ele.

— Idiotas — rosnou ela.

— Tomamos todas as medidas de precaução — continuou Bogdanov, cada vez mais nervoso. — Reforçamos a vigilância, e principalmente a do sistema de TI, claro.

— Você quer dizer que agora a gente está numa posição defensiva?

— Não, não, de jeito nenhum. Só estou comunicando a você.

— Se encarregue apenas de encontrá-la, caralho.

— Infelizmente, não é tão fácil. Verificamos todas as câmeras de segurança na área. Ela não aparece em lugar nenhum, e não foi possível rastreá-la através de celulares ou computadores.

— Procure nos hotéis, então. Mande um alerta geral. Passe um pente-fino em tudo que vocês veem e escutam.

— Estamos fazendo isso, tenho certeza de que vamos esmagá-la.

— Não subestime aquela bruxa.

— Não a subestimo nem por um segundo. Mas de fato acho que ela perdeu a chance dela, e agora a situação virou a nosso favor.

— Como você pode falar uma coisa dessas, quando ela sabe onde moro?

Bogdanov hesitou, procurando as palavras.

— Você disse que achou que Salander ia te matar, certo?

— Eu tinha certeza. Mas pelo visto ela está planejando alguma coisa pior.

— Acho que você está enganada.

— O que você quer dizer?

— Acho que ela realmente quis atirar em você. Não consigo ver outro motivo para o ataque. Certo, ela deu um susto e tanto em Kuznetsov. Mas fora isso... o que ela ganhou? Nada. Ela só se expôs.

— Você está sugerindo...

Ela olhou para o jardim e se perguntou onde os jardineiros tinham se enfiado.

— Eu estou sugerindo que ela vacilou e não conseguiu atirar. Que ela não foi feita pra isso. Que, no fim, não é tão forte.

— É uma ideia que conforta — disse Kira.

— Acho que essa é a verdade. Nenhuma outra teoria faz sentido.

Ela de repente se sentiu um pouco melhor.

— Além do mais, ela deve ter pessoas com as quais se importa — disse Kira.

— Ela tem suas amantes.

— E o seu Super-Blomkvist — ela acrescentou. — Em primeiro lugar vem o seu Mikael Blomkvist.

7. 16 DE AGOSTO

Eram oito e meia da noite e, já um pouco arrependido, Mikael estava no restaurante Gondolen, perto de Slussen, jantando com Dragan Armanskij, dono da empresa de segurança Milton Security. Suas pernas e costas doíam depois de ter ido correr em Årstaviken e, além do mais, a conversa estava bem entediante. Era a porra de uma lenga-lenga sobre possibilidades de desenvolvimento no leste, ou será que era no oeste?, e, no meio disso tudo, a história de um cavalo que invadiu uma tenda montada em uma festa em Djurgården:

— ... depois, aqueles idiotas ainda empurraram o piano de cauda para dentro da piscina.

Mikael não entendeu se aquilo tinha a ver com o cavalo. Mas também não estava prestando muita atenção. No outro lado do restaurante, havia um grupo de colegas do jornal *Dagens Nyheter*, entre os quais Mia Cederlund, com quem ele tivera um caso infeliz. E lá estava também Mårten Nyström, o ator do Dramaten, o Teatro Real, cuja descrição na reportagem investigativa da *Millennium* sobre abuso de poder no teatro não tinha sido muito lisonjeira. Nenhum dos presentes parecia feliz em vê-lo, e ele baixou os olhos para a mesa, bebeu vinho e pensou em Lisbeth.

Lisbeth era o denominador comum entre ele e Dragan. Dragan foi o único empregador que ela teve, e ele nunca conseguiu superá-la por completo, o que talvez não fosse tão estranho. Dragan havia contratado Lisbeth numa espécie de projeto de reintegração social havia muito tempo, e ela se tornou a colaboradora mais brilhante que ele já tivera. É provável que Dragan tenha se apaixonado por ela durante um tempo.

— Que loucura — disse Mikael.

— Nem me fale, e aquele piano de cauda...

— Então, você também não fazia ideia de que Lisbeth ia se mudar? — interrompeu ele.

Dragan relutou em mudar de assunto e pode ser que tenha se chateado por Mikael não estar mais se divertindo com a história. Afinal, era um piano de cauda numa piscina. Qualquer estrela de rock ficaria arrepiada. Mas aí ele ficou sério de repente.

— Na verdade, eu não deveria estar falando isso para você — ele disse.

Mikael achou que era um bom início e se inclinou sobre a mesa.

Lisbeth tinha dormido um pouco, tomado banho e agora estava na frente do computador em seu quarto no hotel em Copenhague, quando Praga, seu amigo mais próximo da República dos Hackers, lhe mandou uma mensagem criptografada. Era apenas uma pergunta breve e trivial, mesmo assim a incomodou.

Está tudo bem?

Está tudo uma merda, ela pensou. Respondeu:

Não estou mais em Moscou.

Por que não?

Não consegui fazer o que eu tinha planejado.

O que você não conseguiu fazer?

Ela queria cair na farra e esquecer tudo. Escreveu:

Acabar com tudo.

Com tudo o quê?

Tchau, Praga, ela pensou.

Nada, ela escreveu.

Por que você não conseguiu acabar com *nada*?

Não é da sua conta, ela murmurou.

Porque me lembrei de uma coisa.
Do quê?

Dos passos, ela pensou, do rosto sussurrante do pai e de sua própria hesitação, de sua incapacidade de entender aquilo, e depois da silhueta da irmã se levantando da cama e saindo do quarto com Zala, o canalha.

Da merda toda, ela respondeu.
Que tipo de merda?

Ela teve vontade de jogar o computador na parede. Escreveu:

Que contatos a gente tem em Moscou?
Estou preocupado com você, Wasp. Esqueça a Rússia. Saia daí logo.

Dá um tempo, ela pensou.

Que contatos a gente tem em Moscou?
Bons contatos.
Quem pode instalar um captador de IMSI **num lugar complicado?**

Praga não respondeu de imediato. Depois escreveu:

Katia Flip, por exemplo.
Quem é ela?
É mais ou menos louca. Antes fazia parte do Shaltai Boltai.

O que significa que vai cobrar caro.

Ela é confiável?
Depende do preço.
Me mande os detalhes, ela escreveu.

Em seguida, desligou o computador e foi se trocar. Decidiu que o terninho preto teria que servir para hoje também, embora estivesse amassado por causa da chuva do dia anterior e tivesse uma mancha cinza na manga direita. Também o fato de ela ter dormido com ele não tinha feito muito bem à roupa. Mas, paciência, e ela tampouco pretendia se maquiar. Limitou-se a passar a mão pelo cabelo antes de sair, pegou o elevador até o térreo, onde pediu uma cerveja no bar.

Do lado de fora estava Kongens Nytorv com seus espaços abertos, e havia algumas nuvens escuras no céu. Entretanto, Lisbeth não viu nada disso. Ainda estava presa à lembrança da mão que vacilara no Bulevar Tverskói e no filme antigo que não parava de passar na sua cabeça. Alheia a tudo, não notou nada até uma voz muito perto dela lhe fazer a mesma pergunta que Praga.

— *Are you okay?*

Isso a irritou. Não era da conta de ninguém, e ela nem se deu ao trabalho de erguer os olhos. Em seguida viu que tinha recebido uma mensagem de texto de Mikael.

Dragan Armanski se inclinou para a frente e disse numa voz sussurrante e confidencial:

— Uns meses atrás, Lisbeth me ligou pedindo que eu falasse com a administração do condomínio dela para instalarem câmeras de segurança do lado de fora do prédio da Fiskargatan. Achei uma boa ideia.

— E aí você tomou todas as providências.

— Não é uma coisa que se faz da noite para o dia, Mikael. É preciso uma permissão do governo da província, isso e aquilo. Mas acabou dando certo. Aleguei que o nível de ameaça ali era considerável, e o comissário Bublanski elaborou um relatório.

— Atitude louvável a dele.

— Nós dois nos empenhamos, e já no início de julho pude mandar dois funcionários meus lá instalarem algumas Netgears com controle remoto. E nem preciso dizer o cuidado enorme que tomamos com a criptografia. Ninguém além de nós poderia ver as gravações, e falei para minha equipe na central de vigilância ficar de olho nos monitores. Estava preocupado com Lisbeth. Com medo de que fossem atrás dela.

— Todos nós estávamos.

— Mas eu não imaginei que os fatos fossem me dar razão tão rápido. Seis dias depois, à uma e meia da manhã, nosso operador Stene Granlund, do plantão da noite, ouviu o som de motocicletas vindo dos microfones que havíamos instalados no local, e ele estava prestes a redirecionar as câmeras quando alguém fez isso antes dele.

— Opa.

— Pois é. Mas Stene não teve tempo de refletir muito sobre isso. Os motociclistas eram dois sujeitos com jaqueta de couro do MC Svavelsjö.

— Caralho.

— Pois é. O endereço de Lisbeth não era mais secreto, e nós sabemos que o MC Svavelsjö não costuma entregar café e pãezinhos doces na porta de ninguém.

— Não mesmo.

— Felizmente, os dois foram embora quando viram as câmeras, e é óbvio que na mesma hora entramos em contato com a polícia. Eles identificaram os sujeitos. Lembro que um deles se chamava Kovic. Peter Kovic. Mas isso não resolveu o problema, então telefonei para Lisbeth, exigindo vê-la naquela mesma hora, o que ela aceitou um pouco a contragosto. Ela foi até o meu escritório parecendo a nora dos sonhos de toda sogra.

— Parece um pouco de exagero.

— Quero dizer, em se tratando de Lisbeth. Estava sem os piercings, de cabelo curtinho, e parecia muito respeitável. Senti saudades, juro, daquela pessoa extravagante. Nem consegui brigar com ela por ela ter, obviamente, hackeado as nossas câmeras. Só pedi que tomasse cuidado. Eles estão atrás de você, falei. Sempre teve gente atrás de mim, ela respondeu, e eu fiquei furioso. Falei alto com ela, disse que ela precisava procurar ajuda e ter proteção: — Ou vão te matar. — Mas aí aconteceu uma coisa que me assustou.

— O quê?

— Ela olhou para o chão e disse: "Não se eu estiver um passo à frente".

— O que ela quis dizer?

— Também me perguntei isso, mas então me veio à cabeça a história do pai dela.

— Como assim?

— Porque daquela vez ela se defendeu atacando primeiro, e fiquei com a sensação de que ela estava planejando alguma coisa parecida de novo: atacar primeiro. Me assustei, Mikael. Eu vi os olhos dela, e aí não importava mais que ela fosse o sonho de toda sogra ou sei lá o quê. Ela parecia extremamente perigosa. Seu olhar era de uma escuridão total.

— Acho que você está exagerando. Lisbeth não é de correr riscos desnecessários. Ela costuma ser bem racional.

— Ela é racional, só que do jeito louco dela.

Mikael pensou no que Lisbeth tinha dito a ele no Kvarnen: que ela ia ser o gato e não o rato.

Ele disse:

— E o que aconteceu depois?

— Nada. Ela apenas foi embora, e depois eu não tive mais notícias. Só estou esperando ler que a sede do clube de Svavelsjö explodiu ou que encontraram a irmã dela incinerada dentro de um carro em Moscou.

— Camilla tem a proteção da máfia russa. Lisbeth nunca iniciaria uma guerra contra eles.

— Você acredita mesmo no que está dizendo?

— Não sei. Mas tenho certeza de que ela nunca...

— Nunca o quê?

— Nada — disse Mikael, e mordeu o lábio. Sentiu-se ingênuo e tolo.

— Nada acaba até que acabe de verdade, Mikael. Foi o que eu senti. Nem Lisbeth nem Camilla vão desistir até que uma delas esteja morta.

— Acho que você está dando uma dimensão muito grande para isso — disse Mikael.

— Você acha?

— Espero que sim — ele corrigiu. Bebeu mais um pouco de vinho e pediu desculpas por um momento.

Pegou o celular e mandou uma mensagem de texto para Lisbeth.

Para sua surpresa, a resposta veio de imediato:

Calma, Blomkvist, estava escrito. **Estou de férias. Estou me mantendo longe. Não estou fazendo nada de idiota.**

Férias talvez fosse um pouco de exagero. Mas o conceito de felicidade de Lisbeth tinha a ver com alívio da dor, e naquele momento, enquanto virava sua cerveja no bar do Hôtel D'Angleterre, ela sentiu exatamente isso, alívio, um peso lhe sendo tirado, como se só agora se desse conta da tensão que sentira o verão inteiro, como se a caçada à irmã a tivesse levado perto da loucura. Não que se sentisse relaxada ou que as lembranças da infância a tivessem abandonado. No entanto, era como se o seu horizonte tivesse se expandido e ela até começasse a ansiar não necessariamente por alguma coisa específica, mas sim por ficar longe de tudo, o que era suficiente para lhe dar aquela sensação de liberdade.

— *Are you okay?*

Em meio ao murmurinho do bar, ela ouviu a pergunta de novo, se virou e deu com uma jovem ao lado dela, buscando seu olhar.

— Por que você quer saber?

A mulher devia ter uns trinta anos, era morena e com um jeito intenso, olhos oblíquos e um longo cabelo negro encaracolado. Usava calça jeans, uma blusa azul-escura e botas de salto alto. Havia algo ao mesmo tempo duro e suplicante nela. Havia um curativo em seu braço direito.

— Não sei bem — disse a mulher. — É simplesmente o tipo de pergunta que se faz.

— É, deve ser.

— É que você parece estar bem na merda.

Lisbeth já tinha ouvido isso muitas vezes na vida. As pessoas se aproximavam, diziam que ela parecia mal-humorada, ou zangada, ou simplesmente na merda, e ela detestava isso. Mas por algum motivo desta vez aceitou o comentário e respondeu:

— Acho que eu estava, sim.

— E agora está melhor?

— Pelo menos me sinto diferente.

— Bom, eu me chamo Paulina e também estou na merda.

Paulina Müller tinha certeza de que a mulher também iria se apresentar. Mas ela não disse nada, nem mesmo lhe fez um aceno de cabeça. Por outro lado, tampouco a mandou embora. Paulina a tinha notado por causa do seu jeito de andar, como se a mulher estivesse se lixando para o mundo e nunca fosse procurar a amizade de ninguém. Havia algo de curiosamente cativante nisso, e Paulina pensou que ela mesma talvez tivesse andado daquele jeito tempos atrás, antes de Thomas lhe roubar aqueles passos.

A vida fora destruída tão lenta e gradativamente que ela mal pôde perceber, e embora a essa altura, depois da mudança para Copenhague, ela tivesse começado a compreender a extensão de tudo, a mulher o sentiu ainda mais fundo. O simples fato de estar ali, sentada ao lado dela, fazia Paulina se sentir sem liberdade nenhuma. A aura de total independência que a mulher irradiava a atraía.

— Você mora aqui na cidade? — ela se arriscou a perguntar.

— Não — respondeu a mulher.

— A gente acabou de se mudar para cá, viemos de Munique. Meu marido assumiu o cargo de diretor da Angler para a Escandinávia. A empresa farmacêutica — ela continuou, sentindo-se quase respeitável.

— Sei.

— Mas esta noite fugi dele.

— Certo — disse a mulher.

— Eu trabalhava como jornalista na *Geo*, a revista científica, sabe? Mas me demiti quando nos mudamos para cá.

— Sei — disse a mulher.

— Eu costumava escrever sobre medicina e biologia.

— Certo.

— Eu adorava fazer isso. Mas aí meu marido conseguiu esse emprego, e tudo ficou do jeito que ficou. Tenho feito alguns trabalhos como freelancer.

Ela continuou respondendo a perguntas que nunca foram feitas, a mulher apenas dizendo "Sei" ou "Certo", até finalmente perguntar o que Paulina estava bebendo. Quando Paulina respondeu "Sei lá, qualquer coisa", ela ganhou um uísque, um Tullamore Dew com gelo, e um sorriso, ou pelo menos o vislumbre de um sorriso. A mulher usava uma camisa branca sob um terninho preto que clamava por uma lavagem a seco e um ferro de passar, estava sem maquiagem e com os olhos encovados, como se não dormisse havia muito tempo. Seu olhar brilhava com uma energia sombria e inquietante, e Paulina tentou fazê-la rir.

Não funcionou muito bem. A mulher, porém, se aproximou dela e Paulina gostou, e talvez por isso começou a olhar apreensiva para a rua, como se temesse ainda mais que Thomas aparecesse. Em seguida a mulher sugeriu que elas continuassem a beber em seu quarto, em vez de ficarem ali.

Ela disse que não: "Não, sem chance. Meu marido não ia gostar nada disso". Em seguida as duas se beijaram, foram para o quarto de hotel e fizeram amor, e ela não conseguiu se lembrar de ter experimentado nada igual àquilo na vida, tão cheio de furor e desejo ao mesmo tempo. Depois contou sobre Thomas e toda a tragédia em sua casa, e a mulher pareceu ser alguém capaz de matar. Mas Paulina não soube dizer se ela poderia dar cabo de Thomas ou do mundo inteiro.

8. 20 DE AGOSTO

Mikael não foi à redação na semana seguinte nem trabalhou em seu artigo sobre as fábricas de trolls. Limpou o apartamento, saiu para correr, leu dois romances de Elizabeth Strout e jantou com sua irmã, Annika Giannini, sobretudo porque ela era a advogada de Lisbeth. Mas a única notícia que Annika tinha de Lisbeth era que ela tinha entrado em contato para pedir dicas sobre advogados alemães especialistas em direito de família.

No mais, Mikael só deixou o tempo passar. Às vezes ficava horas conversando ao telefone com sua velha amiga e colega Erika Berger sobre as últimas novidades do divórcio dela, e havia algo paradoxalmente libertador nisso, como se os dois fossem adolescentes outra vez, tagarelando sobre problemas amorosos. Porém não deixava de ser um processo difícil para ela. Na quinta-feira Erika ligou outra vez, mas num tom totalmente diferente, querendo falar de trabalho, e aí os dois se estranharam. Ela o xingou e o chamou de inútil.

— Não é isso, Ricky — disse ele. — Estou esgotado. Preciso de férias.

— Mas você disse que a reportagem estava praticamente pronta. Manda pra cá que a gente arruma.

— É só um monte de coisa requentada.

— Não acredito nisso nem por um segundo.

— Mas infelizmente é a verdade. Você leu a investigação do *Washington Post*?

— Não li, não.

— Eles me derrubam numa porção de pontos.

— Nem tudo precisa ser furo, Mikael. Só a sua análise já é valiosa. Impossível você estar sempre com notícias frescas. É até doentio pensar assim.

— Mas o artigo também não está bom. O texto está enfadonho. Vamos esquecê-lo.

— Não vamos esquecer coisa nenhuma, Mikael. Mas tudo bem... A gente dá um tempo e pula uma edição. De qualquer forma consigo montar esta edição com os assuntos que já temos.

— Tenho certeza que você consegue.

— E o que você vai fazer?

— Vou passar uns dias em Sandhamn.

Não foi exatamente a conversa mais agradável que já tiveram, mas ainda assim ele se sentiu como que libertado de um peso, e começou a fazer a mala. Imprimiu um ritmo lento, como se também não quisesse ir para lá, e de vez em quando voltava a pensar em Lisbeth. Soltou um palavrão por estar pensando nela o tempo todo, porém não havia como negar o óbvio: mesmo que ela lhe tivesse prometido não fazer nenhuma bobagem, ele estava preocupado, e zangado também. Ficava furioso por ela ser tão fechada e enigmática. Ele queria saber mais sobre as ameaças e as câmeras de segurança, sobre Camilla, sobre o MC Svavelsjö.

Queria esmiuçar tudo para ver se não podia fazer alguma coisa para ajudar. Mais uma vez repassou o que Lisbeth tinha dito no Kvarnen e ouviu os passos dela desaparecendo na noite na praça de Medborgarplatsen. Deixou a mala de lado, foi até a cozinha, pegou um iogurte e bebeu direto da embalagem. Então seu celular tocou. Número desconhecido. Mas agora que ele estava de folga achou que poderia muito bem atender, e até fez uma voz alegre: *Nossa, que ótimo que você está me ligando para me dar mais uma bronca.*

A médica-legista Fredrika Nyman chegou à sua casa em Trångsund, nos arredores de Estocolmo, e encontrou suas duas filhas adolescentes no sofá da sala, absortas em seus telefones, e aquilo não a surpreendeu nem um pouco.

As garotas dedicavam todo seu tempo livre aos celulares, vendo YouTube ou o que quer que fosse, e ela sentiu vontade de gritar para que elas largassem aquilo e fossem ler um livro ou tocar piano e que evitassem faltar de novo ao treino de basquete. Ou então que pelo menos saíssem para tomar um sol.

Mas ela não teve energia para nada disso. Seu dia fora horroroso e ela acabara de falar com um policial imbecil que, como todos os imbecis, se achava um gênio. Ele havia pesquisado o assunto, contou, o que significava que ele simplesmente tinha ido ler a Wikipédia e se tornado especialista em budismo. Talvez o mentecapto estivesse agora sentado em algum lugar, se sentindo o *próprio* iluminado, ela pensou. Era tão desrespeitoso e estúpido que Fredrika nem respondeu, e agora ela foi se sentar perto das filhas no sofá cinza de TV, torcendo para que uma delas dissesse oi. Nenhuma das duas fez isso. Mas pelo menos Josefin respondeu quando Fredrika perguntou o que elas estavam vendo.

— Uma coisa — disse ela.

Uma coisa.

Era uma informação tão fantástica que Fredrika sentiu vontade de gritar. Em vez disso, foi para a cozinha, limpou a bancada, limpou a mesa e entrou no Facebook em seu celular para mostrar que não ficava atrás das meninas. Por um bom tempo deu asas à imaginação navegando pela internet e, sem saber como, foi parar num site de viagens turísticas para a Grécia.

De repente uma ideia completamente diferente passou por sua cabeça, quem sabe inspirada por uma fotografia que viu no site, a de um idoso sentado num bar de praia. Na hora ela pensou em Mikael Blomkvist, mas relutou em ligar para ele de novo. Não queria passar pela chata que não parava de incomodar o jornalista famoso. Mas só ele parecia alguém que pudesse se interessar por sua ideia, por isso acabou lhe telefonando.

— Oi — disse Mikael. — Que bom você ligar!

Ele parecia tão feliz que na hora lhe ocorreu que era a melhor coisa que estava acontecendo no seu dia, o que dizia muito sobre ele.

— Eu estava pensando... — disse ela.

— Sabe — ele a interrompeu —, acabei me lembrando que de fato vi o seu mendigo, ou pelo menos acho que era ele.

— É mesmo?

— Tudo se encaixa, o casaco de frio, a mancha no rosto, os dedos amputados. Não pode ser outro.

— E onde você o viu?

— Na Mariatorget. Na verdade é uma loucura — continuou ele — que eu simplesmente o tenha esquecido. É difícil entender. Ele ficava sentado, sem se mexer, em um pedaço de papelão perto da estátua da praça. Devo ter passado por ele umas dez ou vinte vezes.

Ela se deixou levar pelo entusiasmo dele.

— Que incrível. E que impressão você teve dele?

— Bom... não sei direito — disse Mikael. — Nunca prestei muita atenção nele. Mas me lembro dele como alguém destruído, e também orgulhoso, um pouco como você o descreveu depois de morto. Costas eretas, cabeça erguida, como o cacique de algum filme. Não entendo como ele aguentava ficar sentado daquele jeito horas a fio.

— Ele dava a impressão de estar alcoolizado ou drogado?

— Não sei dizer. Talvez. Mas se estivesse muito chapado, dificilmente conseguiria se manter naquela posição por muito tempo. Por quê?

— Porque hoje de manhã recebi o resultado do exame toxicológico. Ele tinha dois microgramas e meio de zopiclona por grama de sangue venoso periférico no corpo. É um teor muito alto.

— O que é zopiclona?

— É uma substância encontrada em alguns soporíferos, no Imovane, por exemplo. Eu diria com certeza que ele ingeriu pelo menos vinte comprimidos misturados com álcool e, além disso, uma boa quantidade de dextropropoxifeno, que é um opiato analgésico.

— E o que a polícia acha?

— Overdose ou suicídio.

— Com base em quê?

Ela bufou.

— Com base em que é mais simples para eles, eu imagino. O investigador parecia mais interessado em se livrar do caso.

— Qual é o nome dele?

— Do investigador?

— Isso.

— Hans Faste.

— Ah, não — disse Mikael.
— Você o conhece?

Mikael conhecia Hans Faste bem até demais. Certa vez ele ficara convencido de que Lisbeth pertencia a uma seita lésbica satanista de rock pesado e, sem nenhuma evidência, a não ser uma boa dose de misoginia e de xenofobia, fez com que ela se tornasse suspeita de homicídio. Bublanski costumava dizer que Faste era o castigo pelos pecados da força policial.
— Infelizmente, sim — respondeu ele.
— Ele chamou o homem de mentecapto.
— Mentecapto parece bem coisa de Faste.
— Quando ele recebeu o resultado do exame toxicológico, na hora ele disse que o mentecapto havia tomado gosto por comprimidos.
— Só que você não está tão convencida disso.
— Claro que a explicação mais razoável é overdose, mas o fato de ser zopiclona é que me deixa na dúvida. Obviamente é possível se viciar nela, mas acontece mais com benzodiazepínicos, e quando eu chamei atenção para isso e disse que o homem devia ser budista, surtiu efeito.
— Como assim?
— Faste me telefonou algumas horas depois, dizendo que tinha feito uma pesquisa. Ele foi ler sobre suicídio na Wikipédia, e parece que lá está escrito que os budistas que se consideram especialmente iluminados têm o direito de tirar a própria vida, algo que ele pelo visto achou divertido. Disse que o sujeito com certeza ficou sentado debaixo da árvore se sentindo iluminado.
— Meu Deus.
— Pois é, fiquei furiosa. Mas deixei passar. Não quis brigar, pelo menos não hoje. Mas cheguei em casa com uma sensação de frustração geral, e aí me dei conta de que simplesmente não fazia sentido.
— Como assim?
— Pensei outra vez no corpo dele. Nunca vi um corpo que tenha passado por provações como aquelas. Tudo nele, cada pequeno tendão e músculo, conta a história de uma vida que foi uma luta tremenda. Pode soar um pouco amador, psicologicamente falando, mas acho difícil acreditar que esse tipo de

pessoa de repente pare de lutar e se entupa de comprimidos. Não acredito que se possa descartar a possibilidade de que alguém lhe tenha tirado a vida.

Mikael teve um sobressalto.

— Você sem dúvida vai ter que dizer isso a eles. Vão ter que pôr mais gente para investigar, além de Hans Faste.

— Vou fazer a minha parte, sim. Mas de qualquer forma quis te informar, como uma espécie de garantia, se a polícia não agir direito.

— Eu agradeço — disse ele, lembrando do que Sofie lhe contara sobre Catrin Lindås.

Pensou nos tailleurs muito bem passados dela, na mancha em seu casaco, na comunidade hippie onde havia sido criada, e se perguntou se deveria dar a dica sobre ela. Talvez Catrin tivesse alguma coisa para contar à polícia. Mas depois concluiu que por enquanto deveria poupá-la da atenção de Hans Faste. Então perguntou:

— E vocês ainda não sabem quem ele é?

— Não, nenhuma pista em lugar nenhum. Também não há registro de ninguém desaparecido com as características dele. Mas eu nem contava com isso. O que eu tenho é um sequenciamento de DNA enviado pelo NFC, que acabei de receber. No entanto, até agora é um sequenciamento superficial, autossômico. Vou pedir também uma análise do DNA mitocondrial dele e do cromossomo Y, e aí espero chegar mais longe.

— Fora isso, muitas pessoas devem se lembrar dele — disse Mikael.

— Como assim?

— Ele chamava atenção. Eu é que fiquei muito autocentrado neste verão. A polícia devia conversar com as pessoas que frequentam as imediações da Mariatorget. Muita gente deve ter reparado no sujeito.

— Vou passar o recado para eles.

Mikael começou a se sentir envolvido com o caso.

— Outra coisa.

— Diga.

— Se ele tomou mesmo aqueles comprimidos, não deve ter sido um médico que receitou. O homem não parecia alguém que marca consulta em psiquiatra, e sei que há muito tempo existe um mercado negro para esse tipo de medicamento. A polícia deve ter informantes nesse meio.

Fredrika Nyman ficou em silêncio por alguns segundos.

— Ai, merda — ela disse.
— Oi?
— Fui uma idiota.
— É difícil de acreditar nisso.
— Não, fui mesmo. Mas sabe... fico feliz que você se lembre dele. É importante para mim.

Mikael olhou para sua mala ainda por fazer e sentiu que não queria mais ir a Sandhamn.

Mikael Blomkvist fez algum comentário educado que Fredrika Nyman não ouviu bem. Ela desligou e mal notou Amanda surgir diante dela, perguntando o que teriam para o jantar. Talvez a filha até tivesse pedido desculpa por ter sido tão mal-humorada um pouco antes. Fredrika apenas murmurou que as garotas pedissem alguma comida.

— Pedir o quê? — as duas perguntaram.
— O que vocês quiserem — ela respondeu. — Pizza, comida indiana, tailandesa, batatinhas, alcaçuz.

Ela não se importou nem um pouco que as filhas olhassem para ela como se estivesse louca. Foi até o escritório, fechou a porta e escreveu um e-mail para o Laboratório de Química Forense, instruindo-os a fazer uma análise segmentar do cabelo com urgência, o que ela obviamente já deveria ter feito.

A análise segmentar do cabelo mostraria não apenas quanto de zopiclona e de dextropropoxifeno havia no corpo do homem no momento da morte, mas também o nível semanal existente na corrente sanguínea por vários meses. Em outras palavras, ela iria saber se ele abusara das substâncias por um longo tempo ou se apenas as ingerira uma vez, algo que poderia se tornar uma peça importante do quebra-cabeça. Tal constatação a fez esquecer as filhas, as dores nas costas, a insônia e a sensação de falta de sentido da vida. Fredrika não entendeu por quê. Ela passava o tempo todo analisando mortes suspeitas e hoje em dia raramente se envolvia daquela forma. Entretanto, a figura do homem a havia fascinado, e talvez até torcesse para que algo dramático tivesse ocorrido na morte dele. Como se seu corpo sofrido merecesse.

Sentia tanto isso, que passou horas observando fotos do corpo, cada vez descobrindo novos detalhes e se perguntando:
O que você vivenciou, meu velho amigo?
Que provações infernais você enfrentou?

Mikael sentou-se diante do computador e fez uma pesquisa no Google sobre Catrin Lindås. Ela tinha trinta e sete anos, um mestrado em ciências políticas e economia na Universidade de Estocolmo, e hoje era uma consagrada comentarista e colunista de linha conservadora. Estava à frente de um podcast de sucesso e assinava colunas nos jornais *Svenska Dagbladet* e *Journalisten* e nas revistas *Axess* e *Fokus*.

Ela lutava pela proibição da mendicância e debatia muito sobre os riscos inerentes à dependência da assistência social e sobre as deficiências do sistema de educação sueco. Era monarquista, favorável a uma defesa nacional forte, à proteção da família, ainda que ela mesma não parecesse ter uma. Dizia-se feminista, mas muitas vezes as feministas se opunham a ela. Era alvo de um ódio intenso na internet, tanto da direita quanto da esquerda. Sua *thread* de comentários no fórum de discussões Flashback era desconfortavelmente longa. — Precisamos ser cobrados — dizia com frequência. — Cobranças e obrigações nos fazem crescer.

A julgar por seus textos, ela detestava papo furado, superstições e crenças religiosas, sendo ainda mais cuidadosa em relação às últimas. Numa matéria publicada no *Svenska Dagbladet* sobre jornalismo construtivo — reportagens que não apenas descrevem problemas, mas também mostram caminhos para superá-los —, ela escreveu que "Mikael Blomkvist diz querer combater os populistas, mas sua visão pessimista da sociedade só põe lenha na fogueira deles".

Preocupava-a que jovens jornalistas o tivessem como exemplo. Alegava que ele tendia a ver as pessoas como vítimas e que, via de regra, se opunha à elite empresarial. Na opinião dela, Mikael deveria buscar soluções e não apenas problemas. Nada de mais, ele pensou.

Já tinha visto comentários piores, e talvez até houvesse algum pingo de verdade numa coisa ou noutra que ela dissera. No entanto, sentia-se ridiculamente intimidado por Catrin. Como se um único olhar dela fosse capaz de revelar que ele não tinha lavado a louça, ou tomado banho, ou fechado a braguilha. Ou que ele bebia leite diretamente da embalagem. Havia um quê de censura no olhar dela, e uma frieza, embora isso só reforçasse sua beleza austera.

Ele não conseguia parar de pensar em Catrin e no mendigo, no encontro paradoxal entre a rainha do gelo e o maltrapilho. No fim, descobriu o número do telefone dela e ligou. Ela não atendeu, e talvez tenha sido melhor. Afinal, não havia nada. Não havia história nenhuma, e ele devia ir para Sandhamn naquele instante, antes que ficasse tarde demais. Escolheu algumas camisas no guarda-roupa e um paletó, caso acabasse indo se divertir no Seglarhotellet. Então o telefone tocou. Era Catrin Lindås, e ela soou tão severa como parecia.

— Do que se trata? — ela perguntou de pronto, e ele pensou em dizer alguma coisa gentil sobre as colunas dela só para fazê-la relaxar.

Mas seria contrário demais à natureza dele, então Mikael se limitou a perguntar se estava incomodando.

— Estou ocupada — ela disse.

— Tudo bem, podemos conversar depois.

— Podemos conversar depois só se você me disser do que se trata.

Estou escrevendo um texto bem maldoso sobre você, ele teve vontade de dizer.

— Sofie Melker me contou que há algumas semanas você teve uma discussão desagradável com um mendigo que usava um casaco grande de pluma de ganso.

— Tenho muitas discussões desagradáveis — disse ela. — Faz parte do trabalho.

Meu Deus, ele pensou.

— Eu gostaria de saber o que o homem disse.

— Ele não disse coisa com coisa.

Ele olhou mais uma vez para as fotos de Catrin na internet.

— Você ainda está no trabalho? — perguntou.

— Como assim?

— Pensei em dar uma passada rápida aí para conversarmos sobre o assunto. Você está na Mäster Mikaels Gata, não é?

Ele não soube bem o que o levou a sugerir uma coisa dessa, mas tinha certeza de que, se viesse a conseguir alguma informação, não seria por telefone. Era como se a linha telefônica estivesse cercada por arame farpado.

— Tudo bem, mas coisa rápida mesmo — ela disse. — Daqui a uma hora.

Um bonde passou fazendo barulho do lado de fora do quarto de hotel de Lisbeth na Praça da República, em Praga. De novo Lisbeth estava bebendo muito, mais uma vez grudada no computador, atrás das telas de sua gaiola de Faraday. Verdade que tinha havido momentos de libertação e esquecimento, mas era sempre com a ajuda de bebida e sexo. Depois a raiva e a impotência voltavam.

Uma espécie de insanidade se apoderava dela, e o passado começava a girar como uma centrífuga em sua cabeça. Muitas vezes achava que aquilo não era vida. Não dava para continuar daquele jeito. Precisava fazer alguma coisa, e não ficar só esperando, ou escutando passos nos corredores e nas ruas, ou viver fugindo. Por isso havia tentado reassumir a iniciativa. Mas não era fácil.

A tal Katia Flip que Praga recomendara não impressionou nem um pouco no início. Por um bom tempo veio com mais papo furado do que outra coisa. Katia ficou pedindo mais e mais dinheiro e disse que ninguém se metia com aquele braço da máfia, principalmente agora que Ivan Galinov estava envolvido.

Depois começou uma lenga-lenga interminável sobre Galinov, sobre Kuznetsov também, sobre algumas conhecidas retaliações que haviam acontecido, e só depois de longas conversas na dark web é que Lisbeth conseguiu persuadir Katia a esconder um captador de IMSI num arbusto de rododendro a cem metros da casa de Camilla em Rubliovka. Depois Lisbeth ainda trabalhou muito para interceptar o IMEI do tráfego móvel dentro da casa. Pelo menos já era alguma coisa. Entretanto, não fornecia garantia nenhuma nem a ajudava a escapar do passado que martelava e ecoava dentro dela. Muitas vezes ela simplesmente ficava sentada como agora, comendo besteira e acabando com o uísque e a vodca do frigobar, e olhando fixo para a casa de Camilla através de um link de satélite que ela hackeara.

Só isso já seria loucura suficiente, mas ela também não queria mais se exercitar e mal saía do hotel. Apenas quando ouviu baterem à porta, Lisbeth

se levantou, deixando Paulina entrar. Lisbeth não ouviu uma palavra do que Paulina tagarelava, não até Paulina exclamar:
— O que aconteceu?
— Nada.
— Você parece...
— Na merda — Lisbeth completou.
— É, por aí. Posso ajudar em alguma coisa?
Fique longe, ela pensou. Fique longe. No entanto Lisbeth foi até a cama e se deitou, imaginando se Paulina ia ter coragem de se deitar a seu lado.

Mikael cumprimentou Catrin Lindås. O aperto de mão dela foi firme, mas Catrin evitou olhá-lo nos olhos. Usava saia, uma blusa branca abotoada até o pescoço, um blazer azul-claro, um xale com padrão escocês e sapato preto de salto alto. O cabelo estava preso num coque, e, embora a roupa estivesse justa e realçasse as formas de seu corpo, ela parecia tão sisuda quanto uma professora da Escola Inglesa. Pelo visto era a única que ainda estava no escritório. No quadro de avisos acima de sua mesa de trabalho, havia uma foto dela em um palco com Christine Lagarde, a presidente do Fundo Monetário Internacional. Pareciam mãe e filha.
— Que incrível — ele disse, apontando para a fotografia.
Ela não fez nenhum comentário, apenas indicou o sofá logo atrás de sua área de trabalho para que ele se sentasse, e se ajeitou numa poltrona em frente a Mikael com as pernas cruzadas e as costas eretas. Ele teve a sensação absurda de ser um súdito diante de uma rainha que, com relutância, lhe concedia uma audiência.
— Obrigado por me receber, foi muito gentil — disse ele.
— Não há de quê.
Ela o examinou com desconfiança, e ele teve vontade de perguntar por que ela antipatizava tanto com ele.
— Não pretendo escrever sobre você, então pode relaxar — disse ele.
— Pode escrever o que quiser sobre mim.
— Vou ficar com isso na cabeça.
Ele sorriu. Ela não sorriu.
— Na verdade, estou de férias — prosseguiu ele.

— Que bom.
— Bom mesmo.
Ele sentiu uma vontade irresistível de provocá-la.
— Por isso me interessei por aquele mendigo. Ele foi encontrado morto há alguns dias com o número do meu telefone no bolso.
— Certo.

Pelo amor de Deus, você ao menos poderia ter alguma reação pelo fato de ele ter morrido, Mikael pensou.

— Talvez ele tivesse alguma coisa para me contar, por isso fiquei curioso para saber o que lhe disse.
— Não disse muita coisa. Apenas gritou e agitou uma espécie de galho e quase me matou de susto.
— O que ele gritou?
— A baboseira de sempre.
— Que baboseira de sempre?
— Que Johannes Forsell é um hipócrita.
— Ele gritou isso?
— Bem, ele gritou alguma coisa sobre Forsell, mas, para ser sincera, eu estava mais preocupada em me soltar. Ele agarrou meu braço com violência, estava agressivo, foi desagradável, portanto me desculpe se não fiquei para ouvir com atenção as teorias de conspiração dele.
— Eu entendo, claro — disse Mikael, sentindo-se um pouco decepcionado.

Já estava cansado de ouvir todas as besteiras que se falavam sobre o ministro da Defesa. Era um dos assuntos favoritos dos trolls, e as histórias só ficavam mais bizarras a cada dia. Parecia apenas questão de tempo dizerem que Forsell administrava uma pizzaria para pedófilos. A razão disso, em parte, era sua atitude imperturbável contra os extremistas de direita e os xenófobos, e sua expressa preocupação com a agressividade crescente da política russa, mas talvez também um pouco por causa de sua personalidade. Forsell era um homem rico e de boa formação, corredor de maratonas, tinha atravessado o Canal da Mancha a nado, e às vezes era inevitável que parecesse arrogante. Em suma, irritava as pessoas.

Mikael, porém, gostava dele. De vez em quando os dois se cruzavam em Sandhamn e trocavam gentilezas. Além disso, ele havia investigado cuidadosamente os boatos persistentes de que Forsell teria ganhado muito dinheiro com o crash da Bolsa e até contribuído para ele, porém não encontrou nenhum fundamento nessa teoria. Uma gestão discricionária cuidava da fortuna de Forsell, e nenhum negócio fora feito antes ou durante o crash, e a queda da Bolsa também não consolidara sua situação financeira. Ele era o homem mais odiado do governo, e a única coisa que de fato havia conseguido fora aumentar o orçamento destinado ao Must, o Serviço de Inteligência Militar sueco, e o da MSB, a Agência Sueca de Defesa Civil. Por outro lado, isso era inevitável, levando em consideração o que havia ocorrido.

— Não suporto todas essas mentiras em massa — disse ela.

— Eu também não — disse ele.

— Então concordamos em alguma coisa.

Ele captou a provocação.

— Concordo que não é tão fácil conversar com um sujeito gritando e agitando um galho na sua frente — disse ele.

— Generoso de sua parte.

— Mas às vezes vale a pena escutar mesmo o que parece bobagem. Pode haver um grão de verdade ali.

— Agora você está querendo me dar conselhos profissionais?

O tom de voz dela o enfureceu, e ele teve vontade de lhe dar uma boa surra.

— Sabe — disse Mikael —, acredito que se pode enlouquecer de verdade se ninguém acredita em você.

— Como assim?

— Ser ignorado ano após ano pode acabar com uma pessoa.

— Ou seja, o homem se tornou mendigo e ficou psicótico porque gente como eu não aguentava ouvi-lo? — disse ela.

— Eu não quis dizer isso.

— Foi o que pareceu.

— Então me desculpe.

— Tudo bem.

— Eu soube que você também não teve uma vida fácil — ele arriscou dizer.

— O que isso tem a ver?

— Nada, eu acho.

— Bem, então agradeço a visita — disse ela.
— Meu Deus — murmurou ele. — Qual o seu problema?
— Problema *comigo*? — ela repetiu, pondo-se de pé. Por alguns segundos, os dois se encararam com irritação.

Ele teve a sensação absurda de estarem em um duelo, ou num ringue como dois pugilistas, e, sem entender bem como aconteceu, de repente ficaram muito perto um do outro. Mikael sentiu o hálito dela, viu seus olhos arderem, o peito arfar, a cabeça se inclinar levemente para o lado, e então a beijou, e por um instante pensou ter cometido uma estupidez imperdoável. No entanto, ela retribuiu o beijo, e por alguns segundos os dois se olharam espantados, sem entender o que tinha acontecido.

Em seguida ela agarrou a nuca de Mikael, o puxou para si, e, num piscar de olhos, tudo saiu de controle e eles foram parar no sofá, depois no chão, e em meio a toda aquela loucura Mikael se deu conta de que a tinha desejado desde a primeira vez que vira suas fotos na internet.

9. 24 DE AGOSTO

Fredrika Nyman estava no laboratório do Instituto de Medicina Legal, pensando em suas filhas e se perguntando o que dera errado.

— Não entendo — ela disse a seu colega Mattias Holmström.
— O que você não entende, Fredrika? — ele perguntou.
— Como posso estar com tanta raiva de Josefin e Amanda. É como se eu estivesse para explodir.
— Você está com raiva de quê?
— Elas são arrogantes demais. Nem me dizem um oi.
— Meu Deus, Fredrika, elas são adolescentes. É natural. Você não se lembra de como você era nessa idade?

Fredrika se lembrava. Ela fora uma garota exemplar, boa na escola, boa na flauta transversal, em vôlei e canto coral, e naturalmente também em comportamento e boas maneiras. Ela tinha sido toda sorrisos, dizia "Sim, mamãe. Claro, papai", como um soldadinho feliz. Com certeza fora insuportável de algum jeito. Mas, meu Deus, nem responder quando falam com você...

Ela não entendia isso e não conseguia evitar o mau humor, com frequência perdia a paciência à noite e gritava com as filhas. Estava cansada demais.

Precisava dormir, ter um pouco de paz e obviamente receitar a si mesma um soporífero já. E por que não alguma substância entorpecente de uma vez, de preferência misturada com vinho tinto e analgésicos? Ela tinha sido uma adolescente tão certinha que agora tinha o direito de sair um pouco dos trilhos. Riu consigo mesma e apenas por educação disse algumas palavras a Mattias, e quando ele lhe devolveu um sorriso amistoso Fredrika teve vontade de gritar com ele também.

Depois voltou a pensar no mendigo. O caso dele era o único no trabalho pelo qual se sentia motivada, e Fredrika fazia de conta que a polícia dava toda a atenção a ele. Com prioridade alta, havia pedido uma análise de carbono-14 dos dentes, que revelaria a idade do homem com uma margem de erro de dois anos, e uma de carbono-13, que mostraria os hábitos alimentares dele na infância, quando os dentes estavam em formação, e indicaria a quantidade de estrôncio e oxigênio contida neles.

Além disso, tinha feito o cruzamento do resultado do DNA autossômico com a base de dados internationalgenome.org e descobrira que o homem provavelmente era originário do sul da Ásia Central. Não ajudava muito, mas ela ainda estava à espera da análise segmentar do cabelo. O resultado de um exame de amostra de cabelo poderia levar meses, ela tinha pedido o máximo de rapidez possível ao Laboratório de Química Forense, e agora decidiu ligar mais uma vez para sua secretária médica.

— Ingela — disse. — Sei que estou sendo chata...

— Não se preocupe, você é a menos chata de todos. Só agora que você piorou um pouco.

— O resultado da amostra de cabelo já chegou?

— Do homem sem identificação?

— Dele mesmo.

— Espere um pouco, vou ver na central.

Fredrika tamborilou os dedos na mesa e olhou para o relógio da parede. Eram dez e vinte da manhã e ela não via a hora de almoçar.

— Olha só, olha só... — disse Ingela depois de não muito tempo. — Eles foram rápidos desta vez. Já chegou. Vou subir com ele.

— Só me fale o resultado.

— Aqui diz que... espere um pouco.

Fredrika sentiu-se estranhamente impaciente.

— Pelo visto, ele tinha cabelo comprido — prosseguiu Ingela. — Temos um total de três segmentos, e todos deram negativos. Nenhum vestígio de opiatos nem de benzodiazepínicos.

— Ou seja, ele não misturava substâncias.

— Era apenas um bom e velho alcoólatra. Não, espere... aqui... No passado tomou aripiprazol. É um neuroléptico, certo?

— Isso. Usado no tratamento de esquizofrenia.

— É tudo o que temos.

Fredrika desligou e ficou ali parada, pensando por algum tempo. Então o homem não tomava nenhum psicotrópico, apenas tinha se tratado com aripiprazol anos atrás. O que significava isso? Ela mordeu o lábio e olhou irritada para Mattias, que lhe sorriu daquele mesmo jeito tolo de antes. Mas de certa forma era óbvio, não? Ou o homem de repente, e talvez até por acaso, tinha conseguido um monte de comprimidos para dormir e ingerido, ou então alguém quis matá-lo e tinha posto os comprimidos na garrafa dele. Não que ela soubesse que gosto tinha aguardente com zopiclona. Não devia ser muito bom. Mas o homem também não devia ser muito exigente. Por outro lado, por que alguém ia querer matá-lo? Por enquanto não havia como saber. Com um cenário desse, porém, ela já podia excluir homicídio culposo. Não se tratava de um ato cometido por impulso; tinha havido premeditação. Exigia certa dose de sofisticação misturar comprimidos numa garrafa e depois batizá-la com opiatos. Com dextropropoxifeno.

Com dextropropoxifeno.

Algo nisso a deixou desconfiada. Com o dextropropoxifeno, o coquetel ficou um pouco bom demais, como se tivesse sido preparado por um farmacêutico ou por alguém que tivesse consultado um médico. De novo Fredrika sentiu uma excitação no corpo e ficou pensando no que devia fazer. Podia telefonar para Hans Faste e ouvir mais uma palestra sobre como os mentecaptos se comportam. Não estava a fim. Em vez disso, terminou seu relatório e depois ligou para Mikael Blomkvist. Já que tinha começado a bater com a língua nos dentes, agora o melhor era continuar.

Catrin Lindås estava sentada na sala de Mikael em Sandhamn, tentando escrever um breve editorial para o *Svenska Dagbladet*. Mas não ia muito bem. Estava sem inspiração, cansada de prazos e de ser obrigada a ter sempre opiniões. Enfim, tudo a aborrecia; tudo menos Mikael Blomkvist, o que obviamente era uma idiotice. Mas não havia como resistir. Ela devia voltar para casa e cuidar de seu gato, de suas plantas, também para demonstrar um pouco de autonomia.

No entanto, ela não desgrudou dele, e, por incrível que pareça, os dois nem tinham brigado, só feito amor e conversado por horas. E tudo isso talvez por causa da paixonite que tinha sentido por ele fazia séculos — ela e todas as jovens jornalistas da época. Mas, na verdade, Catrin achou que agora tinha sido mais o fator surpresa, a força do inesperado. Ela sempre teve certeza de que ele a desprezava e queria encurralá-la, o que a tornou desconfiada e arrogante, como acontecia quando estava sob pressão. Quis mandá-lo embora de seu escritório quando vislumbrou algo diferente nos olhos dele, uma fome, mas então as coisas saíram de controle. Ela havia se transformado na antítese de tudo que as pessoas pensavam dela, e nem se preocupou que algum colega pudesse entrar no escritório a qualquer momento. Apenas se lançou sobre ele com um ardor que até agora a surpreendia. Depois eles saíram e beberam muito vinho, embora ela nunca bebesse em excesso.

Eles chegaram a Sandhamn de táxi aquático tarde da noite e entraram aos tropeções na casa dele. Os dias haviam passado sem que tivessem feito muita coisa além de ficar entrelaçados na cama, sentados no jardim ou passeando no pequeno barco a motor de Mikael. Ainda assim, ela se recusou a acreditar que fosse algo sério, e até então não havia dito uma única palavra sobre o que realmente persistia em sua vida, sobre o pavor que nunca a deixava. Pretendia voltar para casa no dia seguinte ou talvez naquela noite mesmo. No entanto tinha dito a mesma coisa a si mesma ontem e anteontem, e continuava ali. Eram dez e meia da manhã da segunda-feira e o vento soprava no mar. Catrin olhou para o céu, onde uma pipa verde esvoaçava nervosamente ao vento. Houve um zumbido repentino perto dela.

Era o celular de Mikael. Ele tinha ido correr, e ela naturalmente não se ofereceu para cuidar do telefone dele. Mesmo assim, olhou para a tela. *Fredrika Nyman*. Devia ser a médica-legista de quem ele tinha falado, então ela acabou atendendo.

— Aqui é o celular de Mikael — ela disse.
— Eu gostaria de falar com ele.

— Ele foi correr. Quer deixar algum recado?

— Por favor, peça para ele me ligar — disse a médica-legista. — Diga que eu recebi o resultado de um exame.

— É sobre o mendigo do casaco de neve?

— Exatamente.

— Você sabia que eu o encontrei? — disse ela.

— É mesmo?

Catrin pôde sentir a curiosidade na voz da médica.

— Ele voou para cima de mim.

— Desculpa, quem é você?

— Sou Catrin, amiga de Mikael.

— E o que aconteceu?

— Ele me cercou uma manhã na Mariatorget, gritando.

— O que ele queria?

Ela se arrependeu de ter mencionado aquilo. Lembrou-se da sensação de alguma coisa horrível voltando de longe, como um vento frio do passado.

— Ele queria falar sobre Johannes Forsell.

— O ministro da Defesa?

— Ele queria zombar dele, como todo mundo anda fazendo, imagino. Mas eu me afastei o mais depressa possível.

— Você tem alguma ideia de onde ele era, da origem dele?

Catrin pensou que sabia muito bem de onde ele era.

— Não faço ideia — disse. — Que tipo de resultado de exame você tem?

— Acho melhor eu tratar disso com Mikael.

— Claro, vou dizer para ele te ligar.

Ela desligou o telefone e sentiu o medo invadi-la outra vez. Lembrou-se do mendigo: o jeito como estava ajoelhado ao lado da estátua na Mariatorget foi como um déjà-vu, como se ela tivesse voltado às viagens de sua infância. Talvez tivesse sorrido para ele um pouco apreensiva, da mesma forma que sempre sorrira para todos os pobres miseráveis no passado. De alguma forma, o homem deve ter se sentido reconhecido. Ele se levantou de um salto, pegou um galho que estava a seu lado e foi mancando na direção dela e gritando:

— *Famous lady, famous lady.*

Ela ficou surpresa por ele a ter reconhecido. Mas então o mendigo se aproximou e ela viu os tocos de dedos, a mancha negra no rosto, o desespero em seus olhos, a tez amarelada. Ela tinha ficado como que paralisada e incapaz de se mover, e só quando ele agarrou seu casaco e começou a desvairar sobre Johannes Forsell foi que ela conseguiu se soltar e fugir dali.

— Você não se lembra de nada que ele disse? — Mikael havia perguntado.

Ela respondeu que tinham sido as besteiras de sempre. Mas talvez não só. Voltou a ouvir as palavras dele e agora já não as achava incompreensíveis ou como parte daquilo que as pessoas costumavam dizer sobre Forsell. Agora elas sussurravam algo completamente diferente em seus ouvidos.

Mikael se aproximava de casa, exausto e suado. Olhou em volta, também não viu ninguém atrás dele, e pensou de novo: é só imaginação minha, bobagem. Nos últimos dias cismou que estava sendo vigiado e achou ter visto, com uma frequência um tanto exagerada, um quarentão com rabo de cavalo, barba e tatuagens nos braços. O homem sem dúvida estava vestido como um turista, mas seu olhar era um pouco vigilante demais para alguém em férias.

No fundo Mikael não achava que o homem tivesse a ver com ele, até porque a maior parte do tempo ele dedicava a Catrin, esquecendo-se do mundo lá fora. Mas de vez em quando sentia umas pontadas de angústia e então quase sempre pensava em Lisbeth, imaginando cenas horríveis. Ele olhou ofegante para cima. O céu estava claro e sem nuvens. Ele tinha lido que o calor ia continuar, trazendo ventos à noite e talvez uma tempestade. Parou em frente à sua casa e a seu jardim com as duas groselheiras que ele já deveria ter podado. Respirando forte e curvado com as mãos nos joelhos, olhou para a água e os banhistas.

Depois entrou em casa, esperando uma recepção calorosa. Catrin o vinha mimando e o recebendo como a um soldado que volta da guerra, mesmo que Mikael tivesse se ausentado por apenas dez minutos. Mas agora ela estava sentada rígida e séria na cama, e ele se preocupou, pensando mais uma vez no homem do rabo de cavalo.

— Aconteceu alguma coisa? — perguntou.

— O quê?... Não — ela respondeu.

— Ninguém veio aqui?

— Você estava esperando alguém? — ela disse, e ele ficou um pouco mais tranquilo. Alisou o cabelo de Catrin e perguntou como ela estava.

Catrin disse que estava tudo bem, porém ele não acreditou muito. Por outro lado, não era a primeira vez que a via com aquele ar sombrio. Mas ele sempre desaparecia tão rápido quanto havia surgido, e como ela lhe contou que a médica-legista havia ligado, Mikael decidiu deixá-la em paz, foi telefonar para Fredrika Nyman e ficou sabendo do exame de cabelo.

— Entendi — disse ele. — E a que conclusões você chegou?

— Sinceramente, fiquei revirando esse caso de todos os lados e ele ainda me parece suspeito — respondeu Fredrika Nyman.

Mikael olhou para Catrin, sentada e de braços cruzados sobre a barriga. Ele sorriu para ela. Ela devolveu-lhe um sorriso forçado e ele olhou pela janela, vendo que o mar estava agitado. O motor de popa do seu barco balançava nas ondas, ele sabia que estava mal levantado.

— O que Faste disse?

— Ele ainda não sabe. Mas já escrevi tudo no meu relatório.

— Você precisa informá-lo sobre isso.

— Eu vou, sim. Sua amiga me contou que o mendigo ficou falando de Johannes Forsell.

— Forsell viralizou — ele disse. — Todos os malucos estão obcecados por ele.

— Eu não sabia.

— É um pouco como aconteceu com o assassinato de Palme, que na época se infiltrou na mente de cada pequeno psicótico. Estou inundado de teorias de conspiração idiotas sobre Forsell.

— Por que será?

Ele olhou para Catrin, que se levantou e foi ao banheiro.

— Nunca se sabe direito — Mikael respondeu. — Algumas figuras públicas simplesmente mexem com a imaginação das pessoas. Mas nesse caso com certeza foi alguma coisa plantada, uma vingança contra Forsell, por ele logo ter identificado o envolvimento da Rússia no crash da Bolsa e de modo geral ter mantido uma linha dura e intransigente com o Kremlin. Há provas bastante claras de que ele vem sendo vítima de uma campanha de desinformação.

— Forsell também não é um especulador? Um aventureiro?

— Na verdade acho que ele é o.k. Andei dando uma boa olhada nos negócios dele — disse Mikael. — Você ainda não sabe de onde era o mendigo?

— Só sei o que a análise de carbono-13 revela, que ele provavelmente cresceu em condições de extrema pobreza, mas isso eu já tinha imaginado. Ele parece ter vivido sobretudo de vegetais e cereais. Seus pais podem ter sido vegetarianos.

Ele olhou na direção do banheiro e de Catrin.

— Não acha isso tudo um pouco curioso? — Mikael disse.

— Como?

— O fato de esse homem simplesmente aparecer como que do nada e de repente ser encontrado morto com um coquetel de veneno no sangue.

— Acho que sim.

Ele teve uma ideia.

— Sabe de uma coisa? Tenho um amigo na divisão de homicídios, um inspetor que já trabalhou com Faste e que o considera um idiota total.

— Um homem sábio, pelo visto.

— Muito. Eu poderia ver se ele tem tempo de dar uma olhada no caso, assim quem sabe possamos acelerar o processo.

— Seria ótimo.

— Obrigado por me ligar e me passar o resultado — disse ele. — Eu te telefono depois.

Mikael desligou, feliz por ter um motivo para ligar para Bublanski. Ele e o inspetor se conheciam fazia muitos anos. O relacionamento deles nem sempre fora fácil, porém nos últimos tempos tinham se tornado amigos, e era reconfortante conversar com ele, como se Bublanski, com seu raciocínio tão cuidadoso, apresentasse a Mikael uma perspectiva diferente a respeito da vida e o fizesse se libertar daquele fluxo de notícias sobre o mundo em que ele vivia e que às vezes lhe dava a sensação de estar se afogando num mar de sensacionalismo e loucura.

A última vez que ele e Bublanski se encontraram fora no enterro de Holger, e a conversa tinha sido sobre Lisbeth e o discurso dela na igreja sobre dragões. Combinaram de se reencontrar em breve, algo que não se concretizara, como geralmente acontece, e agora Mikael pegou seu celular para ligar para Bublanski. No entanto, hesitou e foi bater na porta do banheiro.

— Está tudo bem aí?

Catrin não tinha vontade de responder, mas sabia que precisava dizer alguma coisa, por isso murmurou: — Espera um pouco — e se levantou do vaso sanitário. Molhou o rosto com água, tentando fazer os olhos parecerem menos vermelhos, mas sem muito sucesso. Depois destrancou a porta, saiu, sentou na cama, e não ficou muito à vontade quando Mikael se aproximou e afagou seu cabelo.

— Como foi com o artigo? — ele perguntou.

— Um inferno.

— Já vi esse filme. Mas tem alguma outra coisa, não? — ele perguntou.

— Aquele mendigo... — ela começou.

— O que tem ele?

— Ele me deixou histérica.

— Eu percebi.

— Mas você não entendeu por quê.

— Não mesmo — ele disse. Ela hesitou um pouco, mas depois começou a falar, com os olhos fixos em suas mãos.

— Quando eu tinha nove anos, meus pais disseram que eu ia parar a escola por um ano. Minha mãe convenceu a direção da escola de que ela e papai seriam meus tutores, e imagino que tenham recebido um monte de material e lições de casa que eu nunca vi. Então fomos para a Índia, para Goa, e no começo talvez tenha sido até um pouco legal. Dormíamos na praia ou em redes, eu andava solta com outras crianças, aprendi a fazer bijuteria, esculpir na madeira, jogava futebol, vôlei, e à noite dançávamos e acendíamos fogueiras. Papai tocava violão e mamãe cantava. Por algum tempo, tivemos um café em Arambol, e eu atendia às mesas e fazia uma sopa de lentilha com leite de coco que chamávamos de sopa da Catrin. Só que aos poucos tudo aquilo foi desandando. As pessoas chegavam nuas ao café, muitas com marcas de picada de agulha nos braços, outras totalmente entorpecidas, e algumas me apalpavam ou tentavam me assustar fazendo coisas malucas.

— Que horror.

— Uma noite acordei e vi os olhos da minha mãe brilhando no escuro. Ela estava se injetando com uma seringa. Papai estava um pouco mais afastado, se balançando e dizendo "Ah, ah" com voz sonolenta, e pouco tempo depois começamos a ter problemas sérios. A gente falava o tempo todo sobre as noias do papai. Eu perguntava: "O que o papai tem?". "São só as noias dele", mamãe respondia. As noias do papai. Logo depois nos mudamos, como se esperássemos também deixar para trás as noias, e me lembro que caminhamos por horas, dias, semanas, puxando um carrinho de rodas velhas de madeira, carcomidas, abarrotado de xales, roupas e bugigangas que mamãe ia tentando vender pelas ruas. Mais tarde, acho que nos livramos de tudo, porque de repente não tínhamos mais bagagem nenhuma e passamos a andar de trem e a pegar caronas. Fomos para Benares e, no fim, para Katmandu, onde moramos na Freak Street, a antiga rua dos hippies, e foi aí que entendi que tínhamos mudado para um ramo de negócios completamente diferente. Mamãe e papai não só usavam heroína como também estavam vendendo. As pessoas iam na nossa casa falando "*Please, please*", e volta e meia homens nos perseguiam na rua. Muitos estavam sem alguns dedos, às vezes sem um braço ou uma perna, vestiam trapos, tinham pele amarelada e manchas no rosto. Ainda sonho com eles.

— O mendigo fez você se lembrar deles.

— Era como se tudo aquilo estivesse voltando.

— Nossa... — disse ele.

— É apenas como as coisas são. Já vivo com isso há muito tempo.

— Não sei se te ajuda eu dizer isto, mas aquele homem não era nenhum drogado. Parece que nem comprimidos ele tomava.

— Mesmo assim se parecia com eles. O desespero era o mesmo.

— A médica-legista acha que ele foi assassinado — prosseguiu Mikael num tom de voz diferente, como se já esquecido do relato dela, o que talvez a tenha magoado. Ou quem sabe ela estivesse apenas cansada de si mesma. Catrin disse que precisava sair um pouco, e, embora Mikael tivesse tentado impedi-la sem muita convicção, sua cabeça, evidentemente, já estava ocupada com outros pensamentos.

Quando olhou para trás, Catrin viu, pelo vão da porta, que ele ia fazer um telefonema pelo celular, então ela pensou que não tinha que contar tudo a ele. Afinal, ela mesma podia pesquisar o caso tão bem quanto ele.

10. 24 E 25 DE AGOSTO

Jan Bublanski vivia eternamente em dúvida, e sua dúvida do momento era se merecia ou não um almoço. Talvez só devesse ir pegar um sanduíche na máquina automática do corredor e continuar trabalhando. Se bem que um sanduíche também não era bom. Devia comer uma salada ou não comer nada. Tinha engordado durante as férias em Tel Aviv com sua noiva, Farah Sharif, e também parecia mais calvo. Mas aquilo era normal, nada com que se preocupar. Resolveu então se concentrar no trabalho e se entreteve com um auto de interrogatório mal escrito e com uma investigação forense de Huddinge feita com desleixo. Talvez por isso sua mente tenha começado a divagar, e quando Mikael Blomkvist ligou ele comentou com toda a sinceridade:

— Engraçado, Mikael, estava pensando em você.

No entanto, ele talvez estivesse pensando em Lisbeth Salander, ou pode ter sido apenas uma sensação.

— Como vai você? — ele perguntou.

— Bem, apesar dos pesares — Mikael respondeu.

— Que simpático você fazer essa ressalva. Estou começando a me aborrecer com pessoas descomplicadamente felizes. Você tem tido algum descanso?

— Estou tentando fazer isso agora mesmo.

— Se está me ligando é porque sua folga não está dando muito certo. Tem a ver com a sua garota, certo?

— Ela nunca foi minha garota — disse Mikael.

— Eu sei, eu sei. Ninguém está tão longe de ser a garota de alguém como ela. Ela é mais um anjo caído do Paraíso, não é? Não serve a ninguém, não pertence a ninguém.

— Não me conformo que você seja policial, Jan.

— Meu rabino diz que eu devia me aposentar. Mas, sério, você teve alguma notícia dela?

— Ela diz que está se mantendo longe e que não está fazendo nenhuma besteira. Por enquanto estou acreditando nela.

— Isso me deixa feliz. Não gosto de ameaças. Não gosto que o Svavelsjö esteja atrás dela — disse ele.

— Ninguém gosta.

— Você deve saber que oferecemos proteção a ela.

— Me contaram.

— E também contaram que ela se recusou e que está incomunicável desde então?

— Pois é... A única coisa que me tranquiliza é que ninguém sabe se esconder tão bem quanto ela.

— Você se refere a ela não se deixar rastrear por vigilâncias eletrônicas, esse tipo de coisa — disse Bublanski.

— É impossível rastreá-la através de uma estação de base ou de um endereço de IP.

— Pelo menos já é alguma coisa. Então vamos ter que ficar no aguardo.

— Acho que sim. Mas queria te pedir uma coisa totalmente diferente.

— Claro, diga.

— Hans Faste foi encarregado de uma investigação com a qual parece não estar se importando nem um pouco.

— Muitas vezes isso é melhor do que se ele se importasse.

— Hum, pode ser. Tem a ver com um mendigo que, de acordo com a médica-legista Fredrika Nyman, pode ter sido assassinado.

Depois que Mikael lhe contou toda a história, Bublanski saiu de sua sala, pegou na máquina do corredor dois sanduíches de queijo embalados em plástico e um wafer de chocolate, e telefonou para a inspetora Sonja Modig, sua colega.

Catrin colocou uma luva de jardineiro que achou largada na grama e foi arrancar as urtigas que tinham crescido embaixo das groselheiras de Mikael. Ao erguer os olhos, viu um homem de jaqueta jeans, rabo de cavalo e costas largas e levemente ameaçadoras passar mais adiante à beira-mar. Porém não pensou mais nele e se viu de volta aos os pensamentos vagos e desassossegados que a haviam atormentado dentro da casa.

Devia ser verdade mesmo que o mendigo da Mariatorget não se parecia tanto com os viciados da Freak Street. Mas tinha certeza de que ele vinha da mesma parte do mundo e que tinha sido tratado pelos mesmos tipos de médicos displicentes. Lembrou dos dedos mutilados dele, do seu jeito peculiar de andar, como se lhe faltasse um centro de gravidade sob os pés. Recordou-se da força de suas mãos ao segurá-la e das palavras:

— I know something terrible about Johannes Forsell.

Tinha esperado ouvir insultos iguais aos que inundavam seu e-mail todos os dias, palavras de ódio contra ela, e temeu que ele se tornasse violento. Mas no exato momento do auge da paralisia dela, o homem soltou seu braço e continuou num tom mais triste:

— Me took him. And I left Mamsabiv, terrible, terrible.

Ou talvez ele não tivesse dito "Mamsabiv", mas alguma coisa semelhante, uma palavra longa com ênfase na primeira e terceira sílabas. A palavra havia ecoado dentro dela enquanto corria do mendigo e topava com Sofie Melker na Swedenborgsgatan. Ela havia se esquecido disso, e só agora, ali fora, depois da conversa com a médica-legista, voltou a pensar no que ele disse, se perguntando o que poderia significar. Talvez valesse a pena dar uma olhada.

Ela tirou a luva de jardineiro e procurou no celular algumas variantes da palavra, mas não obteve nenhum resultado que significasse qualquer coisa em qualquer língua, o Google apenas continuou perguntando se ela quis dizer "Mats Sabin" ou talvez "Matssabin", pronunciado de um só fôlego. Não era de todo improvável, sobretudo depois de ela descobrir que Mats Sabin fora major da Artilharia Costeira e mais tarde historiador militar da Escola

Superior de Guerra sueca. Ele poderia muito bem ter tido relações profissionais com Forsell, ex-oficial da inteligência e especialista em Rússia.

Pelo sim, pelo não, Catrin pesquisou os dois nomes juntos, e logo obteve um resultado que não apenas mostrou que eles haviam se conhecido, mas que também tinham sido inimigos, ou pelo menos tido fortes desavenças. Então lhe ocorreu ir lá dentro e contar isso a Mikael. Mas não, parecia improvável demais, e ela decidiu ficar no jardim. Pôs outra vez a luva de jardineiro, arrancou mais pragas, tirou galhos, olhando de vez em quando para a beira-mar, cheia de pensamentos conflitantes.

Lisbeth continuava em Praga, no Hotel Kings Court, sentada à mesa junto à janela, olhando novamente o casarão de Camilla em Rubliovka, a oeste de Moscou. Não se tratava de uma obsessão ou de parte de seu processo de memorização da propriedade. A casa parecia cada vez mais uma fortaleza, um centro de comando. Pessoas entravam e saíam o tempo todo, até figurões como Kuznetsov, e todas eram revistadas. Os guardas foram se tornando mais e mais numerosos com o passar dos dias, e não havia dúvida de que a segurança digital estava sendo reavaliada vezes sem fim.

Graças à estação de base que Katia Flip havia instalado, e retirado depois de alguns dias, Lisbeth podia seguir cada passo que Camilla dava por meio dos sinais de rastreamento emitidos pelo celular da irmã. Mas como ela ainda não conseguira hackear o sistema de TI, Lisbeth era obrigada a apenas fazer conjecturas sobre o que acontecia lá dentro. A única coisa certa era que o nível de atividade havia aumentado.

A casa inteira pulsava com aquela espécie de energia nervosa que antecede toda grande operação, e no dia anterior Camilla fora levada ao chamado Aquário do GRU, a sede da inteligência militar em Chodinka, nos arredores de Moscou, o que tampouco foi um bom sinal. Pelo visto, Camilla procurava toda ajuda possível.

No entanto, ela não parecia ter a mínima noção de onde Lisbeth estava, e isso de certa forma era uma espécie de segurança, apesar dos pesares. Enquanto a irmã permanecesse na casa de Rubliovka, ela e Paulina não correriam perigo. Mas não havia certeza de nada.

Lisbeth fechou a imagem de satélite e passou a verificar o que Thomas, o marido de Paulina, estava fazendo naquele momento. Nada, pelo visto. Ele só olhava fixo na direção da webcam com sua expressão habitual de homem injustiçado.

Não se podia dizer que Lisbeth vinha sendo muito comunicativa ultimamente. Mas em algumas noites ela havia escutado Paulina por horas, portanto já sabia mais do que o suficiente sobre a vida dela e principalmente sobre a história do ferro de passar. Thomas, que naquele momento assoou o nariz na frente da webcam, sempre havia deixado suas camisas na lavanderia quando moravam na Alemanha. Em Copenhague, ele obrigou Paulina a passá-las, "para que ela tivesse alguma coisa para fazer". Mas um dia, ela largou o ferro, a louça também, e ficou andando pela casa de calcinha e com uma camisa dele sem passar, bebendo uísque e vinho tinto.

Na noite anterior, Paulina havia apanhado. Seu lábio estava rachado, e ela queria encher a cara para ter coragem de terminar com Thomas ou de provocar uma crise. O estado dela foi desandando e, sem querer, ela quebrou um vaso. Depois, não tanto sem querer, quebrou copos e pratos. De alguma forma, também derramou vinho tinto na camisa, além de uísque na roupa de cama e no tapete. No fim adormeceu, bêbada e desafiadora, e com a sensação de que finalmente ia ter coragem de mandá-lo para o inferno.

Ao acordar, Paulina viu Thomas sentado em cima dos braços dela, batendo em seu rosto. Depois arrastou-a até a tábua de passar roupa, e ele mesmo passou sua camisa. A partir daí, Paulina contou a Lisbeth, não se lembrava de mais nada, apenas do cheiro de pele queimada, de uma dor indescritível e de ouvir seus próprios passos apressados em direção à porta de casa. Lisbeth pensava nisso de vez em quando e, ao olhar diretamente nos olhos de Thomas, como fazia agora, o rosto dele muitas vezes fundia-se com o de seu pai.

Quando ela estava cansada, tudo se misturava numa coisa só — Camilla, Thomas, sua infância, Zala, tudo —, comprimindo seu peito e sua testa como uma cinta, e ela chegava a ofegar como se lhe faltasse o ar. Do lado de fora, ouvia-se música, um violão sendo afinado. Ela esticou o corpo e olhou pela janela. Havia muita gente lá fora, entrando e saindo do shopping center Palladium. Num grande palco branco à direita, estavam sendo feitos preparativos para um show. Talvez fosse sábado de novo, ou feriado, dava na mesma. Onde será que Paulina estava? Com certeza dando uma de suas eternas caminhadas pela cidade, na esperança de afugentar os pensamentos. Lisbeth olhou a caixa de entrada de seu e-mail.

Não encontrou nada do que esperava da República dos Hackers, nenhuma resposta às perguntas que fizera durante o dia. No entanto, havia alguns arquivos grandes e criptografados de Mikael, o que a fez sorrir de leve. E aí?, ela disse a Mikael em pensamento. Leu finalmente seu artigo?

Só que não, os arquivos não tinham a ver com Kuznetsov e suas mentiras. Eram, na verdade... O que era aquilo? Eram fileiras intermináveis com uma porção de números e letras, XY, 11, 12, 13, 19. Tratava-se claramente de um sequenciamento de DNA, mas de quem e de quê? Ela deu uma olhada rápida nos documentos e no laudo de uma autópsia anexado, e entendeu que era de um homem, que, de acordo com um teste de carbono-14, tinha entre cinquenta e quatro e cinquenta e seis anos e era originário de algum lugar no sul da Ásia Central. Tivera alguns dedos das mãos e dos pés amputados e havia estado severamente desgastado e alcoolizado. A conclusão da autópsia é que ele morrera de envenenamento por zopiclona e dextropropoxifeno.

Mikael escreveu:

Se você está mesmo de férias e não metida em alguma besteira, talvez possa tentar descobrir quem é essa pessoa. A polícia não tem nenhum nome, nada. Uma excelente médica-legista chamada Fredrika Nyman acha que o homem pode ter sido assassinado.

Ele foi encontrado ao lado de uma árvore no Tantolunden no dia 15 de agosto. Estou enviando uma análise do DNA autossômico e umas outras coisas: o resultado de um teste de carbono-13, uma amostra de cabelo e a foto de um papelzinho com a caligrafia do homem. (Sim, é o número do meu celular.)

M

Uma porra que eu vou fazer isso, Lisbeth resmungou. Vou sair, achar Paulina e encher a cara outra vez. Ou fazer qualquer outra coisa. Não vou mesmo me debruçar sobre análises de DNA ou conversar com uma médica-legista.

Mas também dessa vez ela não conseguiu sair do quarto, pois em seguida ouviu os passos de Paulina no corredor. Pegou duas garrafas pequenas de champanhe no frigobar e abriu os braços para recebê-la, numa corajosa tentativa de não parecer tão na merda.

* * *

Claro que a ideia toda era maluca. Mas Mikael tinha se sentido solitário e desanimado desde que Catrin dissera que precisava voltar para cuidar de seu gato e de suas flores. Aliás, ser desbancado pelas flores foi o mais fantástico. Depois de se despedir dela no porto, ele voltou para casa e ligou para Fredrika Nyman de novo.

Mikael alegou que conhecia uma geneticista renomada que talvez conseguisse avançar nas análises de DNA. Claro que Fredrika quis saber quem era e com qual abordagem exatamente ela trabalhava. Mikael respondeu de maneira vaga que se tratava de uma profissional bastante focada, catedrática em Londres e com especialização em traçados genealógicos. Não deixava de ser verdade que Lisbeth era brilhante em análises de DNA. Ela havia feito tentativas ousadas de entender o porquê da excepcionalidade genética de sua família. Não se trata apenas da elevada inteligência e malignidade de seu pai, Zala. Havia também seu meio-irmão, Ronald Niedermann, com sua força extraordinária e incapacidade de sentir dor. E a própria Lisbeth, com sua memória fotográfica. Uma série de pessoas na família exibia características excepcionais, e, mesmo que não tivesse ideia do que ela havia descoberto, Mikael sabia que Lisbeth, em pouco tempo, tinha aprendido sozinha todo o método científico. Depois de muita conversa com Fredrika Nyman, ele enfim conseguiu que ela lhe enviasse o material compilado.

Em seguida ele encaminhou tudo para Lisbeth, sem muita esperança. Quem sabe fosse mais para manter contato com ela. Enfim. Ele olhou para o mar. O vento começava a se agitar e os banhistas retardatários juntavam suas coisas. Mikael se pôs a pensar.

O que se passara com Catrin? Em poucos dias eles haviam se tornado tão íntimos que ele pensou... Bem, o que tinha pensado mesmo? Que os dois deviam ficar juntos de verdade? Seria uma tolice. Eles eram como o dia e a noite, ele devia era se esquecer dela e telefonar para Erika, a fim de compensá-la por ter suspendido o artigo e lhe causado aborrecimentos com a edição daquele número da revista. Ele pegou o celular e ligou para... Catrin. Simplesmente aconteceu, e no começo a conversa prosseguiu mais ou menos como havia terminado, forçada e desajeitada. Depois ela disse:

— Desculpa.

— Por quê?

— Por ter ido embora.

— Nenhuma planta jamais deveria morrer por minha causa.

Ela deu uma risada triste.

— O que você vai fazer agora? — ele perguntou.

— Não sei direito. Talvez ficar sentada e não conseguir escrever.

— Não parece divertido.

— Não — disse ela.

— Mas você precisava ir embora, foi isso?

— Acho que sim.

— Vi você pela janela arrancando as ervas daninhas.

— É mesmo?

— Você parecia preocupada.

— Talvez sim.

— Aconteceu alguma coisa?

— Não exatamente.

— Mais ou menos?

— Fiquei pensando no mendigo.

— O que você pensou?

— Que eu não tinha te contado o que ele gritou sobre Forsell.

— Você disse que era a bobagem de sempre.

— Mas talvez não fosse.

— Por que você está me dizendo isso agora?

— Porque comecei a me lembrar melhor depois que a médica-legista ligou.

— E o que ele disse sobre Forsell?

— Alguma coisa como *"Me took Forsell. I left Mamsabiv, terrible, terrible"*. Uma coisa assim.

— Que estranho.

— Pois é.

— O que você acha que significa?

— Não sei. Mas quando procurei na internet por Mamsabiv, Mansabin, e por todas as palavras parecidas que me ocorreram, surgiu Mats Sabin. Foi o mais perto que cheguei.

— O historiador militar?

— Você conhece?

— Eu fui aquele tipo de cara que a certa altura da vida leu tudo sobre a Segunda Guerra Mundial.

— Você também sabe que Sabin morreu há quatro anos em Abisko, durante uma caminhada na montanha? Morreu de hipotermia perto de um lago. As pessoas acham que ele sofreu um derrame e por isso não pôde se abrigar do frio.

— Eu não sabia — disse ele.

— Não que eu ache que tenha alguma coisa a ver com Forsell...

— Mas... — ele a provocou.

— Mas fiquei curiosa e, quando pesquisei o nome dos dois juntos, vi que Forsell e Sabin tiveram uma briga e tanto na mídia.

— Sobre o quê?

— Sobre a Rússia.

— Como foi?

— Depois de se aposentar, Mats Sabin mudou de opinião e passou a olhar a Rússia de forma mais amigável. Antes era um linha-dura. Em diversos textos, muitos deles publicados no *Expressen*, ele escreveu que a Suécia sofria de russofobia, que estava paranoica, e que devíamos olhar para a Rússia com mais compreensão. Numa réplica, Forsell argumentou que as palavras de Sabin eram idênticas às da propaganda russa, insinuando que Sabin era um lacaio do governo russo. Depois disso o circo pegou fogo. Falou-se de processos de difamação e calúnia, de ações legais, até que Forsell voltou atrás e se desculpou.

— E como o mendigo entraria nisso?

— Não faço ideia. Se bem que...

— O quê?

— Ele disse *I left Mansabin*, ou alguma coisa parecida, e isso poderia se encaixar, pelo menos na teoria. Mats Sabin morreu sozinho e abandonado.

— É uma pista — disse ele.

— Com certeza absurda.

— Não necessariamente.

Os dois se calaram, e ele olhou para a água.

— Você não poderia dar meia-volta e vir para cá, aí desenredamos esse nó todo, analisamos o sentido da vida e tudo mais? — ele propôs.

— Na próxima, Mikael. Na próxima.

Teve vontade de persuadi-la, quis implorar, mas se sentiu ridículo, por isso apenas lhe desejou boa-noite e desligou. Em seguida se levantou, pegou uma cerveja na geladeira e ficou pensando no que fazer. O mais sensato seria parar de pensar em Catrin e no mendigo. Nenhum dos dois o levaria a lugar nenhum. Devia voltar ao seu artigo sobre as fábricas de trolls e o crash da Bolsa ou, melhor ainda, tirar férias de verdade.

Mas ele era do jeito que era, teimoso e talvez um pouco idiota também. Não conseguia deixar para lá certas coisas. Depois de ter lavado a louça, dado um jeito na pequena copa-cozinha e olhado mais uma vez para o mar, ele fez uma busca por Mats Sabin e se deteve num obituário relativamente longo publicado no jornal *Norrländska Socialdemokraten*.

Mats Sabin crescera em Luleå e se tornara major da Artilharia Costeira. Na década de 1980 participou da operação de caça a submarinos estrangeiros, mas também estudou história e, por algum tempo, interrompeu a carreira militar para se dedicar a seu doutorado em Uppsala, cuja tese foi a invasão da União Soviética por Hitler. Depois de deixar a docência na Escola Superior de Guerra, passou a publicar livros populares sobre a Segunda Guerra Mundial, o que Mikael já sabia. Por muito tempo advogou como membro sueco da Otan. Sempre teve certeza de que estivera caçando submarinos russos no mar Báltico, e nada mais. Apesar disso, em seus últimos anos de vida tornou-se um russófilo, defendendo a intervenção da Rússia na Ucrânia e na Crimeia e saudando os russos como uma força de manutenção da paz na Síria.

Sobre haver mudado de opinião, ele apenas declarou que "Opiniões existem para ser mudadas à medida que envelhecemos e nos tornamos mais sábios". Mats Sabin era conhecido como excelente corredor de cross-country e mergulhador. Logo depois da morte de sua mulher, participou da clássica caminhada entre Abisko e Nikkaluokta. Estava "em boa forma", segundo o texto, era início de maio, e a previsão meteorológica prometia tempo bom. Na noite do terceiro dia, no entanto, esfriou e a temperatura caiu a oito graus negativos. Tudo indicava que Sabin havia sofrido um derrame e entrado em colapso não muito longe do rio Abiskojåkka, sem conseguir chegar aos chalés ao longo da trilha. Foi encontrado morto na manhã do quarto dia por um grupo de montanhistas de Sundbyberg. Não havia evidências de fatos suspeitos nem sinais de violência. Ele tinha sessenta e sete anos.

Mikael ainda tentou descobrir onde Johannes Forsell, também praticante de esportes ao ar livre, estava naquela época, mas não encontrou nada on-line. A morte de Sabin tinha sido em maio de 2016, quase um ano e meio antes de Forsell se tornar ministro da Defesa, e a imprensa local de Östersund ainda não estava no pé dele. Mikael, no entanto, constatou que Forsell tinha interesses comerciais na região. Ele podia muito bem ter estado em Abisko na época.

Claro que havia muitos fios soltos e especulações demais para explorar. Mikael se levantou e foi até a estante de livros no quarto. A maioria eram romances policiais que ele já tinha lido, então resolveu telefonar para Pernilla, sua filha, e para Erika. Não conseguiu falar com nenhuma das duas. Sentindo uma inquietação crescente, saiu e foi jantar no Seglarhotellet, perto do cais. Quando voltou para casa tarde da noite, parecia totalmente desanimado.

Paulina dormia e Lisbeth olhava para o teto. Era o que costumava acontecer. Ou então as duas estavam acordadas. Nenhuma delas conseguia dormir muito, nenhuma delas andava se sentindo muito bem. Mas nessa noite elas haviam se consolado de forma bem agradável, com champanhe, cerveja e orgasmos, e adormeceram juntas. Só que esse estado não durou muito, e pouco tempo depois Lisbeth acordou sobressaltada, sentindo o vento gélido das lembranças e perguntas da Lundagatan e de sua infância passar sobre ela. O que havia de errado com todos eles?

Já antes de Lisbeth se interessar por ciência, ela costumava dizer que havia um defeito genético em sua família, e por muito tempo ela realmente só quis dizer com isso que muitos da família eram extremamente perversos. Mas há mais ou menos um ano, ela tinha decidido investigar a fundo sua hipótese e, por meio de uma série de ataques hacker, entrou no servidores do Laboratório Genético Forense de Linköping e teve acesso ao cromossomo Y de Zalachenko.

Ela passou noites intermináveis aprendendo a analisá-lo e leu tudo que pôde sobre haplogrupos. Em todas as gerações de uma família, ocorrem pequenas mutações. Os haplogrupos mostram a que ramo de mutação da humanidade cada indivíduo pertence, e não a surpreendeu nem um pouco que o grupo de seu pai fosse extremamente incomum, algo que também se confirmou quando ela procurou no passado. Por toda parte, encontrou uma super-representação não apenas de alta inteligência, mas também de psicopatia, o que não a deixou nem mais feliz nem mais sábia.

Com a pesquisa, entretanto, ela aprendeu a dominar a técnica do DNA, e agora que já passava das duas da manhã e ela não fazia outra coisa senão ficar relembrando o passado, sentindo arrepios e olhando para o detector de incêndio no teto, que piscava como um olho maligno vermelho, cogitou a possibilidade de dar uma olhada no material que Mikael tinha lhe enviado. Pelo menos ela seria obrigada a pensar em outra coisa.

Lisbeth, então, saiu de mansinho da cama, sentou-se à mesa e abriu os arquivos. "Vamos ver", murmurou. "Vamos ver... O que é isso aqui?" Era um DNA autossômico preliminar com um número seleto de marcadores de STR, *short tandem repeats*, portanto ela abriu seu Bam Viewer, do Broad Institute, para ajudá-la a analisar os marcadores. No início estava bastante distraída, e volta e meia fazia pausas para dar uma olhada nas imagens da casa de Camilla, enviadas por satélite. Mas aos poucos alguma coisa no material começou a fasciná-la, talvez a constatação de que o homem não possuía antepassados ou parentes em países nórdicos.

Ele vinha de longe, e, depois de ter relido o laudo da autópsia, e sobretudo a análise de carbono-13 e as descrições das lesões e das amputações, uma ideia surpreendente lhe ocorreu, fazendo-a permanecer por um bom tempo imóvel, inclinada para a frente, com uma das mãos pressionando seu velho ferimento a bala no ombro.

De repente Lisbeth começou a fazer uma série de buscas na internet, até murmurar consigo mesma: "Será que isto está certo mesmo?". Achou difícil acreditar, e estava se preparando para hackear o servidor da médica-legista quando teve a ideia inusitada de primeiro tentar pela via tradicional. Escreveu um e-mail e depois se contentou com as sobras do frigobar, uma coca-cola e uma garrafinha de conhaque. Deixou as horas passarem, a manhã clarear, cochilando de vez em quando na cadeira. Mais ou menos no momento em que Paulina abriu os olhos e se ouviam sons no corredor, ela recebeu uma notificação no celular e se conectou outra vez às imagens de satélite. No início assistiu com olhos quase fechados, sonolentos, até que de repente despertou.

Na tela, viu sua irmã e três homens, um dos quais excepcionalmente alto, saírem da casa de Rubliovka e entrarem numa limusine. Lisbeth acompanhou todo o trajeto deles até o Aeroporto Internacional de Domodedovo, nos arredores de Moscou.

11. 25 DE AGOSTO

Depois de se virar de lá para cá muitas vezes na cama, Fredrika Nyman olhou enfim para o despertador na mesa de cabeceira. Torcia para que pelo menos já fossem cinco e meia da manhã. Eram quatro e vinte, e ela soltou um palavrão. Tinha dormido pouco mais que cinco horas, mas nem tentou pegar no sono outra vez. Com o conhecimento que todo insone acaba adquirindo, ela sabia que não ia conseguir, por isso se levantou e foi fazer um bule de chá verde na cozinha. Os jornais da manhã ainda não haviam chegado. Ela se acomodou à mesa da cozinha com seu celular e ficou ouvindo os pássaros. Sentia falta da cidade. Sentia falta de um homem ou de uma pessoa qualquer que não fosse adolescente.

"Não dormi esta noite também, estou com dor de cabeça e dor nas costas", ela diria a essa pessoa, e de fato disse isso, mas a si mesma, e em seguida precisou responder: "Coitada de você, Fredrika".

Lá fora o lago havia se acalmado depois das rajadas de vento da noite, e ao longe ela vislumbrou dois cisnes que viviam ali. Eles deslizavam pela água pertinho um do outro. Volta e meia sentia inveja deles não porque parecia legal ser um cisne, mas porque eles eram dois. Podiam dormir mal juntos e depois reclamar na linguagem dos cisnes um com o outro. Olhou seu e-mail e viu uma mensagem de alguém que se denominava Wasp. Dizia o seguinte:

Recebi de Blomkvist os marcadores de STR e os laudos da autópsia. Tenho uma ideia sobre a origem do homem. Carbono-13 interessante. Mas preciso de um sequenciamento completo do genoma. Imagino que seja mais rápido com o UGC. Peça que eles se apressem. Não tenho tempo para esperar.

"Que tom mais insolente", ela resmungou. E a mensagem nem está assinada, Fredrika pensou. Faça você seu próprio sequenciamento! Não suportava esse tipo de cientista com jeito de portador de síndrome de Asperger. Seu marido tinha sido igual, um caso perdido, pensando bem. Em seguida, releu o e-mail e se acalmou um pouco. Apesar do tom mal-educado e autoritário, o conteúdo coincidia com suas próprias ideias, tanto é que havia uma semana ela encaminhara uma amostra de sangue para o UGC, o Centro do Genoma de Uppsala, solicitando justamente aquilo, um sequenciamento completo da estrutura genética.

Ela tinha sido bem insistente e pedido que os bioinformatas marcassem com vermelho todas as mutações e variantes incomuns. Esperava o resultado a qualquer momento, por isso escreveu a eles e não àquela pesquisadora desagradável, decidindo usar um tom parecido com o dela:

Preciso do sequenciamento para já, escreveu.

Torceu para que eles se impressionassem favoravelmente com o horário do e-mail. Ainda não eram cinco da manhã, e até os cisnes no lago lá fora pareciam indispostos e não mais tão contentes pelo fato de serem um casal.

A loja de eletrônicos de Kurt Widmark na Hornsgatan ainda não estava aberta. Mas ao ver um velho curvado lá dentro a inspetora Sonja Modig bateu à porta, e o homem veio arrastando os pés até a entrada com um sorriso forçado.

— Você chegou cedo, mas seja bem-vinda de qualquer forma — disse.

Sonja se apresentou, explicou o motivo de sua visita, e o homem então se enrijeceu e ficou com uma expressão irritada nos olhos, suspirando e resmungando por alguns instantes. Ele era pálido, tinha um rosto meio torto e uma franja comprida, penteada de modo a cobrir sua calva. Havia um amargor em torno de sua boca.

— Nas atuais circunstâncias, meu ramo já anda bem mal das pernas — ele disse. — Os sites de venda on-line e as lojas de departamento estão dominando tudo.

Sonja sorriu e tentou parecer compreensiva. Ela tinha circulado pela vizinhança no começo da manhã, em busca de informações, e um jovem do salão de cabeleireiro ao lado lhe contou que o mendigo de quem Bublanski falara ficava com alguma frequência do lado de fora dessa loja de eletrônicos olhando bravo para as telas de TV lá dentro.

— Quando o senhor o viu pela primeira vez? — ela perguntou.

— Algumas semanas atrás, ele entrou aqui pisando duro e se plantou na frente de um dos meus aparelhos e ficou assistindo — disse Kurt Widmark.

— O que estava passando na TV?

— O noticiário e uma entrevista bem dura com Johannes Forsell sobre o crash da Bolsa e estratégias de defesa do país.

— Por que será que o mendigo se interessou por isso?

— Não faço ideia.

— Não mesmo?

— Como eu podia saber? Eu estava mais ocupado em fazê-lo sair da loja, muito gentilmente, diga-se de passagem. Por mim as pessoas podem ter a aparência que quiser, mas expliquei que ele estava assustando meus clientes.

— De que forma?

— Ele ficou aqui parado murmurando, e fedia demais. Parecia bem ruim da cabeça.

— O senhor ouviu o que ele disse?

— Ouvi, sim, ele me perguntou muito claramente em inglês se Forsell era famoso agora. Eu respondi, meio surpreso, que sim, claro que era. Era o ministro da Defesa e muito rico.

— Foi como se o homem conhecesse Forsell antes de ele ficar famoso?

— Não sei exatamente, mas me lembro que ele falou *"Problem, now he has problem?"*. Ele disse isso como se fosse uma pergunta para a qual quisesse uma resposta afirmativa.

— E o que o senhor respondeu?

— Falei que sem dúvida Forsell estava com grandes problemas, que ele tinha feito negociatas com suas ações e orquestrado golpes nos bastidores do governo.

— Mas são apenas boatos infundados, não é?

— Bom, já ouvi isso de muita gente.

— E o que aconteceu com o mendigo? — Sonja perguntou.

— Ele começou a gritar e esbravejar, aí agarrei seu braço e tentei levá-lo para fora, mas ele era forte. O homem apontou para o próprio rosto e berrou: "*Look at me. See what happened to me! And I took him. And I took him*". Ou alguma coisa assim. Ele parecia desesperado, então o deixei ficar mais um pouco. Depois da entrevista com Forsell, passou uma reportagem sobre as escolas suecas, e aí aquela bruxa convencida da alta sociedade apareceu de novo.

— De que bruxa convencida da alta sociedade estamos falando agora?

Sonja Modig sentia uma crescente irritação.

— Dessa tal de Lindås. A do nariz empinado. Mas aquele vagabundo olhou para ela como se tivesse visto um anjo e falou baixinho: "*Very, very beautiful woman. Is she critical to Forsell also?*", e eu tentei explicar que uma coisa não tinha nada a ver com a outra. Mas ele parecia não entender. Estava fora de si, e logo depois foi embora.

— E depois voltou?

— Ele veio todos os dias no mesmo horário, um pouco antes da loja fechar, isso por mais ou menos uma semana. Ele ficava do lado de fora olhando aqui para dentro e perguntando aos meus clientes sobre jornalistas e pessoas para quem ele poderia telefonar. No fim fiquei tão irritado com essa história que telefonei para a polícia, mas claro que ninguém lá se importou.

— Você não soube o nome dele nem teve nenhuma outra informação sobre o homem?

— Ele disse que se chamava Sardar.

— Sardar?

— *Me Sardar*, ele disse quando tentei enxotá-lo uma noite.

— Bem, já é alguma coisa — disse Sonja Modig. Ela se despediu e caminhou em direção à Mariatorget.

No metrô, a caminho de Fridhemsplan e da sede da polícia, ela pesquisou "Sardar" na internet. Era uma antiga palavra persa para designar príncipes e aristocratas ou líderes de um grupo ou de uma tribo. A palavra era usada no Oriente Médio, na Ásia Central e no Sudeste Asiático. Outras grafias possíveis eram Sirdar, Sardaar ou Serdar. Um príncipe, pensou Sonja Modig. Um príncipe com roupa de mendigo. Isso podia significar alguma coisa. Mas a vida real nunca é como nos contos de fadas.

Eles haviam demorado para sair não só porque não tinham conseguido captar um rastro sequer de Lisbeth Salander, mas também porque Ivan Galinov, o ex-agente da GRU, estivera ocupado com outras coisas, e Camilla queria tê-lo junto a qualquer custo. Galinov tinha sessenta e três anos, um alto nível de formação e uma longa experiência com trabalhos de inteligência e infiltração.

Era poliglota. Falava onze línguas fluentemente e podia alternar entre diferentes dialetos e sotaques, passava até por nativo no Reino Unido, na França e na Alemanha. Era um homem atraente, apesar de ter um quê de ave de rapina no rosto. Alto, esbelto, imponente, de cabelo grisalho e costeletas brancas, mostrava-se sempre afável e cavalheiro. Ainda assim, intimidava as pessoas. Algumas histórias que circulavam sobre sua vida já haviam imprimido marcas em seu caráter que revelavam bem mais sobre quem era Ivan Galinov de verdade.

Uma delas referia-se ao olho que ele perdera na guerra da Chechênia e que substituíra por um de vidro, considerado o melhor do mercado. De acordo com uma história — inspirada numa velha piada sobre um gerente da área de dívidas de um banco — ninguém sabia dizer qual era o olho verdadeiro e qual era falso, até que um dos subordinados de Galinov veio com esta simples verdade: "O olho que mostra uma pequena réstia de humanidade é o de vidro".

Também havia a história sobre o crematório localizado no segundo subsolo da sede da GRU em Chodinka. Galinov teria levado para lá um colega que vendera material sigiloso aos britânicos e o incinerado vivo. Diziam que os movimentos de Galinov se tornavam mais vagarosos e que ele parava de piscar quando submetia seus inimigos a torturas. Tudo isso, em grande parte, deviam ser boatos, exageros que acabaram se tornando mitos, e mesmo que

Camilla também aproveitasse o poder dessas histórias para obter o que queria, não eram elas que a aproximavam dele.

Galinov havia sido próximo de seu pai e, assim como ela, amara e admirara Zala e, assim como ela, fora traído, e essa experiência unia os dois. Em vez de crueldade, ela encontrava compreensão em Galinov, além de uma ternura paternal. Para ela nunca foi difícil saber qual olho era o verdadeiro. Galinov a ensinara a ser obstinada, e não fazia muito tempo, ao se dar conta do golpe que devia ter sido para ele, muitos anos atrás, a deserção de Zalachenko para a Suécia, ela perguntou:

— Como você conseguiu seguir em frente?
— Da mesma forma que você, Kira.
— Como?
— Tornando-me igual a ele.

Palavras que ela jamais esquecera. Palavras que ao mesmo tempo a assustavam e lhe davam força, e muitas vezes, como agora, quando o passado a perseguia, ela queria ter Galinov por perto. Com ele, não sentia medo de voltar a ser criança. Ele era a única pessoa, nos últimos tempos, que a vira chorar, e agora, em seu jato particular a caminho do aeroporto de Arlanda, em Estocolmo, ela buscou o sorriso dele.

— Obrigada por ter vindo comigo.
— Nós vamos pegá-la, minha querida. Nós vamos pegá-la — ele disse, afagando a mão dela com ternura.

Lisbeth provavelmente tinha ido dormir depois de ver Camilla e seu séquito indo para o aeroporto, pois acordou na cama e encontrou uma mensagem de Paulina na mesa de cabeceira dizendo que havia descido para ir tomar o café da manhã. Eram onze e dez. O restaurante já estava fechado, e Lisbeth soltou uns palavrões ao se lembrar de que havia comido todas as porcarias do frigobar. Bebeu água da torneira, beliscou farelos de batata frita que haviam caído perto do computador e foi tomar banho. Vestiu calça jeans e uma camiseta preta e se sentou à mesa para abrir seu e-mail. Ela tinha recebido dois arquivos de mais de dez gigabytes e uma mensagem da médica-legista Fredrika Nyman.

Olá, não sou nenhuma idiota. Obviamente eu já tinha pedido um genoma completo. Me mandaram hoje cedo. Não sei o quão meticulosos os bioinformatas foram, mas eles assinalaram algumas curiosidades. Claro que tenho meus próprios especialistas, mas não fará mal nenhum se você também der uma olhada. Estou enviando um arquivo processado com anotações e um FastQ com os dados brutos, caso você prefira trabalhar diretamente com ele.
Apreciaria um retorno rápido.
F

Lisbeth nem percebeu a raiva ou a irritação contidas nas entrelinhas, até porque sua atenção foi atraída para outra coisa. Viu que Camilla agora estava na Suécia, na rodovia E4 de Arlanda, a caminho do centro de Estocolmo. Cerrou os punhos e por alguns instantes pensou se também não deveria ir para lá imediatamente. No entanto, permaneceu onde estava e abriu os arquivos que Fredrika Nyman tinha lhe enviado, deixando as páginas rolarem diante de seus olhos como um microfilme tremeluzente. Será que o melhor seria ela simplesmente esquecer esses arquivos?

Em seguida lhe ocorreu que podia muito bem dar uma olhada enquanto decidia o que fazer. Portanto, pôs mãos à obra, pois sempre soube que nesse tipo de assunto ela era excepcional.

Lisbeth era capaz de obter rapidamente uma visão geral até de documentos sem nenhuma ordem, preferindo, como Nyman intuiu, trabalhar diretamente com dados brutos, em vez de se apoiar em opiniões e anotações de outras pessoas. Com o programa Sam Tools, ela converteu as informações para um arquivo com extensão BAM e obteve um documento com toda a composição genética, o que não era pouco.

De certa forma, era um criptograma imenso, formulado com quatro letras: A, C, G, T, as bases nitrogenadas adenina, citosina, guanina e timina. À primeira vista, parecia apenas uma massa de dados incompreensível. No entanto, escondia uma vida inteira, e a princípio Lisbeth procurou por quaisquer anomalias em índices e análise de gráficos. Depois pegou seu Bam Viewer, seu IGV, e comparou trechos selecionados e aleatórios com os sequenciamentos de DNA de outras pessoas que encontrou no *1000 Genomes Project*, catálogo que reúne informações genéticas do mundo todo. Desse modo descobriu uma anomalia na frequência rs4954, no chamado gene Epas1, que regula a produção de hemoglobina do corpo.

Havia uma coisa tão espantosamente incomum ali que ela se apressou a pesquisar na base de dados PubMed, e não demorou para que soltasse um palavrão e balançasse a cabeça. Seria mesmo possível? Ela tinha intuído algo nesse sentido, mas não imaginou que o tivesse preto no branco tão rápido. Concentrou-se tanto naquilo que até se esqueceu de sua irmã em Estocolmo e nem percebeu Paulina entrar, dizer "Oi, oi" e ir ao banheiro.

Lisbeth continuou focada em aprender mais sobre essa variante do gene Epas1. Não só era extremamente rara, mas também tinha uma história espetacular, que remontava aos denisovanos, uma linhagem de hominídeos extinta fazia quarenta mil anos.

Por muito tempo, os denisovanos foram desconhecidos da ciência, mas havia sido possível mapeá-los depois que, em 2008, arqueólogos russos descobriram um fragmento de osso e um dente de uma mulher na caverna de Denisova, nas montanhas Altai da Sibéria. A descoberta revelou que, ao longo da história, os denisovanos haviam se miscigenado com o *Homo sapiens* do Sul da Ásia e transmitido alguns de seus genes a humanos dos dias de hoje, entre os quais essa variante do Epas1.

A variante auxilia o corpo a se aproveitar mesmo de quantidades mínimas de oxigênio, fazendo com que o sangue fique mais fino e circule mais depressa pelo corpo, o que reduz o risco de tromboses e edemas. A variante é extremamente benéfica para os que vivem e trabalham em regiões de altitude elevada, onde o nível de oxigênio é menor, o que se encaixava com a primeira suposição de Lisbeth, baseada nas lesões e amputações do mendigo e na análise de carbono-13.

No entanto, apesar de ter obtido uma indicação tão evidente como essa, ela ainda não tinha certeza. Embora rara, a variante era encontrada em diversas regiões do mundo. Então, Lisbeth fez buscas no DNA mitocondrial e no cromossomo Y do homem e constatou que ele pertencia ao haplogrupo C4a3b1. Sua última dúvida se dissipou.

Esse grupo só era encontrado em pessoas que viviam no alto das encostas do Himalaia no Nepal e Tibete, que com frequência trabalham como carregadores ou guias nas expedições em altitudes elevadas.

O homem era um xerpa.

II. O POVO DAS MONTANHAS

Os xerpas são uma etnia do Himalaia, no Nepal. Muitos xerpas atuam como guias ou carregadores nas expedições em altitudes elevadas.

A maioria professa a Nyingma, uma antiga tradição do budismo, acreditando que deuses e espíritos habitam as montanhas. Os deuses precisam ser respeitados e reverenciados de acordo com rituais religiosos.

Crê-se que um ihawa, um xamã, pode ajudar um xerpa doente ou acidentado.

12. 25 DE AGOSTO

Ventava no mar, e Mikael estava ao computador em sua casa em Sandhamn, navegando a esmo, mas o tempo todo se sentindo atraído por informações sobre Forsell. Vez por outra, nas férias de verão, ele o havia encontrado no mercado e no porto, e também o entrevistara uma vez, fazia três anos, assim que Forsell assumiu o cargo de ministro da Defesa, em outubro de 2017. Lembrava-se de ter esperado por ele numa sala grande com mapas nas paredes e de Johannes Forsell surgir na porta, mostrando só com a cabeça, com a expressão de um menino feliz que acabou de chegar a uma festa.

— Mikael Blomkvist — disse. — Nossa, que legal!

Não era comum um político recebê-lo dessa forma, e talvez Mikael devesse ter interpretado aquilo como uma tentativa de fazê-lo cair nas suas graças. Mas sentiu um entusiasmo genuíno em Forsell, ele pareceu sincero, e Mikael recordou como a conversa deles foi estimulante. Forsell tinha uma mente ágil, estava bem preparado e respondia de verdade, como se estivesse mesmo interessado nas perguntas e não se preocupasse nem um pouco com política partidária. Mesmo assim, do que mais Mikael se lembrava até hoje era dos folhados doces. Na mesa diante deles, havia uma bandeja repleta de folhados, e Forsell não parecia nem um pouco o tipo de homem que come folhados doces.

Era alto e atlético, um espécime fisicamente perfeito que poderia passar por modelo. Contou que corria cinco quilômetros por dia e que fazia duzentas flexões todas as manhãs, e não demonstrou estar brincando ao dizer isso. Talvez os folhados fossem um esforço do elitista para se mostrar um homem comum, com fraquezas como qualquer pessoa, como ele certa vez tinha feito ao declarar no jornal *Aftonbladet* que adorava o Festival Eurovisão da Canção, sem que depois fosse capaz de responder a uma única pergunta sobre o evento.

Mikael e ele descobriram ter a mesma idade, embora Forsell com certeza parecesse mais jovem e teria recebido mais elogios em um check-up médico. Ele transpirava energia e otimismo. "A situação do mundo parece sombria, mas estamos progredindo e as guerras estão diminuindo, não se esqueça disso", ele tinha dito, dando a Mikael um livro de Steven Pinker que ainda estava por lá, sem ter sido lido.

Johannes Forsell nascera em Östersund, numa família de pequenos empreendedores que tocava uma pousada e uma vila de chalés para alugar em Åre. Desde cedo foi um aluno exemplar e um promissor atleta de esqui nórdico que cursara o ensino médio para jovens talentos de esportes de inverno em Sollefteå. Depois do alistamento militar, foi admitido na escola de intérpretes das Forças Armadas, onde aprendeu russo e se tornou oficial da Inteligência Militar e do Serviço de Segurança suecos. Seus anos no Must, o Serviço de Inteligência Militar, foram, por motivos óbvios, o período menos conhecido de sua vida, mas ele possivelmente tenha trabalhado com o mapeamento das atividades do GRU na Suécia. Isso se espalhou através de informações vazadas para o jornal *The Guardian*, no final do outono de 2008, quando Forsell foi expulso da Rússia, onde mantivera conexão com a embaixada sueca.

No ano seguinte, em fevereiro, seu pai faleceu, ele pediu demissão e assumiu a empresa da família, que rapidamente se transformou num grande grupo. Forsell construiu hotéis em Åre, Sälen, Vemdalen, Järvsö, e até em Geilo e Lillehammer, na Noruega. Em 2015, vendeu a empresa por quase duzentos milhões de coroas para um grupo de turismo alemão, embora mantivesse alguns empreendimentos comerciais menores em Åre e Abisko.

No mesmo ano, filiou-se ao Partido Social-Democrata e, sem nenhuma experiência política, foi eleito membro do conselho municipal de Östersund. Logo se tornou popular, admirado por sua capacidade empreendedora e por seu amor incondicional pelo time de futebol da cidade. Transitou por vários postos até ser nomeado ministro da Defesa, o que por muito tempo pareceu uma escolha feliz, um acerto das relações públicas governamentais.

Forsell era retratado como herói e aventureiro por causa de duas façanhas para além da carreira: a travessia a nado do Canal da Mancha no verão de 2002 e a escalada do monte Everest seis anos mais tarde, em maio de 2008. Mas logo o vento virou, algo que provavelmente datava de sua declaração categórica sobre a Rússia estar apoiando secretamente o xenófobo partido democrata sueco na campanha eleitoral.

Ele passou a ser atacado com um ódio cada vez mais crescente. No entanto, aquilo não foi nada comparado ao que viria. Depois do crash da Bolsa em junho, jorraram fake news sobre ele, e não foi difícil se solidarizar com sua mulher, a norueguesa Rebecka. Numa entrevista ao jornal *Dagens Nyheter*, ela chamou de vergonhosas todas aquelas mentiras e contou que seus filhos também tinham sido obrigados a andar com guarda-costas. O clima era de ódio e exaltação, e o tom beligerante subia o tempo todo.

Em fotos recentes, Forsell não dava mais a impressão de um homem com inesgotáveis reservas de energia. Parecia cansado, magro demais, e constava que na sexta-feira anterior havia tirado uma semana extra de férias. Corriam até boatos de um colapso. Por mais que Mikael pensasse no caso, por qualquer ângulo que o analisasse, era impossível não se sentir solidário com Forsell. Mas podia ser uma postura equivocada agora que ele investigava a existência de uma possível ligação entre ele e o mendigo e talvez até com o historiador militar Mats Sabin.

Além do mais, era honesto supor que Forsell não podia ser a personificação da dignidade e do entusiasmo, certo? De acordo com a campanha de difamação lançada contra ele, Forsell teria pegado algumas caronas no barco a remo que o acompanhava durante sua travessia a nado do Canal da Mancha, assim como existiam insinuações de que ele jamais havia chegado ao topo do Everest como dissera. Mas Mikael não encontrou nada que justificasse tais acusações, além do fato de a expedição ao Everest ter sido um desastre espetacular, de certa forma uma tragédia grega, em que nada pôde ser tirado a limpo.

No caso, Forsell não foi o alvo dos comentários. Ele se encontrava longe do epicentro do drama no qual a americana sensacional e endinheirada Klara Engelman havia morrido juntamente com seu guia, Viktor Grankin, a uma altura de 8300 metros. Por isso Mikael nem se aprofundou nessa história, preferindo se concentrar em conhecer mais sobre a carreira de Forsell como oficial.

Claro que a informação de que ele fora um agente do serviço secreto deveria ter sido mantida em sigilo, porém ela tinha vazado, associada à sua expulsão da Rússia. Embora boatos absurdos tivessem sido lançados na campanha de ódio em curso, o comandante supremo das Forças Armadas, Lars Granath, muitas vezes descreveu a atuação de Forsell em Moscou como "inteiramente louvável".

Visto que existiam poucos fatos concretos em que se basear, Mikael deixou aquilo de lado, apenas notando que Johannes e Rebecka tinham dois filhos, Samuel e Jonathan, de onze e nove anos, respectivamente. A família morava em Stocksund, nos arredores de Estocolmo, e possuía uma casa de veraneio não muito longe dali, no sudeste da ilha de Sandön. Será que estavam lá agora?

Forsell tinha dado a Mikael o número de seu telefone particular. "É só me ligar se tiver alguma pergunta", ele havia dito com o seu inimitável jeito descolado. Mikael, porém, não via motivos para incomodá-lo neste momento. Pelo contrário, ele devia era não ligar para nada disso e ir tirar um cochilo. Sentia um cansaço imenso. Mas claro que não ia descansar só por causa disso. Ele telefonou para o inspetor Bublanski, falou sobre Lisbeth outra vez e contou o que o mendigo possivelmente havia dito sobre Mats Sabin, acrescentando por precaução:

— Mas não deve ser nada.

Paulina Müller saiu do banheiro vestida com um roupão branco e, ao ver Lisbeth ainda absorta em seu computador, colocou a mão carinhosamente em seu ombro. Lisbeth não estava mais olhando o casarão nos arredores de Moscou, como vinha fazendo. Estava lendo um artigo, e Paulina não conseguiu acompanhá-la, o que não era nenhuma surpresa. Ela nunca tinha visto alguém ler tão rápido. As frases passavam voando na tela.

Ainda assim, ela captou algumas palavras... *Denisovan genome and that of certain South Asian...*, e isso despertou seu interesse. Na *Geo*, ela havia escrito alguns artigos sobre a origem do *Homo sapiens* e seu parentesco com os neandertais e os denisovanos. Ela disse:

— Já escrevi sobre isso.

Lisbeth não respondeu, e Paulina ficou furiosa. Lisbeth era generosa e a protegia, porém muitas vezes ela se sentia sozinha e excluída. Não suportava o silêncio de Lisbeth ou as horas intermináveis que ela passava em frente ao computador. As noites quase enlouqueciam Paulina, pois era quando todo o mal que Thomas lhe fizera ressoava dentro dela e a fazia sonhar com vingança e represália. Nesses momentos teria sido bom contar com Lisbeth.

Mas Lisbeth vivia seu próprio inferno. Às vezes seu corpo estava tão tenso que Paulina nem tinha coragem de se aproximar. E como era possível dormir tão pouco? A qualquer hora que Paulina acordasse, encontrava Lisbeth a seu lado de olhos abertos, atenta aos sons no corredor, ou então sentada à mesa olhando para sequências de imagens gravadas por câmeras de segurança ou enviadas por satélite. Ela sentiu com uma intensidade cada vez maior que não aguentava mais ficar de fora, não quando viviam tão próximas, e ela só queria gritar: *Quem está te perseguindo? O que você está fazendo?*.

Ela perguntou:

— O que você está fazendo?

Também desta vez não houve resposta. Mas Lisbeth pelo menos se virou e olhou-a de um modo que, apesar de tudo, parecia uma mão estendida. Havia uma luz nova e mais suave em seus olhos.

— O que você está fazendo? — repetiu Paulina.

— Tentando descobrir a identidade de um homem — respondeu Lisbeth.

— Um homem?

— Um xerpa de cinquenta e poucos anos que já morreu, provavelmente originário do vale de Khumbu no nordeste do Nepal. Embora ele também possa ser de Sikkim ou de Darjeeling, na Índia, os indícios apontam principalmente para o Nepal e para a região em torno de Namche Bazaar. Seus ancestrais são do leste do Tibete. Na infância parece ter tido uma dieta com baixíssimo teor de gordura. — Vindo de Lisbeth, aquilo era uma verdadeira palestra. Paulina se animou e sentou numa cadeira ao lado dela.

— Você tem mais alguma coisa? — perguntou.

— O DNA dele e o laudo da autópsia. A julgar pelas lesões, tenho quase certeza de que foi carregador ou guia de expedições em regiões de altitude elevada. E deve ter sido muito bom nisso.

— Por quê?

— Ele tinha um número excepcional de fibras musculares do tipo 1 e deve ter podido carregar pesos imensos sem gastar muita energia. Mas acima de tudo por causa do gene de seu corpo que regulava o nível de hemoglobina no sangue. Ele deve ter sido forte e resistente em ambientes com baixo nível de oxigênio. Desconfio que passou por alguma experiência terrível. Ele tinha geladuras e fissuras graves. A maior parte dos dedos das mãos e dos pés foi amputada.

— Você tem os dados do cromossomo Y dele?

— Tenho o genoma inteiro.

— Não seria uma boa checar na Y-full então?

A Y-full era uma empresa russa sobre a qual Paulina tinha escrito fazia apenas um ano. Era dirigida por um grupo de matemáticos, biólogos e programadores que coletavam o DNA do cromossomo Y de pessoas do mundo inteiro, pessoas que haviam participado de estudos acadêmicos ou coletado seu próprio DNA para saber mais sobre suas origens.

— Pensei em conferir com a Familytree e com a Ancestry. Mas você sugere a Y-full?

— Acho que eles são os melhores. A empresa é tocada por gente como você, um bando de nerds sem limites.

— Tudo bem — disse Lisbeth. — Mas acho que vai ser difícil.

— Por quê?

— Não acho que o homem pertença a um grupo que faça testes de DNA com frequência.

— Será que não pode haver material de parentes dele em relatórios científicos? Sei que foi feita uma série de estudos sobre as razões de os xerpas serem escaladores tão eficientes em altitudes elevadas — disse Paulina, orgulhosa por estar envolvida de verdade.

— Tem razão — disse Lisbeth, já não totalmente presente.

— E também eles são uma população bem pequena.

— Existem apenas pouco mais de 20 mil xerpas no mundo inteiro.

— E então? — disse ela, torcendo para que pudessem fazer uma investigação juntas.
Lisbeth, porém, entrou em outro link no computador: um mapa de Estocolmo.
— Por que isso é tão importante para você?
— Não é importante.
Os olhos de Lisbeth tornaram-se sombrios outra vez, e então Paulina se levantou, vestiu-se em silêncio e a deixou, indo caminhar de novo pela cidade, desta vez em direção ao Castelo de Praga.

13. 25 DE AGOSTO

Rebecka Forsell, na época Rebecka Loew, se apaixonou pela força e pelo alto-astral de Johannes. Rebecka era a médica da expedição de Viktor Grankin ao Everest, e por muito tempo permaneceu cética sobre aquele projeto e sensível às críticas dirigidas a eles. Naqueles anos, falava-se muito de uma comercialização do Everest.

Havia comentários sobre clientes que compravam um lugar no cume, assim como quem compra um Porsche. Eles eram considerados responsáveis não apenas por manchar o conceito de puro montanhismo, mas também por aumentar os riscos na montanha para outras pessoas. Rebecka se preocupava com o fato de que muitos de seu grupo eram inexperientes demais, sobretudo Johannes, que nunca havia estado a mais de cinco mil metros de altitude.

Mas quando chegaram ao acampamento-base e as pessoas começaram a ter tosse, dor de cabeça e dúvidas sobre aquela aventura, quem lhe causou menos preocupação foi Johannes. Ele circulava entusiasmado pela moraina, tornando-se um bom amigo de todos, até da população local, talvez por tratar todo mundo com espontaneidade e respeito. Brincava com eles e lhes contava suas histórias divertidas.

Ele era do jeito que era, e as pessoas o achavam autêntico. Rebecka não sabia se isso era bem verdade. Na sua opinião, ele era um intelectual que se esforçava para encarar o mundo com otimismo, o que só o tornava ainda mais charmoso. Muitas vezes tudo que ela queria era sair com ele por aí, abraçando a vida.

Verdade que ele havia passado por uma crise profunda depois da morte de Klara e Viktor. Por alguma razão, a tragédia o afetara mais duramente do que aos outros. Ele caiu numa depressão grave, até que voltou a se tornar alegre e cheio de energia. Depois ele a levou a Paris e Barcelona, e em abril do ano seguinte, apenas alguns meses depois da morte do pai dele, os dois se casaram em Östersund, e ela deixou sua casa em Bergen, na Noruega, sem jamais ter sentido saudade.

Ela gostava de Östersund e de Åre, gostava de esquiar e amava Johannes. Não a surpreendeu nada que os negócios dele crescessem, que as pessoas fossem atraídas para ele, nem que tivesse enriquecido e se tornado ministro. Ele era um fenômeno. Era como se estivesse correndo o tempo todo e, ainda assim, fosse capaz de ir refletindo pelo caminho, e as poucas vezes em que ela ficava aborrecida com ele era justamente por causa disso. Johannes não parava um segundo e acreditava que todos os problemas poderiam ser resolvidos se você arregaçasse as mangas e lutasse um pouco mais, o que o fazia, muitas vezes, se exceder com os filhos.

— Vocês conseguem fazer melhor — ele vivia dizendo.

Embora também sempre estimulasse Rebecka, era raro ele ter tempo de ouvir as preocupações dela. Limitava-se a beijá-la e a dizer: — Você vai conseguir, Becka, vai conseguir. — Ele se tornou cada vez mais atarefado, sobretudo depois de assumir o ministério. Com frequência trabalhava até de madrugada, mas ainda assim estava de pé logo cedo, correndo seus cinco quilômetros e fazendo seus Navy Seals, como chamava os exercícios em que trabalhava com o peso do próprio corpo. Era um ritmo desumano. No entanto, ela achava que ele gostava de viver desse modo e que nem parecia se importar que o vento tivesse virado e que ele, que já fora tão admirado, fosse agora odiado.

Quem mais sofria era ela. Pesquisava obsessivamente o nome dele no Google todas as manhãs ao acordar e todas as noites antes de ir dormir, fixando-se nos comentários e nas acusações mais tenebrosas, e às vezes, em seus momentos mais sombrios, achava que era tudo culpa dela, culpa de suas raízes judaicas. Até Johannes, que tinha a aparência de um ariano perfeito, havia se tornado vítima das campanhas de ódio antissemita. No entanto, por muito tempo ele apenas ignorou tudo isso e continuou otimista:

— Isso nos faz mais fortes, Becka, e logo vai virar.

Mas no fim as mentiras também o deviam ter afetado, apesar de nem por um segundo ele ter se queixado ou se lamentado. Seu entusiasmo sempre havia funcionado no piloto automático, e na sexta-feira passada ele tirara uma semana de licença, sem uma única explicação, certamente causando preocupação à sua equipe. Por isso agora eles estavam na ilha de Sandön, em sua espaçosa casa à beira-mar. Os meninos tinham ficado com a mãe dele, mas os inseparáveis guarda-costas tinham vindo também, e ela precisava cuidar deles e lhes dar atenção. Johannes vivia recolhido em seu escritório no andar de cima. No dia anterior ela o ouvira gritar ao telefone. Nesta manhã ele nem havia se exercitado. Tinha tomado o café da manhã em silêncio e desaparecido outra vez em sua toca.

Alguma coisa grave estava acontecendo. Ela sentia. Lá fora o vento se agitava. Ela estava na cozinha, preparando uma salada de beterraba com queijo feta e pinoli. Era hora do almoço, e só a ideia de ter que ir chamá-lo a incomodava.

Mesmo assim subiu, e, embora soubesse muito bem que não devia ter feito isso, entrou no escritório de Johaness sem bater, e o flagrou tentando guardar alguns papéis com ar nervoso, e se ele não tivesse se comportado de maneira tão suspeita ela nem sequer teria olhado para eles. Viu, porém, que era um prontuário psiquiátrico, e estranhou. Talvez se tratasse da avaliação de segurança de algum funcionário, e ela tentou sorrir com naturalidade.

— O que você quer? — ele perguntou.

— Está na hora do almoço.

— Não estou com fome.

Você sempre está com fome, caramba, ela quis gritar.

— O que está acontecendo? — ela arriscou.

— Nada.

— Por favor, estou vendo que há alguma coisa.

Ela sentiu a raiva crescer dentro dele.

— Já falei que não é nada.

— Você está doente? — ela perguntou.

— O que você quer dizer?
— Vi que você está lendo prontuários médicos, portanto fico preocupada — ela respondeu irritada, o que foi um erro.

Ela logo percebeu. Johannes a fitou com um olhar cheio de angústia que a apavorou. Becka murmurou um pedido de desculpa e saiu, mal se sustentando nas pernas.

O que será que aconteceu?, pensou. Estávamos *tão felizes...*

Lisbeth sabia que Camilla a esta altura estava num apartamento na Strandvägen, em Estocolmo. Sabia que Jurij Bogdanov, o hacker de Camilla, e Ivan Galinov, ex-agente do GRU e mafioso, estavam com ela e entendeu que precisava agir. Mas ainda não sabia de que maneira. Embora tivesse decidido não se importar com o xerpa de Mikael, continuou trabalhando nele. Talvez um pouco por fuga, ela não sabia. Com seu Bam Viewer, conseguiu sessenta e sete marcadores no segmento de DNA que se destacavam, e os analisou um por um, obtendo, enfim, um haplogrupo do lado paterno também.

Ele se chamava DM174 e era igualmente raro, o que tanto poderia ser bom como ruim, e na Y-full em Moscou, a empresa de sequenciamento de DNA que Paulina havia recomendado, ela inseriu o grupo no campo de busca e esperou.

— Que merda mais lenta — praguejou contra a demora.

Ela não acreditava em nada daquilo e, na verdade, nem sabia por que estava perdendo tempo com aquela história. Deveria largar tudo e se concentrar em Camilla. Mas então ela recebeu uma resposta que a fez assobiar de espanto. Tinha obtido duzentos e doze resultados, distribuídos em cento e cinquenta e seis sobrenomes. Era melhor do que tinha imaginado. Fechou os olhos, respirou fundo e começou a revisar tudo e a procurar outras variantes incomuns do segmento. Um nome se fez recorrente. Não fazia sentido, mas aparecia o tempo todo. Robert Carson em Denver, Colorado.

De fato ele parecia um pouco asiático. De resto, porém, era cem por cento americano, maratonista, esquiador alpino e geólogo na universidade da cidade, quarenta e dois anos, três filhos, um democrata bastante ativo e oponente feroz da organização lobista NRA, a National Rifle Association, desde que seu filho mais velho fora atingido em um tiroteio numa escola de Seattle.

Nas horas vagas Robert Carson dedicava-se à genealogia, e dois anos antes submetera seu cromossomo Y a uma extensa análise, ficando evidente que Carson tinha a mesma mutação Epas1 que o mendigo.

"Tenho o supergene", ele havia postado no site rootsweb.ancestry.com, ao lado de uma foto sua com ar animado, tensionando os bíceps, usando um macacão e boné do time de hóquei Colorado Avalanche, perto de um riacho nas Montanhas Rochosas.

Contou que seu avô paterno, Dawa Dorje, tinha vivido no sul do Tibete, perto do Everest, e que fugira do país em 1951, durante a ocupação chinesa, indo morar com parentes no vale de Khumbu, a uma pequena distância do mosteiro budista Tengboche, no Nepal. Na internet havia uma foto do avô com Sir Edmund Hillary na inauguração do hospital do povoado de Kunde. O avô tivera seis filhos, entre os quais Lobsang, "um doidivanas e bonitão e, acreditem se quiser, maluco pelos Rolling Stones", escreveu Robert.

Ele prosseguiu:

"Não tive a oportunidade de conhecê-lo, mas minha mãe me contou que ele era o escalador mais forte da expedição e de longe o mais bonito e mais carismático. (Se bem que minha mãe era suspeita para falar dele, e eu também, aliás.)"

Constava que em setembro de 1976 Lobsang Dorje havia participado de uma expedição inglesa para escalar o cume oeste do Everest. No grupo estava também a ornitóloga americana Christine Carson. Durante a caminhada inicial, ela estudou a avifauna, "a diversidade da vida das aves" nas encostas do Himalaia, como escreveu. Na época, Christine Carson tinha quarenta anos, era solteira e sem filhos e professora da Universidade de Michigan. No acampamento-base, começou a sofrer de fortes náuseas e dores de cabeça e decidiu voltar a Namche Bazaar para procurar assistência médica. Em 9 de setembro, ficou sabendo que seis integrantes da expedição, inclusive Lobsang Dorje, tinham morrido um pouco antes de atingirem o pico do Everest.

Ao voltar para casa, soube que estava grávida de Lobsang Dorje. A história era delicada, claro. Lobsang era vinte e um anos mais novo, tinha apenas dezenove, além de ser noivo de uma jovem do vale de Khumbu. No entanto, Christine foi em frente com a gravidez e, em abril de 1977, deu à luz Robert, em Ann Arbor, Michigan. Embora não se pudesse afirmar com certeza, pois sempre havia certa aleatoriedade na seleção genética, Robert e o mendigo provavelmente eram primos em terceiro ou quarto grau. Os dois devem ter tido um antepassado comum no século XIX, o que não era um período muito próximo, mas Lisbeth imaginava que Mikael seria capaz de preencher as lacunas, sobretudo porque o próprio Robert Carson parecia interessado nessas questões, e era do tipo falante e animado. Lisbeth achou fotos dele tiradas no ano anterior, quando havia se encontrado com a família do pai no vale de Khumbu.

Ela escreveu para Mikael:

O seu homem é um xerpa. Provavelmente foi carregador ou guia de expedições em altitudes elevadas no Nepal, por exemplo no Lhotse, Everest ou Kangchenjunga. Ele tem um parente em Denver. Estou anexando informações sobre isso. Você não vai voltar ao seu artigo sobre as fábricas de trolls?

Ela deletou a última frase. Afinal, era responsabilidade de Mikael decidir como fazer o trabalho dele. Depois de enviar a mensagem, saiu para se encontrar com Paulina.

Jan Bublanski estava passeando pela Norr Mälarstrand com Sonja Modig. Fazer reuniões enquanto caminhava era um de seus novos caprichos.

— Acho que pensamos melhor andando — explicou. Mas provavelmente o que ele mais queria era combater o excesso de peso e melhorar sua condição física.

Ultimamente andava ofegante à toa, e acompanhar o passo de Sonja era um desafio. Haviam conversado sobre diversos assuntos, mas logo passaram a tocar no caso que Mikael abordara por telefone. Sonja descreveu sua visita à loja de eletrônicos na Hornsgatan, e Bublanski suspirou. Por que todos estavam tão obcecados por Forsell? Era como se as pessoas achassem que ele fosse o responsável por todos os males do mundo. Bublanski torcia para que não tivesse nada a ver com a mulher judia de Forsell.

— Entendi — ele disse.

— Pois é, parece bem maluco.

— Não lhe passou pela cabeça nenhum outro motivo?

— Inveja, talvez.

— O que haveria para se invejar no coitado do homem?

— Existe inveja até nos degraus mais baixos da sociedade.

— Isso é verdade.

— Falei com uma mulher da Romênia, Mirela é o nome dela — prosseguiu Sonja —, e ela me contou que o homem faturava mais dinheiro do que todos os outros mendigos da vizinhança. A postura altiva dele fazia as pessoas serem generosas, e sei que isso causou alguma raiva entre os mendigos mais antigos daquela área.

— Mas não me parece razão para matar alguém.

— Talvez não. Só que o homem costumava andar com algum dinheiro. Ele era cliente assíduo da barraca de cachorro-quente perto da Bysistorget e do McDonald's da Hornsgatan, e obviamente da loja estatal de bebidas na Rosenlundsgatan, onde comprava vodca e cerveja. Além disso...

— Sim?

— Parece que ele foi visto algumas vezes de madrugada mais lá para cima, na direção da Wollmar Yxkullsgatan, onde ia comprar bebida no mercado negro.

— É mesmo?

Bublanski ficou pensando naquilo.

— Imagino que você esteja pensando — disse Sonja — que a gente devia ir conversar com esse pessoal que vende bebida na rua.

— Sem dúvida — ele disse, tomando fôlego para enfrentar a subida até a Hantverkargatan. Pensou de novo em Forsell e em sua mulher Rebecka, que ele conhecera na Comunidade Judaica e com a qual se encantara.

Ela era alta, com certeza tinha mais de um metro e oitenta e cinco, uma figura esbelta com passos leves e elegantes e olhos grandes e escuros que brilhavam calorosos e cheios de energia. Por um instante Bublanski pareceu entender por que o casal atraía tanta animosidade.

Era óbvio que os outros se ressentiam de pessoas que irradiavam uma energia tão inesgotável como a deles. Esse tipo de personalidade faz os outros se sentirem inferiores e fracos.

14. 25 DE AGOSTO

Mikael leu a mensagem de Lisbeth e murmurou consigo: "Caramba". Já eram cinco da tarde, ele se levantou inquieto de sua mesa de trabalho e olhou para o mar. Ventava ainda mais lá fora, e ao longe, na baía, um veleiro bordejava na tempestade. Um xerpa, ele pensou, um xerpa. Aquilo devia significar alguma coisa, certo?

Não que ele pensasse que tivesse alguma coisa a ver com o ministro da Defesa. No entanto era impossível ignorar que Johannes Forsell tinha escalado o Everest em maio de 2008. Portanto, Mikael decidiu investigar os acontecimentos. E material sobre a história era o que não faltava, e graças a Klara Engelman, como ele já descobrira.

Klara Engelman era sinônimo de glamour e nascida para o mundo das fofocas. Bonita com seu cabelo tingido de loiro, lábios e peitos recauchutados, era casada com o famoso magnata Stan Engelman, dono de hotéis e imóveis em Nova York, Moscou e São Petersburgo. Klara não vinha da alta sociedade, tinha sido modelo na Hungria e durante uma viagem aos Estados Unidos, na juventude, vencera um concurso de Miss Biquíni em Las Vegas, onde conhecera Stan, um dos jurados, o que obviamente era um detalhe picante que os tabloides amavam.

Em 2008, entretanto, ela tinha trinta e seis anos e era mãe de Juliette, a filha de doze anos do casal. Formada em relações públicas pelo St. John's College de Nova York, Klara parecia querer provar que era capaz de suas próprias conquistas. Agora, passados mais de dez anos da tragédia, era difícil entender a indignação que ela despertou no acampamento-base. Em seu blog, publicado na revista *Vogue*, sem dúvida havia algumas fotos ridiculamente estilizadas dela trajando roupas da última moda. Mas, olhando para trás, a arrogância e o machismo ficavam evidentes na maneira como ela fora retratada. Os repórteres a tinham pintado como uma perua maior do que ela era, fazendo-a parecer uma antítese das montanhas e uma afronta à população local. Ela personificava a vulgaridade do rico mundo ocidental contra a pureza das cordilheiras.

Klara Engelman esteve na mesma expedição que Johannes Forsell e o amigo dele Svante Lindberg, hoje seu subsecretário de Estado. Os três tinham pagado setenta e cinco mil dólares para serem conduzidos até o cume, algo que com certeza causara mais indignação. Naqueles anos dizia-se que o Everest havia se tornado um destino para os ricos que desejavam lustrar o ego. O russo Viktor Grankin era o contratante e líder da expedição, composta de três guias, um chefe do acampamento-base, uma médica e catorze xerpas, além dos dez clientes. Era preciso muita gente para levá-los até o alto.

Será que o mendigo tinha sido um desses xerpas? A ideia ocorreu a Mikael de imediato, e, antes de se inteirar mais sobre a tragédia, pesquisou sobre todos eles. Será que um deles tinha ido parar na Suécia ou tivera alguma relação especial com Forsell? Não foi fácil verificar, e sobre muitos deles Mikael não achou nada. A ligação mais próxima que encontrou foi com o jovem xerpa Jangbu Chiri.

Ele e Forsell se reencontraram em Chamonix três anos depois, tomaram uma cerveja juntos, e era perfeitamente possível que tivessem se tornado inimigos mortais depois disso. Mas nas imagens da internet os dois pareciam absurdamente felizes fazendo sinal de positivo com o polegar. Até onde Mikael pôde ver, nenhum xerpa da expedição tinha dito uma palavra sequer contra Forsell. Havia acusações anônimas, surgidas durante a campanha de desinformação, de que Forsell teria contribuído para a morte de Klara Engelman ao ter atrasado ou retido o grupo na montanha. Mas na época os depoimentos foram unânimes em dizer o contrário: quem retardou a expedição foi a própria Klara, e, quando o acidente fatal ocorreu, Forsell e Svante Lindberg já haviam deixado os outros para trás e alcançado o cume sozinhos.

Não, Mikael ainda não acreditava naquilo. Ou será que apenas não queria acreditar? Era parte de seu trabalho sempre se precaver contra as armadilhas que a autoilusão pudesse lhe pregar numa investigação jornalística, e nesse caso não lhe agradava nem um pouco pensar que o homem que os trolls da internet adoravam odiar estaria envolvido no envenenamento de um pobre coitado em Estocolmo. Ainda assim... que merda.

Ele prosseguiu, relendo a mensagem de Lisbeth e o anexo sobre o possível parente do mendigo no Colorado, Robert Carson. Embora o olhar de Mikael pudesse estar influenciado pela pesquisa, Robert Carson lhe pareceu um pouco o tipo de Forsell, alegre e cheio de vida, e, sem pensar muito, ele telefonou para o número que Lisbeth havia lhe passado.

— Bob falando — disse uma voz.

Mikael se apresentou e ficou em dúvida sobre como abordar o assunto. Decidiu começar com alguma bajulação.

— Eu vi na internet que você tem um supergene.

Robert Carson riu.

— Impressionante, não é?

— Muito. Espero não estar te incomodando.

— De forma alguma, estou lendo uma tese chata. Prefiro falar sobre o meu DNA. Você trabalha numa revista científica?

— Não exatamente. Estou investigando uma morte suspeita.

— Nossa!

Ele pareceu preocupado.

— Trata-se de um morador de rua entre cinquenta e quatro e cinquenta e seis anos, com alguns dedos amputados nas mãos e nos pés. Ele foi encontrado morto ao lado de uma árvore em Estocolmo algum tempo atrás. O gene Epas1 dele tinha a mesma variante que o seu. Provavelmente, vocês dois são primos em terceiro ou quarto grau.

— Que história mais triste. Como era o nome dele?

— Aí é que está. Não sabemos. Tudo que foi possível determinar até agora é que vocês têm um parentesco.

— E como eu posso ajudar?

— Sinceramente, eu não sei. Uma colega minha acredita que o homem deve ter sido um excelente carregador em expedições em altitudes elevadas e que passou por algum drama quando sofreu suas lesões. Você tem algum xerpa na família que se encaixa nessa descrição?

— Meu Deus, imagino que possam ser muitos, se pensarmos na linhagem toda. Somos um número incontável, eu diria.

— Nenhum palpite mais concreto?

— Se você me der um tempo para eu pensar, pode ser que eu descubra alguma coisa. Montei uma árvore genealógica inteira onde anotei dados biográficos. Você não tem mais nenhuma informação para me passar?

Mikael refletiu um pouco. Depois disse:

— Se você me prometer agir com toda a discrição, posso enviar o laudo da autópsia e a análise de DNA do homem.

— Prometo.

— Então mando para você agora mesmo. Agradeceria muito se puder dar uma olhada em tudo com a maior urgência.

Robert ficou em silêncio por instantes.

— Sabe de uma coisa? — disse em seguida. — Vai ser uma honra. Acho bem legal ter tido um parente na Suécia, embora seja triste pensar que ele tenha enfrentado dificuldades.

— Infelizmente, tudo leva a crer que enfrentou mesmo. Uma amiga minha teve contato com ele.

— E o que aconteceu?

— Ele estava muito agitado, falando coisas incoerentes sobre Johannes Forsell, nosso atual ministro da Defesa. Forsell escalou o Everest em maio de 2008.

— Em maio de 2008?

— Isso.

— Não foi quando Klara Engelman morreu?

— Isso mesmo.

— Curioso...

— O que você quer dizer?

— Eu tive um parente que esteve nessa expedição, uma lenda e tanto, aliás. Mas ele morreu há três ou quatro anos.

— Então dificilmente pode ter aparecido em Estocolmo.

— Pois é.

— Vou te enviar a relação dos xerpas que com certeza estavam na montanha naquela expedição. Quem sabe você consiga alguma pista ali.

— Será ótimo.

— Não que eu realmente acredite que isso tenha a ver com o Everest — disse Mikael mais para si mesmo do que para Robert Carson. — A distância entre esse homem e o ministro da Defesa parece grande.

— O que você quer é que eu trabalhe nisso de mente aberta?

— Acho que sim. Fiquei fascinado com a sua história de vida.

— Obrigado — disse Robert Carson. — Mande o material que vou te manter informado.

Mikael desligou e ficou pensando por algum tempo. Escreveu uma mensagem de agradecimento a Lisbeth e lhe contou sobre Forsell e o Everest, sobre Mats Sabin e tudo mais. Ela também precisava estar a par da história toda.

Lisbeth viu o e-mail às dez da noite, mas não o leu. Tinha outras coisas em que pensar. Além de tudo, estava no meio de uma briga.

— Será que dá pra você parar de olhar pra esse maldito computador? — rosnou Paulina.

Lisbeth parou de olhar para o maldito computador e olhou para Paulina, encostada à mesa com seu longo cabelo solto e encaracolado e seus expressivos olhos oblíquos cheios de lágrimas e raiva.

— O Thomas vai me matar.

— Mas você disse que podia ficar com seus pais em Munique.

— Ele vai me seguir até lá e enrolá-los até não poder mais. Eles adoram o Thomas. Ou pelo menos acham que adoram.

Lisbeth assentiu com a cabeça e tentou pensar de forma racional. Será que deveria esperar? Não, concluiu, não. Agora não podia voltar atrás e também não podia levar Paulina a Estocolmo. Precisava ir para lá imediatamente, e sozinha. Não podia continuar passiva daquele jeito e atolada no passado. Tinha que entrar em ação de novo e seguir a caça mais de perto, senão coisas ruins aconteceriam a outras pessoas, especialmente agora com um tipo como Galinov em cena. Ela respondeu:

— Quer que eu fale com eles?

— Com meus pais?

— É.
— Jamais.
— Por que não?
— Porque você é o próprio óvni social, Lisbeth, não percebe? — respondeu Paulina com rispidez, pegando a bolsa de repente e batendo a porta ao sair.

Lisbeth se perguntou se devia correr atrás dela. No entanto manteve-se diante computador e resolveu continuar tentando hackear as câmeras de segurança em torno do apartamento da Strandvägen, onde Camilla ainda estava. Além de ser um trabalho demorado, outras coisas andavam desviando sua atenção. Não apenas a crise de Paulina, mas tudo. Também o e-mail de Mikael, mesmo que a história dele parecesse a menor das prioridades que ela tinha.

A mensagem dizia:

Não sei como você consegue. Parabéns, parabéns. Tiro o chapéu pra você. Deixa eu te dizer o que o mendigo falou do ministro da Defesa, Johannes Forsell: "*Me took him. I left mamsabin*". Ou alguma coisa com esse sentido. (Talvez Mats Sabin.) Não ficou claro. Mas Johannes Forsell de fato escalou o Everest em maio de 2008 e a certa altura pareceu estar à beira da morte. Estou enviando uma lista dos xerpas que estavam na face sul da montanha naquela época. Talvez você encontre algo ali também. Falei com Robert Carson, que tentará me ajudar.

Se cuide e obrigado.

M

P.S. Existiu um Mats Sabin ex-major da Artilharia Costeira e historiador militar da Escola Superior de Guerra. Ele morreu em Abisko alguns anos atrás e teve uma discussão inflamada com Forsell.

— É mesmo? — murmurou ela. — Não me diga... — Deixou aquilo de lado e continuou trabalhando nas câmeras de segurança. Mas seus dedos tinham vida própria. Depois de meia hora, passou a pesquisar Forsell e o Everest, e foi parar em reportagens intermináveis sobre uma mulher chamada Klara Engelman.

Achou Klara Engelman um pouco parecida com Camilla, uma cópia mais barata da irmã, mas o mesmo carisma, a mesma necessidade de ser o centro das atenções. Lisbeth achou que não devia perder tempo com ela.

Tinha mais o que fazer. Mesmo assim continuou lendo, porém sem muita concentração. Escreveu para Praga sobre as câmeras, telefonou para Paulina, que não atendeu, e aos poucos foi conseguindo formar uma visão geral da história e sobretudo sobre a escalada de Johannes Forsell.

Ele e seu amigo Svante Lindberg haviam chegado ao cume à uma da tarde do dia 13 de maio de 2008. O céu estava limpo, e os dois passaram algum tempo lá em cima contemplando a vista e fotografando. Também enviaram uma notificação ao acampamento-base. Mas logo depois, quando desciam a caminho do cume sul, começaram a ter problemas na estreita passagem rochosa conhecida como Hillary Step. O tempo foi passando muito rápido.

Às três e meia, quando só haviam chegado ao chamado Balcão, a uma altitude de 8500 metros, começaram a se preocupar com a possibilidade de que o oxigênio não fosse suficiente e que não conseguissem chegar ao acampamento 4. A visibilidade também piorou, e, embora Forsell não entendesse o que estava acontecendo ao redor deles, suspeitou que algo grave tivesse ocorrido.

Captou vozes desesperadas em seu rádio, mas, de acordo com o que contou mais tarde, estava exausto demais àquela altura para entender direito. Limitou-se a seguir cambaleando encosta abaixo, mal conseguindo se manter em pé.

Logo depois, uma tempestade atingiu a montanha, e tudo se transformou em um caos impiedoso. O frio era extremo, a temperatura atingiu sessenta graus negativos, os dois estavam congelando e já não conseguiam distinguir que caminho levava para o alto e que caminho levava para baixo. Por essa razão talvez tenha sido natural que nem Forsell nem Svante tenham sido capazes de oferecer um relato detalhado de como conseguiram descer até as barracas da crista sudeste.

A julgar pelas reportagens, também nada foi dito sobre o período entre sete e onze da noite daquele dia, ainda que não houvesse muito para acontecer nesse espaço de tempo. Lisbeth também encontrou algumas discrepâncias nos depoimentos de Forsell e de Svante, principalmente sobre o real estado de Forsell e qual tinha sido a gravidade.

Era como se a crise dele tivesse sido atenuada com o tempo. Lisbeth, no entanto, não achou isso particularmente digno de nota, não comparado com a tragédia real ocorrida em outro ponto da montanha, onde Klara Engelman e seu guia Viktor Grankin morreram naquela tarde. Não era de estranhar que colunas e mais colunas de jornais e revistas tivessem noticiado o acidente. Por que, de todos na montanha naquele dia, tinha sido justamente a cliente VIP a perder a vida? Por que justamente ela havia morrido, Klara Engelman, a grande vítima de fofocas e comentários maldosos?

Por algum tempo, falou-se que a inveja, o ódio de classe e a misoginia estavam por trás de sua morte. Mas depois que o alvoroço inicial desapareceu, ficou claro que nenhum esforço fora poupado para salvar Klara Engelman assim que ela desabou de repente na neve. O guia assistente Robin Hamill chegou a dizer:

— Não houve falta de empenho para salvar Klara, e sim excesso de empenho. Ela era considerada tão importante para Viktor e para a expedição que arriscamos outras vidas na tentativa de ajudá-la. — Lisbeth achou que fazia sentido.

O valor publicitário de Klara Engelman era tão alto que ninguém se atreveu a mandá-la descer a tempo. Quando ela decidiu continuar seguindo em frente, praticamente se arrastando, atrasou a expedição inteira. E depois que, confusa e desesperada, um pouco antes da uma da tarde, ela arrancou a máscara de oxigênio, ficou ainda mais fraca.

Ela desabou de joelhos e se estatelou na neve. Houve pânico, e Viktor Grankin, que naquele dia não se mostrou o fortão de sempre, gritou para que todos parassem. Foram feitos esforços consideráveis para levá-la para baixo. Mas logo depois o tempo piorou e a nevasca caiu sobre eles. Muitos do grupo, como o dinamarquês Mads Larsen e a alemã Charlotte Richter, começaram a passar mal, e por algumas horas foi como se todos estivessem caminhando para uma catástrofe de enormes proporções.

Entretanto, os xerpas da expedição, sobretudo seu sirdar, Nima Rita, trabalharam duro na tempestade e levaram as pessoas para baixo com cordas ou amparando-as na descida. Ao cair da noite, todos tinham sido resgatados, exceto Klara Engelman e Viktor Grankin, que se negou a deixar Klara, como um capitão se recusa a abandonar seu navio que afunda.

Nas semanas e meses que se seguiram, a tragédia foi minuciosamente investigada, e hoje a maioria das dúvidas parecia esclarecida. A única coisa não muito bem explicada — embora se conjecturasse ser obra das violentas correntes, típicas em altitudes como aquela — era Klara Engelman ter sido encontrada um quilômetro abaixo do lugar onde caíra, apesar de todas as testemunhas afirmarem que ela e Viktor Grankin morreram juntos, um ao lado do outro na neve.

Lisbeth pensou nisso e em todos os corpos deixados lá em cima nas encostas ano após ano sem que ninguém conseguisse trazê-los para baixo e enterrá-los. Enquanto as horas passavam, ela releu diversos relatos, até começar a achar que alguma coisa não se encaixava na história. Buscou informações inclusive sobre Mats Sabin, que Mikael havia mencionado, e depois decidiu entrar em grupos de fofoca on-line. Em algum momento lhe ocorreu uma ideia totalmente diferente, só que não teve tempo de explorá-la.

A porta se abriu e Paulina entrou bastante embriagada, xingando-a e acusando-a de ser um monstro. Lisbeth revidou à altura, até que as duas, unidas pelo sentimento comum de solidão e desespero, se agarraram e transaram furiosamente.

15. 26 DE AGOSTO

De manhã, Mikael correu dez quilômetros na orla, e assim que chegou em casa ouviu o telefone tocando. Era Erika Berger. A nova edição da *Millennium* iria para a gráfica no dia seguinte. Erika não estava exatamente feliz, mas tampouco infeliz.

— Voltamos ao padrão normal — ela disse e perguntou como ele estava.

Ele respondeu que continuava de férias, que tinha recomeçado a correr e que também andava um pouco interessado no ministro da Defesa e na campanha aberta contra ele. Erika comentou que aquilo era curioso.

— Por que curioso?

— Sofie Melker escreveu sobre a mesma coisa na matéria dela.

— De que forma?

— Ela fala sobre os ataques aos filhos de Forsell e que a polícia deixou uma patrulha do lado de fora da Escola Judaica.

— Li sobre isso.

— Olha…

O tom reflexivo dela o pôs em alerta, era o mesmo de quando ela tinha alguma ideia para uma reportagem.

— Se você não quer mesmo continuar investigando o crash da Bolsa, então talvez possa escrever um perfil de Forsell, para mostrá-lo um pouco mais humano de novo. Me lembro que vocês se deram bem.

Ele olhou para as águas da baía.

— Acho que sim.

— E aí, o que me diz? Você também podia ajudar os nossos leitores checando um pouco os fatos.

Ele ficou calado por um instante.

— Talvez não seja má ideia — disse.

Mikael estava pensando no xerpa e na expedição ao Everest.

— Acabei de ler que Forsell tirou uma semana extra de férias. Ele não tem uma casa de veraneio aí perto da sua?

— Do outro lado da ilha.

— Então — Erika disse.

— Vou pensar.

— Antigamente, você não pensava tanto. Apenas ia lá e fazia.

— Eu também estou de férias, sabe? — ele disse.

— Você nunca está de férias.

— Como não?

— Você é um velho viciado em trabalho e com a consciência pesada demais para entender desse negócio de férias.

— Quer dizer que nem vale a pena tentar?

— Não — ela disse, rindo, e aí ele riu também, por educação, e ficou aliviado por ela não sugerir de ir até lá vê-lo.

Não queria complicar as coisas ainda mais com Catrin, portanto desejou boa sorte a Erika e encerrou a ligação. Ficou olhando pensativo para fora, para o mar tempestuoso. O que deveria fazer? Mostrar a Erika que entendia, sim, desse negócio de férias? Ou continuar trabalhando?

Acabou concluindo que estava disposto a se encontrar com Forsell, mas que primeiro precisava estudar mais a fundo toda a porcaria que fora escrita sobre ele. Depois de se lamentar e suspirar por algum tempo e de tomar um banho demorado, pôs mãos à obra. No começo foi deprimente e Mikael sentiu náuseas, como se mais uma vez estivesse caindo no mesmo lodaçal de quando ele investigava as fábricas de trolls.

Mas aos poucos o trabalho o foi absorvendo, Mikael fez um bom esforço para rastrear as fontes originais de todas as alegações contra Forsell e para apurar como elas haviam se espalhado daquela forma distorcida. Quando, pouco a pouco, se aproximava outra vez dos eventos ocorridos no Everest, teve um sobressalto. Seu celular estava tocando, e agora não era Erika, e sim Bob Carson, de Denver.

Bob parecia agitado.

Charlie Nilsson estava sentado, de testa franzida, num banco em frente ao Centro de Tratamento de Toxico-dependentes Prima Maria, ou Clínica Detox, como ele dizia. Não gostava de falar com a polícia nem que seus companheiros o vissem fazer isso. Mas a mulher, que se chamava Modig, ou Stark, o assustou, e ele não queria se meter em encrenca.

— Dá um tempo, cara — ele disse. — Eu nunca venderia uma garrafa batizada.

— Ah, não, é? Então quer dizer que você experimenta todas, pra saber disso?

— Engraçadinha.

— Engraçadinha? — disse Modig, ou Stark. — Você não faz ideia de como eu não sou nada engraçadinha.

— Para com isso — ele disse. — Qualquer um pode ter dado cachaça envenenada pra ele, não pode? Você sabe como eles chamam este lugar aqui?

— Não, Charlie, eu não sei.

— Triângulo das Bermudas. O pessoal circula entre a Clínica Detox, a loja estatal e aquele boteco ali, e depois simplesmente desaparece.

— O que você quer dizer com isso?

— Que por aqui rola um monte de merda suspeita. Aqui tem uns tipos bem estranhos que ficam vendendo drogas podres e comprimidos picaretas. Mas a gente que toca um negócio sério, a gente que fica aqui faça chuva, faça sol, noite após noite, a gente não tem condição de mexer com esse tipo de produto. A gente precisa entregar mercadoria boa e aguentar as consequências no dia seguinte, senão a gente tá fodido.

— Não acredito em nada disso — falou Modig, ou Stark. — Tenho certeza de que vocês não têm escrúpulo nenhum, e diria que você acabou de entrar numa fria. Está vendo aqueles tiras ali?

Charlie estava de olho neles fazia tempo e via que os policiais estavam olhando para ele de cara feia.

— Se você não contar tudo o que sabe, vamos te pegar agora mesmo. Você disse que já vendeu para o homem — disse Modig, ou Stark.

— Certo, já vendi pra ele. Mas achei o cara bem assustador, e fiquei o mais longe dele que pude.

— Assustador como?

— Os olhos dele eram assustadores, e ele só tinha toco nos dedos e ainda tinha uma maldita mancha no rosto. E ficava falando que nem um louco sobre a lua. "*Luna, luna*", ele ficava falando. Significa lua, certo?

— Acho que sim.

— Pelo menos ele fez isso uma vez. Ele veio chegando da Krukmakargatan mancando, batendo a mão no peito e dizendo que a Luna estava sozinha e chamando ele, ela e um tal de Mam Sabib, ou a merda de um nome desses, e aquilo me assustou. Ele era um maluco total e eu dava a coisa pra ele mesmo que o cara não tivesse todo o dinheiro. Não me espantei nem um pouco quando ele ficou violento depois.

— Ele ficou violento?

Caralho, pensou Charlie Nilsson. Ele tinha prometido não falar nada. Mas agora que já tinha falado o jeito era ir em frente.

— Não comigo.

— Com quem?

— Com Heikki Järvinen.

— E quem é esse?

— Um cliente meu, aliás bem estiloso. Uma noite Heikki cruzou com o cara na Norra Bantorget. Pelo menos eu acho que deve ter sido ele, porque Heikki falou de um chinesinho sem dedos e com a porra de um casacão de neve que ficou falando todo desvairado sobre ter ido lá em cima nas nuvens, ou uma coisa assim, e quando o Heikki disse que não acreditava levou um soco que deixou a cabeça dele zunindo. Ele disse que o chinês era forte como um urso.

— E onde posso encontrar Heikki Järvinen?

— Com o Järvinen é um pouco aqui, um pouco ali, então não é muito fácil saber.

A policial que se chamava Modig, ou Stark, anotou isso, assentiu com a cabeça e o apertou um pouco mais. Depois desapareceu, os policiais também, e Charlie Nilsson suspirou de alívio. Bem que ele sabia que tinha alguma coisa muito estranha com o chinês, pensou, apressando-se em ir ligar para Heikki Järvinen antes que a polícia o encontrasse.

Mikael notou de imediato que a voz de Bob Carson estava diferente, como se ele tivesse ficado acordado até tarde ou pegado um resfriado.

— É um horário civilizado aí, não é? — perguntou o americano.

— Bem civilizado.

— Aqui não. Minha cabeça parece que vai estourar. Lembra que eu disse que tinha um parente que esteve na montanha em 2008?

— Lembro.

— E lembra que eu disse que ele tinha morrido?

— Claro.

— E tinha mesmo. Ou pelo menos foi considerado morto. Bom, talvez seja melhor eu começar do começo.

— Parece uma boa ideia.

— Eu telefonei para o meu tio em Khumbu. Ele é uma espécie de central de informações da região, e passamos juntos a lista toda que você me mandou. Como o único parente que encontramos na lista foi essa pessoa, eu já ia desistir. Se ele estava morto, estava morto, portanto não podia ter aparecido em Estocolmo e morrido de novo. Mas depois que o meu tio disse que o corpo desse parente nunca foi encontrado, então dei outra olhada na lista e vi que a idade batia e a altura também.

— Qual era o nome dele?

— Nima Rita.

— Era um dos líderes, certo?

— Ele era o sirdar, o chefe do grupo de xerpas e o que trabalhou mais duro na montanha naquele dia.

— Eu sei, soube que ele salvou Mads Larsen e uma Charlotte alguma coisa.

— Exatamente. Se não fosse por ele, o acidente teria sido pior. Mas ele pagou um preço alto, pois de tanto correr para cima e para baixo como um escravo de galé acabou sofrendo geladuras graves no rosto e no peito. Teve que amputar a maioria dos dedos das mãos e dos pés.

— Então você acha mesmo que é ele?

— Só pode ser. Ele tinha uma tatuagem de uma roda budista no pulso.

— Meu Deus — disse Mikael.

— Pois é, as peças se encaixam. Nima Rita é meu primo em terceiro grau, como se diz, e é totalmente razoável admitir que ele e eu compartilhamos essas variantes especiais do cromossomo Y que sua colega cientista apontou.

— Você tem alguma explicação plausível para ele ter vindo parar na Suécia?

— Não, mas há uma continuidade da história que é interessante.

— Me conte. Ainda não tive tempo de me inteirar de tudo.

— No início, os guias assistentes, Robert Hamill e Martin Norris, levaram o crédito pelo trabalho de resgate, o crédito que ainda sobrava depois da morte de Klara Engelman e de Grankin — prosseguiu Bob Carson. — Mas quando saíram as primeiras reportagens mais detalhadas sobre o acidente, ficou claro que Nima Rita e seus xerpas é que tinham desempenhado o papel decisivo. Mas não sei se isso deixou Nima muito mais feliz.

— Por que não?

— Porque àquela altura a vida dele já tinha virado um inferno. Suas geladuras eram de quarto grau e extremamente dolorosas, e os médicos adiavam ao máximo a amputação, pois sabiam que as escaladas eram cruciais para o sustento dele. De fato, Nima Rita havia ganhado muito dinheiro para um nativo do vale de Khumbu, ainda que pouco para os padrões europeus, mas o dinheiro evaporava em suas mãos. Ele bebia demais e não tinha feito nenhum pé de meia. E também sofria calúnias e era atormentado por seus próprios demônios.

— Como assim?

— Acontece que, em segredo, ele tinha recebido dinheiro de Stan Engelman para ter um cuidado especial com Klara, e nisso ele falhara por completo. E ainda foi acusado de ter trabalhado contra os interesses dela. Não acredito nisso. Nima Rita era uma pessoa muito leal. Mas, como muitos xerpas, ele também era extremamente supersticioso e via o Everest como um ser vivo que punia os alpinistas por seus pecados, e Klara Engelman... Bem, você deve ter lido sobre ela, não é?

— Li as reportagens da época.

— Ela provocou muitos xerpas. Já no acampamento-base corriam boatos de que ela poderia trazer má sorte à montanha, e Nima com certeza também estava aborrecido com ela. De qualquer forma, depois ele sofreu todas as torturas do inferno. Disseram que caiu num estado semialucinatório, e parte disso deve ter sido alguma coisa neurológica. Ele havia sofrido danos cerebrais por causa de todo o tempo que passou acima de oito mil metros de altitude e foi ficando cada vez mais amargurado e estranho. Também acabou perdendo muitos amigos. Ninguém o aguentava mais. Ninguém além de sua mulher, Luna.

— Luna Rita, eu imagino. Onde ela está agora?

— Essa é a questão. Luna foi quem sustentou Nima depois das cirurgias dele. Ela fazia pão, plantava batatas e às vezes ia ao Tibete comprar lã e sal para vender no Nepal. Mas não foi suficiente, e ela começou a trabalhar em expedições de montanhismo. Era bem mais nova que Nima, era forte, e logo foi promovida de ajudante de cozinha a xerpani escaladora. Em 2013, ao participar de uma expedição holandesa ao Cho Oyu, a sexta montanha mais alta do mundo, ela caiu numa fenda em uma altitude elevada. As condições eram caóticas. Houve uma avalanche, ventava forte, e os alpinistas se viram obrigados a descer correndo da montanha. E deixaram Luna ali, para morrer na fenda. Nima enlouqueceu de dor e imediatamente interpretou essa atitude como racismo. Ele gritou que se fosse um sahib eles a teriam tirado dali na hora.

— E no caso ela era apenas uma mulher humilde da região.

— Não faço ideia se isso fez mesmo alguma diferença. Duvido. De forma geral, tenho o pessoal de montanhismo em alta conta. Mas Nima levou a história adiante e resolveu montar uma expedição para subir a montanha e dar a Luna um enterro digno. Como não conseguiu convencer uma única pessoa a acompanhá-lo, partiu sozinho, velho demais e, pelo visto, não totalmente sóbrio.

— Nossa.

— Se você falar com os meus parentes em Khumbu, essa escalada, e não todas as que já tinha feito ao Everest, é que representa sua verdadeira grandeza. Nima chegou lá em cima, encontrou Luna no fundo da fenda, preservada para sempre no gelo, e decidiu descer e se deitar ao lado dela para que pudessem renascer juntos. Mas aí...

— O quê?

— A deusa da montanha sussurrou em seu ouvido que ele devia sair pelo mundo contando a história dela.

— Parece...

— ... coisa de louco, não é? — disse Bob Carson. — E embora realmente ele tenha saído pelo mundo, ou pelo menos por Katmandu, contando essa história, ninguém entendia do que ele estava falando. Nima foi se tornando mais e mais incoerente e às vezes era visto chorando sob as bandeiras da estupa de Boudhanath. Volta e meia colava jornais murais nas zonas de comércio de Thamel, num inglês ruim e numa caligrafia ainda pior. E andava falando de Klara Engelman.

— O que ele falava?

— Àquela altura ele já estava bem ruim da cabeça, não se esqueça, e talvez misturasse tudo, Luna, Klara e o resto. Estava no fundo do poço, e depois de ter agredido um turista inglês e passado um dia na cadeia, seus parentes o internaram no hospital psiquiátrico de Jeetjung Marg, em Katmandu, onde Nima permaneceu de forma intermitente até o final de setembro de 2017.

— E o que aconteceu depois?

— No começo, o que acontecia sempre. Ele fugiu para ir beber cerveja e vodca. Ele desconfiava dos remédios que os médicos lhe prescreviam, dizendo que a única coisa que fazia calar os gritos na sua cabeça era o álcool. Acho que a equipe médica, embora meio relutante, permitia isso. Deixavam ele dar suas escapadas, pois sabiam que sempre voltava. Mas dessa vez ele não voltou, e no hospital ficaram cada vez mais preocupados. Sabiam que ele estava esperando uma visita e que andava animadíssimo com ela.

— Que visita?

— Não sei, mas é possível que fosse um jornalista. Com a proximidade do décimo aniversário da morte de Klara Engelman e de Viktor Grankin, alguns artigos e documentários estavam sendo preparados, e Nima devia estar muito feliz porque alguém enfim queria ouvi-lo.

— Você não sabe nada sobre o que ele poderia contar?

— Tudo que eu sei é que ele era o tipo de sujeito impenetrável e com muita coisa para dizer sobre fantasmas e espíritos.

— E nada sobre Forsell, nosso ministro da Defesa?

— Não que eu saiba. Mas também só tenho informações de segunda mão, e não acho que o hospital libere os prontuários dele sem mais nem menos.

— E o que aconteceu quando ele não voltou para o hospital psiquiátrico?

— Claro que eles começaram a procurá-lo, sobretudo nos lugares que Nima costumava frequentar. Mas não encontraram nada, a não ser informações de que seu corpo tinha sido visto perto do rio Bagmati, onde cremam os mortos. Só que não era o corpo dele, e depois de mais ou menos um ano a investigação sobre o seu desaparecimento foi arquivada. Perderam a esperança. No fim, seus parentes fizeram uma pequena cerimônia fúnebre em Namche Bazaar, ou melhor... como posso dizer?... um momento de orações por ele. Parece que foi uma coisa bonita. Ele não tinha sido muito bem considerado naqueles últimos anos. Mas a cerimônia recuperou um pouco de sua reputação. Nima Rita tinha estado onze vezes no cume do Everest sem oxigênio, onze vezes!, e sua escalada do Cho Oyu, aquela foi...

Bob Carson continuou falando animado, porém Mikael não prestava mais tanta atenção. Digitou Nima Rita no campo de busca, e, embora muito tivesse sido escrito sobre ele e houvesse uma página de Wikipédia em inglês e outra em alemão, Mikael só achou duas fotografias dele. Numa delas, Nima Rita estava com a estrela austríaca do alpinismo, Hans Mosel, depois da escalada do Everest pela face norte em 2001. Na outra, mais recente, Nima aparecia de perfil em frente a uma casa de pedra no vilarejo de Pangboche, em Khumbu, e, assim como a primeira foto, esta tinha sido tirada bem de longe, certamente longe demais para ser submetida a um programa de reconhecimento facial. Mas para Mikael não houve dúvida. Ele reconheceu os olhos, o cabelo e a mancha escura no rosto.

— Você ainda está aí? — perguntou Bob Carson.

— Estou, e um pouco chocado — disse Mikael.

— Entendo. Você está com um mistério e tanto nas mãos.

— Com certeza. Mas sabe, Bob, você realmente...

— Fala.

— Você realmente tem supergenes. Você tem sido incrível.

— Meus supergenes são para escaladas em altitudes elevadas e não para o trabalho de detetive.

— Acho que você devia dar uma olhada nos seus genes de detetive também.

Bob Carson deu uma risada cansada.

— Posso te pedir para manter segredo sobre isso por enquanto? — disse Mikael. — Seria ruim se alguma coisa se espalhasse antes de termos mais informações.

— Já contei para a minha mulher.

— Então mantenha só na família.

— Prometo.

Em seguida, Mikael escreveu para Fredrika Nyman e para Jan Bublanski sobre o que tinha descoberto. Depois continuou a ler a respeito de Forsell e à tarde telefonou para ele, na esperança de conseguir uma entrevista.

Johannes tinha acendido a lareira. Rebecka sentia o cheiro ali embaixo na cozinha e o ouvia andar de um lado para o outro lá em cima. Não gostava do som daqueles passos, não suportava o silêncio do marido e o brilho de seus olhos. Faria qualquer coisa para vê-lo sorrir outra vez.

Está acontecendo alguma coisa, ela pensou de novo, e já ia subir e exigir falar com ele quando Johaness desceu a escada curva. No início ela ficou feliz. Ele estava com a roupa de treino, com seu tênis Nike, sinal de que a vitalidade dele tinha voltado. Mas alguma coisa na postura do marido a assustou. Ela foi encontrá-lo no meio do caminho e acariciou seu rosto.

— Eu te amo — disse Rebecka.

Ele a olhou com tamanho desespero que ela recuou, e a resposta que ouviu não a reconfortou em nada:

— Eu amo *você*.

Soou como um adeus, e ela o beijou. Ele a afastou depressa e perguntou onde estavam os guarda-costas. Ela demorou algum tempo para responder. Havia duas varandas na casa, e os seguranças estavam na do lado oeste, que dava para o mar. Como sempre, eles teriam que se trocar e ir correr com ele e, como sempre, teriam dificuldade para acompanhar o ritmo dele. Às vezes, Johannes corria um pouco para a frente e para trás, a fim de não deixar os seguranças exaustos.

— Na varanda do lado oeste — ela respondeu, e então ele hesitou, parecendo querer dizer alguma coisa. O peito de Johannes arfou. Seus ombros estavam estranhamente tensionados e havia em seu pescoço manchas vermelhas que ela nunca tinha visto.

— O que foi? — ela perguntou.

— Tentei te escrever uma carta. Mas não deu.

— Por que você escreveria uma carta para mim, pelo amor de Deus? Eu estou bem aqui.

— É que eu...

— É que você?...

Ela estava prestes a desabar, mas resolveu não desistir até ele contar exatamente o que estava acontecendo, por isso agarrou as mãos de Johannes e o olhou nos olhos. Mas então aconteceu a pior coisa possível.

Ele se soltou, disse "Me perdoe" e saiu não em direção aos guarda-costas, e sim para a varanda do lado leste, que dava para a floresta. Num piscar de olhos ela não conseguiu vê-lo mais, e então gritou desesperada. Quando os guarda-costas entraram correndo, ela murmurou, fora de si:

— Ele fugiu de mim, ele fugiu de mim.

16. 26 DE AGOSTO

Johannes Forsell correu tanto que suas têmporas latejavam, e na sua cabeça uma vida inteira gritava. Mas nada disso, nem os momentos mais felizes, guardava um único raio de luz. Tentou pensar em Becka e nos filhos. A única coisa que se apresentou diante dele foi a decepção e a vergonha nos olhos da mulher e dos filhos, e quando ouviu ao longe, como se vindo de outro mundo, o canto dos pássaros, aquilo lhe pareceu incompreensível. Como alguém poderia cantar? Por que eles queriam viver?

Seu mundo todo era sombrio e sem esperança. No entanto, ele não sabia o que queria fazer. Se estivesse na cidade, poderia se jogar na frente de um caminhão ou de um trem do metrô. Ali onde ele estava só havia água, e, embora sentisse que ela o chamava, tinha consciência de que era um nadador habilidoso e que em meio ao desespero guardava uma tremenda força de vida cuja chama não sabia se seria capaz de apagar.

Portanto, continuou correndo, não como costumava fazer, mas como se quisesse correr da própria vida. Como chegou a isso? Não conseguia entender. Ele tinha acreditado que seria capaz de enfrentar tudo. Pensava que tivesse a força de um urso. No entanto, cometera um erro e havia se metido em uma coisa com a qual sabia ser impossível viver. Verdade que no começo ele quis revidar e lutar. Mas eles o pegaram. Sabiam que o tinham pegado, e ali estava ele. Pássaros esvoaçavam ali em volta e, mais adiante, um corço assustado deu um salto. *Nima, Nima*. De todas as pessoas, seria ele. Não tinha lógica.

Ele amara Nima, embora, amar, obviamente, não fosse a palavra certa. Mesmo assim... houve um laço entre eles, uma aliança. No acampamento-base, Nima foi o primeiro a perceber que Johannes entrava furtivamente na barraca de Rebecka à noite, o que o deixou preocupado. Segundo ele, a deusa do Everest se ofendia com sexo em suas divinas encostas.

— *Makes mountain very angry* — ele dizia, e no fim Johannes não conseguiu senão zombar dele. Apesar das advertências de todos os outros — Não se pode brincar *com aquele homem!* —, Nima levou numa boa e riu, e o fato de Rebecka e Johannes serem solteiros provavelmente ajudou um pouco.

Foi pior com Viktor e Klara, já que os dois eram casados com outras pessoas. Pior em todos os sentidos, e ele se lembrou de Luna, da valente e maravilhosa Luna, que às vezes subia de manhã com pão fresco, queijo de cabra e manteiga de iaque, e de sua decisão de ajudá-los. Sim, provavelmente foi ali que tudo começou. Johannes dera-lhes dinheiro, como se pagasse uma dívida que ainda não sabia que tinha.

Ele continuou correndo, atraído para a água de forma inapelável. Na praia arrancou o sapato, a meia, a camiseta e entrou com passos pesados no mar. Começou a nadar do mesmo modo como havia corrido, descontrolada e furiosamente, como numa final de cem metros, e logo percebeu que o mar estava agitado, que as águas da parte externa da baía estavam mais frias do que tinha imaginado e que a correnteza era forte. Mas em vez de diminuir o ritmo, ele aumentou.

Queria nadar e esquecer.

Os guarda-costas chamaram reforços e, sem saber o que fazer, Rebecka foi até o escritório de Johannes no andar de cima. Talvez na esperança de entender o que havia acontecido. Mas não encontrou nenhuma pista, apenas vestígios de papéis queimados na lareira, e quando ela bateu sem querer a mão direita na mesa de Johannes ouviu um zumbido logo ao lado. Por um instante achou que ela mesma o causara.

Entretanto, era o celular dele com o nome Mikael Blomkvist escrito na tela. Ela deixou tocar. Jornalistas eram as últimas pessoas com quem queria conversar. Eles tinham envenenado a vida dela e de Johannes, e ela quis chorar e gritar: *Volte, seu bobo, nós te amamos.* E o que aconteceu em seguida, ela não soube bem. Talvez suas pernas tivessem cedido.

De repente se viu sentada no chão, rezando, embora não rezasse desde pequena, e quando o telefone tocou outra vez, ela se levantou cambaleando e viu que era Blomkvist de novo. Blomkvist, ela tentou se lembrar, ele não os tinha defendido? Achava que sim, e talvez ele soubesse de alguma coisa. Sim, era possível. E num impulso, ela atendeu e ouviu o desespero na própria voz:

— Aqui é o telefone de Johannes, Rebecka falando.

Mikael entendeu de imediato que alguma coisa havia acontecido, só não sabia em que nível. Podia ser uma briga de casal, podia ser qualquer coisa, e ele disse:

— Estou ligando numa hora ruim?

— Sim... Na verdade não.

Ele intuiu que ela estava abalada.

— Prefere que eu ligue mais tarde?

— Ele simplesmente foi embora — ela gritou. — Fugiu dos guarda-costas. O que está acontecendo?

— Vocês estão em Sandön?

— O quê...? Sim — ela murmurou.

— O que você acha que ele fez?

— Estou com medo de que ele faça alguma besteira — ela respondeu, e então Mikael disse algumas palavras reconfortantes no sentido de que tudo ia dar certo.

Depois ele correu para o cais, onde seu barco com motor estava atracado, e zarpou. Não era um barco rápido, Sandön tinha uma área de cinquenta e quatro hectares, e a casa deles ficava a uma boa distância. Ia demorar. Ventava forte, o barco era pequeno e instável, a água espirrava em seu rosto, e ele praguejou. Que diabos achava que estava fazendo? Não sabia direito, mas aquela era sua maneira de lidar com uma crise: ele agia. Pisou no acelerador, e pouco tempo depois ouviu o som de um helicóptero no alto.

Imaginou que tinha a ver com Forsell e voltou a pensar na mulher dele. Era como se ela tivesse gritado com todos e com ninguém: O *que está acontecendo?*. Havia um pavor estridente em sua voz. Ele manteve os olhos no mar. Estava com o vento nas costas, o que ajudava um pouco. Ele se aproximava do lado sul da ilha. Viu uma lancha rápida vindo em sua direção de forma imprudente, e nas ondas da esteira que ela deixou seu barco foi jogado de um lado para o outro. Precisou fazer um esforço para não explodir e xingar aqueles moleques abusados e com os hormônios em ebulição. Acelerou fundo, olhando atentamente em volta, sem ver muitas pessoas na praia. Ninguém parecia estar nadando por ali, e ele mal tinha começado a se perguntar se deveria atracar e procurar na floresta, quando detectou um pontinho ao longe nas águas navegáveis, emergindo e submergindo nas ondas. Mikael apontou o barco para lá, gritando:

— Ei! Ei!.

A ventania tinha abafado todos os sons, e Johannes Forsell estava alheio ao mundo. Os esforços furiosos de seus músculos e as cãibras incipientes nos braços pareciam quase libertadores. Estava concentrado apenas em avançar rápido, para então desistir e afundar na água, deixando a vida para lá. Ainda assim, não era tão simples. Ele não queria viver, mas também não sabia se queria morrer. Tudo que sabia é que a esperança nele simplesmente tinha desaparecido. Restaram apenas a vergonha e uma ira latejante, que havia se transformado em uma força de implosão, em uma espada voltada para dentro, e ele não aguentava mais. Não aguentava.

Pensou nos filhos, Samuel e Jonathan, e então ficou muito claro que não suportava nem uma coisa nem outra. Nem traí-los ao morrer nem viver e permitir que o vissem como um homem vergonhoso. Portanto, continuou nadando, como se o mar fosse lhe trazer uma resposta. Ouviu o som de um helicóptero e engoliu muita água. Achou que uma onda o tivesse afundado, mas eram suas forças que começavam a diminuir.

Lutou para manter a cabeça acima da superfície da água e passou a nadar de peito. Não ajudou muito, suas pernas pesavam, e de repente, sem entender como, ele afundou totalmente. Não conseguia voltar à superfície e, tomado de pânico, começou a agitar as mãos. Sentiu, com uma clareza aguda, que mesmo que quisesse morrer não queria morrer daquele jeito. Lutou para voltar à tona, arquejou, virou-se na direção da praia e nadou por uns cinco, dez metros.

    Em seguida afundou outra vez, e então o terror se apossou realmente dele. Prendeu a respiração, mas em segundos voltou a engolir mais água e passou a sofrer do que os médicos chamam de laringoespasmo reflexo. Não conseguia mais respirar. O corpo o protegeu o quanto pôde, mas em seguida veio a inevitável hiperventilação, causada pelo galopante terror da morte, e seus pulmões e o estômago se encheram de água.

    Peito e cabeça estouravam de dor e terror, e por alguns instantes Johannes perdeu a consciência. Ao voltar a si viu que afundava e pensou, até onde ainda conseguia pensar, em sua família, pensou em tudo e em nada. Seus lábios desenharam a palavra "perdão". Ou talvez fosse "socorro".

    Ao longe nas ondas, a cabeça desapareceu e ressurgiu, e Mikael berrou: — Espere, estou chegando. — Mas seu barco era lento demais e, quando olhou de novo, não viu nada além do mar, uma gaivota mergulhando e um veleiro azul ao longe. Tentou entender onde tinha visto o vulto pela última vez. Podia ter sido ali.... e lá também. Teria que arriscar e torcer para dar certo. No fim, desligou o motor e olhou atentamente para dentro da água. Era turva, ele havia lido a respeito, tinha a ver com a chuva e com a proliferação das algas, de produtos químicos e partículas de húmus. Acenou para o helicóptero lá em cima, sem saber de que adiantaria. Depois tirou o sapato, a meia e ficou imóvel por um instante no barco, que balançava fortemente ao vento. Em seguida, pulou na água.

    Estava mais fria do que tinha imaginado, e ele nadou sob a superfície olhando para dentro da água sem enxergar absolutamente nada. Era impossível e inútil, e depois de um minuto voltou para cima, recuperou o fôlego e notou que seu barco já se afastara bastante. Mas não havia o que fazer quanto a isso. Em seguida mergulhou na direção contrária, e então viu de fato um corpo mais adiante, afundando rígido e inerte como uma coluna caindo. Mikael nadou até lá e agarrou o homem sob os braços. O corpo estava pesado como chumbo, e Mikael pôs o máximo de força em nadar e bater os pés, e avançando devagar, centímetro por centímetro, levou o homem para cima. Mas ele tinha feito um raciocínio errado.

Pensou que se apenas conseguisse levar o corpo à superfície, tudo ficaria mais fácil. No entanto, era como se carregasse um tronco. O homem estava numa condição crítica e igualmente pesado na superfície. Não mostrava sinal nenhum de vida, e mais uma vez Mikael se deu conta de como tinham se afastado da baía. Ele não ia conseguir chegar à praia com o corpo. Mesmo assim continuou lutando. Muitos anos antes, na juventude, tinha feito um curso de socorrismo, e agora o tempo todo ia tentando mudar de técnica de segurar o corpo, para conduzi-lo melhor. Entretanto, o corpo se tornava cada vez mais pesado.

Mikael lutava como nunca, até que começou a engolir água e a ter cãibras. Não podia mais. Seria obrigado a soltar o homem, do contrário ele mesmo seria levado ao fundo. Num momento pensou em desistir e no outro se arrependeu. Continuou lutando até tudo ficar preto.

17. 26 DE AGOSTO

Já era bem tarde e Jan Bublanski estava em sua sala, na sede da polícia, navegando em sites de notícias. O ministro da Defesa, Johannnes Forsell, estava em coma na UTI do Hospital Karolinska depois de quase ter morrido afogado. Seu estado era descrito como crítico. Mesmo que recobrasse a consciência, havia risco de graves danos cerebrais. Falava-se em parada cardíaca, edema pulmonar osmótico, hipotermia, arritmia e lesões cerebrais. As perspectivas não eram boas.

Até a mídia séria especulava a possibilidade de uma tentativa de suicídio, o que significava que alguém do círculo mais próximo da família havia comentado alguma coisa. As habilidades de nadador de Forsell eram bem conhecidas, e nesse caso a explicação mais razoável seria ele ter superestimado sua capacidade, nadado para longe demais e ter sido arrastado pelas correntes geladas. Impossível ter certeza de alguma coisa. Contavam que ele fora resgatado por um cidadão comum, recolhido por um barco do serviço de resgate marítimo e levado de helicóptero ao hospital.

Também havia artigos que pareciam necrológios e o homenageavam como "um ministro forte e enérgico, defensor de valores humanos fundamentais". Estava escrito que ele "lutara contra a intolerância e o nacionalismo destrutivo" e que fora "um otimista incurável que sempre buscou soluções consensuais". Mencionavam que ele tinha sido vítima de uma "campanha de difamação extremamente injusta" que podia ser atribuída às fábricas de trolls na Rússia.

— Agora é tarde para dizer isso — resmungou Bublanski, mas assentiu com a cabeça ao ler atentamente uma coluna assinada por Catrin Lindås, no *Svenska Dagbladet*, que dizia que aquilo era uma consequência lógica de "um clima social que incita a perseguição e demoniza as pessoas".

Depois ele se virou para Sonja Modig, que estava sentada a seu lado numa poltrona surrada, com o notebook no colo.

— E aí? — ele disse. — Estamos conseguindo elucidar essa história?

Sonja ergueu os olhos e o encarou confusa.

— Não dá para afirmar isso. Ainda não localizamos Heikki Järvinen, mas andei conversando com um dos médicos que cuidaram de Nima Rita no hospital psiquiátrico em Katmandu, aquele que Blomkvist mencionou.

— E o que o médico disse?

— A *médica* disse que Nima Rita havia desenvolvido uma psicose grave, que com frequência ouvia vozes e gritos de socorro e ficava aflito por não poder fazer nada. A médica tinha a impressão de que ele estava o tempo todo revivendo alguma coisa.

— Ela disse que tipo de coisa?

— Coisas que ele vivenciou na montanha, momentos em que se sentiu inadequado. Ela contou que tentaram medicá-lo e tratá-lo com eletroconvulsoterapia, mas que foi difícil.

— Você perguntou se ele falava de Forsell?

— Ela reconhecia o nome, disse ela, não mais que isso. Ele costumava falar mais de sua mulher e de Stan Engelman, de quem tinha medo. Ela disse que isso era bem evidente. Acho que devíamos apurar. Parece que esse Engelman é um homem sem muitos escrúpulos. Mas ouvi outra coisa interessante também.

— O quê?

— Depois da tragédia no Everest em 2008, todos os jornalistas quiseram falar com Nima Rita. Mas logo o interesse por ele acabou. Espalhou-se a notícia de que Nima estava doente e confuso, e ele mais ou menos caiu no esquecimento. Mas perto do décimo aniversário do acidente, uma jornalista da revista *The Atlantic* chamada Lilian Henderson o contatou dizendo que estava escrevendo um livro sobre o caso. Lilian conversou com Nima por telefone no hospital.

— E o que ela descobriu?

— Na verdade nada, pelo que entendi. Mas ela e Nima Rita combinaram de se encontrar quando ela fosse para o Nepal fazer pesquisas para o livro. Só que quando ela chegou lá, ele já tinha desaparecido, e no fim não saiu livro nenhum. A editora ficou com medo de ser processada.

— Processada por quem?

— Por Engelman.

— Do que eles tinham tanto medo?

— É o que a gente precisa descobrir, eu acho.

— Então, temos certeza absoluta de que o mendigo e esse Nima Rita são a mesma pessoa? — prosseguiu Bublanski.

— Eu diria que sim. As coincidências são numerosas demais, e nas fotos há uma semelhança evidente entre os dois.

— Como Mikael Blomkvist descobriu isso?

— Tudo que sei é o que ele escreveu para você. Tentei falar com ele, mas parece que ninguém sabe dele, nem Erika Berger. Ela disse que está preocupada. Os dois tinham acabado de conversar sobre Blomkvist fazer um perfil de Forsell para a revista, e desde o acidente ela tem ligado para ele freneticamente.

— Ele também tem uma casa de veraneio na ilha de Sandön, não tem? — perguntou Bublanski.

— Tem, em Sandhamn.

— Será que o Serviço de Inteligência Militar ou a Polícia de Segurança Nacional, a Säpo, está com ele? Esse caso parece tão cheio de segredos...

— Tem razão. Já informamos o Estado-Maior das Forças Armadas, mas eles ainda não responderam. E também não sabemos se Mikael nos contou tudo. Pode ser que ele tenha encontrado uma ligação real entre o xerpa e Forsell.

— Essa história toda não soa nada bem, não acha? — disse Bublanski.

— Como assim?

— Forsell critica a Rússia e a acusa de influenciar o processo eleitoral sueco, e de repente passa a ser odiado por todo mundo e a se ver rodeado de mentiras, sendo levado ao desespero. Depois, vapt-vupt, um xerpa morto aparece sabe-se lá de onde e aponta o dedo para Forsell. Tenho a sensação de que alguém quer incriminá-lo.

— A história não soa nada bem mesmo quando você a descreve assim.

— Não mesmo — disse ele. — Ainda não temos ideia de como o mendigo entrou no país?

— Recebi uma mensagem da Agência Nacional de Migração informando que ele não consta em nenhum registro de lá.

— Que estranho.

— Ele deveria ter aparecido nas nossas bases de dados.

— Talvez o serviço de inteligência também tenha abafado o assunto — resmungou Bublanski.

— Não me surpreenderia.

— E também não podemos falar com a esposa de Forsell?

Sonja Modig sacudiu a cabeça.

— Precisamos falar com ela logo, eles com certeza entendem isso. Não podem impedir nosso trabalho — prosseguiu ele.

— Infelizmente, tenho a sensação de que eles acham que podem.

— Será que eles também estão com medo?

— Está parecendo que sim.

— Bem, só nos resta aceitar a situação e continuar a trabalhar com o que temos.

— Sim, senhor.

— Que confusão... — disse Bublanski, não conseguindo deixar de ir dar uma olhada nos sites de notícias mais uma vez.

O estado de Johannes Forsell continuava crítico.

Thomas Müller chegou tarde do trabalho à grande cobertura na Østerbrogade, em Copenhague, e pegou uma cerveja na geladeira. Viu a bancada da pia suja e que a louça do café da manhã ainda não tinha sido colocada no lava-louça. Soltou um palavrão e foi olhar o apartamento todo. Nada estava arrumado ou limpo.

As faxineiras simplesmente tinham largado tudo. Como se as coisas já não estivessem ruins o suficiente. No trabalho era só chateação e reclamação. Sua secretária era uma idiota. Hoje ele tinha gritado tanto com ela que depois ficou com dor de cabeça, e no meio disso tudo, claro, ainda havia Paulina. Ele não aguentava mais. Como ela se atrevia! Depois de tudo que ele fizera. Ela não era nada quando os dois se conheceram, apenas uma jornalistazinha qualquer de um jornal pequeno. Ele tinha dado tudo a ela — tudo menos um contrato pré-nupcial, o que fora um grande erro. Aquela sapatona desgraçada.

Quando ela voltasse com o rabo entre as pernas, ele ia ser bonzinho. Depois ela ia ver só. Chance nenhuma de perdoá-la, principalmente depois daquela mensagem. **Está tudo acabado entre a gente**, estava escrito. **Conheci uma mulher. Estou apaixonada.** Só isso. Ele destruiu seu celular, um vaso de cristal e ainda foi obrigado a tirar uma licença médica. Não, não queria pensar nisso.

Tirou o paletó e se acomodou no sofá com a cerveja, pensando se ia ligar para Fredrike, sua amante. Mas tinha se cansado dela também. Ligou a TV e ouviu que o ministro da Defesa sueco estava entre a vida e a morte. E daí? Aquele palhaço era um idiota politicamente correto, todo mundo sabia disso. E um hipócrita e vigarista. Ele mudou para o canal Bloomberg e o noticiário financeiro, deixando os pensamentos vagar. Já devia ter trocado de canal umas dez vezes, quando a campainha tocou. Ele soltou um palavrão. Quem aparece na casa de alguém às dez horas da noite, caralho? Pensou em ignorar.

Mas lhe ocorreu que pudesse ser Paulina, então se levantou e abriu a porta bruscamente. Mas não era sua mulher. Quem estava lá fora no corredor era uma mulherzinha de cabelo preto com cara mal-humorada, de jeans e moletom com capuz e uma bolsa na mão, olhando para o chão do hall de entrada.

— Eu não quero nada — Thomas disse.

— É sobre a limpeza — disse ela.

— Pode dizer pra sua chefe ir pro inferno. Não tenho tempo pra faxineiras que não cumprem o seu dever.

— A empresa de limpeza não tem culpa — disse a mulher.

— Do que você está falando?

— Fui eu que cancelei a limpeza.

— Você fez o quê?

— Eu desmarquei e vou cuidar de tudo eu mesma.

— Acho que você não entendeu. Eu não quero mais limpeza nenhuma. Suma daqui! — ele gritou, começando a fechar a porta.

Mas a mulher avançou um pé e passou pela soleira, e só então ele percebeu que havia algo de estranho nela. Ela se movia de um jeito esquisito, sem mexer os braços e o tronco, com a cabeça levemente inclinada para o lado, como se olhasse para um ponto inacessível perto das janelas, e lhe ocorreu que ela talvez fosse uma criminosa ou tivesse problemas mentais. Seus olhos eram frios e inexpressivos e ela não parecia totalmente presente. Com toda a autoridade que conseguiu reunir, Thomas disse:

— Se você não sair já daqui, vou chamar a polícia!

Ela não respondeu. Nem pareceu ter ouvido. Simplesmente se inclinou e tirou da bolsa uma corda comprida e um rolo de fita adesiva, e por um instante ele não soube o que dizer. Em seguida agarrou a mão dela e gritou:

— Fora daqui!

Mas de algum jeito os papéis se inverteram, ela conseguiu segurá-lo e empurrá-lo sobre a mesa de jantar, e ele sentiu ao mesmo tempo raiva e medo. Desvencilhou-se e, quando pensava em lhe dar um soco ou empurrá-la contra a parede, ela se lançou sobre ele, fazendo-o cair de costas em cima da mesa. Num segundo ela estava sobre ele com seus olhos frios e vidrados, e rápida como um raio, a mulher o amarrou. Com sua voz monótona ela disse:

— Agora vou passar a sua camisa.

Em seguida, colou um pedaço de fita adesiva na boca de Thomas e olhou para ele como uma fera observando a presa. Thomas Müller nunca sentira tanto medo na vida.

Como Mikael tinha sofrido uma hipotermia e engolido uma quantidade enorme de água, ele também foi levado no helicóptero. Quando um militar corpulento lhe pediu que entregasse o celular, obedeceu a contragosto. Disseram que havia risco de interceptação e espionagem, e só agora, tarde da noite, depois da visita dos médicos e de três interrogatórios feitos pelo Serviço de Inteligência Militar, ele recebeu seus pertences de volta. Embora tenha sido liberado para ir para casa, foi informado de que um procurador chamado Matson lhe havia imposto uma ordem de sigilo. Diante disso, pensou em protestar e telefonar para sua irmã, a advogada Annika Giannini.

Ele sabia que a lei do silêncio aos jornalistas era duvidosa, além disso achou que os agentes do serviço de inteligência tinham se comportado de forma arbitrária. Mas deixou estar. De qualquer maneira, não ia escrever uma única palavra até apurar a história, e por alguns instantes limitou-se a continuar sentado na cama, tentando se recompor. Porém sua paz não durou muito.

Bateram à porta outra vez, e uma mulher alta de quarenta e poucos anos e de cabelo loiro-escuro e olhos injetados de sangue entrou no quarto. Por algum motivo — talvez porque naquele momento estivesse olhando as chamadas perdidas no celular — demorou a entender que era Rebecka Forsell. Ela estava de jaqueta cinza e camiseta branca, suas mãos tremiam, e ela disse que queria lhe agradecer antes que ele fosse embora.

— Ele está melhor? — Mikael perguntou.

— O pior passou, mas ainda não sabemos se ele ficou com lesões cerebrais. É muito cedo para dizer.

Ele a convidou para se sentar na cadeira ao lado.

— Falaram que você quase morreu também — disse Rebecka.

— É exagero.

— De qualquer forma... Você se dá conta da magnitude do seu gesto? Do que fez por nós?

— Você está me emocionando — ele disse. — Obrigado.

— Há alguma coisa que podemos fazer por você? — ela perguntou.

Me conte tudo que sabem sobre Nima Rita, Mikael pensou. Despejem toda a verdade.

Ele disse:

— Cuide para que Johannes se recupere e arranje um trabalho mais tranquilo.

— Tem sido um período horrível.

— Posso imaginar.

— Sabe...

Ela parecia desorientada e esfregava uma das mãos nervosamente no braço esquerdo.

— O quê?

— Li sobre Johannes na internet agora há pouco, e de repente as pessoas estavam boazinhas de novo. Nem todas, claro, mas muitas. É quase irreal. Foi como se só então eu me desse conta do tamanho do pesadelo em que temos vivido.

Mikael se inclinou para a frente e pegou a mão dela.

— Fui eu que telefonei para o *Dagens Nyheter* contando que tinha sido uma tentativa de suicídio — ela disse —, embora eu nem soubesse o que tinha acontecido. Será que foi feio fazer isso?

— Você deve ter tido suas razões.

— Quis que eles entendessem até onde tudo aquilo levou.

— É justo.

— Os rapazes do Must me contaram uma coisa muito estranha — ela disse, olhando desesperada para ele.

Esforçando-se para aparentar uma grande calma, Mikael perguntou:

— O que eles contaram?

— Que você descobriu que Nima Rita foi encontrado morto em Estocolmo.

— Sim, é bem estranho. Vocês o conheciam?

— Não sei se eu devo falar sobre isso. Ficam em cima de mim o tempo todo para eu manter silêncio.

— Eles também estão no meu pé — ele disse, acrescentando: — Mas será que devemos ser tão obedientes?

Ela sorriu com tristeza.

— Talvez não.

— Então vocês o conheciam?

— Sim, por um breve tempo no acampamento-base. Gostávamos muito dele, e acho que ele gostava de nós. "*Sahib, sahib*", ele dizia o tempo todo sobre Johannes, "*very good person.*" A mulher dele era adorável.

— Luna.

— Luna — ela repetiu. — Ela paparicava todos nós e não parava um segundo. Depois nós os ajudamos a construir uma casa em Pangboche.

— Que bom.

— Não sei se foi tão bom. Nos sentimos todos culpados pelo que aconteceu com ele.

— Você faz alguma ideia de como ele poderia ter sumido de Katmandu, ser dado como morto, aparecer em Estocolmo três anos depois e morrer outra vez?

Ela o olhou com desespero.

— Isso me incomoda profundamente.

— Entendo.

— Você precisava ter visto os menininhos de Khumbu. Eles o adoravam. Nima salvou vidas, mas pagou um preço terrível.

— A carreira de montanhista dele acabou.

— Ele foi denegrido.

— Mas não por todo mundo, não é?

— Mas por muitas pessoas.

— Por quem?

— Por todos que eram próximos de Klara Engelman.

— Como o marido dela?

— Sim, claro, por ele também.

Mikael percebeu a mudança no tom de sua voz.

— Essa foi uma resposta curiosa.

— Talvez sim. Sabe... a história é mais complicada do que se sabe sobre ela, e um monte de advogados esteve envolvido. Há um ou dois anos, uma editora americana foi obrigada a desistir de um livro sobre o acidente.

— Os advogados de Engelman, aposto.

— Exatamente. Engelman é um magnata do setor imobiliário, oficialmente um empresário, mas o coração dele é o de um gângster, o de um mafioso, pelo menos é a minha opinião. E sei que ele não andava muito feliz com a esposa.

— Por quê?

— Porque Klara se apaixonou pelo nosso guia, Viktor Grankin, e queria deixar Stan. Pretendia se divorciar e contar à imprensa o canalha narcisista que ele tinha sido com ela. Engelman conseguiu abafar isso com muita habilidade, embora seja possível encontrar uma ou outra coisa sobre esse assunto em sites de fofocas na internet.

— Entendi — disse ele.

— Foi extremamente doloroso.

— Nima Rita sabia disso?

— Eles guardaram muito segredo, mas ele devia saber, afinal tomava conta dela.

— Ele também guardou segredo sobre isso?

— Acho que sim. Pelo menos enquanto ainda estava mentalmente bem. Mas depois da morte da mulher dizem que foi ficando cada vez mais confuso, portanto não me surpreenderia nada se ele tivesse andado por aí desvairando sobre aquilo e uma porção de outras coisas.

Mikael olhou para Rebecka Forsell, para os olhos dela e para seu corpo alto encolhido na cadeira. Com alguma relutância, ele disse:

— No final da vida, ele andou falando do seu marido também.

A ira se acendeu nela, porém Rebecka tomou cuidado para não deixá-la transparecer, ela sabia que era injusto. Mikael Blomkvist tinha um trabalho a fazer. Ele salvara a vida de seu marido. Mas as palavras dele reavivaram sua suspeita mais inquietante, a de que Johannes escondia algo dela sobre o Everest e Nima Rita. Ela nunca acreditara que a campanha de ódio é que o havia derrubado.

Johannes era um lutador, um guerreiro tolo e excessivamente otimista que avançava como um furacão contra as condições adversas, e as únicas vezes em que ela o tinha visto devastado fora agora em Sandön e depois da escalada ao Everest. Portanto, ela mesma já começara a pensar que podia haver uma ligação entre aquela época e agora. Foi isso que a irritou, não Mikael. Ela só quis atirar no mensageiro.

— Eu não entendo — disse ela.
— Não entende mesmo?

Ela ficou em silêncio. Depois disse, e imediatamente se arrependeu:

— Você devia falar com Svante.
— Com Svante Lindberg?
— Exatamente.

Ela não gostava mais de Svante, e ela e o marido tinham discutido feio em casa quando Johannes o nomeou subsecretário de Estado. Por fora Svante era uma cópia perfeita de Johannes, com a mesma energia e ritmo militar. Mas no fundo ele era bem diferente. Enquanto Johannes pensava o melhor a respeito de tudo e de todos — pelo menos até prova em contrário —, Svante era o tempo todo secretamente calculista e manipulador.

— O que Svante Lindberg pode me contar? — Mikael perguntou.

O que servir aos interesses dele, pensou Rebecka.

— O que aconteceu no Everest — ela respondeu, se perguntando se estava traindo Johannes ao dizer isso. Por outro lado, Johannes a traíra por não contar tudo que havia acontecido na montanha. Ela se levantou, abraçou Mikael Blomkvist, agradeceu mais uma vez e voltou para a unidade de terapia intensiva.

18. 27 DE AGOSTO

A inspetora de investigação Ulrike Jensen conduzia um primeiro interrogatório no Hospital Universitário de Copenhague com a vítima Thomas Müller, internado às onze e dez da noite com queimaduras nos braços e na parte superior do tronco. Mãe de filhos ainda pequenos, Ulrike tinha quarenta e quatro anos e por muito tempo trabalhara com crimes sexuais. Agora havia sido transferida para o departamento de crimes violentos e, com frequência, assumia o plantão da noite, o que, por ora, era a melhor solução para a família. Mesmo já tendo tido uma boa dose de depoimentos confusos e alcoolizados, o que ela ouviu naquele momento ganhou o prêmio.

— Entendo que você esteja com muita dor e sob efeito da morfina — ela disse —, mas procure manter algum nível de objetividade e se concentrar na descrição física, está bem?

— Nunca vi olhos como aqueles — ele murmurou.

— Você já disse isso. Agora precisa me dar alguma coisa mais concreta. A mulher tinha alguma característica diferente?

— Ela era jovem e baixa, tinha cabelo preto e falava como um fantasma.

— E como um fantasma fala?

— Sem emoção... ou como se estivesse pensando em outra coisa. Ela não parecia estar ali.

— O que ela disse? Você pode repetir, para eu ter uma ideia melhor do que aconteceu?

— Ela disse que nunca passava as próprias roupas e que por isso era ruim naquilo, e que era importante eu não me mexer.

— Que crueldade.

— Foi insano.

— O que mais?

— Ela disse que iria atrás de mim de novo se eu não...

— Se você não o quê?

Thomas Müller se virou na cama hospitalar e olhou impotente para ela.

— Se você não o quê? — ela repetiu.

— Deixasse minha mulher em paz. Que não era para eu vê-la de novo. Que era para eu pedir o divórcio.

— Você me disse que sua mulher está viajando, não foi?

— Sim, ela...

Ele resmungou alguma coisa inaudível.

— Sua mulher... você fez alguma coisa a ela? — Ulrike Jensen perguntou.

— Eu não fiz nada. Ela é que...

— Ela o quê?

— Me deixou.

— Por que você acha que ela te deixou?

— Ela é uma desgraçada...

Ele estava a ponto de dizer uma coisa horrível, mas teve a sensatez de não prosseguir, e Ulrike Jensen pressentiu que havia uma história anterior nada bonita também. Mas deixou de lado por ora.

— Você lembra de mais alguma coisa que possa nos ajudar? — perguntou.

— A mulher disse que eu tive *muito azar*.

— Em que sentido?

— Que ela tinha engolido um monte de merda o verão inteiro e meio que tinha enlouquecido por causa disso.

— O que ela quis dizer com isso?

— Como eu posso saber?

— E como foi que aquilo acabou?
— Ela tirou a fita adesiva da minha boca e repetiu tudo de novo.
— Que era para você ficar longe da sua mulher?
— E é o que vou fazer mesmo. Nunca mais quero pôr os olhos nela.
— O.k. — ela disse. — Parece muito sensato a esta altura. Então você nem conversou com sua mulher agora à noite?
— Já falei que eu nem sei onde ela está. Mas pelo amor de Deus...
— O quê?
— Vocês têm que se mexer e fazer alguma coisa. Essa pessoa é completamente maluca. Ela é perigosa.
— Faremos o melhor possível — disse Ulrike Jensen —, eu prometo. Mas parece que...
— Parece o quê?
— Que todas as câmeras de segurança do quarteirão não estavam funcionando bem naquele momento, por isso praticamente não há pistas — ela respondeu, sentindo-se de repente muito cansada de seu trabalho.

Passava um pouco da meia-noite e Lisbeth estava num táxi, saindo do aeroporto de Arlanda. Lia sobre uma advogada de divórcio que Annika Giannini lhe recomendara quando recebeu uma mensagem criptografada de Mikael. Estava cansada e mal-humorada demais para olhar aquilo agora e parou também de ler sobre a advogada. Pela janela do carro, ficou olhando para o nada. O que havia de errado com ela?

Gostava de Paulina. Do jeito torto dela, talvez até a tivesse amado. Mas como tinha demonstrado isso? Mandando-a de coração partido para os pais em Munique e agredindo seu marido, como se o ato de vingança compensasse suas deficiências no amor. Não tinha conseguido matar sua irmã, que lhe causara tanto mal, mas num piscar de olhos teria sido capaz de tirar a vida de Thomas Müller em Copenhague.

Quando estava sentada em cima dele com o ferro de passar na mão, as recordações de Zalachenko, do advogado Bjurman, do psiquiatra Teleborian e de todos os tipos de homens cruéis passaram feito um filme em sua cabeça. Foi como se estivesse surtando, como se aquela fosse a oportunidade de se vingar da vida inteira dela, e foi preciso reunir uma força de vontade enorme para se conter e não sair completamente dos eixos.

Merda. Precisava se controlar. Do contrário, continuaria daquele jeito, hesitando quando precisava agir e enlouquecendo quando precisava se manter calma.

Uma nova percepção sobre seu passado a invadira no Bulevar Tverskói e a desestabilizara. Não apenas que ela mesma ficava paralisada e sem ação quando Zala aparecia à noite para pegar Camilla. Havia também sua mãe. O que ela sabia? Será que também tinha fechado os olhos para a verdade? Esse pensamento incomodava cada vez mais Lisbeth, a deixava com medo de si mesma, assustada com sua indecisão, com medo de ser uma combatente ruim no confronto implacável que a aguardava: a batalha decisiva de sua vida.

Desde que Praga a tinha ajudado a hackear as câmeras de segurança em torno do apartamento da Strandvägen, ela sabia que Camilla havia recebido visitas do MC Svavelsjö. Com isso entendeu que sua irmã a perseguia com todos os recursos possíveis e que Camilla mesma dificilmente hesitaria se tivesse uma chance. Por isso, sim, ela precisava se corrigir. Precisava voltar a ser forte e determinada. Mas primeiro tinha que achar um lugar para ir.

Não tinha mais casa em Estocolmo, portanto começou a refletir sobre algumas alternativas e depois acabou lendo o e-mail de Mikael. Ele contava de Forsell e do xerpa, o que certamente era interessante em vários sentidos. Mas ela não aguentou se envolver naquilo. Num impulso, respondeu para ele, surpreendendo a si mesma:

Estou na cidade. Vamos nos ver já. Num hotel.

Não era só uma proposta indecente nem uma reação por estar se sentindo tão sozinha e sem esperança. Era também... precaução. Afinal, era bem possível que, na falta de pistas dela, Camilla e seus capangas fossem atrás das pessoas mais próximas a Lisbeth. Assim, tinha todo o cabimento ela tirar o Super-Blomkvist de circulação e trancá-lo num quarto de hotel.

Por outro lado, ele mesmo poderia se trancar em algum lugar, e como se passaram dez, quinze, vinte minutos sem que ele respondesse, ela bufou, fechou os olhos e sentiu que seria capaz de dormir por toda a eternidade. E talvez tivesse mesmo cochilado, porque na hora em que Mikael respondeu ela teve um sobressalto como se estivesse sendo atacada.

Ao chegar em casa, na Bellmansgatan, Mikael pensou que ia desmoronar na cama. No entanto, acabou indo se sentar diante do computador, em busca de informações sobre o empresário Stan Engelman. Ele tinha agora setenta e quatro anos, havia se casado de novo e estava sendo investigado por crimes de corrupção e ameaças relacionados à venda de três hotéis em Las Vegas. E mesmo que nada ainda estivesse esclarecido e Engelman, obviamente, negasse tudo, seu império de negócios parecia abalado. Ele estaria procurando ajuda com contatos que tinham negócios na Rússia e na Arábia Saudita.

Stan Engelman não se pronunciara publicamente sobre Nima Rita uma única vez. Em contrapartida, tinha atacado ferozmente Viktor Grankin, o guia morto que havia contratado Nima como sirdar. Também processara a empresa de Grankin, a Everest Adventures Tours, e chegou a um acordo judicial em um tribunal em Moscou, que imediatamente declarou a falência da empresa. Era inquestionável a raiva que nutria contra a expedição de que Nima Rita fizera parte. Mas isso não explicava por que o xerpa, entre todos os lugares no mundo, foi aparecer de repente em Estocolmo. Mikael deixou Engelman um pouco de lado. Estava cansado demais para mergulhar em todos os negócios imobiliários dele, casos extraconjugais e declarações idiotas; preferiu dar uma olhada em Svante Lindberg, que provavelmente era quem sabia melhor o que tinha acontecido com Forsell no Everest.

Svante Lindberg era general de divisão, ex-fuzileiro naval e supunha-se que também agente de inteligência, além de ser amigo íntimo de Forsell desde a juventude. Também era um alpinista experiente. Antes do Everest, havia escalado três outros picos de mais de oito mil metros de altitude, Broad Peak, Gasherbrum e Annapurna. Certamente por isso Viktor Grankin permitiu que ele e Johannes seguissem na frente dos outros em direção ao cume quando o ritmo do grupo diminuiu na manhã de 13 de maio de 2008. Mas o que realmente aconteceu na montanha, isso Mikael apuraria mais tarde, provavelmente no dia seguinte. Por ora apenas constatou que o próprio Svante Lindberg havia sido um dos alvos da campanha de ódio contra Forsell.

Aqui e ali havia insinuações de que quem mandava de verdade no Ministério da Defesa era ele. Svante Lindberg raramente dava entrevistas, e o conteúdo mais pessoal que Mikael encontrou dele foi um perfil mais ou menos longo e publicado três anos antes na revista *Runner's World*, que ele começou a ler. Pelo menos achou que tivesse lido, porque depois se lembrou da seguinte frase de Lindberg: *Se você estiver totalmente acabado, ainda tem setenta por cento.* Mas deve ter dado uma cochilada no meio da leitura.

Acordou na frente do computador com o corpo tremendo e com a imagem muito vívida de Johannes Forsell afundando na água, e se deu conta de que não apenas estava esgotado como também em choque. Com esforço, se arrastou até a cama, certo de que o sono viria imediatamente. Seus pensamentos, porém, estavam agitados, davam voltas e mais voltas em sua mente, e no fim ele pegou o celular e viu que Lisbeth tinha respondido.

Estou na cidade. Vamos nos ver já. Num hotel.

Estava tão cansado que precisou ler a mensagem duas vezes. Depois ficou... o quê? Constrangido, incomodado? Não sabia. Só sentiu que desejava fingir não ter visto a mensagem, mas sabia que isso não funcionaria com ela. Conhecendo Lisbeth, ela já devia ter recebido uma confirmação da leitura dele. O que fazer? Não conseguia dizer não. E definitivamente não queria dizer sim. Fechou os olhos, tentando organizar os pensamentos. Então ela estava em Estocolmo e queria vê-lo imediatamente num hotel? Será que isso significava alguma coisa além de ela querer vê-lo imediatamente num hotel?

— Porra, Lisbeth — ele resmungou.

Depois se levantou e caminhou nervoso pelo apartamento, como se ela tivesse desequilibrado seu organismo todo. A certa altura olhou pela janela na direção da Bellmansgatan e viu um vulto perto do Bishops Arms que ele logo reconheceu. Era o sujeito de rabo de cavalo que tinha visto em Sandhamn, e Mikael teve um sobressalto, como se tivesse levado um soco no estômago. Agora não havia dúvida, ele estava sendo vigiado.

Mikael soltou um palavrão. Seu coração batia forte, a boca estava seca e ele pensou se deveria telefonar para Bublanski ou para alguma outra pessoa da polícia naquele instante. Em vez disso, respondeu a Lisbeth:

Estou sendo vigiado.

Ela escreveu:

Culpa minha. Vou te ajudar a se livrar deles.

Ele quis gritar que estava cansado demais para se livrar de alguém, que só queria dormir, continuar o raio das suas férias e esquecer tudo que não fosse simples e tranquilo.

Ele escreveu:

Tudo bem.

19. 27 DE AGOSTO

Kira gostaria de cortar os laços com o MC Svavelsjö. Gostaria de se livrar daqueles malditos delinquentes e seus ridículos coletes, tachas de metal, capuzes e tatuagens. Mas precisava deles mais uma vez, por isso os encheu de dinheiro e mencionou Zalachenko, definindo aquilo como uma questão de honra, uma homenagem à memória dele.

Estava de saco cheio deles, queria mais era repreendê-los por serem criminosos tão baixos e perdedores, e mandá-los a um barbeiro e a um alfaiate. No entanto, manteve a frieza e a dignidade, feliz por ter Galinov ali. Ele usava um terno de linho branco, sapato de couro marrom, e estava sentado na poltrona vermelha diante dela, lendo um artigo sobre o parentesco da língua sueca com o baixo-alemão, ou o que quer que fosse, como se para ele aquilo não passasse de uma viagem de estudos. Galinov lhe trazia calma, uma ligação com o passado, e melhor ainda: assustava os motoqueiros.

Quando eles se rebelaram contra ela e tiveram problemas em receber ordens de uma mulher, Galinov precisou apenas baixar os óculos de leitura e fitá-los com seu olhar azul-gelo para que se calassem e obedecessem. Ela imaginou que eles sabiam exatamente do que ele era capaz, por isso nem se incomodava por ele ser tão inativo.

Seu papel ele desempenharia mais tarde; por enquanto a caça a Lisbeth era responsabilidade de Bogdanov e do resto do bando. Ainda não haviam encontrado nada, nenhuma pista. Pareciam estar perseguindo uma sombra, e, como se não bastasse, naquela noite perderam mais uma oportunidade. Por isso ela havia chamado Marko Sandström, o presidente do Svavelsjö, que naquele instante entrava na sala com outro delinquente, cujo nome parecia ser Krille, embora pouco importasse.

— Agora não quero ouvir desculpas — ela disse. — Só um relato objetivo de como isso pôde acontecer.

Marko sorriu apreensivo, e ela gostou disso. Marko era igualmente corpulento e com uma personalidade tão hostil quanto os outros do Svavelsjö. Entretanto, tinha o bom gosto de dispensar a barba, o cabelo comprido e até a pança, além de possuir um rosto que passava por escultural e um tórax no qual ela sentia vontade de enfiar as unhas como nos velhos tempos.

— Você está querendo o impossível — disse Marko, tentando se impor, embora olhando o tempo todo de lado para Galinov, que nem ergueu os olhos, algo de que ela também gostou.

Kira disse:

— O que é impossível? Só queria que vocês o vigiassem, mais nada.

— Certo, só que vinte e quatro horas por dia... — disse Marko. — Isso exige recursos, e não estamos falando exatamente de um zé-ninguém.

— Como... isso... pôde... acontecer? — ela reiterou, enfatizando cada palavra.

— O filho da mãe... — começou o sujeito que talvez se chamasse Krille.

Marko o interrompeu:

— Deixa que eu cuido disso. Camilla...

— Kira.

— Desculpa. Kira — ele corrigiu. — Blomkvist desapareceu de repente no barco dele ontem à tarde. Não tinha como a gente ir atrás, e logo a situação ficou desagradável. A ilha toda se encheu de policiais e milicos, e como a gente não fazia ideia de pra onde ele tinha ido a gente decidiu se separar. Jorma ficou em Sandhamn e Krille foi para a Bellmansgatan, ficar esperando lá.

— E Mikael apareceu?

— Bem tarde da noite, num táxi. Parecia acabado. Tudo indicava que ele estava indo pra casa dormir, e acho que a gente deve aplaudir o Krille por ter ficado lá. O Blomkvist apagou as luzes lá em cima, mas depois saiu à uma da manhã carregando uma mala e foi na direção do metrô da Mariatorget. Ele não se virou uma única vez. Na plataforma, sentou num banco e afundou o rosto nas mãos.

— Ele parecia doente — interveio Krille.

— Isso mesmo — disse Marko. — Com isso a gente relaxou, baixou a guarda. No vagão do metrô ele encostou a cabeça na janela e fechou os olhos. Parecia acabado. Só que depois...

— Fale.

— Na Gamla Stan, um pouco antes das portas fecharem, ele disparou que nem um canhão por elas e desapareceu na plataforma. Aí a gente perdeu o cara.

Kira não disse uma palavra, apenas trocou olhares com Galinov e viu que Marko notou isso. Depois, imóvel, olhou para as próprias mãos. Desde cedo ela aprendera que o silêncio e a calma intimidam muito mais do que uma explosão verbal, e, embora sua vontade fosse gritar e esbravejar, ela se limitou a dizer com frieza e objetividade:

— E a mulher que Blomkvist levou para Sandhamn. Já foi identificada?

— Com certeza. Ela se chama Catrin Lindås e mora na Nytorget, número 6. É uma putinha conhecida da mídia.

— Ela significa alguma coisa para ele?

— Então... — Krille começou.

Krille tinha rabo de cavalo, barba e olhos pequenos e lacrimejantes. Não parecia exatamente um perito em relacionamentos amorosos, mas pelo visto quis fazer uma tentativa mesmo assim.

— Pra mim eles pareciam bem apaixonados. Passavam o dia todo agarrados no jardim.

— Certo, muito bem — ela disse. — Então quero vigilância nela também.

— Porra, Camilla... desculpa, Kira. Você está pedindo muito. São três endereços pra vigiar — disse Marko.

Ela ficou quieta de novo e depois agradeceu aos dois. Ficou feliz quando Galinov ergueu seu corpo longo e delgado e acompanhou os dois até a porta.

Ele diria algumas palavras que à primeira vista pareceriam corteses, mas que depois de bem absorvidas os deixariam apavorados.

Ele era especialista nesse tipo de coisa, e era necessário que fosse assim, Kira pensou. Mais uma vez, ela havia perdido uma oportunidade. Com raiva, passou os olhos pelo apartamento de cento e setenta metros quadrados que fora comprado por intermédio de laranjas fazia dois anos e que ainda estava impessoal e parcamente mobiliado. Mas teria que servir, na falta de coisa melhor. Deixou escapar um palavrão, se levantou e, sem bater, entrou no quarto do fundo à direita, onde Jurij Bogdanov estava, cheirando a suor e debruçado em seu computador.

— Como está indo com o computador de Blomkvist? — ela perguntou.
— Depende.
— Como assim?
— Consegui entrar no servidor dele, como eu te falei.
— E nada de novo?

Ele se torceu todo na cadeira e ela percebeu na hora: ele também não tinha boas notícias.

— Ontem Blomkvist pesquisou sobre Forsell, o ministro da Defesa. Isso é interessante, claro, não só porque Forsell é um alvo do GRU e Galinov já tratou com ele, mas porque o ministro ontem tentou...

— Estou me lixando para Forsell — ela rosnou. — Só quero saber dos links criptografados que Blomkvist recebeu e enviou.

— Não consegui quebrá-los.
— Se não conseguiu, continue tentando!

Bogdanov mordeu o lábio e olhou para a mesa.

— Não estou mais dentro.
— Do que você está falando?
— Alguém expulsou meu cavalo de troia esta noite.
— Como isso foi acontecer, meu Deus?
— Não sei.
— Eu pensei que fosse impossível chegar aos seus cavalos de troia.
— Pois é, só que...

Ele mordeu a cutícula.

— ... foi o maldito de um gênio, é isso que você quer dizer? — ela murmurou com raiva.

— Parece que sim — ele disse, e Kira estava a ponto de subir pelas paredes quando uma ideia totalmente diferente lhe ocorreu e, em vez de gritar e fazer uma cena, ela sorriu.

Ela entendeu que Lisbeth estava mais perto do que ela ousara sonhar.

No Hotel Hellsten, na Luntmakargatan, Mikael estava deitado na cama, enquanto Lisbeth, sentada numa poltrona vermelha perto da janela e das cortinas, olhava para ele com olhos ausentes. Mikael não tinha dormido mais do que duas horas. Já não sabia se fora uma boa ideia ter vindo para cá. Não tinha sido exatamente uma noite romântica nem um encontro de velhos amigos. Já na porta tudo desandou.

Ela tinha olhado para ele como se não aguentasse mais esperar para arrancar a roupa dele, e embora Mikael, no caminho até ali, estivesse com o pensamento voltado para Catrin, ele provavelmente não teria conseguido resistir. Mas não era em Mikael que Lisbeth queria pôr as mãos, e sim no computador e no celular dele. Ela os arrancou de Mikael assim que ele entrou e se encastelou atrás de telas pretas que ela foi abrindo de cócoras no chão, curvada, numa posição esquisita. E assim ela permaneceu por muito tempo, imóvel e calada, seus dedos trabalhando num ritmo frenético. Por fim, Mikael não aguentou mais. Ficou puto e rosnou que quase morreu afogado, que tinha salvado a vida da porra de um ministro e disse que precisava dormir ou então conversar e saber o que ela estava fazendo.

— Fique quieto — ela respondeu.

— Caralho!

Ele ficou possesso. Só queria sair dali e não vê-la nunca mais. Mas no fim mandou tudo para o inferno, tirou a roupa, se deitou em um lado da cama de casal e adormeceu emburrado como uma criança. A certa altura da madrugada, ela se aconchegou ao lado dele e sussurrou em seu ouvido, como se o estivesse seduzindo:

— Você tinha um cavalo de troia, espertinho — e isso estragou o resto da noite dele.

Mikael se assustou. Preocupado com suas fontes, exigiu que Lisbeth contasse logo o que estava acontecendo, o que ela fez a contragosto. Aos poucos ele entendeu toda a insanidade daquilo, quer dizer, toda não. Como ela não era do tipo especialmente prolixo, logo os olhos de Lisbeth piscaram, ela deitou a cabeça no travesseiro e mergulhou no sono, deixando-o sozinho e revoltado na cama. Ele resmungou e suspirou, convencido de que não ia conseguir pegar no sono outra vez, mas mesmo assim deve ter dormido. Agora, ao acordar, viu Lisbeth sentada ali, de calcinha e com uma camisa preta muito comprida, mergulhada em um estado que parecia ser entre sonho e realidade. Ele olhou sonolento para os músculos das pernas dela, para suas olheiras, depois para a porta de entrada.

— Tem café da manhã ali — ele a ouviu dizer.

— Que bom — ele disse, indo buscar duas bandejas e colocando-as na cama.

Fez café na máquina Nespresso que havia perto da janela e depois se sentou na cama de pernas cruzadas. Ela se sentou na frente dele. Mikael olhou para Lisbeth como se ela fosse ao mesmo tempo uma estranha e uma amiga íntima, sentindo mais claramente do que nunca que a entendia e ainda assim não a entendia.

— Por que você hesitou? — ele perguntou.

Lisbeth não gostou da pergunta de Mikael. Não gostou da expressão no rosto dele. Quis fugir ou então empurrá-lo na cama e calá-lo, pensou em Paulina e no marido dela, no ferro em sua mão, e em outras coisas ainda piores lá atrás na infância, e não teve certeza se ia responder. No entanto, disse:

— Me lembrei de uma coisa.

Mikael a olhou atentamente e ela logo se arrependeu de não ter ficado calada.

— Do que você se lembrou?
— Nada.
— Vamos lá...
— Me lembrei da minha família.
— O que você se lembrou?

Pare, ela pensou. *Pare*.

— Me lembrei... — ela começou, como se não conseguisse se conter, ou como se algo dentro dela quisesse transformar aquilo em palavras.

— Do quê? — ele perguntou.

— Mamãe sabia que Camilla nos roubava e mentia para a polícia a fim de proteger Zala. Ela sabia que Camilla dizia coisas horríveis sobre nós para os funcionários da assistência social, contribuindo ainda mais para que a nossa casa virasse um inferno.
— Eu sei — ele disse.
— Sabe mesmo?
— Holger me contou.
— E você também sabe que...
— O quê?
Será que ela devia parar?
Ela desembuchou:
— Que no fim mamãe ficou farta e ameaçou expulsar Camilla de casa?
— Eu não sabia.
— Pois foi assim.
— E Camilla ainda era criança, não era?
— Tinha doze anos.
— Ainda assim...
— Talvez fosse só ameaça e ela não fosse mesmo expulsá-la. Mas sempre ficava do meu lado, isso eu sei. Ela não gostava de Camilla.
— Isso pode acontecer em qualquer família. Um dos filhos acaba sendo o favorito.
— Mas nesse caso houve consequências. Isso nos tornou cegas.
— Cegas para quê?
— Para o que estava acontecendo.
— O que estava acontecendo?
Pare, ela pensou. *Pare*.
Ela quis gritar e ir embora dali. No entanto continuou, como se impelida por uma força que não conseguia mais controlar.
— Nós duas pensávamos que Camilla tinha Zala na palma da mão. Que na guerra lá de casa eram dois contra dois, mamãe e eu contra Zala e Camilla. Mas não era assim. Camilla estava sozinha.
— Todas vocês estavam sozinhas.
— Para ela foi pior.
— Pior como?
Lisbeth olhou para longe.

— Às vezes Zala entrava no nosso quarto à noite — ela disse. — Na época eu não entendia por quê. E também não pensava muito a respeito. Ele era mau e fazia o que queria. Era assim que funcionava, e àquela altura eu só pensava em uma coisa.

— Você queria que as agressões contra sua mãe parassem.

— Eu queria matar Zala, e sabia que Camilla tinha se aliado a ele. Mas não havia motivo para me preocupar com ela.

— É compreensível.

— Mas é claro que eu devia ter me perguntado por que Zala mudou.

— De que forma ele mudou?

— Ele passava a noite em casa com uma frequência cada vez maior, o que não fazia sentido. Ele estava acostumado com luxo, com pessoas que o bajulavam, que o paparicavam. E de repente o nosso apartamento passou a ser um lugar bom para Zala, e isso devia ser porque havia uma nova peça no tabuleiro. No Bulevar Tverskói foi que a minha ficha caiu. Como todos os homens, ele sentia atração por Camilla.

— Então era por causa *dela* que ele passou a ir lá muitas noites.

— Ele sempre dizia para ela ir até a sala com ele, e quando eu escutava as vozes dos dois parecia que apenas estavam planejando alguma merda contra mim e mamãe. Mas talvez eu tivesse ouvido outras coisas que não tinha condições de entender na época. Muitas vezes eles saíam de carro.

— Ele estava abusando dela sexualmente.

— Ele a estava destruindo.

— Você não pode se culpar — ele disse.

Ela queria gritar.

— Só respondi à sua pergunta — disse Lisbeth. — Me dei conta de que nem eu nem mamãe fizemos nada para ajudar Camilla. Foi isso que me fez hesitar.

Mikael ficou calado diante dela na cama, tentando digerir o que tinha ouvido. Depois colocou uma das mãos no ombro dela. Ela a afastou e olhou para a janela.

— Sabe o que eu acho? — ele disse.

Ela não respondeu.

— Eu acho que você não é o tipo que simplesmente sai atirando nas pessoas.

— Besteira sua.

— Acho que não, Lisbeth. Nunca achei que você fosse esse tipo de gente.

Ela pegou um croissant da bandeja e resmungou, mais para si mesma do que para Mikael:

— Mas eu devia ter matado Camilla. Agora ela está vindo atrás de todos nós.

20. 27 DE AGOSTO

Obviamente contra seus princípios, Jan Bublanski portava uma garrafa de Grant's doze anos, que estava intocada em sua casa havia anos. Mas como a testemunha lhe pedira uísque, ele não quis fazer um sermão sobre isso. Desde o dia anterior havia focado cem por cento da investigação na morte de Nima Rita, portanto não mediu esforços para chegar à última testemunha, que, conforme se sabia, tinha visto o xerpa vivo. Enfim ele o encontrara ali em Haninge, num pequeno apartamento num prédio amarelo de aluguel na Klockarleden.

O apartamento não devia ser o pior alojamento que Bublanski já tinha visto na vida, mas estava longe de ser o melhor. Cheirava mal, e havia garrafas, cinzeiros e restos de comida por todo lado. A testemunha, porém, irradiava uma espécie de elegância boêmia. Usava uma camisa relativamente branca e uma boina parisiense.

— Senhor Järvinen — disse Bublanski.

— Senhor inspetor.

— Isto serve? — perguntou Bublanski, mostrando a garrafa e recebendo um breve sorriso de volta.

Em seguida os dois se acomodaram em cadeiras de madeira azuis na cozinha.

— Você encontrou o homem que hoje conhecemos como Nima Rita na noite de 15 de agosto, certo? — perguntou Bublanski.

— Exato... isso... um desmiolado total. Eu estava me sentindo péssimo e aguardava um homem que costuma vender bebida na Norra Bantorget, e aí apareceu esse mendigo, completamente furioso e trôpego, e é claro que eu devia ter ficado de boca calada. Dava para ver de longe que ele era louco. Mas como sou falante por natureza, perguntei, com educação e gentileza, como ele estava. E então o sujeito começou a berrar comigo.

— Em que língua?

— Em inglês e sueco.

— Quer dizer que ele falava sueco?

— Não sei. Pelo menos falou algumas palavras. Mas eu não entendi direito. Ele gritava sobre ter estado lá em cima nas nuvens, lutado com os deuses e conversado com os mortos.

— Será que ele podia estar se referindo ao monte Everest?

— É possível. Não prestei muita atenção. Sabe, eu não me sentia nada bem e não estava a fim de papo furado.

— Você não se lembra de nada específico que ele tenha dito?

— Que ele tinha salvado a vida de um monte de pessoas. *I saved many lives*, ele disse, mostrando as mãos com os tocos de dedos.

— Ele disse alguma coisa sobre o ministro da Defesa Forsell?

Heikki Järvinen olhou surpreso para ele, encheu um copo com uísque e o virou com mão trêmula.

— Engraçado você falar isso — disse.

— Por que engraçado?

— Porque cismei que ele mencionou Forsell de alguma forma. Mas também não deve ser estranho. Afinal, todo mundo está falando dele.

— O que ele disse?

— Que o conhecia, acho. E que conhecia pessoas importantes de todos os tipos, e também não deu para acreditar nisso, né? Ele foi enchendo a minha paciência de tanto falar, e aí eu não aguentei mais. Deixei escapar uma coisa bem estúpida.

— O quê?

— Então... nada racista ou coisa assim. Mas talvez não tenha sido uma grande ideia, afinal de contas. Eu disse que ele parecia um desses ching chong chinesinhos, e aí ele se exaltou e me deu um soco. Eu fiquei tão espantado que não reagi. Ele me espancou mesmo. Dá para acreditar?

— Deve ter sido bem desagradável.

— Sangrei feito um porco — prosseguiu Järvinen, perturbado. — Ainda tenho um machucado. Aqui.

Ele apontou para os lábios, onde realmente havia uma ferida. Mas como ele inteiro estava cheio de feridas e hematomas, Bublanski não se impressionou.

— E o que aconteceu depois?

— Ele simplesmente foi embora, e ainda teve a maior sorte — ou talvez eu não deva chamar de sorte, se ele morreu no dia seguinte. Mas naquela hora pareceu sorte. Ele topou com um vendedor logo lá embaixo na Vasagatan.

Bublanski se inclinou sobre a mesa.

— Um vendedor de bebida?

— Um homem o parou na calçada lá embaixo, perto daquele hotel, sabe? Tive a impressão de que ele estava dando uma garrafa pro sujeito. Mas foi bem longe de mim e eu posso estar enganado.

— O que você pode me dizer sobre esse homem?

— O vendedor?

— Isso.

— Não muito. Ele era magro, tinha cabelo escuro, era alto. Estava de jaqueta preta, calça jeans e um boné. Não vi o rosto.

— Ele parecia dependente de álcool?

— Acho que não. Ele não andava como um.

— O que você quer dizer?

— Ele andava de um jeito leve e bem ágil.

— Como se estivesse em boa forma física?

— Talvez.

Bublanski observou Järvinen por alguns instantes em silêncio e teve a impressão de um homem que, apesar de sua decadência, ainda se esforçava para manter uma fachada. Ainda havia garra ali.

— Você viu para onde o homem foi?

— Na direção da Estação Central. Por um momento cogitei ir atrás dele. Mas não ia conseguir alcançá-lo.

— Talvez ele não tenha ido lá para vender a aguardente... Talvez só quisesse dar uma garrafa para Nima Rita.
— Você quer dizer o quê?
— Não quero dizer nada. Mas Nima Rita morreu envenenado. Levando em conta seu estilo de vida, não é improvável que o veneno que ele ingeriu estivesse em uma garrafa de bebida, então dá para entender por que me interesso muito por esse homem.
Heikki Järvinen bebeu mais um copo de uísque e disse:
— Bom, nesse caso talvez eu tenha mais uma coisa para dizer.
— O quê?
— Ele disse que já tinham tentado envená-lo.
— De que forma ele disse isso?
— Então... também não deu para entender. Ele gritava e esbravejava sobre todas as coisas fantásticas que tinha feito na vida e sobre todas as pessoas importantes que ele conheceu. Ao mesmo tempo, tive a sensação de que tinha estado internado no manicômio e se recusado a tomar os remédios. "*They tried to poison me*", ele gritou. "*But I ran. I climbed down a mountain to the lake.*" Pelo menos é o que eu acho que ele disse. Que ele tinha fugido de uns médicos.
— De uma montanha até um lago?
— Acho que sim.
— Para você pareceu que ele esteve internado num hospital da Suécia ou do exterior? — perguntou Bublanski.
— Da Suécia, acho. Ele apontou para trás, como se fosse algum lugar por aqui. Mas também ele apontava para todos os lados o tempo todo, como se o céu e os deuses com quem ele tinha lutado também estivessem logo ali.
— Entendi — disse Bublanski, ansioso para sair dali o mais rápido possível.

Sentada à mesa do quarto de hotel, Lisbeth viu pelo computador que os homens do Svavelsjö, entre eles o presidente Marko Sandström, estavam saindo do endereço na Strandvägen. Perguntou-se o que iria fazer a respeito, mas não chegou a nenhuma conclusão.
Fechou o computador, viu que Mikael tinha se vestido e estava sentado

na cama, lendo em seu celular, e pensou que deveria deixá-lo em paz. Ela não queria mais ouvir perguntas sobre sua vida e muito menos teorias de que no fundo ela era uma boa pessoa ou o que quer que Mikael tivesse tentado dizer um pouco antes.

Ela perguntou:

— O que você está fazendo?

— Como assim?

— Você está trabalhando no quê?

— Na história do xerpa — ele respondeu.

— Algum progresso?

— Estou dando uma olhada nesse tal de Stan Engelman.

— Sujeito simpático, hein?

— Realmente. É bem o seu tipo.

— E também tem aquele Mats Sabin — ela disse.

— Sim, ele também.

— O que você acha dele?

— Ainda não cheguei lá.

— Acho que pode esquecê-lo — ela disse.

Ele ergueu os olhos com curiosidade.

— Por quê?

— Porque imagino que seja o tipo de coisa com que você se depara e se entusiasma por ter vários tipos de conexões. Mas eu não acredito que tenha a ver com o caso.

— Por que não?

Ela se levantou, foi até a janela e olhou para a Luntmakargatan por uma fresta da cortina, pensando em Camilla e no MC Svavelsjö. Ela teve uma ideia e pensou com seus botões se, afinal de contas, não deveria botar um pouco de pressão neles.

— Por que não? — ele repetiu.

— Você chegou ao nome dele um pouco rápido demais, não acha? Antes até de ter certeza do que o mendigo disse.

— É verdade.

— Você devia voltar na história, voltar ao período colonial.

— Como assim?

— Não acha que o Everest é resquício da época colonial, com escaladores brancos e pessoas de outra cor de pele carregando as coisas deles?

— É, talvez.

— Acho que você devia se concentrar nisso. Tente descobrir como Nima Rita se expressava normalmente.

— Será que, para variar, você pode falar claramente o que quer dizer?

Sentado na cama, Mikael aguardava sua resposta, até perceber que Lisbeth se ausentara outra vez, como de manhã na poltrona, e então pensou que o melhor era ele mesmo investigar aquilo, e começou a fazer a mala. Pensando em se encontrar com ela mais tarde, enfiou o computador na mala e se levantou, pretendendo abraçá-la e dizer que se cuidasse. Mas ela nem reagiu quando ele se aproximou.

— *Terra chamando Lisbeth* — ele disse, sentindo-se ridículo. Só então ela deixou Mikael entrar em foco outra vez e notou a mala dele.

Foi como se a mala lhe dissesse alguma coisa.

— Você não pode ir para casa — ela decretou.

— Então vou para algum outro lugar.

— Estou falando sério. Você não pode ir para casa nem ficar com alguém muito próximo de você. Eles estão te monitorando.

— Eu sei cuidar de mim mesmo.

— Não sabe. Me dê seu celular.

— Pare com isso. De novo não.

— Me dê aqui.

Ele achou que ela já tinha mexido o suficiente em seu celular e o estava enfiando no bolso quando Lisbeth o arrancou dele. Mikael ficou bravo, se irritou, mas claro que não adiantou. Ela já estava ocupada outra vez com seus códigos de programa, e ele a deixou ir em frente. Ela sempre havia feito o que queria com os dispositivos dele. Mas passados alguns minutos ele se aborreceu de verdade e rosnou:

— O que você está fazendo?

Ela ergueu os olhos com uma sombra de sorriso no rosto.

— Eu gosto disso — disse.

— Gosta do quê?

— Dessa frase.
— Que frase?
— *O que você está fazendo?* Será que você pode repeti-la no plural? Com o mesmo tom de voz?
— Do que você está falando?
— Só fale.
Ela estendeu o celular.
— O quê?
— O que vocês estão fazendo?
— O que vocês estão fazendo? — ele disse.
— Ótimo, perfeito.
Ela fez mais alguma coisa com o telefone e o devolveu a ele.
— O que você fez?
— Agora vou poder ver onde você está e ouvir o que se passa à sua volta.
— Que absurdo! Quer dizer que eu não vou ter nenhuma privacidade?
— Você vai ter a privacidade que quiser, e eu não vou escutar à toa. A não ser que você fale aquela frase.
— Então posso continuar falando mal de você?
— O quê?
— Foi uma brincadeira, Lisbeth.
— Tudo bem.
Ele sorriu.
Talvez ela tenha sorrido também. Ou talvez não. Ele pegou seu celular, olhou para ela outra vez e agradeceu.
— Seja discreto — ela disse.
— Serei.
— Muito bem.
— Por sorte não sou famoso.
— O quê?
Ela também não entendeu essa brincadeira, e no fim ele a abraçou e foi embora, tentando se misturar ao movimento da cidade. Mas não deu muito certo. Já na Tegnérgatan, um homem pediu para tirar uma selfie com ele. Mikael seguiu pela Sveavägen e, embora certamente devesse ter ficado longe dali, sentou-se num banco relativamente próximo da Biblioteca Municipal e

fez mais uma busca sobre Nima Rita na internet. Um artigo extenso na revista *Outside* de agosto de 2008 chamou sua atenção.

Em nenhum outro lugar Nima Rita tivera a oportunidade de se expressar de forma mais detalhada sobre o acidente. À primeira vista, porém, não havia por que se empolgar com suas declarações. Eram coisas que Mikael já lera, falas respeitosas ou tristes sobre Klara Engelman. Entretanto mais adiante Mikael ficou intrigado, e inicialmente não entendeu por quê. Tinha relação com este depoimento simples e desesperado:

*"I really tried to save her. I tried. But Mamsahib just fell, and then the storm came, and the mountain was angry, and we couldn't save her. I am very, very sorry for Mamsahib."**

Mamsahib.

Claro. A palavra *mamsahib* também podia ser usada no lugar de *memsahib*, o feminino de *sahib*, que era como os brancos eram chamados na Índia colonial. Por que isso não lhe ocorrera antes? Afinal, em sua pesquisa ele tinha visto muitos xerpas se referirem aos montanhistas ocidentais dessa forma.

I took Forsell and I left Mamsahib.

Essa era a frase que Nima devia ter dito, portanto ele provavelmente estava falando de Klara Engelman. Mas o que isso significava? Será que Nima Rita tinha salvado Johannes Forsell em vez de Klara? Mas não se encaixava na sequência dos fatos.

Klara e Johannes estiveram em locais diferentes da montanha, e Klara certamente já estava morta quando Forsell começou a ter problemas. Mesmo assim... Será que alguma coisa grave tinha acontecido lá em cima que precisou ser escondida? Era possível, mas podia não ter nada a ver. Mikael agora sabia que suas férias definitivamente tinham acabado. A sensação de estar vivo se intensificou e, mais do que nunca, ele se convenceu de que precisava desvendar aquela história. Antes de qualquer coisa, mandou uma mensagem a Lisbeth:

Por que você sempre tem que ser tão esperta, caramba??

---

* "Eu tentei salvá-la de todas as maneiras. Eu tentei. Mas *Mamsahib* simplesmente caiu, então a tempestade veio e a montanha estava muito zangada, nós não pudemos salvá-la. Eu sinto muito, muito mesmo por *Mamsahib*." (N. E.)

21. 27 DE AGOSTO

Paulina Müller estava de pijama, sentada sobre a cama de seu antigo quarto de adolescente em Bogenhausen, em Munique, falando ao telefone e bebendo chocolate quente. Sua mãe corria de lá para cá, cuidando dela como se Paulina tivesse dez anos, o que, por sinal, não era nada mau.

Tudo que ela queria era ser criança de novo, se livrar de todas as responsabilidades e simplesmente chorar até não poder mais. Além do mais, ela se enganara. Seus pais logo tinham percebido muito bem qual era a verdadeira face de Thomas. Ela não notou nem a mais leve sombra de dúvida nos olhos deles quando contou o que ele tinha feito com ela. Agora ela havia trancado a porta do quarto e avisado que não queria ser incomodada.

— Então, você não faz ideia de quem possa ser essa mulher? — perguntou a investigadora Ulrike Jensen ao telefone. Seu tom de voz indicava que ela não estava acreditando nem um pouco em Paulina, o que, por motivos óbvios, era plenamente justificável.

Paulina não só havia entendido de imediato quem era a mulher com o ferro de passar como até viu naquilo uma espécie de lógica tenebrosa, tendo medo de que ela mesma, de algum modo, validara a agressão. Quantas vezes a caminho de casa ela não tinha dito: *Não posso vê-lo outra vez, não posso. Prefiro morrer.*

— Não — respondeu. — Não conheço ninguém que pudesse fazer isso.

— Thomas disse que você conheceu uma mulher e que se apaixonou por ela — prosseguiu Ulrike Jensen.

— Só escrevi isso para aborrecê-lo.

— Mesmo assim, ele ficou com a impressão de que a agressora tinha algum tipo de ligação emocional com você. Parecia que a mensagem que ela deixou tinha a ver com *você*. Seu marido foi obrigado a jurar que nunca mais iria te incomodar.

— Que estranho.

— Será mesmo tão estranho? Os vizinhos me contaram que, uns dias antes de você desaparecer de casa, você estava com o braço enfaixado e que contou a eles que tinha se queimado com o ferro de passar roupa.

— É verdade.

— Mas nem todos acreditaram em você, Paulina. Ouviram gritos no seu apartamento. Gritos e barulho de pessoas brigando.

Ela hesitou.

— É mesmo? — disse.

— Não terá sido Thomas quem te queimou?

— Talvez.

— Então você entende por que suspeitamos que se trate de vingança de uma pessoa próxima a você?

— Não sei.

— Você não sabe.

E a conversa continuou assim, nesse vaivém, até Ulrike Jensen mudar de repente de tom e dizer:

— Por sinal...

— O quê?

— Acho que você não vai mais precisar se preocupar com ele.

— O que você quer dizer?

— Parece que seu marido ficou morto de medo dessa mulher. Acho que ele vai se manter longe de você.

Paulina hesitou outra vez. Em seguida disse:

— Era só isso?

— Por enquanto, sim.
— Então acho que eu devo agradecer.
— A quem?
— Não sei — ela disse, e acrescentou, por achar que era a coisa certa a dizer, que esperava que Thomas ficasse bom logo.

Mas não havia um pingo de verdade nessas palavras. Depois de desligar o telefone, permaneceu sentada na cama tentando digerir a informação, e o telefone tocou outra vez. Era uma advogada especializada em divórcio chamada Stephanie Erdmann, sobre quem Paulina havia lido nos jornais. Erdmann queria representá-la, e disse que Paulina não precisava se preocupar com os honorários, que já estava tudo resolvido.

Sonja Modig encontrou Bublanski no corredor da sede da polícia e sacudiu a cabeça. Ele deduziu que aquilo significava que Nima Rita também não constava nos registros da administração da província. Mas pelo menos haviam sido autorizados a fazer a busca, o que já era uma pequena vitória, pois em casos como esse não costumavam faltar empecilhos. Até então, o diálogo com o Serviço Militar de Inteligência tinha sido uma comunicação de mão única, o que fora irritando Bublanski mais e mais. Ele olhou pensativo para Sonja e disse:

— Talvez tenhamos um suspeito.
— Temos mesmo?
— Só que sem nome e quase sem uma descrição física.
— E você chama isso de um suspeito?
— Uma pista, então.

Ele contou sobre o homem que Heikki Järvinen tinha visto na Norra Bantorget entre uma e duas da manhã do sábado 15 de agosto, e que talvez tivesse dado uma garrafa de aguardente do mercado negro a Nima Rita.

Sonja foi tomando nota enquanto entravam na sala dele. Ali se sentaram um de frente ao outro, no começo em absoluto silêncio. Bublanski se contorcia. Alguma outra coisa cutucava seu inconsciente.

— Então, não encontramos nenhum sinal de que ele tenha procurado o serviço de saúde pública da Suécia? — perguntou.
— Por enquanto não — ela respondeu. — Mas não desisti. Ele pode

ter sido registrado com outro nome, não é? Agora estamos tentando obter uma ordem judicial para fazermos uma busca mais ampla com base nas características físicas dele.

— Temos alguma ideia de por quanto tempo ele foi visto na cidade? — perguntou Bublanski.

— Embora a percepção de tempo das pessoas seja sempre uma questão complicada, nada indica que ele tenha estado no bairro por mais do que duas ou três semanas.

— Ele pode ter vindo de outro bairro ou de outra cidade?

— Acho que não. É um palpite forte meu.

Bublanski reclinou-se na cadeira e olhou para a janela e para a Bergsgatan, e de repente entendeu o que estava procurando.

— Södra Flygeln — ele disse.

— O quê?

— A clínica psiquiátrica privada de Södra Flygeln. Ele pode ter sido internado lá.

— Por que você acha isso?

— Porque faz todo o sentido.

— Como?

— Porque é exatamente o tipo de lugar onde você poria um sujeito que você quisesse esconder. Södra Flygeln não é da alçada da administração da província, é uma fundação independente, e sei que os militares cooperam com a clínica há muito tempo. Lembra do Andersson, um ex-soldado maluco da ONU que serviu no Congo e que começou a atacar as pessoas na cidade? Ele ficou internado na Södra Flygeln.

— Lembro dele — disse Sonja. — Mas para mim ainda parece uma especulação um tanto solta.

— A parte boa é que eu ainda não terminei.

— Então continue, inspetor.

— De acordo com Järvinen, Nima disse que tinha descido de uma montanha até um lago para ficar livre, e isso se encaixa também, não é? Afinal, Södra Flygeln está situada, de forma até um pouco perigosa, na beira de um penhasco, acima de Årstaviken. Além do mais, não fica tão longe da Mariatorget.

— Boa — disse Sonja.

— Pode ser simplesmente um tiro no vazio.
— Mas vou conferir já.
— Excelente, só que...
— O quê?
— Isso ainda não explica como Nima Rita veio parar na Suécia e passou pela imigração sem que seu nome tenha sido registrado — disse ele.
— É verdade. Mas já é um bom começo para nós.
— Um bom começo também seria podermos falar com Rebecka Forsell, mas não temos permissão.
— Não — disse Sonja, olhando pensativa para ele.
— No que você está pensando?
— Mas há outra mulher na cidade que conhecia Nima Rita e Klara Engelman.
— Quem?
Sonja contou a ele.

Catrin Lindås caminhava pela Götgatan enquanto tentava telefonar para Mikael de novo. Mas ele continuava não atendendo, embora o número volta e meia desse ocupado. Ela soltou um palavrão. Por que se importava, afinal? Tinha coisas mais importantes em que pensar. Acabara de gravar seu podcast, no qual havia debatido a campanha da mídia contra Johannes Forsell com a ministra da Cultura, Alicia Frankel, e com o professor de jornalismo Jörgen Vrigstad. Mas nem por isso se sentia mais relaxada. Estava indisposta, como acontecia muitas vezes depois de gravar.

Sempre ouvia um comentário ou uma pergunta que a aborrecia, e agora ela estava preocupada, achando que podia ter pegado muito pesado e sido tão parcial quanto a mídia que ela criticava. Será que havia exigido ponderação dos outros, sem que ela mesma fosse ponderada? Por outro lado, nunca fugira da autocrítica e sabia muito bem como a campanha de difamação contra Forsell a havia afetado. Talvez tivesse mais a ver com ela do que com ele.

Catrin sabia muito bem como o ódio e as mentiras podiam destruir uma pessoa, e, embora nunca houvesse pensado em tirar a própria vida, quando às vezes ficava sem chão ainda se cortava, como costumava fazer na adolescência. Hoje o dia todo, desde que acordara ao amanhecer e se preparara para a gravação, ela havia se sentido desconfortável, como se alguma coisa sombria do passado estivesse tentando voltar. Mas afastou a sensação. A Götgatan estava cheia de gente. Na calçada à sua frente, um grupo de crianças do jardim de infância segurava bexigas e fazia barulho, e ela virou na Bondegatan, em direção à praça de Nytorget, e respirou com mais facilidade.

Nytorget era considerado um dos lugares mais elegantes de Söder, e embora para alguns fosse quase um xingamento, era ali que a elite da mídia ia dar seus cliques. Aquela vizinhança dava a Catrin uma sensação de segurança, como se ela encontrasse ali seu lar e seu exílio a um só tempo. Ela estava endividada demais, mas com o sucesso de seu podcast — no momento o mais ouvido da Suécia — sentia-se razoavelmente segura, e sempre poderia vender o apartamento e se mudar para o subúrbio, se fosse preciso. Ela sabia muito bem que tudo lhe poderia ser tirado a qualquer momento.

Apertou o passo. Estava ouvindo alguém atrás dela? Não, era apenas bobagem, seus velhos demônios. De qualquer forma, queria chegar em casa o mais rápido possível, esquecer o mundo e mergulhar numa comédia romântica ou em alguma outra coisa que não tivesse a ver com sua própria vida.

Mikael estava sentado numa varanda em Östermalm, entrevistando a mulher que Sonja Modig tinha mencionado. Ele tinha ido direto da Biblioteca Real, onde passara o dia inteiro estudando o caso, e àquela altura começava a ter clareza da sequência dos acontecimentos e clareza, sobretudo, do que faltava descobrir.

Por isso havia se convidado para ir à casa de Elin, na Jungfrugatan. Elin tinha trinta e nove anos, era uma mulher elegante e de feições harmoniosas, um pouco formal e muito magra. Seu sobrenome de casada era Felke. Em 2008 chamava-se Malmgård e era uma celebridade da área fitness, assinando uma coluna de perguntas e respostas no jornal *Aftonbladet*. Ela havia participado da expedição ao Everest do americano Greg Dolson.

O grupo de Dolson começou a subir o monte no mesmo dia que os montanhistas de Viktor Grankin, em 13 de maio. Durante o período de aclimatação, as expedições viveram em estreita proximidade no acampamento-base, e Elin tornou-se íntima de seus conterrâneos Forsell e Svante Lindberg, além de ter feito amizade com Klara Engelman.

— Obrigado por me receber — disse Mikael.

— Imagina. O único problema é que estou cansada dessa história. Já dei quase duzentas palestras sobre esse caso.

— Para mim, parece um bom dinheiro — ele disse.

— Na época passávamos por uma crise financeira, não sei se você se lembra, então nunca foi um negócio tão lucrativo assim.

— Puxa, que pena. Mas me conte sobre Klara Engelman. Já sei que ela e Grankin tinham um caso, então pode falar sem rodeios.

— Você vai citar meu nome?

— Só se você quiser. Eu apenas quero entender o que aconteceu.

— Tudo bem, os dois estavam juntos mesmo, mas eram muito discretos. No acampamento-base havia pessoas que nem sabiam.

— Você sabia?

— Klara me contou.

— Não acha um pouco estranho Klara estar na expedição de Viktor Grankin? Com o dinheiro e as relações que ela tinha, não seria natural ter escolhido uma expedição americana, a de Dolson, por exemplo, que era mais bem conceituada?

— Grankin também tinha uma boa reputação, além disso havia algum tipo de ligação entre ele e Stan Engelman. Os dois se conheciam de alguma forma.

— E mesmo assim Grankin roubou a mulher dele.

— Pois é, deve ter sido um baque para o Stan.

— Li que você achou Klara Engelman infeliz na primeira etapa da expedição, no acampamento-base.

— Não foi nada disso — ela respondeu. — Ela me pareceu a presunção em pessoa. Só depois, aos poucos, entendi como ela era infeliz e percebi que toda aquela aventura do Everest era uma espécie de libertação para ela. Klara esperava que a experiência lhe desse coragem para se divorciar. Uma noite, quando tomávamos um vinho na barraca de Klara, ela me contou que havia consultado um advogado.

— Charles Mesterton, não é?

— Pode ser, não me lembro do nome. Além do mais, ela tinha entrado em contato com uma editora. Disse que queria escrever não só sobre sua escalada da montanha, mas também sobre os casos de Stan com prostitutas e estrelas pornô, e sobre todas as ligações criminosas dele.

— Então Stan Engelman deve ter se sentido bem ameaçado, não é?

— Acho difícil.

— Por quê?

— Se Klara tinha *um* advogado, ele tinha vinte, e sei que quem estava amedrontada era ela. "Ele vai me destruir", ela dizia.

— Mas aí aconteceu uma coisa...

— Nosso herói a fez perder a cabeça.

— Grankin.

— Ele mesmo.

— E como foi isso?

— Não faço ideia, mas era fácil se fascinar por Viktor. Ele irradiava uma tranquilidade maravilhosa diante de qualquer dificuldade. Bastava olhar para ele e todos nós sabíamos: Viktor vai resolver isso. Ele tinha carisma, uma presença confortadora e afugentava todas as nossas preocupações com uma risada deliciosa. Lembro de ter invejado o outro grupo, por Viktor não ser o nosso líder.

— E Klara se apaixonou por ele.

— Loucamente.

— E você acha que isso aconteceu por quê?

— Mais tarde me perguntei se não tinha a ver com Stan. Acho que Klara se convenceu de que poderia vencer a luta contra o marido se tivesse Viktor a seu lado. Ele parecia capaz de ficar no meio de uma saraivada de balas apenas sorrindo.

— Mas depois alguma coisa mudou.

— Sim.

— Me conte.

— Viktor começou a se mostrar apreensivo, dava para ver nos olhos dele, isso nos deixou muito estressados. Foi um pouco como se a tranquila comissária de bordo de repente começasse a ficar inquieta no voo, sabe? Aí você começa a pensar que o avião vai cair.

— O que você acha que aconteceu?

— Não faço ideia. Talvez Viktor estivesse nervoso com seu caso extraconjugal. Quem sabe soubesse que não se devia brincar com Stan e que haveria consequências? E para ser sincera...

— O quê?

— Ele tinha toda a razão de estar nervoso. Na época eu era muito jovem e achava o máximo aquele romance entre os dois. Era como se tivessem me confiado o maior segredo do mundo. Mas tempos depois, pensando melhor nisso, percebi que foi de uma irresponsabilidade incrível. E não digo isso por Stan ou pela mulher de Viktor, mas pelos alpinistas da expedição. Cabia a Viktor cuidar de todo mundo do grupo dele, e não favorecer ninguém. Com sua fixação em Klara, ele de certo modo os traiu, e acredito que esse foi um dos motivos por que deu tudo tão errado. Ele quis levá-la lá em cima a todo custo.

— Ele deveria ter mandado que ela descesse?

— Sem dúvida, mas ele talvez não estivesse em condições de fazer isso. Não só porque ela representava um apelo publicitário muito grande, mas porque ele também estava chateado por ela ter levado toda a merda de subir a montanha para a imprensa e quis mostrar ao mundo que ela era capaz.

— Há insinuações de que, a partir do acampamento 4, Grankin já não estava cem por cento durante a escalada.

— Também ouvi isso. Pode ser que ele tenha se esgotado demais tentando fazer o grupo funcionar, se manter junto.

— Como era o relacionamento dele com Nima Rita?

— Viktor tinha um respeito enorme por ele.

— E como era o relacionamento de *Klara* com Nima?

— Esse era, bem... curioso.

— Como assim?

— Eles não eram do mesmo planeta.

— Ela o tratava mal?

— É que ele era muito supersticioso.

— Ela zombava dele por causa disso?

— Um pouco, talvez, mas acho que ele não se aborrecia, apenas continuava fazendo o seu trabalho. O que arruinou o relacionamento deles foi outra coisa.

— O quê?

— Nima tinha uma esposa.

— Luna.

— Isso mesmo, Luna era tudo para ele. Acho que você poderia dizer qualquer coisa para ele sem nenhum problema, tratá-lo como um lixo, que ele não se importaria. Mas se você dissesse uma palavra contra sua mulher, os olhos dele escureciam. E uma manhã Luna subiu para o acampamento-base levando pão fresco, queijo, manga, lichia, uma porção de coisas numa cesta toda enfeitada, ela foi passando pelas barracas e distribuindo tudo, e todos se alegraram e agradeceram. Mas perto da barraca de Klara ela escorregou em alguns crampons, ou em alguma bolsa ali no chão da qual Klara definitivamente não precisava lá em cima, e caiu no cascalho, derrubando a cesta e tudo mais e esfolando as mãos. Na verdade não foi nada grave, mas Klara estava sentada logo ao lado e, em vez de ajudar, falou de modo rude: "Olhe por onde você anda", fazendo alarde sobre aquilo e dando uma de prima-dona estúpida. Nima quase teve um surto, eu vi a cara dele e temi que ele fosse perder a cabeça com Klara. Mas antes que alguma coisa acontecesse, Johannes Forsell ajudou Luna a se levantar, pegou o pão, as frutas.

— Johannes Forsell era amigo de Nima e de Luna?

— Ele era amigo de todo mundo. Você o conheceu? Quero dizer, antes de todos passarem a odiá-lo?

— Eu o entrevistei quando ele se tornou ministro da Defesa.

— Então você não deve entender o que está acontecendo agora. Naquela época, todos o amavam. Ele era um furacão. Chegava a mil por hora fazendo sinal de positivo com os polegares, sorrindo o tempo todo. Talvez você tenha razão e Forsell fosse próximo de Nima, porque ele sempre dizia "*Let me bow to the mountain legend*", esse tipo de coisa, e não parava de repetir: "*What a wife you have! What a beautiful woman*". Claro que Nima ficava feliz da vida.

— E Nima retribuiu mais tarde?

— Como assim?

Mikael não sabia como se expressar nem queria lançar acusações infundadas.

— Você acha que Nima pode ter ajudado Johannes Forsell na montanha, em detrimento de Klara Engelman?

Elin olhou perplexa para ele.

— Meu Deus, como Nima teria feito isso — disse ela — se ele estava com Viktor e Klara? Svante e Johannes já haviam partido para o cume, foram cedinho só os dois.

— Eu sei. Mas e depois? O que aconteceu depois? Todos dizem que Klara não pôde ser resgatada, mas será mesmo que não era possível? — Mikael perguntou, e então aconteceu uma coisa inesperada.

Elin se exaltou.

— Não foi possível, caralho! Estou cansada disso, sabe. Um bando de gente idiota que nunca chegou nem perto de altitudes como aquela achando que sabe tudo. Vou te dizer uma coisa...

Era como se ela tivesse dificuldade em encontrar as palavras.

— Você por acaso tem alguma noção de como é estar lá em cima? Você mal consegue raciocinar, aquilo é insuportavelmente frio e pesado, e se dê por feliz se achar forças suficientes para cuidar de si mesmo. Para dar um passo por vez. Ninguém, nem um Nima Rita, conseguiria levar para baixo uma pessoa sem vida e caída na neve, com o rosto congelado e a uma altura de oito mil metros. Era desse jeito que ela estava. Nós mesmos vimos os dois na descida, isso você sabe, não é? Ela e Viktor abraçados na neve.

— Sei, sim.

— E acabou. Não tinha a mínima chance de alguém ajudá-la. Ela estava morta.

— Só estou querendo encaixar as peças do quebra-cabeça — Mikael disse.

— Não acredito. Você quis insinuar alguma coisa, não é? Está perseguindo Forsell da mesma forma que os outros estão fazendo.

Não estou, ele quis gritar: *Não estou!* Entretanto, optou por respirar fundo.

— Me desculpe — Mikael disse. — Só acho que...

— O que você acha?

— Que alguma coisa não encaixa nessa história.

— Como o quê?

— Como o fato de Klara, depois, não estar mais ao lado de Viktor lá em cima. Sei que isso foi descoberto apenas no ano seguinte e que qualquer coisa pode ter acontecido nesse intervalo de tempo, avalanches, tempestades violentas, mas é que também...

— Também o quê?

— Também não gosto do que li no relato de Lindberg. A minha sensação é de que ele não contou toda a verdade.

Elin se acalmou e olhou para o jardim.

— Isso de certa forma eu posso entender — ela disse.

— Por quê?

— Porque Svante era o grande enigma do acampamento-base.

22. 27 DE AGOSTO

Catrin Lindås estava em casa, em Nytorget, aconchegada no sofá com seu gato e olhando para o celular. Já havia tentado fazer contato com Mikael inúmeras vezes e sentia raiva e vergonha disso. Ela se expusera e não recebera nada em troca além de uma mensagem de texto enigmática:

Acho que o mendigo disse mamsahib para você, no sentido de mamsahib Klara Engelman. Lembra de mais alguma coisa? Qualquer palavra pode ser valiosa.

Mamsahib, ela pensou, e foi consultar o dicionário: "Palavra respeitosa para se referir a uma mulher branca na Índia colonial; grafia comum: 'memsahib'". O mendigo poderia muito bem ter dito isso, mas ela não se importava mais. E quem era essa tal de Klara Engelman?

Ela não estava nem aí. Também estava se lixando para Mikael. Ele não tinha nem se dado ao trabalho de dizer um *oi, como vai?* Nada, muito menos um *estou com saudades*, como ela tinha escrito num rompante de fraqueza incompreensível. Dane-se.

Foi até a cozinha atrás de alguma coisa para comer. Entretanto, percebeu que não estava com fome, bateu a porta da geladeira e só pegou uma maçã de uma tigela na mesa de jantar. Mas nem comeu, talvez porque naquele instante algo lhe ocorreu lá no fundo da mente. Klara Engelman? Parecia familiar. Soava de alguma forma glamoroso, e ela foi ao Google pesquisar o nome. Então se recordou de toda a história.

Fazia algum tempo ela tinha lido uma reportagem sobre isso na *Vanity Fair*, e na falta do que fazer procurou fotos de Klara Engelman, encontrando uma série de fotos posadas feitas no acampamento-base daquele ano no Everest, além de imagens do guia Viktor Grankin, que morrera com ela no monte. Achou Klara bonita de um jeito um pouco vulgar, mas também tristonha, ou alegre de um jeito forçado, como se um sorriso constante fosse necessário para manter longe a depressão. Já Grankin mais parecia... Bem, o quê?

Constava que ele era engenheiro e alpinista profissional, além de ex-consultor de agências de turismo de aventura, no entanto ela achou que ele tinha mais cara de militar, de um soldado de elite, sobretudo em uma foto tirada no Everest, onde ele posava todo empertigado ao lado de... Johannes Forsell! Ela soltou um palavrão e até se esqueceu que estava zangada com Mikael Blomkvist. Escreveu de volta para ele:

O que você descobriu?

Havia pouco, Elin Felke estava indignada e furiosa. Agora parecia insegura e intrigada, como se num piscar de olhos tivesse ido de um extremo a outro.

— Bom, o que posso dizer sobre Svante? Que autoconfiança a dele. Notável mesmo. Ele era capaz de convencer as pessoas de qualquer coisa. No acampamento, todos nós começamos até a tomar a bendita sopa de mirtilo dele. Ele deve ter sido vendedor ou alguma coisa parecida. Mas acho que no fim as coisas talvez não tenham saído exatamente do jeito que ele queria no Everest.

— Como assim?

— Svante foi um dos que descobriram que Viktor e Klara estavam tendo um caso, e isso de algum modo o incomodou.

— O que faz você pensar assim?

— Foi apenas uma sensação. Talvez ele tivesse ciúmes, sei lá, e acho que Viktor percebeu. Acho que até foi uma das razões de ele ir ficando cada vez mais nervoso.

— Por que isso o afetaria?

— Bom, como falei, alguma coisa o estava perturbando. Ele, que vinha sendo o porto seguro do acampamento, depois foi se tornando cada vez mais apreensivo, e às vezes me perguntei se Viktor não estaria com um pouco de medo de Svante.

— Por quê?

— Se for para especular, acho que ele tinha medo que Svante fosse dedurá-lo para Stan Engelman.

— Alguma coisa indicava que os dois se comunicavam?

— Não, mas...

— O quê?

— Svante parecia traiçoeiro, fui percebendo isso, às vezes falava de Engelman como se o conhecesse. O modo como ele dizia *Stan* soava como se houvesse... familiaridade entre eles. Mas posso estar imaginando coisas, afinal é difícil lembrar depois de tanto tempo. Só sei que, mais para o fim da expedição, Svante ficou menos convencido, como se pisasse em ovos.

— Quer dizer que ele também parecia nervoso com alguma coisa?

— Todos nós estávamos nervosos.

— É natural, havia motivos. Mas você se referiu a ele como o grande enigma do acampamento-base.

— E ele era mesmo. A maior parte do tempo se mostrava o rei da autoconfiança, mas também podia ser hesitante e paranoico; extravagante e generoso, mas também maldoso. Ele podia te elogiar até não poder mais, só para dali a pouco te alfinetar.

— Como era o relacionamento dele com Forsell?

— Do mesmo jeito, eu acho. Uma parte dele adorava Johannes.

— Mas a outra parte...

— O vigiava. Tentava tê-lo nas mãos.

— Por que diz isso?

— Não sei bem. Talvez eu esteja influenciada por toda esta merda contra Forsell na mídia.

— Influenciada como?

— Tudo parece tão injusto que às vezes me pergunto se Johannes não estará sofrendo por alguma coisa que Svante fez. Mas agora, definitivamente, estou falando demais.

Mikael riu com cautela.

— Talvez. Mas estou feliz que você esteja me ajudando a pensar, e, como eu disse, não se preocupe com a minha matéria. Eu adoro especular, mas nos meus artigos não tenho escolha senão me ater aos fatos.
— Que triste.
— Ah, sim, pode ser. Mas imagino que seja um pouco como o alpinismo. Adivinhar onde está a próxima saliência na montanha não é uma opção. Você precisa saber. Do contrário, vai ter sérios problemas.
— Verdade.
Ele olhou para seu celular e viu que Catrin tinha respondido. Ela respondera com uma pergunta, e isso seria um motivo tão bom quanto qualquer outro para encerrar a conversa. Despediu-se amigavelmente de Elin Felke e foi para a rua com sua mala, sem ter a menor ideia de para onde ir.

Quando chegou a sua casa em Trångsund no final da tarde, Fredrika Nyman viu que tinha recebido um longo e-mail do psiquiatra Farzad Mansoor, médico-chefe da clínica psiquiátrica de Södra Flygeln. Fredrika e a polícia tinham enviado ao médico informações detalhadas sobre Nima Rita, para que ele verificasse se o mendigo havia sido paciente da clínica.
Fredrika achava que não. Na sua opinião, o péssimo estado do xerpa indicava que ele não devia ter passado por nenhuma internação, embora os traços de medicamentos antipsicóticos em seu sangue apontassem o contrário. Por isso ela estava ansiosa para saber o que Farzad havia escrito — mas não só por causa da investigação.
Farzad tinha uma voz suave e agradável ao telefone, e ela gostou do que viu sobre ele na internet, o brilho dos olhos, o sorriso caloroso, para não falar do interesse por planadores que ele revelou no Facebook. Mas o que estava escrito no e-mail que ele endereçara a ela e ao inspetor Bublanski era uma declaração arrebatada que exalava inconformismo e também a necessidade de se autojustificar.

Estamos chocados e tristes, e desde já é forçoso dizer que o incidente ocorreu no período mais infeliz do ano, na única semana de julho em que nem eu nem o diretor da clínica, Christer Alm, estávamos presentes. Por isso, infelizmente, o caso caiu num limbo.

Que incidente? Que caso? Que limbo?, ela pensou, irritada, como se a magoasse ver que seu delicado piloto de planador pudesse perder as estribeiras. Depois de ter dado uma passada de olhos no e-mail inteiro, que era longo e tortuoso, ela entendeu que Nima Rita realmente havia sido internado na Södra Flygeln, mas com outro nome, e que escapara na noite de 27 de julho daquele ano. Seu desaparecimento, inicialmente, não fora notificado por uma série de razões que pareciam ter a ver, sobretudo, com o fato de os responsáveis pela clínica estarem de folga. Entretanto, outro procedimento especialmente indicado que deveria ter sido seguido no caso do paciente também fora ignorado, talvez por medo ou culpa.

Farzad Mansoor escreveu:

Como talvez os senhores saibam, Christer e eu assumimos a direção da Södra Flygeln em março deste ano. A partir de então, descobrimos uma série de irregularidades, entre as quais o fato de vários pacientes serem mantidos trancados e sujeitos a medidas coercivas que, a nosso ver, só lhes traziam prejuízos. Um desses pacientes era um homem internado em outubro de 2017 com o nome de Nihar Rawal. Ele não possuía documentos de identidade, mas de acordo com seu prontuário sofria de esquizofrenia paranoide e tinha danos neurológicos difíceis de avaliar. Parecia ter vindo das regiões montanhosas do Nepal.

Fredrika olhou para as filhas, que, como sempre, estavam no sofá com seus celulares. Mansoor prosseguiu:

O paciente não teve acesso a tratamento odontológico nem a possibilidade de se consultar com um cardiologista, algo de que ele precisava com urgência. Em vez disso, foi pesadamente medicado e, por alguns períodos, mantido amarrado. Procedimento totalmente inaceitável. Havia informações — as quais infelizmente sou impedido de revelar — sobre ele estar sujeito a ameaças. É possível que não tenhamos percebido a seriedade disso, e de forma alguma pretendemos nos eximir da nossa responsabilidade. Entretanto, os senhores devem entender que para mim e Christer era preponderante visar aos melhores interesses do paciente. Queríamos lhe mostrar um pouco de humanidade e tentar estabelecer sua confiança em nós. O paciente estava desorientado. Ele nunca compreendeu direito em que lugar estava. Também sentia raiva, raiva por ninguém ter querido ouvir sua história, portanto reduzimos bastante a medicação dele e entramos com um tratamento terapêutico, o qual, lamento dizer, também não foi muito bem-sucedido.

Seus delírios eram graves, e por mais que quisesse falar ele havia desenvolvido uma grande desconfiança de todos da nossa clínica. No entanto, conseguimos corrigir pelo menos alguns mal-entendidos. Por exemplo, começamos a chamá-lo de Nima, o que era importante para ele. Todos se dirigiam a ele como Sirdar Nima.

Também era visível a fixação obsessiva que ele tinha em sua esposa falecida, Luna. À noite, muitas vezes andava pelos corredores chamando o nome dela. Dizia que a ouvia chorar e pedir socorro. Em monólogos descontrolados e pouco inteligíveis, ele também mencionou uma madame, uma certa Mam Sahib. Christer e eu concluímos que era outro nome como ele se referia à sua mulher, já que havia grandes semelhanças entre as narrativas. Mas agora, ao lermos o que vocês apuraram, deduzimos que não se tratava de apenas um trauma, como pensávamos, mas de dois.

O fato de que não conseguimos esclarecer melhor sua história pode passar a impressão de incompetência nossa. No entanto, quando assumimos, as condições eram péssimas aqui, mas posso garantir que fizemos progressos. No final de junho, devolvemos ao paciente o casaco de neve que ele vinha nos pedindo e que parecia lhe conferir segurança. É verdade que ele também não parava de nos pedir bebida — sem dúvida consequência da redução da dosagem de sedativos —, mas houve noites em que as vozes pareciam não gritar mais dentro dele, e seu terror noturno amenizou-se.

Lembro que Christer e eu saímos de férias razoavelmente tranquilos sobre o caso dele. Sentimos que estávamos no caminho certo tanto com ele quanto com a clínica em geral.

Com certeza, pensou Fredrika, com certeza. Mas ainda assim Nima Rita tinha morrido, e não havia dúvida de que a direção avaliara de forma errada a vontade desesperada dele de sair dali. Era compreensível que tivessem permitido que Nima ficasse no terraço. Mas deve ter sido contra todas as regras deixá-lo lá sozinho, sem ninguém da equipe para acompanhá-lo.

Na tarde de 27 de julho ele desapareceu. Um pequeno pedaço rasgado de sua calça indicava que ele tinha se enfiado pelo alçapão estreito entre o teto e a grade alta do terraço. Em seguida, devia ter descido pela rocha escarpada e ido embora de Årstaviken. Depois devia ter encontrado algum lugar para ficar nas redondezas da praça de Mariatorget.

O mais escandaloso foi não ter havido nenhuma notificação do desaparecimento de Nima até Christer Alm voltar de férias no dia 4 de agosto, e tampouco, depois disso, não terem avisado a polícia. Mansoor escreveu que havia **instruções claras e inequívocas de que todas as ocorrências e incidentes relativos ao paciente deveriam ser comunicados à pessoa de contato indicada.** Que linguagem evasiva do caramba, Fredrika pensou; do começo ao fim, cheirava a um sigilo do mais alto grau. De qualquer forma, não havia dúvida de que algo importante estava sendo escondido. Depois de pesquisar na internet algumas coisas gerais sobre a clínica de Södra Flygeln e de ter conversado demoradamente com o inspetor Bublanski, ela fez o que já fizera antes.

Telefonou para Blomkvist.

Mikael ainda não tinha respondido a Catrin. Ele estava no Tudor Arms, na Grevgatan, bebendo sua Guinness e tentando montar um plano de ação. Claro que deveria procurar Svante Lindberg. Estava cada vez mais convencido de que Lindberg era uma pessoa-chave na história. No entanto, algo lhe dizia que primeiro ele precisava de alguma coisa mais sólida, e para isso a fonte mais indicada era, obviamente, o próprio Johannes Forsell.

Mikael, porém, não sabia como estava a saúde dele, não havia conseguido falar com Rebecka Forsell nem com o assessor de imprensa de Johannes, Niklas Keller. No fim, decidiu dar um tempo e primeiro arranjar um local para ficar. Precisava de um lugar onde pudesse trabalhar e dormir. Depois poderia continuar. Nesse momento seu celular tocou.

Era Fredrika Nyman, que disse ter encontrado uma coisa interessante. Mikael pediu que ela desligasse e em seguida lhe escreveu uma mensagem de texto dizendo para ela instalar o aplicativo Signal, para que eles pudessem conversar numa linha segura.

Ela respondeu:

Não posso. Não entendo. Odeio apps. Me deixam louca.

Ele respondeu:
Você não tem filhas adolescentes que não saem do celular?
A vida delas é fazer isso.
Então diga para uma delas me escrever. Fale que é para ajudar a mamãe a se tornar uma agente secreta.
Ah, vou dizer, ela escreveu.

O tempo passou, ele bebeu a Guinness e ficou olhando para a rua e para duas mulheres com carrinhos de bebê, deixando os pensamentos vagarem. Então recebeu uma mensagem de texto em outra língua.

vc eh mikael blomkvist d vdd?

Ele quis se mostrar moderno e mandou uma selfie fazendo o sinal de positivo com o polegar.

Top.
Na verdade, não muito top.
Mamãe vai virar agente secreta?
Com certeza, Mikael respondeu, recebendo como resposta uma cara sorridente, e lhe ocorreu que, afinal, ele não era tão ruim naquilo. Mas tomou cuidado para não enviar um coração vermelho por engano outra vez, senão ia acabar virando manchete do *Expressen*. Então começou a explicar à garota, que se chamava Amanda, o que ela devia fazer. Depois de quinze minutos, Fredrika Nyman telefonou pelo aplicativo instalado, e Mikael saiu na rua para atender.

— Acabei de subir no conceito das minhas filhas — ela disse.

— Então fiz alguma coisa de útil hoje. O que você quer me contar?

Fredrika Nyman foi buscar uma taça de vinho branco na cozinha enquanto ia contando o que ficara sabendo.

Mikael disse:

— Então ninguém sabe como ou por que ele foi parar lá.

— Há algum tipo de sigilo em torno do caso. Segredo militar, eu acho.

— Como se fosse uma questão de segurança nacional?

— Não sei.

— Ou então o sigilo pode ter a ver mais com a proteção de indivíduos do que do país — ele disse.

— Pode ser.

— Não acha tudo isso estranho?

— Com certeza — ela respondeu um pouco hesitante. — E um belo escândalo também. Pelo que entendi, esse homem viveu muitos anos lá trancado num quartinho, sem poder ser atendido nem por um dentista ou ter contato com qualquer outra pessoa. Não sei se você conhece o lugar.

— Li o manifesto de Gustav Stavsjö uma vez — ele disse.

— Soava grandioso, não é? Os mais doentes receberão os maiores cuidados. A dignidade de uma sociedade define-se pela maneira como cuidamos dos mais fracos.

— Ele era muito entusiasmado pela sua causa, não é?

— Com certeza — ela respondeu. — Mas a época era outra, e a fé dele no diálogo e na terapia era ingênua, pelo menos para o grupo dos gravemente doentes. Além disso, a psiquiatria toda estava indo na direção contrária, favorável a mais medicação e a medidas coercivas. A clínica, que está tão maravilhosamente situada à beira de um lago e parece uma residência, foi se tornando um depósito de casos perdidos, sobretudo de refugiados traumatizados pela guerra, e ficou difícil conseguir profissionais para trabalhar lá. O lugar ficou com má fama.

— Entendi.

— Existiam planos já avançados de fechar a clínica e transferir os pacientes para o serviço de saúde da administração da província. Mas a Fundação Gustav Stavsjö, administrada pelos filhos dele, conseguiu impedir isso ao convencer o dr. Christer Alm, de excelente reputação, a assumir a clínica. O dr. Christer Alm começou a modernizar e reestruturar a instituição, e foi nesse processo que ele e seu colega se sensibilizaram com o caso de Nima, ou Nihar Rawal, como constava em seus prontuários.

— Pelo menos deixaram que ele mantivesse suas iniciais.

— Deixaram, sim. Mas há uma coisa suspeita. Havia uma pessoa, um contato especial para Nima na clínica cujo nome ela se recusa a revelar e que tinha o direito de receber em primeira mão todas as informações referentes a ele, qualquer coisa. Tive a impressão de que era alguém importante e de quem a equipe tinha um pouco de medo.

— Como o subsecretário Lindberg.

— Ou o ministro da Defesa, Forsell.

— Um beco sem saída.

— O que você quer dizer? — ela perguntou.

— Que ainda há muitas perguntas sem resposta.

— Há mesmo.

— Você soube se Nima mencionou Forsell durante a terapia que a clínica tentou fazer com ele? — perguntou Mikael.

— Não, também não soube nada sobre isso.

— Entendi.

— Mas talvez Bublanski tenha razão em acreditar que a obsessão de Nima por Forsell começou depois que ele viu o ministro na TV, na loja da Hornsgatan. Provavelmente ele também conseguiu o número do seu telefone por causa disso.

— Vou ter que apurar tudo isso.

— Boa sorte — Fredrika disse.

— Obrigado, vou precisar.

— Posso te fazer uma pergunta sobre uma coisa bem diferente? — ela acrescentou.

— Claro.

— Aquela pesquisadora de DNA com quem você me pôs em contato. Quem é ela?

— Só uma amiga — ele disse.

— Ela tem uma atitude bem agressiva.

— Ela tem suas razões.

Depois que os dois se despediram e desejaram boa-noite um para o outro, Fredrika ficou sentada ali sozinha, contemplando o lago e a silhueta dos cisnes ao longe.

23. 27 DE AGOSTO

Lisbeth Salander recebeu uma mensagem criptografada de Mikael, mas como estava ocupada com outras coisas nem deu atenção a ela. Durante o dia havia adquirido uma arma nova, uma Beretta 87 Cheetah, igual à que possuía em Moscou, um captador IMSI, e também tinha ido buscar sua motocicleta, uma Kawasaki Ninja, na garagem da Fiskargatan, onde a deixara.

Havia substituído seu terninho por um moletom com capuz, jeans e tênis. Neste momento Lisbeth estava num quarto do Hotel Nobis, na praça de Norrmalmstorg, não muito longe da Strandvägen, monitorando uma série de câmeras de segurança e tentando mobilizar dentro dela a mesma sede de vingança que tivera no início do verão. Mas o passado continuava invadindo-a e ela não gostava disso.

Não tinha tempo para o passado.

Precisava manter o foco, sobretudo agora que Galinov estava por perto. Galinov era impiedoso. Não que ela soubesse mais sobre ele do que informava a enxurrada de boatos que circulava pela dark web. Mas algumas coisas ela confirmara, e era mais do que o suficiente: Ivan Galinov tivera uma forte ligação com seu pai, tinha sido discípulo dele e seu aliado no GRU.

Muitas vezes trabalhara infiltrado entre guerrilheiros e traficantes de armas. De acordo com os boatos, ele teria uma qualidade intangível: encaixava-se em qualquer ambiente, mas não por se adaptar com facilidade ou possuir talentos de ator. Pelo contrário, era sempre ele mesmo, o que parecia inspirar confiança, como se um homem com tal autoestima só pudesse ser um deles.

Era um homem culto, falava onze línguas fluentemente, e por causa de sua altura, de sua personalidade imponente e de seu rosto distinto dominava qualquer ambiente onde estivesse, o que também contava a seu favor. Ninguém acreditaria que os russos usariam como espião e agente infiltrado uma pessoa com tamanha capacidade de se destacar. Galinov era de uma lealdade inabalável. Era conhecido por sua facilidade de agir tanto com crueldade como com delicadeza e paternalismo.

Tornava-se o melhor amigo de pessoas que mais tarde ele não sentia a menor dificuldade em torturar. Fazia já muito tempo que ele havia deixado o serviço secreto ou trabalhado como agente infiltrado, e hoje se apresentava apenas como um homem de negócios ou tradutor, eufemismos para gângster. Mesmo estando fortemente vinculado à organização criminosa Zvezda Bratva, ele com frequência trabalhava com Camilla, o que era uma enorme vantagem para ela. Só o nome dele já era uma vantagem.

Porém, o que realmente preocupava Lisbeth era a rede de contatos de Galinov, bem como sua estreita ligação com o GRU. Por trás dele havia recursos que mais cedo ou mais tarde apertariam o cerco contra ela, por isso não podia mais hesitar. Naquele momento, em seu quarto de hotel, ao lado da janela que dava para a Norrmalmstorg, ela já estava pronta para fazer o que havia planejado o dia inteiro: pôr pressão neles. Tentar forçá-los a cometer um erro. Mas antes de sair deu uma olhada na mensagem de Mikael:

Estou preocupado com você. Sei que odeia que eu fale isso. Mas acho que você deve pedir proteção para a polícia. Bublanski cuidará disso. Já conversei com ele.

De resto, Nima Rita foi internado na clínica psiquiátrica de Södra Flygeln com um nome falso. Tenho a impressão de que os militares estiveram envolvidos nessa decisão.

Ela não respondeu. Num instante esqueceu a mensagem, pegou sua arma e a colocou numa bolsa cinza a tiracolo. Em seguida vestiu o moletom com capuz, pôs os óculos escuros e saiu do quarto. Desceu ao térreo e saiu na praça com passos determinados.

Parecia que o tempo estava fechando. Havia muita gente lá fora, os bares ao ar livre e as lojas estavam cheios de gente. Lisbeth entrou à direita na Smålandsgatan e saiu na Birger Jarlsgatan. Depois entrou na estação da Östermalmstorg e pegou o metrô para Södermalm.

Quando Mikael Blomkvist telefonou de novo, Rebecka Forsell estava sentada à cabeceira de seu marido no Hospital Karolinska. No momento em que ela ia atender, Johannes teve um sobressalto, como se estivesse tendo um pesadelo, então ela acariciou sua cabeça e deixou o telefone tocar. Três militares estavam sentados lá fora no corredor, olhando-a através do vidro.

Ela sentia claramente que estava sendo vigiada. Eles interfeririam em sua necessidade de cuidar do marido, e isso a aborrecia. Como podiam tratá-los dessa maneira? Revistaram até a mãe de Johannes. Era um ultraje, e o pior era Klas Berg, comandante do Must. E também havia, claro, Svante Lindberg. Meu Deus, como ele se fazia de compreensivo e emocionado.

Tinha vindo com chocolates, flores e lágrimas nos olhos, solidarizando-se e distribuindo abraços. Mas ele não a enganava. Suava demais e evitava os olhos dela. Pelo menos duas vezes perguntou se, lá em Sandön, Johannes tinha dito alguma coisa que ele precisasse saber, e Rebecka só quis gritar: O que vocês estão escondendo de mim?. No entanto, não disse nada. Apenas agradeceu o apoio e pediu que ele saísse. Alegou que não estava em condições de receber visitas, e ele foi embora a contragosto. Foi sorte, pois logo depois Johannes acordou e articulou um "desculpa" que lhe pareceu sincero. Falaram um pouco sobre os filhos, sobre como ele estava se sentindo, mas, quando ela perguntou "Por quê, Johannes, por quê?", ele não respondeu.

Talvez estivesse sem forças. Ou quem sabe só quisesse desaparecer e fugir de tudo. Agora estava dormindo de novo, ou apenas sonolento, mas não parecia ter alcançado um estado de relaxamento. Ela pegou a mão dele, e neste instante recebeu uma mensagem de texto. Blomkvist outra vez. Ele pedia desculpas, mas precisava conversar com ela por uma linha criptografada ou a sós. Mas agora ela não tinha condições, e olhou desesperada para o marido, que murmurava em seu sonho.

* * *

Johannes Forsell estava de volta ao Everest. Em sua mente, ele avançava tropeçando em meio à tempestade fustigante de neve, o frio estava intolerável, e ele quase não conseguia mais pensar. Só se arrastava para a frente, ouvindo o barulho de seus crampons, os trovões no céu e na vastidão. Ele se perguntou quanto tempo mais aguentaria.

Muitas vezes ele só tinha consciência de sua respiração ofegante dentro da máscara de oxigênio e do contorno de Svante a seu lado. Por vezes nem isso.

De tempos em tempos tudo enegrecia, e nessas horas ele talvez estivesse caminhando de olhos fechados, e se houvesse um precipício ali na frente ele simplesmente teria caído direto nele, despencando sem um grito sequer e sem se importar. Até as correntes de vento pareciam quietas. Ele rumava para uma escuridão silenciosa, para o nada. Não fazia muito tempo, havia se lembrado de seu pai torcendo por ele nas pistas de esqui: *Você pode mais, meu rapaz. Pode mais.* Por muito tempo, quando o terror os tinha nas garras, ele havia se apegado a essas palavras. Sempre existia uma reserva extra à qual recorrer. Agora não mais.

Não havia sobrado nada, e ele olhou para a neve rodopiando em torno de sua bota e se perguntou se enfim ia desmoronar e desistir. Foi nessa hora que ouviu os gritos, os uivos plangentes trazidos pelo vento, gritos que soavam inumanos, como se a própria montanha estivesse urrando de desespero.

Johannes disse claramente alguma coisa, mas Rebecka não soube se ele estava dormindo ou falando com ela:

— Está escutando?

Ela não ouviu nada além do que tinha ouvido o dia inteiro, o barulho da rodovia, o zunido dos aparelhos, os passos e as vozes no corredor do hospital, e ela não respondeu. Enxugou uma gota de suor na testa dele, ajeitou sua franja. Então Johannes abriu os olhos e ela sentiu uma pontada de esperança e saudade. Fale comigo, pensou. *Me conte o que aconteceu.*

Ele olhou para ela tão assustado que Rebecka teve medo.

— Você estava sonhando? — ela perguntou.

— Eram aqueles gritos de novo.
— Gritos?
— No Everest.

No passado eles haviam conversado inúmeras vezes sobre tudo que acontecera na montanha, ela não se lembrava de ele haver mencionado gritos, portanto pensou em ignorar o comentário dele. Via, pelo brilho dos olhos do marido, que não estava totalmente lúcido. Mas acabou perguntando:

— Não sei bem o que você quer dizer.
— Eu pensei que fosse a tempestade, lembra? Que o vento é que estivesse fazendo aquele som quase humano.
— Não, meu amor, eu não lembro. Nunca estive com você lá em cima. Fiquei o tempo todo no acampamento-base, você sabe disso.
— Mas eu devo ter lhe contado.

Ela sacudiu a cabeça e quis mudar de assunto, e não só porque ele parecia estar delirando. Uma aflição invadiu Rebecka, como se já intuísse que havia algo sinistro com relação àqueles gritos.

— Você não quer descansar mais um pouco? — ela perguntou.
— Depois achei que fossem cães selvagens.
— O quê?
— Cães selvagens a oito mil metros de altura. Imagine só.
— Depois podemos falar do Everest — ela disse. — Primeiro você precisa me ajudar a entender, Johannes. O que fez você fugir daquele jeito?
— Quando?
— Agora, em Sandön. Você saiu nadando baía afora.

Ela viu, pelo olhar dele, que o marido voltava a si e percebeu que isso não melhorava a situação. Era como se tivesse se sentido melhor com seus cães selvagens no Everest.

— Quem me pegou? Foi o Erik?
— Não, nenhum dos seus guarda-costas.
— Quem foi então?

Ela se perguntou como ele iria reagir.

— O Mikael Blomkvist.
— O jornalista?
— Ele mesmo.
— Que estranho — ele disse, e de fato era estranho demais, no entanto

a reação dele não pareceu refletir isso. Ele estava abatido, triste, e olhou para suas mãos com uma apatia que a assustou. Ela aguardou a próxima pergunta do marido, e quando ela veio não havia curiosidade em sua voz.

— Como foi que aconteceu?

— Ele me telefonou quando eu estava no auge da histeria. Ele disse que ia fazer uma reportagem.

— Sobre o quê?

— Você jamais vai acreditar — ela disse, embora suspeitasse que ele fosse acreditar até demais.

Lisbeth desceu na estação de Zinkensdamm, atravessou a Ringvägen e entrou na Brännkyrkagatan, enquanto lembranças voltavam a inundá-la. Talvez pelo fato de estar de volta ao bairro de sua infância ou então por, mais uma vez, se encontrar viva, com a mente alerta e em seu conhecido estado de agitação quando diante de uma nova operação.

Ela olhou para o céu. Estava escuro agora. Com certeza choveria de novo, como em Moscou. O ar estava abafado, antecipando uma tempestade, e mais adiante ela viu um jovem curvado sobre a calçada, como se estivesse passando mal. Viu pessoas embriagadas por todo lado, e talvez houvesse alguma festa na vizinhança. Ou então fosse dia de pagamento ou algum feriado nacional.

Ela virou à esquerda, subiu as escadarias e se aproximou da casa de Mikael pela Tavastgatan. Aos poucos foi ficando completamente focada e atenta a cada detalhe e figura do entorno. Só que... não encontrou nada do que esperava. Será que tinha se enganado? Não havia nada suspeito, apenas mais bêbados. Mas, não, espere, lá perto do cruzamento...

Eram apenas as costas de alguém, costas de ombros largos, dentro de um paletó de veludo cotelê. A mão segurava um livro, e criminosos não costumavam vestir paletós de veludo cotelê nem ler livros. Ainda assim, alguma coisa no homem a deixou tensa, sua postura ou a maneira como olhava para cima, e ela passou por ele sem se fazer notar e deu uma rápida olhada nele. Era alto e estava um pouco acima do peso. Logo Lisbeth percebeu que não havia se enganado. O paletó e o livro não passavam de um disfarce ridículo, de uma tentativa desajeitada de fingir ser um hipster de Söder. Percebeu que não só sabia *o que* ele era, mas também *quem* ele era.

Seu nome era Conny Andersson, e pouco tempo antes ele tinha sido um recruta e mensageiro. De fato era um zé-ninguém no clube, o que não a surpreendia. Fora incumbido de um trabalho de merda: ficar lá esperando um sujeito que provavelmente não iria aparecer. No entanto, Lisbeth sabia que Conny também não era nenhum simplório. Com quase dois metros de altura, trabalhava como cobrador de dívidas. Ela continuou andando com a cabeça curvada, como se não o tivesse visto.

Depois deu meia-volta e sondou o outro lado da rua. Viu dois jovens bêbados de vinte e poucos anos e, mais adiante, uma sexagenária caminhando muito devagar, o que não era bom. Lisbeth não tinha tempo de esperar por ela. No momento em que Conny Andersson a notasse, ela estaria frita, portanto limitou-se a seguir em frente com toda a calma.

De repente deu uma guinada para a direita e foi direto para cima dele. Ele ergueu os olhos, tentou pegar a arma, e foi tudo que conseguiu fazer. Lisbeth acertou uma joelhada em sua virilha, e assim que o corpo cedeu ela o atingiu com duas cabeçadas. O homem perdeu o equilíbrio, e no mesmo instante ela ouviu a senhora gritar:

— Ei, o que vocês estão fazendo?

Mas Lisbeth foi obrigada a ignorá-la. Não havia tempo para acalmar velhinhas, e ela tinha certeza de que a mulher não ousaria se aproximar. E que chamasse a polícia o quanto quisesse. Nenhum policial chegaria a tempo, pois Lisbeth já voava para cima de Conny Andersson e ele se estatelava na rua. Rápida como uma flecha, ela sentou em cima dele, tirou os óculos escuros, sacou a pistola da bolsa e pressionou a boca da arma contra o pomo de adão dele. O sujeito a olhou apavorado.

— Eu vou te matar — ela disse.

Já sem nenhuma pose de valentão, ele murmurou alguma coisa enquanto ela prosseguia com sua voz mais espectral:

— Eu vou te matar. Vou matar você e todo mundo do seu clubinho de merda, se vocês encostarem um dedo em Mikael Blomkvist. Se vocês querem me pegar, então venham atrás de mim e de ninguém mais. Ouviu bem?

— Ouvi — ele disse.

— Ou melhor... fala pro Marko que eu não me importo se vocês tocarem ou não no Mikael. De qualquer forma vou pegar todos vocês. Até sobrarem apenas suas namoradas e suas mulheres assustadas.

Conny Andersson não respondeu nada, e ela apertou a boca da arma contra o pescoço dele com mais força.

— E aí? Como é que fica?

— Vou falar pra ele — gaguejou Conny.

— Muito bem. Mais uma coisa... Tem uma mulher olhando pra gente, por isso não vou jogar a sua arma longe nem fazer nada que chame atenção. Só vou te dar um chute na cabeça, e se você encostar um dedo na sua arma, eu atiro em você. É o seguinte...

Ela o revistou depressa com a mão esquerda e pegou o celular dele no bolso da calça jeans, um iPhone novo com reconhecimento facial.

— ... de todo jeito eu vou conseguir passar a minha mensagem. Mesmo se você morrer.

Ela pressionou a arma debaixo do queixo dele.

— Portanto, Conny, dê um sorrisinho bacana agora.

— Hein?

Ela segurou o celular acima dele e o desbloqueou, e no instante seguinte fez outras duas coisas que não exigiram nenhuma sofisticação tecnológica. Acertou-lhe mais uma cabeçada e o fotografou. Em seguida, recolocou os óculos escuros e foi embora em direção a Slussen e Gamla Stan, enquanto dava uma olhada na lista de contatos de Conny Andersson. Alguns nomes a surpreenderam: um ator famoso, dois políticos e um tira do departamento de drogas, provavelmente corrupto. Mas ela não se importou com eles.

Buscou o nome dos outros membros do MC Svavelsjö e, assim que os achou, mandou a todos a foto de Conny olhando para cima apavorado e confuso. Depois de ter copiado o conteúdo do telefone dele, Lisbeth escreveu:

O rapaz tem uma coisa pra dizer a vocês.

Depois jogou o celular dele no lago de Riddarfjärden.

24. 27 DE AGOSTO

A única coisa que Johannes Forsell queria era fugir para dentro de si mesmo outra vez, se abrigando em seus sonhos e lembranças. Mas agora que ouvira o nome de Nima Rita ser mencionado com uma rigidez inesperada e ouviu a raiva contida na voz de sua mulher, ele foi arrebatado pela realidade.

— Como ele pôde simplesmente aparecer na Suécia? Pensei que ele tivesse morrido.

— Quem veio aqui me ver? — perguntou Johannes.

Ele sentiu a irritação dela pela mudança de assunto.

— Eu já te falei.

— Mas eu esqueci.

— Os meninos, claro, e sua mãe. Ela está cuidando deles por enquanto.

— Como eles reagiram?

— O que eu posso dizer, Johannes? O que eu posso dizer?

— Me desculpe.

— Obrigada — ela disse, tentando se recompor e voltar a ser a velha e forte Becka.

Mas o esforço foi bem-sucedido apenas em parte. Johannes lançou um olhar para os militares no corredor, com pensamentos de fuga, evasão, ameaças, oportunidades e riscos revoando como pássaros inquietos em sua mente.

— Não posso falar sobre Nima agora — ele disse.

— Você que sabe.

Ela precisou se esforçar para sorrir com ternura para ele, e mais uma vez afagou a cabeça do marido. Ele rechaçou as carícias.

— Sobre o que você pode falar então? — ela perguntou.

— Não sei.

— Pelo menos uma coisa você conseguiu — ela disse.

— O quê?

— Dê uma olhada em volta. Em todas essas flores. Só pudemos receber uma pequena parte. Todo o ódio se transformou em amor.

— Não acredito.

Ela estendeu seu celular a ele.

— Entre na internet que você vai ver.

Ele fez um gesto de rejeição com a mão.

— Devem estar escrevendo obituários.

— Não, é uma coisa boa, bonita. Verdade.

— O pessoal do Must esteve aqui? — ele perguntou.

— Vieram Svante, Klas Berg, Sten Siegler e mais alguns desse tipo. Ou seja, a resposta é sim, mil vezes sim. Por que você quer saber?

Por que ele queria saber?

Ele sabia muito bem por quê; óbvio que eles tinham vindo, e Johannes viu a desconfiança nos olhos de Becka. Lembrou da mão que agarrara seu cabelo lá no fundo da água. De repente, sentiu uma força inesperada surgir nele: queria falar tudo. Mas naturalmente sabia que era impossível.

Com certeza o quarto estava grampeado, e ele refletiu um pouco sobre isso, ponderando os prós e os contras. Lembrou da vontade desesperada que sentira de viver quando estava afundando nas correntezas.

— Você tem papel e caneta? — perguntou.

— O quê? Acho que sim.

Ela remexeu em sua bolsa, tirou de lá uma caneta esferográfica e um pequeno bloco amarelo de post-it e entregou ao marido.

Ele escreveu:

"Precisamos sair daqui."

* * *

Rebecka Forsell leu o que Johannes havia escrito e olhou assustada para os guardas lá fora. Felizmente eles pareciam entediados e absortos em seus celulares, e ela escreveu, numa letra nervosa e apressada:
"Agora?"
Ele respondeu:
"Agora. Me desconecte dos aparelhos e deixe seu celular e sua bolsa aqui. Nós vamos fingir que estamos descendo para ir a alguma loja do hospital."
"Fingir?"
"Sim, nós vamos embora."
"Você está louco?"
"Eu quero contar tudo a você, e aqui não posso."
"Contar o quê?"
"Tudo."
Eles tinham escrito depressa, revezando o uso da caneta. Johannes agora hesitou e olhou para ela com os mesmos olhos tristes e perdidos de antes, mas que também mostravam um vestígio daquilo cuja falta ela sentira por tanto tempo: seu espírito combativo, o que a fez sentir mais que apenas medo.

Ela não pretendia fugir com ele, deixando o hospital com todos aqueles guardas e militares, e toda a paranoia em volta do marido. Mas seria maravilhoso se ele realmente quisesse falar, e talvez fosse bom para ele se movimentar um pouco. Seu pulso estava mais acelerado que o normal, mas estável, e ele era forte. Com certeza, poderiam se afastar e encontrar um canto onde pudessem conversar sem que ninguém captasse o que diziam.

Também sabia que não ganharia nada se atropelasse a equipe médica, o tirasse do soro e dos aparelhos e fossem embora, por isso, em outra folha do bloco, Rebecka escreveu:
"Vou chamar os médicos e explicar a eles."
Ela apertou a campainha e Johannes escreveu:
"Vamos para um lugar onde ninguém possa nos incomodar."
Pare com isso, ela pensou. Pare.
"Do que você quer fugir?"
"Do Must."

Ela escreveu:

"Tem a ver com Svante?"

Ele fez que sim com a cabeça, ou pelo menos ela achou que ele fez. Rebecka teve vontade de gritar: Eu sabia! Quando voltou a escrever, sua mão tremia, o coração batia forte e a boca estava seca.

"Ele fez alguma coisa?"

O marido não respondeu nem fez nenhum gesto de assentimento. Apenas olhou pela janela, para a rodovia, o que ela entendeu como um sim. Escreveu:

"Você precisa denunciá-lo."

Ele olhou para ela como se quisesse dizer que ela não estava entendendo.

"Ou procurar a imprensa. Mikael Blomkvist acabou de ligar. Ele está do seu lado."

— Meu lado — ele resmungou, fazendo uma careta. Pegou a caneta e rabiscou algumas palavras ilegíveis no bloco. Ela olhou fixamente para as palavras.

"Não dá para entender", ela escreveu, embora na verdade talvez desse. Então ele explicou.

"Não sei se é um lado bom para se estar."

Ela sentiu como o disparo de um novo desejo de autopreservação, como se com essas palavras Johannes estivesse se distanciando dela. Ou até como se eles, depois dessa frase, não fossem mais um óbvio *nós*, aliados, e sim duas pessoas que não formavam mais um par. E Rebecka então se perguntou se ela é que deveria se afastar dele.

Olhou para os guardas lá fora e tentou pensar em um novo plano. Nesse instante, ouviu passos no corredor, e o médico, o de barba ruiva, entrou e perguntou o que eles queriam. Sem lhe ocorrer outra coisa, ela disse que Johannes estava se sentindo um pouco melhor e forte o suficiente para uma pequena caminhada.

— Queremos descer até a loja para comprar jornal e um livro — ela disse numa voz que não soava como a sua e que estava carregada de uma autoridade surpreendente.

Eram sete e meia da noite, e Jan Bublanski já deveria ter ido para casa fazia tempo. No entanto, ainda estava em sua sala na sede da polícia, de frente para um rosto jovem que irradiava uma espécie de idealismo intransigente e que ele entendeu ser capaz de irritar algumas pessoas. Mas ele gostava daquela atitude. Ele mesmo talvez tivesse sido igual naquela idade, acreditando que a geração mais velha não levava a vida com a seriedade que ela exigia. Ele sorriu afetuosamente para a mulher.

Recebeu um sorriso forçado de volta, intuindo que o forte dela não era o bom humor, mas que seu entusiasmo com certeza faria algo de útil pelo mundo. A mulher tinha vinte e cinco anos e se chamava Else Sandberg. Era médica-residente no hospital de St. Göran e usava um corte chanel com franja e óculos redondos.

— Obrigado por ter vindo.

— Por nada — ela disse.

Sonja Modig havia encontrado a mulher depois de receber a dica de que o xerpa pregara um jornal mural num ponto de ônibus de Södra, e depois de mandar colegas conversarem com praticamente todas as pessoas que usavam aquela parada.

— Eu soube que você não se lembra muito bem do texto, mas qualquer coisa que conseguir lembrar será valiosa para nós — ele disse.

— Estava difícil de ler. Quase não havia espaço entre uma linha e outra, e mais pareciam delírios paranoicos.

— É bem possível que fossem — ele disse. — Ainda assim eu ficaria feliz se você tentasse se lembrar.

— Um sentimento forte de culpa permeava o texto — ela prosseguiu.

Minha querida, tente não interpretar, ele pensou.

— O que estava escrito?

— Estava escrito que ele tinha escalado uma montanha. "Mais uma vez", ele escreveu. Ele estava subindo uma montanha *one more time*. Mas ele não conseguia enxergar muito bem. Havia uma tempestade de neve, ele estava sofrendo e passando frio. Achou que tinha se perdido. Mas ouviu gritos que o guiaram.

— Que tipo de gritos?

— Acho que gritos dos mortos.

— Como assim?

— Era difícil de entender, mas dizia que espíritos o acompanharam o tempo todo, dois espíritos, acho, um do bem e um do mal, meio que...

Ela deu risadinhas, e Bublanski achou charmoso Else Sandberg de repente se mostrar um pouco humana.

— Como o capitão Haddock no *Tintim*, sabe? Que tem um diabo num ombro e um anjo no outro toda vez que sente vontade de tomar um trago.

— Exato — ele disse. — É uma boa metáfora.

— Mas eu não entendi como uma metáfora. Para ele era como se fosse verdade.

— Só quis dizer que percebo isso em mim também. Uma voz do bem e outra do mal sussurram para mim toda vez que enfrento alguma tentação.

Ele ficou constrangido.

— E o que o espírito do mal disse? — Bublanski prosseguiu.

— Que ele devia deixá-la lá em cima.

— Ela?

— Sim, acho que foi o que ele escreveu. Uma mulher, uma madame, ou uma *mam* qualquer coisa que tinha ficado na montanha. Mas depois estava escrito alguma coisa sobre o Vale do Arco-Íris, Rainbow Valley, onde os mortos estendem a mão pedindo comida. Realmente tudo muito estranho, como eu já disse. Depois estava escrito, com toda a clareza, que Johannes Forsell apareceu. Bem esquisito. Só li até aí, para ser sincera, porque o ônibus chegou, um sujeito brigou com o motorista e eu me desconcentrei. De qualquer forma, eu já tinha entendido que o homem sofria de esquizofrenia paranoide. Ele escreveu que ouvia gritos dentro da cabeça dele o tempo todo.

— É possível sentir isso mesmo não sendo esquizofrênico.

— O que o senhor quer dizer?

O que ele estava tentando dizer?

— Eu quero dizer... — Bublanski começou.

— O quê?

— Que também percebo isso. Você nunca consegue se livrar de algumas coisas. Elas consomem a gente, gritam dentro de nós ano após ano.

— Bom — ela disse, mais insegura —, isso é verdade.

— Você pode esperar um pouco enquanto eu procuro uma coisa?

Else Sandberg assentiu com a cabeça. Bublanski se logou em seu computador, digitou três palavras na barra de pesquisa do Google e virou a tela para ela.

— Está vendo isso?

— Que horrível — ela disse.

— Não é? É Rainbow Valley no monte Everest. Eu não conhecia nada sobre esse mundo, mas nos últimos dias estudei bastante e logo me lembrei, quando você mencionou. Rainbow Valley é um apelido usado com frequência, e dá para entender por quê. Olhe aqui.

Ele apontou para a tela, se perguntando se estava sendo desnecessariamente cruel. Mas queria que ela entendesse a seriedade do caso. Uma sequência de imagens mostrava escaladores mortos na neve lá em cima, a mais de oito mil metros de altitude, e mesmo que muitos estivessem ali havia anos, talvez décadas, ainda pareciam musculosos e fortes. Ficaram congelados no tempo, todos vestidos com roupas coloridas, vermelhas, verdes, amarelas, azuis, em torno deles viam-se tubos de oxigênio, restos de barracas ou bandeiras de oração budistas, tudo de cores também vibrantes. Um cenário realmente de arco-íris, um testemunho macabro da insensatez humana.

— É o seguinte — ele disse. — O homem que escreveu aquele jornal no ponto de ônibus foi carregador e guia no monte Everest.

— É mesmo?

— Ele era um xerpa, por isso talvez Rainbow Valley não fosse um nome que ele usaria. Rainbow Valley é uma invenção ocidental, e de um estúpido humor mórbido. Mas provavelmente esse nome ficou gravado nele e foi incorporado aos seus conceitos religiosos sobre os espíritos e deuses lá em cima. Até agora, mais de quatro mil pessoas escalaram a montanha e trezentas e trinta e sete morreram lá no alto. Em muitos casos não foi possível trazer os corpos para baixo, e eu realmente entendo que esse homem que escalou a montanha onze vezes tivesse a sensação de que os mortos falavam com ele.

— Mas... — ela começou.

— Ainda não terminei — disse Bublanski. — A vida lá em cima é terrível. Os riscos são significativos. Por exemplo, você pode ter um edema cerebral de grande altitude, conhecido pela sigla Hace.

— O cérebro incha, não é?

— Isso mesmo, incha — disse Bublanski. — Você deve entender melhor do que eu. O cérebro incha e a pessoa passa a ter dificuldade de falar e de pensar racionalmente. Corre o risco de cometer erros perigosos, muitas vezes tem alucinações e perde o contato com a realidade. Muitas pessoas perfeitamente sensatas, assim como você e eu — quer dizer, em melhor forma e mais audaciosas do que eu, claro —, já viram espíritos ou sentiram uma presença mística lá em cima. Esse homem, ele sempre escalava sem oxigênio, algo que desgasta a pessoa mental e fisicamente, e durante esse acontecimento dramático que ele tentou descrever ele tinha dado o sangue, tinha subido e descido a montanha muitas vezes para salvar pessoas. Ele deve ter ficado esgotado muito além do que podemos imaginar, e não é nada estranho que tenha visto anjos e demônios, como o capitão Haddock. Nada estranho.

— Me desculpe, não tive a intenção de ser desrespeitosa — disse Else Sandberg, chateada.

— Você não foi desrespeitosa, não, e deve estar certa. Esse homem estava de fato gravemente doente, esquizofrênico mesmo. Ainda assim, pode ter tido algo importante a nos contar, por isso lhe pergunto mais uma vez: não se lembra de mais nada?

— Na verdade, não, me desculpe.

— Nada do que ele escreveu sobre Forsell?

— Talvez....

— O quê?

— O senhor disse que o homem salvava pessoas, certo?

— Isso mesmo.

— Acho que ele escreveu que Forsell não queria ser resgatado.

— O que será que ele quis dizer?

— Não sei, só me ocorreu agora. Mas também não tenho certeza absoluta. O ônibus chegou, e no dia seguinte o jornal não estava mais lá no ponto.

— Entendi.

Depois que a mulher foi embora, Bublanski permaneceu em sua sala, com a sensação de que fora incumbido de interpretar um sonho. Ficou olhando por muito tempo para as imagens do cadáver de Klara Engelman, que, lá no alto da montanha, tinha sido arrancado de Viktor Grankin pelas correntes de vento e que uma expedição americana havia fotografado no ano seguinte. Klara estava de barriga para cima com os braços congelados num gesto suplicante, como se ainda tentasse se agarrar a Grankin, ele pensou, ou talvez como uma criança pedindo o colo da mãe.

O que teria acontecido lá em cima? Provavelmente nada mais do que aquilo que já fora relatado centenas de vezes. Mas não se podia ter certeza. O tempo todo surgiam novas camadas da história. Por exemplo, agora parecia haver alguma ligação entre o xerpa e os militares sobre a qual os médicos da clínica Södra Flygeln foram proibidos de falar. Durante a tarde e a noite, Bublanski havia procurado Klas Berg, do Must, para tentar obter alguma explicação.

Klas Berg tinha prometido apresentar à polícia um relato completo na manhã seguinte, mas depois recuou, alegando que também para ele restava uma série de perguntas ainda não respondidas. Bublanski não gostou nada disso. Odiava depender dos serviços de inteligência. Não tinha a ver com prestígio nem com sentimentos de inferioridade, mas porque sabia que a investigação da polícia seria prejudicada, e ele estava firmemente decidido a retomar a iniciativa.

Fechou as imagens de Klara Engelman no computador e telefonou mais uma vez para o subsecretário Svante Lindberg. Mas, como antes, Lindberg não atendeu. Bublanski se levantou e resolveu dar uma caminhada, para ver se conseguia desanuviar um pouco a cabeça.

Svante Lindberg entrou no saguão do hospital. Já estivera ali naquele dia, sem se sentir muito bem-vindo por Rebecka, portanto não teria por que voltar. Mas como soube que Johannes estava consciente, precisava falar com ele e dizer... o quê? Ele não sabia muito bem, apenas precisava fazê-lo ficar de boca fechada a qualquer custo. Desligou o celular, porque não queria que ele contribuísse para tornar o caos ainda pior.

Não tinha intenção nenhuma de falar com Mikael Blomkvist, que tinha andado atrás dele, nem com o inspetor Bublanski, que acabara de ligar pela terceira vez. Precisava manter a cabeça fria.

Em sua pasta, ele levava um dossiê com documentos sobre a campanha russa de desinformação. Eles não eram especialmente importantes, pelo menos comparados com todo o resto, mas lhe dariam um pretexto para conversar a sós com Johannes — e os dois não poderiam ser vigiados. Nem por um segundo. Precisava se mostrar forte como sempre. Daria tudo certo, disse a si mesmo.

Que cheiro era aquele? Talvez amoníaco, desinfetante? Cheiro de hospital? Olhou ao redor no saguão, com medo de que a imprensa estivesse acampada ali embaixo, com medo de que Blomkvist aparecesse de repente tendo nas mãos seus segredos mais sombrios. Mas tudo que viu foram pacientes e seus acompanhantes, e profissionais de jaleco branco. Um homem lívido que parecia estar morrendo passou numa maca. Svante nem pensou muito nisso.

Olhou para o chão, desligando-se do mundo exterior. Ainda assim, percebeu alguma coisa com o rabo do olho, se virou e viu as costas de uma mulher alta e delgada de jaqueta cinza perto do caixa eletrônico, logo ao lado da farmácia.

Não era Becka? Sem dúvida, era Rebecka. Reconheceu sua postura e a maneira de ela se curvar para a frente. Será que deveria se aproximar e dizer alguma coisa? Não, não, ele pensou. Era a oportunidade de conversar sozinho com Johannes, sem todo aquele palavrório de informações confidenciais, e ele se dirigiu aos elevadores. Deu uma olhada rápida para trás, porque teve a impressão de que ela não estava sozinha. Mas não a viu mais.

Teria se enganado? Achou que sim, mas não se importou. Já estava entrando no elevador quando notou uma coluna grande ao lado do caixa eletrônico. Becka estava se escondendo dele? Que maluquice. Sentindo-se incomodado, começou a andar na direção da coluna, primeiro um pouco hesitante, depois cada vez mais rápido. Ali atrás, alguma coisa realmente despontou, e parecia ser a jaqueta de Rebecka.

Svante apertou o passo, pensando no que diria a ela, talvez até se mostrasse aborrecido, que bobagem era aquela de se esconder dele, quando subitamente tropeçou e caiu. Antes mesmo de se dar conta do que tinha acontecido, captou um movimento perto dali e ouviu passos se afastando às pressas. Soltou um palavrão, se levantou e correu atrás deles.

III. SERVIR A DOIS SENHORES

Os agentes duplos fingem ser leais, mas na realidade servem a outro senhor.

Às vezes, desde o início, sua missão é se infiltrar no inimigo e lançar cortinas de fumaça. Por vezes, passam por uma conversão política ou são aliciados através de ameaças ou persuasões.

Às vezes, não fica claro a quem eles realmente pertencem. Em alguns casos, nem eles mesmos sabem.

25. 27 DE AGOSTO

Catrin Lindås ainda não tinha comido nada, apenas havia tomado um pouco de chá e lido sobre Forsell e a expedição do Everest. Voltara repetidas vezes a seu encontro com o mendigo na Mariatorget, como se fosse um enigma a ser desvendado, e toda vez as palavras dele lhe pareciam mais desesperadas.

Também se lembrou de outras coisas, de passagens dolorosas, do fim da viagem à Índia e ao Nepal que fizera na infância, quando a vida miserável que levavam piorou e enfim deixaram Katmandu em direção a Khumbu. Não que tivessem ido muito longe. As crises de abstinência do pai tornaram-se mais violentas. Ainda assim, estabeleceram relações amistosas com a população nativa lá em cima, e depois de ter pensado e repensado no que Mikael escrevera em sua mensagem de texto, ela se perguntou se na verdade a lembrança que tinha do mendigo não viria do vale do Khumbu em vez da Freak Street. Em seguida, enviou outra pergunta a Mikael, embora ele não tivesse respondido nem à primeira:

O mendigo era xerpa?

A resposta veio de imediato:

Eu não deveria falar com você. Você está do lado do concorrente.

Você deu bandeira na mensagem anterior, ela escreveu.

Sou um idiota.

E eu sou a inimiga.

Exatamente. Você deveria estar concentrada em acabar comigo nos seus artigos.

Estou afiando minha espada.

Estou com saudades, ele escreveu.

Pare, pensou Catrin. Pare. Ainda assim, sorriu. Finalmente. Mas ela não pretendia responder, não mesmo. Foi pôr uma ordem na cozinha e colocou Emmylou Harris para tocar bem alto. Ao voltar para a sala e seu celular, viu que Mikael tinha mandado outra mensagem.

Vamos nos ver?

De jeito nenhum, Catrin pensou. De jeito nenhum.

Ela escreveu:

Onde?

Vamos falar no Signal.

Eles foram para o Signal.

Vamos nos hospedar no Hotel Lydmar?, ele sugeriu.

Tudo bem. Nada de "Que legal", "Que máximo", nada disso, apenas "Tudo bem".

Depois Catrin se trocou, pediu que o vizinho cuidasse do gato e começou a fazer a mala.

Camilla estava na varanda, sentindo a chuva cair sobre os ombros e as mãos. Uma tempestade se armava. Ainda assim, estava feliz de estar lá fora. Na Strandvägen e nos barcos da baía, uma vida transcorria, uma vida que, por direito, deveria ser dela e que agora a fazia se lembrar de tudo que lhe fora tirado. Não dá mais para continuar assim, pensou. Isto precisa acabar.

Fechou os olhos, inclinou a cabeça para trás e deixou que gotas de chuva caíssem na testa e nos lábios. Tentou se refugiar em seus sonhos e esperanças, mas o tempo todo era levada de volta à Lundagatan e a Agneta, que gritava para ela ir embora, e também a Lisbeth, o tempo todo calada, como se quisesse matar o mundo com seu silêncio, com sua raiva obstinada.

Sentiu uma mão no ombro. Galinov estava a seu lado na varanda, e ela se virou e olhou para ele, para seu sorriso gentil e seu belo rosto. Ele a abraçou.

— Minha querida. Como você está?

— Estou bem.

— Não acredito — ele disse.

Ela olhou para o cais.

— Não se preocupe, vai dar tudo certo — ele disse.

Ela examinou os olhos de Galinov.

— Aconteceu alguma coisa?

— Temos visitas.

— Quem?

— Seus adoráveis bandidos.

Ela assentiu com a cabeça, entrou no apartamento e viu Marko e um sujeito patético de calça jeans e paletó marrom barato. O homem estava todo machucado, como se tivesse levado uma surra. Devia ter no mínimo dois metros de altura e era repugnantemente empapuçado. Chamava-se Conny.

— Conny tem uma coisa para contar — disse Marko.

— Então fale.

— Eu estava vigiando o apartamento de Blomkvist — ele disse.

— Parece ter se saído muito bem.

— Ele foi atacado — disse Marko.

Ela olhou para o lábio rachado do sujeito.

— É mesmo?

— Pela Salander.

Ela disse em russo:

— Ivan, esse Conny é mais alto do que você, não é?

— Com certeza é mais pesado — disse Galinov. — E não tão elegante.

Ela continuou em sueco.

— Minha irmã tem um metro e cinquenta e dois de altura, é magra como um palito, e você levou... uma surra dela.

— Ela me pegou de surpresa.

— Ela levou o telefone dele — disse Marko — e mandou uma mensagem pra todo mundo do clube.

— O que dizia a mensagem?

— Que era pra gente escutar o Conny.

— Estou escutando, Conny.
— Salander disse que vai atrás de todo mundo, se a gente não parar de vigiar Mikael Blomkvist.
— Depois ela disse outra coisa — acrescentou Marko.
— O quê?
— Que ela vai atrás da gente de qualquer forma e que vai destruir a nossa organização.
— Fantástico — ela disse, conseguindo manter a calma.
— É que... — Marko continuou.
— É que o quê? — ela perguntou.
— É que havia algumas informações delicadas no celular que ela roubou. Estamos preocupados de verdade.
— Acho que devem estar mesmo — ela disse. — Mas não com Lisbeth, certo, Ivan?

Ivan concordou com um gesto de cabeça, e Camilla manteve a atitude sarcástica e ameaçadora. Mas por dentro estava se desfazendo. Por fim, pediu que Galinov continuasse a conversa e foi para seu quarto, deixando que o passado a inundasse como uma lama suja e negra.

Rebecka Forsell não acreditava no que tinha acabado de fazer. Mas, ao ouvir Johannes sussurrar "Ele não pode me ver", num impulso que ela jamais entenderia por completo, passou uma rasteira em Svante Lindberg. Depois os dois saíram correndo pelas portas giratórias em direção à fila de táxis sob a chuva lá fora.

Johannes escolheu um carro sem identificação de pertencer a uma empresa, desses cujo taxímetro avança com uma avareza implacável.

— Vamos! — ele disse ao motorista, um jovem moreno de cabelo encaracolado que se virou para ele com olhos sonolentos.

— Para onde? — perguntou.

Ela olhou para Johannes, que não disse uma palavra.

— Vá pela ponte de Solnabron, em direção ao centro — murmurou Rebecka, pensando que por ora aquilo resolveria.

E notou uma coisa que foi um alívio inesperado. O motorista não tinha dado nenhum sinal de haver reconhecido os passageiros, e talvez justamente por isso Johannes tinha escolhido um táxi sem identificação, torcendo para encontrar alguém que vivesse tão à margem da sociedade convencional que nem iria reconhecer o homem mais odiado do país. Porém, era evidente que isso não representava nenhuma garantia de sucesso, e, enquanto passavam pelo cemitério de Solna, ela tentou avaliar o efeito do que eles haviam acabado de fazer.

Procurou se convencer de que, afinal de contas, não tinha acontecido nada de mais. Seu marido estava em crise, ela era médica e podia muito bem ter chegado à conclusão de que ele precisava de paz e sossego longe de todo o aparato hospitalar. Era só uma questão de comunicar isso a eles antes que o pânico se instalasse lá.

— Você precisa me contar o que está acontecendo, para que eu possa lidar com toda essa loucura — ela sussurrou.

— Lembra daquele professor de relações internacionais que conhecemos na embaixada francesa? — ele disse.

— Janek Kowalski? — ela sussurrou.

Ele fez que sim com a cabeça, e ela olhou para o marido sem entender. Janek Kowalski não fazia parte da vida deles. Ela nem teria se lembrado do nome dele se não tivesse lido recentemente um artigo seu sobre os limites da liberdade de expressão.

— Exato — Johannes disse. — Ele mora na Dalagatan. Podemos passar a noite na casa dele.

— Mas por quê? Nós nem o conhecemos.

— Eu conheço — ele disse, e ela tampouco gostou disso.

Lembrou que Johannes e ele haviam se cumprimentado como dois desconhecidos na embaixada e trocado frases de cortesia. Será que tinha sido uma encenação? Ela sussurrou:

— Passo a noite em qualquer lugar que você quiser, contanto que prometa me contar tudo.

Ele olhou para ela.

— Prometo. E depois você decide o que fazer — ele disse.

— Como assim, eu decido?

— Se ainda vai querer ficar comigo.

Ela não respondeu. Viu a ponte de Solnabron mais adiante e disse ao motorista: — Dalagatan. Vamos para a Dalagatan. — Enquanto isso, pensou

sobre limites, talvez também sobre os limites da liberdade de expressão, mas, acima de tudo, sobre os limites do amor:
O que a faria deixá-lo?
Havia algo que ele pudesse ter feito para que ela deixasse de amá-lo?

Nytorget já tinha ficado para trás e Catrin Lindås seguia pela Götgatan, recobrando um pouco da alegria de viver. Meu Deus, que chuva! Caía um aguaceiro, e ela correu com sua mala. Como sempre, levava uma mala grande demais, como se fosse passar semanas fora. Por outro lado, não fazia ideia de quanto tempo ficariam hospedados no hotel, sabia apenas que Mikael não podia voltar para casa e que infelizmente teria que trabalhar bastante. Mas ela também tinha trabalho a fazer.

Já eram nove e meia da noite, e Catrin notou que estava faminta. Mal tinha se alimentado desde o café da manhã. Passou pelo cinema Biograf Victoria, pelo teatro Göta Lejon, e, embora realmente estivesse bem-disposta, o incômodo não desapareceu. Ela correu os olhos pela Medborgarplatsen.

Na praça, um grande número de jovens formava uma longa fila sob a chuva, provavelmente atrás de ingressos para algum show, e ela estava prestes a descer para a estação de metrô quando teve um sobressalto e se virou, olhando para a direita e para a esquerda. Não viu nada de anormal: nenhuma sombra do passado, nenhum inimigo da internet, nada, e ela correu escada abaixo, passando pelas catracas e subindo até a plataforma. Tentou se convencer de que estava tudo bem, e logo se acalmou.

Só depois que desceu na estação central e apertou o passo, debaixo de chuva, ao longo da Hamngatan, passando pelo parque de Kungsträdgården e chegando à península de Blasieholmen, foi que sua inquietação voltou. Catrin, então, caminhou mais rápido. Estava praticamente correndo e ofegante quando entrou no lobby do hotel e subiu a escada curva que levava à recepção. Uma jovem morena que não devia ter nem vinte anos recebeu-a com um sorriso de boas-vindas, e Catrin respondeu com um boa-noite. No mesmo instante, porém, ouviu passos atrás dela, na escada, e se atrapalhou. Não conseguia se lembrar em nome de quem Mikael havia reservado o quarto. Começava com B, isso ela sabia, Boman, Brodin, Brodén, Bromberg...?

— Tenho um quarto reservado em nome de... — ela disse, hesitante. Tinha que conferir no celular, o que iria parecer suspeito, achou, ou sórdido, como se ela e Mikael estivessem envolvidos em alguma coisa suja. Quando viu que realmente era Boman, pronunciou o nome tão baixo que a recepcionista não escutou, e ela foi obrigada a repetir mais alto. Então se lembrou dos passos que tinha ouvido na escada e se virou para olhar.

Mas não havia ninguém lá. Entretanto, um homem de jaqueta jeans e cabelo comprido saía do hotel, e ela pensou sobre isso enquanto fazia o check-in. Será que o homem tinha ficado lá em cima apenas por pouco tempo? Estranho, não? Teria achado o hotel caro demais? Talvez não tivesse gostado. Tirou isso da cabeça.

Ou pelo menos tentou. Catrin pegou o cartão-chave e subiu de elevador. Ao entrar no quarto, olhou para a cama enorme de casal com lençol azul-celeste e, de passagem, se perguntou o que fazer. Decidiu tomar um banho. Pegou uma meia garrafa de vinho tinto no frigobar e pediu um hambúrguer com batatas fritas ao serviço de quarto. Mas nada disso ajudou. Nem a comida nem a bebida nem o banho. Nada acalmou seu coração, e Catrin começou a estranhar cada vez mais a demora de Mikael.

Na verdade Janek Kowalski não morava na Dalagatan, mas dali eles pegaram um atalho, atravessaram um pátio interno para a Västeråsgatan e se esgueiraram por outra passagem na rua. Depois subiram cinco andares de elevador até um apartamento espaçoso e caótico, porém muito agradável. O lar de um solteirão, de um intelectual à antiga, a quem não faltavam dinheiro nem bom gosto, mas que já havia perdido a vontade de manter a ordem e se desfazer de objetos desnecessários.

Havia um excesso de tudo lá dentro — tigelas, objetos de decoração, quadros, livros e pastas eram vistos por todo lado. O próprio Kowalski estava desgrenhado e com a barba por fazer e aparência de boêmio, sobretudo agora sem o terno que usara na embaixada. Devia ter cerca de setenta e cinco anos e vestia uma blusa fina de caxemira com alguns furos de traça.

— Meus queridos amigos... Andei muito preocupado com vocês — ele disse, abraçando Johannes e dando um beijo em cada lado do rosto de Rebecka.

Não havia a menor dúvida de que os dois se conheciam muito bem. Depois de cochicharem na cozinha por vinte minutos, saíram trazendo uma bandeja com chá, sanduíches e uma garrafa de vinho branco. Os dois olharam para ela com uma expressão séria no rosto.

— Cara Rebecka — disse Kowalski. — Seu marido me incumbiu de ser totalmente franco com você, e foi a contragosto que aceitei. Não levo jeito para isso, devo admitir. Mas vou tentar falar de coração aberto, e desde já peço que me desculpe se eu titubear.

Ela não gostou do tom de voz dele, ao mesmo tempo desconsolado e presunçoso. Quem sabe estivesse apenas nervoso. A mão dele tremeu ao servir o chá.

— Primeiro devo contar sobre a minha verdadeira atividade — disse Kowalski. — Foi graças a mim que vocês se conheceram.

Rebecka olhou surpresa para ele.

— Como assim?

— Fui eu que mandei Johannes ao Everest. Sei que foi horrível, mas Johannes queria muito. Na verdade insistiu. Afinal, ele é um homem das montanhas, não é?

— Não estou entendendo nada — ela disse.

— Johannes e eu nos conhecemos na Rússia, por motivos profissionais, e nos tornamos amigos. Desde logo percebi como ele era talentoso.

— Em que sentido?

— Em todos os sentidos, Rebecka. Ele pode ter sido um pouco precipitado, impulsivo demais, mas de resto era um oficial brilhante.

— Quer dizer que você também foi militar?

— Eu era...

Kowalski parecia lutar consigo mesmo.

— ... polonês e me tornei britânico quando criança. Meus pais foram refugiados políticos e receberam ajuda da velha Inglaterra, por isso talvez eu tenha considerado um pouco meu dever me candidatar ao Foreign Office.

— Ao MI6?

— Bem, não vamos dizer mais do que o necessário. De qualquer forma, vim parar aqui depois de me aposentar não apenas por amor ao país, mas por causa de algumas complicações de certa forma relacionadas com nossas atividades na época. Cara Rebecka, é que, naquela altura, eu e Johannes tínhamos um interesse comum bem arriscado, que ainda não tinha a ver com o Everest.

— E tinha a ver com o quê?

— Com desertores e agentes infiltrados do GRU, tanto efetivos quanto potenciais, e imaginários, devo acrescentar, e chegamos a trocar ideias. Meu grupo soube que uma pequena unidade da polícia secreta sueca se apoderara de um expoente do GRU, um homem que, depois de sua morte, se tornou famoso por causa de uma pessoa com quem vocês recentemente tiveram contato.

— Você está falando em código.

— Eu a alertei. Não levo jeito para isso. Mas me refiro a Mikael Blomkvist, que revelou o chamado caso Zalachenko. Muito já foi dito sobre esse assunto, com exceção, talvez, do mais importante, uma coisa que na época apenas se soprava de ouvido em ouvido.

— O que é que sopravam?

— Hum, bem... como posso explicar? Tenho que começar traçando um breve quadro. Uma unidade específica da Polícia de Segurança Nacional, a Säpo, protegia Alexander Zalachenko, o agente desertor do GRU, através de todos os meios possíveis, porque ele lhes fornecia, como acreditavam, informações únicas sobre a inteligência militar russa.

— Isso mesmo! — exclamou Rebecka. — E ele tinha uma filha, não é, Lisbeth Salander, que sofreu horrores?

— Isso mesmo. Zalachenko recebeu carta branca, podia fazer o que bem entendesse da sua vida, maltratar a família, construir um império do crime, desde que entregasse seus segredos à Säpo. A decência foi sacrificada em nome de um bem maior.

— A segurança nacional.

— Eu não usaria uma expressão tão digna como essa, mas seria mais uma noção de exclusividade. Alguns senhores da Säpo ficaram eufóricos por possuir informações que ninguém mais tinha. Mas talvez — e foi disso que meu grupo desconfiou — não houvesse nem isso.

— O que você quer dizer?

— Recebemos informações de que Zalachenko permaneceu fiel à Rússia, que foi um agente duplo até morrer e que passava mais informações ao GRU do que à Säpo.

— Meu Deus — ela disse.

— Pois é, foi assim que também nos sentimos. Mas no começo eram só suspeitas, e procuramos maneiras de prová-lo. Depois de algum tempo, recebemos informação sobre um homem, um general de divisão que oficialmente era civil, um consultor de segurança na área de turismo. Na verdade ele estava trabalhando infiltrado para a investigação interna do GRU e estava na pista de um esquema abrangente de corrupção.

— Que dizia respeito a quê?

— Às ligações de uma série de agentes russos com a organização criminosa Zvezda Bratva. O que chamou nossa atenção, porém, é que o homem estava irritado. Estava furioso por eles permitirem que o conluio continuasse, e fomos informados de que, em protesto, ele tinha se afastado de suas atividades no GRU para se dedicar à sua grande paixão, o montanhismo em altitudes elevadas.

— Estamos falando de Viktor Grankin? — perguntou Rebecka, agitada.

— Com toda a certeza estamos falando do saudoso Viktor Grankin. Um personagem interessante demais, não acha?

— Ah, sem dúvida, mas... — ela murmurou.

— Você esteve na expedição dele como médica. Isso nos surpreendeu.

— Me surpreendeu também — ela disse, pensativa. — Mas até eu, na época, me senti um pouco levada por um espírito louco de aventura. E me falaram de Viktor numa conferência em Oslo.

— Nós sabemos.

— Então continue.

— Viktor parecia bem pé no chão, não é? Direto e simples. Só que na verdade ele era extremamente inteligente e complexo, um homem de grande sensibilidade. Estava dividido entre lealdades divergentes: o amor a seu país e seu senso de honra e integridade. Em fevereiro de 2008, tivemos certeza de que ele não só estava ciente do jogo duplo de Zalachenko e seu conluio com a máfia como também se sentia vulnerável. Temia o GRU e precisava de proteção e de novos amigos, por isso tive a ideia de enviar Johannes para a expedição de Viktor no Everest. Acreditamos que uma aventura daquele calibre poderia dar origem a uma camaradagem e a uma proximidade.

— Meu Deus — ela disse outra vez, virando-se para Johannes:

— Quer dizer que você estava lá para recrutá-lo para o Ocidente?

— Era o cenário dos sonhos, claro — disse Kowalski.

— Mas e Svante?

— Svante é o lado infeliz dessa história — prosseguiu Kowalski. — Mas àquela altura não sabíamos disso. Ele era apenas uma exigência bastante razoável de Johannes. Claro que preferíamos que ele levasse um dos nossos. No entanto, Svante conhecia bem a Rússia, tinha trabalhado perto de Johannes no Must e, acima de tudo, era um escalador experiente. Parecia o companheiro perfeito. Por sorte, não o informamos sobre tudo, e hoje damos graças a Deus por isso. Ele nunca soube meu nome nem que a operação era mais britânica do que sueca.

— Não acredito... — ela disse, como se só então começasse a assimilar tudo. — Quer dizer que a expedição não passava de uma operação de espionagem?

— Acabou se transformando nisso e em muito mais, minha cara Rebecka. Afinal, Johannes conheceu você. Mas sim... seu marido saiu em missão, e monitoramos tudo com muito cuidado.

— Que loucura. Eu não fazia a menor ideia.

— Lamento que você tenha que tomar conhecimento disso nas atuais circunstâncias.

— Bem, e como foi? — ela perguntou. — Quero dizer... antes daquele inferno acontecer lá em cima?

Johannes encolheu os ombros, e de novo foi Kowalski quem respondeu.

— Johannes e eu temos opiniões um pouco diferentes a esse respeito. Na minha opinião, ele fez um trabalho excelente. Conseguiu estabelecer confiança, e no início a situação parecia promissora. Mas é verdade que ela foi ficando cada vez mais tensa, e tivemos que pôr uma boa dose de pressão em Viktor. Nos aproveitamos dele numa fase delicada, às vésperas da escalada começar. Então, talvez Johannes esteja certo. Arriscamos coisas demais. Mas acima de tudo...

— Nos faltava uma informação crucial — complementou Johannes.

— Sim, infelizmente — disse Kowalski. — Mas como podíamos saber? Àquela altura ninguém no Ocidente fazia ideia, nem mesmo o FBI.

— Do que é que vocês estão falando, pelo amor de Deus? — ela perguntou.

— De Stan Engelman.

— O que tem ele?

— Ele tinha ligações com a Zvezda Bratva desde que começou a construir hotéis em Moscou na década de 1990. Viktor sabia disso, mas nós não.

— Como ele podia saber?

— Era parte do que ele havia apurado quando trabalhava para o GRU. Como eu disse, parte de sua missão era o jogo duplo, portanto ele fingia ser amigo de Stan, mas no fundo o achava a própria escória.

— E roubou a mulher dele.

— A história de amor entre Viktor e Klara deve ter sido mais um bônus.

— Ou então o fator desencadeante — disse Johannes.

— Vocês podem falar de um jeito que eu entenda? — disse Rebecka.

— Acho que Johannes quer dizer que a relação amorosa deles e as coisas que Klara contou a Viktor serviram de estopim para que ele se motivasse a agir — prosseguiu Kowalski.

— Como assim?

— Se ele não tinha conseguido pressionar seus colegas do GRU, pelo menos iria prejudicar um americano corrupto.

26. 27 DE AGOSTO

De vez em quando Galinov perguntava a ela: "O que ele significa hoje para você? O que você pensa dele?". Quase nunca ela respondia, mas uma vez disse: "Lembro da sensação de ter sido escolhida", o que era verdade.

A certa altura, as mentiras do pai eram a melhor coisa da vida dela e por muito tempo Camilla viveu convicta de que o poder era seu. Que era ela quem o encantava, e não o contrário. Essa ilusão lhe foi tirada e substituída por um vazio do tamanho de um abismo. Ainda assim... a lembrança daquela sensação de enaltecimento permanecia, e às vezes ela perdoava Zala como se deve perdoar um animal selvagem. A única coisa que nunca se apagou foi o ódio a Lisbeth e a Agneta, e agora, deitada em sua cama na Strandvägen, ela se entrincheirou nisso, como fizera na adolescência, quando fora obrigada a se reinventar e criar uma nova Camilla, livre de todos os laços.

Lá fora na Strandvägen, a chuva caía. Sirenes soavam, e logo ela ouviu passos se aproximando, passos compassados, seguros. Era Galinov outra vez, e Camilla se levantou e abriu a porta. Galinov sorriu. Ela sabia que os dois compartilhavam o ódio e a sensação de terem sido especiais.

— Talvez tenhamos algumas notícias promissoras afinal — ele disse.

Ela não respondeu.

— Não é grande coisa — ele acrescentou —, mas pode ser um começo. A mulher que foi vista com Blomkvist lá em Sandhamn acabou de se hospedar no Hotel Lydmar, em Estocolmo.

— E?

— Ela mora na cidade, certo? Por que se hospedaria num hotel, se não fosse para se encontrar com alguém que não quer ser visto na casa dela nem na sua própria casa?

— Como Blomkvist?

— Exato.

— O que você acha que devemos fazer?

Galinov passou a mão pelo cabelo.

— O lugar não é muito bom. Tem gente demais por ali, bares ao ar livre com mesas na calçada, muito movimento até mesmo à noite. Mas Marko...

— Ele está dando trabalho?

— Não, não, pelo contrário, eu o coloquei na linha. Ele diz que pode pôr um carro na esquina ou até uma ambulância que um de seus capangas roubou num impulso, e eu...

— E você, Ivan?

— Eu talvez possa desempenhar um papel. Acontece que Blomkvist e eu temos interesses em comum, se for para confiar em Bogdanov.

— Como assim?

— Nós dois estamos interessados no ministro da Defesa sueco e em alguns negócios antigos dele.

— Está certo — ela disse, sentindo-se mais forte. — Então, mãos à obra.

Rebecka ainda não tinha conseguido digerir a informação, mas nem se deu ao trabalho de tentar. Entendia que o pior ainda estava por vir.

— Hoje percebemos que Stan Engelman escolheu justamente a expedição de Viktor Grankin para sua mulher participar por estar convencido de que Viktor era um deles — prosseguiu Kowalski. — Como Grankin havia investigado a organização criminosa e àquela altura estava furioso, acho que Johannes, com seu talento para criar alianças e confiança, o levou a querer falar sobre isso; plantou a semente, por assim dizer. E Klara, na minha opinião, acabou terminando o que Johannes iniciou.

— Como assim?

— Klara provocou em Viktor a vontade de desabafar. Acredito que um estimulou o outro. Ela contou a ele como seu marido era um canalha entre quatro paredes, e Viktor complementou com relatos sobre os negócios de Stan com a Zvezda Bratva.

— O amor os fez compartilhar o que sabiam — ela disse.

— Sim, talvez tenha sido assim mesmo. Pelo menos é a teoria de Johannes. Mas na verdade não importa muito. O grave é que tudo vazou e chegou até Manhattan, por mais cuidadosos que os dois tivessem sido.

— Alguém dedurou?

— Seu infeliz xerpa, pobre homem.

— O quê?

— Lamento dizer.

— Não é possível que Nima tenha traído Klara e Viktor!

— Acredito que ele não visse dessa forma — respondeu Kowalski. — Ele tinha recebido um pagamento extra para tomar conta de Klara e relatar o que ela fazia no acampamento-base. Nima deve ter achado que estava apenas cumprindo sua obrigação.

— O que ele descobriu?

— Não sabemos ao certo, mas o suficiente para que mais tarde passasse a correr um grande perigo. Eu chego lá. O que sabemos com certeza é que Engelman foi informado do romance, o que foi suficiente para deixá-lo raivoso e desconfiado. Logo, outros contribuíram com mais informações, e no fim Stan soube exatamente o que estava em jogo. Não era apenas seu casamento que podia ser arruinado, mas seu futuro como homem de negócios, e talvez até seus dias como um homem livre.

— Quem mais contou coisas a ele?

— Você com certeza é capaz de deduzir — disse Kowalski. — Mas você perguntou sobre Nima Rita e como ele foi capaz de passar adiante o que sabia. Não se esqueça de que ele estava preocupado e bravo, como muitos xerpas naquele ano.

— Tinha a ver com as crenças religiosas dele? — ela perguntou.

— Sim, e também com sua mulher, Luna. Klara a havia tratado muito mal, não é? Nima tinha razões para não ser tão leal a ela.

— Você está sendo injusto com ele, Janek — disse Johannes. — Nima não queria mal a ninguém. Assim como Viktor, ele só estava dividido entre lealdades. As pessoas diziam para ele: faça isso, faça aquilo. Ele tinha que carregar tudo nos ombros, recebia ordens e contraordens, e no fim isso o derrubou. Foi obrigado a aguentar uma carga pesada demais, mas quem acabou cheio de remorsos foi ele, e não as outras pessoas da expedição.

— Me desculpe, Johannes, de fato acompanhei tudo apenas à distância. Talvez seja melhor você continuar a história — disse Kowalski.

— Não sei se eu quero — respondeu Johannes, contrariado.

— Você prometeu me contar — disse Rebecka.

— Prometi, mas me aborrece Nima ser feito de bode expiatório. Ele acabou sofrendo mais do que o suficiente.

— Está vendo, Rebecka? Johannes é um homem bom, não pense outra coisa a respeito dele. Seu marido sempre sai em defesa dos fracos — disse Kowalski.

— Quer dizer que seu relacionamento com Nima era mesmo tão bom como parecia? — ela perguntou.

Ela percebeu que sua voz soou apreensiva.

— Era muito bom, sim — disse Johannes. — Talvez um pouco bom demais para ser sincero.

— O que você quer dizer com isso?

— Vou explicar — disse Johannes, calando-se em seguida.

— Explique então.

— Vou explicar — ele continuou — , e a maior parte você já conhece. Talvez eu deva começar dizendo que o relacionamento entre mim e Viktor tinha se deteriorado quando começamos a subida ao pico, e tenho quase certeza que teve a ver com Stan Engelman. Acho que Viktor teve medo de que o nosso relacionamento também chegasse ao conhecimento do GRU e da Zvezda Bratva por vias indiretas. Então, com certeza, seus dias estariam contados, portanto fiquei na minha. A última coisa que eu queria era causar preocupação a alguém. A ideia era sermos um porto seguro, nada mais. Como você sabe, Becka, o grupo todo deixou o acampamento 4 logo depois da meia--noite do dia 13 de maio. As condições pareciam perfeitas.

— Mas o ritmo diminuiu.

— Sim, Klara teve problemas, Mads Larsen também, e Viktor era outro que parecia não estar cem por cento. Mas na verdade não foi nada disso que me chamou a atenção. Percebi que Svante estava irritado e me empurrando. Ele queria que fôssemos sozinhos para o pico. Do contrário, perderíamos nossa chance, ele disse, e Viktor acabou nos deixando ir. Talvez estivesse feliz de se livrar de mim. E fomos embora.

— Sei — ela disse, impaciente.

— Certo, desculpa, vou resumir. Saímos sem ter a menor ideia da calamidade que se aproximava de forma sorrateira da nossa expedição. Avançamos na neve e chegamos ao cume a tempo. No entanto, na descida do Hillary Step, comecei a ter problemas. O céu ainda estava limpo, não ventava demais, tínhamos bastante oxigênio e líquidos. Mas o tempo passou e...

— E de repente vocês ouviram um estrondo, um estalo.

— Ouvimos um trovão vindo de um céu azul e sem nuvens. Então a tempestade nos atingiu como um tiro, chegando da face norte. Do nada, a visibilidade caiu a zero. A nevasca nos chicoteava, e a temperatura despencou. O frio se tornou insuportável e fomos em frente, tropeçando. Mal enxergávamos nossos pés, várias vezes caí de joelhos, Svante se aproximou, estendeu a mão e me ajudou a ficar em pé. Seguíamos cada vez mais devagar, e as horas passavam voando. O fim da tarde chegou, tivemos medo que a escuridão caísse sobre nós, me lembro que desabei de novo e de ter pensado que era o nosso fim. Mas naquele instante eu vi...

— O que você viu?

— Uma coisa azul e vermelha na minha frente, com contornos vagos, e rezei para que fossem as barracas do acampamento 4, ou então escaladores que pudessem nos ajudar, e isso me deu esperança. Fiquei de pé e então percebi que não era uma coisa boa, pelo contrário. Eram dois corpos deitados bem juntos na neve, um menor que o outro.

— Você nunca me contou isso.

— Não, Becka, não contei, e aqui é que o pesadelo começa.

— Conte então!

— Vou contar, é que para mim ainda é um momento difícil de descrever. Eu estava exausto. Não aguentava mais. Só queria me deitar e morrer, era como se eu estivesse diante do meu destino. Meu terror era mais concreto do que aquilo que estava à minha frente, e nem me passou pela cabeça que podiam ser pessoas conhecidas, apenas pensei que fossem algumas daquelas centenas de corpos que acabam lá em cima. Eu me levantei, arranquei a máscara de oxigênio e disse que precisávamos descer depressa, sair dali, e comecei a caminhar, ou pelo menos dei um passo. Mas em seguida tive uma sensação estranha.

— Como assim?

— De certa forma foram várias coisas. Pelo rádio, havíamos captado a informação de que tinha ocorrido uma emergência na nossa expedição, e talvez eu pensasse nisso. Depois devo ter reconhecido as roupas e outros detalhes nos corpos. Mas sobretudo tinha alguma coisa arrepiante com o corpo menor, e lembro que me curvei para baixo, olhei para o rosto, mas não consegui ver muita coisa. O capuz estava sobre o gorro e a testa. Os óculos ainda no rosto. Uma camada de gelo cobria as bochechas, o nariz e a boca. O rosto inteiro estava enterrado sob uma camada de neve. Mesmo assim eu sabia.

— Que era Klara, certo?

— Que eram Klara e Viktor Grankin. Ela estava meio virada de lado, com o braço em volta da cintura dele, e não tive dúvida de que deveria deixá-los daquele jeito. Mas a sensação arrepiante não desaparecia. Klara parecia cem por cento congelada. Mesmo assim, percebi alguma coisa nela que não estava completamente sem vida, então a afastei de Viktor e tentei tirar a neve de seu rosto. Não consegui. Estava dura e congelada demais, e como eu não tinha força nas mãos resolvi pegar minha picareta de gelo. Deve ter sido uma cena absurda. Tirei os óculos escuros dela e dei batidinhas no rosto. Pedaços de gelo voavam e Svante gritava que eu parasse e continuasse a descida. Mas eu prossegui obsessivamente, procurando ser muito cuidadoso. No entanto, por meus dedos estarem congelados eu não tinha muito controle deles, e a machuquei. Fiz um corte em seu lábio e queixo, e o rosto estremeceu. Interpretei isso mais como reflexo do meu golpe do que como um sinal de vida. Ainda assim, peguei minha máscara de oxigênio, coloquei nela e a mantive ali por muito tempo, embora eu mesmo estivesse com falta de ar e não acreditasse nem um pouco que aquilo fosse dar certo. Mas de repente o ar foi inspirado. Eu o vi no tubo e na máscara, me levantei e gritei para Svante. Mas ele apenas sacudiu a cabeça e, claro, ele tinha razão. Não importava que ela estivesse respirando. Estava próxima demais da morte e a oito mil metros de altitude. Não havia esperança. Ela não podia ser salva. Jamais conseguiríamos levá-la para baixo, e nossa própria vida corria perigo.

— Mas vocês gritaram por socorro.

— Gritamos muitas, muitas vezes, até perdermos a esperança. Só me lembro que coloquei a máscara de oxigênio outra vez, e continuamos a descida. Avançamos aos trancos e barrancos e aos poucos fui perdendo a noção de realidade. Tive alucinações. Vi meu pai numa banheira e minha mãe na sauna lá em Åre. Vi uma porção de coisas, já te contei.

— Contou, sim — ela disse.

— Mas nunca te contei que também vi monges, não é? Os mesmos monges budistas que vimos em Tengboche, e depois uma figura que me fez lembrar deles, mas que era totalmente diferente. Ele estava subindo a montanha, e não descendo, e, ao contrário dos monges, ele existia de verdade. Era Nima Rita vindo penosamente na nossa direção.

Mikael estava atrasado e se arrependeu de ter convidado Catrin para ir ao Hotel Lydmar. Devia ter escolhido outro dia. Mas nem sempre era fácil ser racional com mulheres como ela, e agora ele caminhava na chuva pela Drottninggatan, em direção ao hotel em Blasieholmen. Estava a ponto de mandar uma mensagem de texto dizendo "Estou chegando" quando duas coisas aconteceram.

Primeiro recebeu uma mensagem que nem teve tempo de ler, porque em seguida seu celular tocou e ele atendeu imediatamente. Havia tentado falar com tantas pessoas durante o dia, inclusive Svante Lindberg, que o tempo todo torcia para que uma delas lhe telefonasse. Mas quem disse alô do outro lado da linha não foi ninguém que ele havia procurado, e sim a voz de um senhor já idoso que nem se apresentou, e Mikael pensou em simplesmente desligar. No entanto, permaneceu na linha. Era uma voz gentil que falava sueco com sotaque britânico.

— O senhor pode repetir, por favor? — disse Mikael.

— Estou aqui no meu apartamento tomando chá com um casal que está me contando uma história impactante. Eles gostariam de compartilhá-la com você. De preferência já amanhã de manhã.

— Eu conheço esse casal? — perguntou Mikael.

— Você prestou a eles um grande favor.
— Recentemente?
— Muito recentemente. No mar.
Mikael olhou para o céu e para a chuva que caía sobre ele.
— Eu gostaria muito de me encontrar com eles — disse Mikael. — Onde?
— Vamos combinar os detalhes em outro telefone, em um celular que não esteja relacionado com você e que tenha as ferramentas adequadas.
Mikael pensou na sugestão. Teria que ser o celular de Catrin e através do app Signal dela.
— Posso lhe enviar outro número por um link criptografado — disse Mikael. — Mas primeiro preciso confirmar que esse casal está realmente com o senhor e que os dois estão bem.
— Eu não diria que eles estão bem — disse o homem —, mas estão aqui, e por livre e espontânea vontade. Fale um pouco com o marido.
Mikael fechou os olhos e parou de andar. Estava na Lejonbacken, ao lado do Palácio Real, olhando para o canal, o Grand Hôtel e o Museu Nacional. Deve ter aguardado por não mais de vinte ou trinta segundos que lhe pareceram uma eternidade.
— Mikael — disse uma voz afinal. — Saiba que lhe sou eternamente grato.
— Como você está? — perguntou Mikael.
— Melhor do que antes.
— Antes quando?
— Antes de eu quase morrer afogado.
Sem dúvida era Johannes Forsell.
— Você quer conversar comigo? — perguntou Mikael.
— Não muito.
— Não?
— Mas minha mulher, Rebecka, que logo terá ouvido tudo, insiste que eu faça isso, então não tenho saída.
— Entendo — disse Mikael.
— Talvez você não entenda. Mas posso ler o texto antes de você publicá-lo?

Mikael começou a caminhar outra vez, em direção à ponte para o parque de Kungsträdgården, pensando um instante naquelas palavras.

— Você pode mudar suas declarações, para que se sinta confortável com elas, e pode conferir meus dados. Você pode até tentar me convencer de que deveria ter escrito a matéria de outro jeito, mas não prometo fazer como você quer.

— Parece razoável.
— Muito bem.
— Então estamos combinados.
— Estamos.

Johannes Forsell agradeceu outra vez e passou o telefone para o outro homem. Ele e Mikael combinaram como proceder. Depois Mikael enviou-lhe o número de Catrin e acelerou o passo. Seu coração batia forte. Sua mente fervilhava. O que estava acontecendo? Devia ter feito mais perguntas. Por exemplo, por que Johannes não estava mais no Hospital Karolinska? Não parecia sensato ele ter saído tão rápido do hospital, considerando a gravidade de seu estado até pouco tempo antes. E quem era o britânico que havia telefonado?

Mikael não sabia nada, apenas que aquilo tudo provavelmente tinha a ver com Nima Rita e o Everest. Mas com certeza havia outras cartas no baralho que ele desconhecia, talvez uma pista sobre a Rússia — a vida de Forsell sempre apontara para a Rússia. Ou seria uma pista sobre Engelman em Manhattan?

O tempo diria. Imaginando que logo descobriria tudo, Mikael sentiu um entusiasmo enorme. É coisa grande, pensou, coisa grande. Mas na verdade não sabia se era. Precisava manter a cabeça fria. Pegou o celular e escreveu para Catrin pelo Signal:

Desculpa, tive um dia maluco, mas já já estou aí. Peço desculpas outra vez. Você também precisa me ajudar com outra coisa. Daqui a pouco te explico. Saudades.
Beijos
M

Em seguida se lembrou da mensagem que havia recebido logo antes da conversa. Abriu-a e leu, achando-a curiosa. Era quase uma resposta a suas dúvidas, e ele se perguntou se teria relação com a conversa que acabara de ter ou se, pelo contrário, seria alguém do outro lado. Se é que havia lados naquela história.

Sopraram no meu ouvido que você está interessado no que aconteceu no Everest em maio de 2008. Sugiro que dê uma olhada em Viktor Grankin, o guia da expedição que morreu na montanha. O passado dele é muito mais interessante do que se sabe. A chave da história está toda lá. Grankin foi o motivo da expulsão de Johannes Forsell da Rússia no outono de 2008.

Não há fontes oficiais, mas com sua experiência você com certeza vai farejar que o cv dele foi construído, que não passa de fachada. Por acaso estou em Estocolmo e hospedado no Grand Hôtel. Será um prazer encontrá-lo e contar mais. Tenho documentação por escrito.

Fico acordado até tarde, um velho e péssimo hábito. Além do fuso horário.

Charles

Charles? Quem diabos era Charles? Cheirava a coisa do serviço secreto americano. Mas podia muito bem ser algo diferente, inclusive uma armadilha. Era um pouco inquietante que o sujeito estivesse hospedado no Grand Hôtel, logo à sua frente do outro lado do canal, e perto do Lydmar. No entanto, quase todos os estrangeiros endinheirados ou importantes se hospedavam no Grand. Mikael lembrou que Ed the Ned, da nsa, por exemplo, tinha feito isso, então talvez não fosse uma coincidência preocupante.

Mas ainda não estava gostando daquilo. Não, o sr. Charles ia ter que esperar. O que havia acontecido já era mais do que suficiente, e ele estava com a consciência pesada por causa de Catrin. Assim, passou depressa pelo Grand Hôtel e foi até o Lydmar, onde subiu a escada correndo.

27. MADRUGADA DE 28 DE AGOSTO

Rebecka não sabia o que havia provocado nem se haveria consequências para ela e os meninos. Mas não via outra opção. Impossível ficar calada — não sobre aquilo. Agora estava sentada numa poltrona marrom, absorta e quieta, com sua taça de vinho, sabendo que Johannes e Janek Kowalski cochichavam na cozinha. Estariam escondendo mais coisas? Tinha certeza que sim, e até duvidava que tudo que ouvira fosse verdade.

Embora houvesse lacunas na narrativa, ela achava que tinha entendido o que ocorrera no Everest. A lógica da história era inquestionável, e ela pensou no quão pouco todos eles souberam na época, não apenas no acampamento-base como também depois, quando os depoimentos das testemunhas foram colhidos e organizados.

Souberam que Nima Rita havia subido duas vezes e resgatado Mads Larsen e Charlotte Richter, mas não que tivesse voltado uma terceira vez, fato sobre o qual nem mesmo ele disse uma única palavra nas entrevistas que concedeu ou no decorrer da investigação. No entanto, isso explicava por que Susan Wedlock, a líder deles no acampamento-base, não havia conseguido fazer contato com ele à noite. Ele estava subindo outra vez.

Pelo que ela entendeu do relato de Johannes, àquela altura já seriam mais de oito da noite. A escuridão não demoraria a chegar, e o frio e as condições intoleráveis logo se tornariam piores. Mas Nima saiu mesmo assim, direto para a intempérie, numa tentativa desesperada de trazer Klara Engelman de qualquer forma para baixo, quando ele já estava em péssimo estado. O vulto que Johannes viu surgir na tempestade de neve cambaleava para a frente com a cabeça curvada, e, como de costume, sem máscara de oxigênio, somente com uma lanterna de cabeça que tremeluzia em meio à nevasca.

Seu rosto estava gravemente queimado pelo frio, e ele só enxergou Johannes e Svante quando já estava muito perto deles e os dois entenderam que ele existia de verdade, que era uma dádiva divina. Johannes mal se aguentava em pé. Estava prestes a se tornar a terceira vítima da montanha naquela noite. Mas Nima Rita não se importou com ele. — *Must get Mamsahib* — foi tudo que disse. — *Must get Mamsahib*. — Svante gritou que era inútil, que ela estava morta. No entanto, Nima não escutou, nem quando Svante berrou:

— Então você vai nos matar! Vai salvar uma morta em vez de nós, que estamos vivos.

Nima Rita seguiu em frente, subindo a montanha, e desapareceu na tempestade com seu tremulante casaco de pluma de ganso. Foi o estopim. Johannes desmoronou de novo no chão e não conseguiu mais se levantar, nem com a ajuda de Svante. Depois não soube mais o que aconteceu, perdeu a noção do tempo, só soube que a escuridão caiu, que sentia muito frio e que Svante gritava:

— Droga, não quero te deixar aqui, Johannes! Mas vou ter que fazer isso, desculpa, senão nós dois vamos morrer.

Svante pousou a mão na cabeça de Johannes, se levantou, e Johannes entendeu que seria abandonado. Ele ia morrer de hipotermia. Foi nesse instante que ele ouviu os gritos, os uivos desumanos. Quando o marido lhe contou isso, Rebecka não achou que tinha sido tão grave. Não foi bonito, mas fora uma reação humana. Lá em cima as regras eram outras, não se podia julgar alguém pelos padrões normais. Lá em cima prevalecia outro código de ética. Johannes não havia cometido nenhum erro. Não ainda.

Sua exaustão chegara a tal ponto que ele nem entendeu bem o que estava acontecendo, por isso — apesar das consequências que poderia haver — ela queria que Johannes contasse tudo a um repórter como Mikael

Blomkvist, alguém capaz de penetrar a fundo na história e entender seus meandros e profundezas psicológicas. Mas talvez também pudesse ser um erro. Talvez houvesse coisas que ela ainda não soubesse, coisas piores.

Ela não podia descartar essa possibilidade, sobretudo agora, vendo Johannes sussurrar exaltado na cozinha, Janek sacudir a cabeça e gesticular como se estivesse frustrado. Meu Deus, ela tinha sido uma idiota. Talvez eles devessem realmente abafar tudo, pelo bem dos filhos. Pelo bem dela. Ai, meu Deus, os ajude, e xingou Johannes em silêncio.

Como ele pôde colocá-los naquela situação?
Como pôde?

Mikael ouviu Catrin murmurar enquanto dormia. Era tarde, ele estava morto de cansaço, mas não conseguia dormir. Sua cabeça estava abarrotada de pensamentos, seu coração batia acelerado. Droga, pensou, ele não era nenhum novato. Mesmo assim, estava ansioso como um estagiário às vésperas de seu primeiro furo. Rolou na cama, pensando mais uma vez no que Catrin lhe dissera:

— Aquele Grankin não era militar também?
— Por que você acha isso? — ele perguntou.
— Pelo jeito dele — ela disse.

Agora, pensando bem, ele tinha mesmo jeito de militar. O corpo empertigado e a postura enérgica fizeram Mikael pensar num oficial de alta patente. Normalmente não teria levado essa ideia em frente, as pessoas podem dar a impressão de uma coisa e serem outra bem diferente. No entanto, a mensagem que havia recebido do misterioso *Charles* também fazia referência a Grankin ser o que não era. Teria até sido uma das razões da expulsão de Forsell da Rússia. Interessante...

Mikael pretendia se aprofundar nisso na manhã seguinte, antes do encontro com o casal Forsell. Mas já que não estava mesmo conseguindo dormir, o melhor era sair da cama, não? Só não podia acordar Catrin. Já estava com a consciência bastante pesada por causa dela. Levantou-se lenta e cautelosamente e, andando na ponta dos pés, foi se sentar no banheiro com o celular. Viktor Grankin, murmurou. Viktor Grankin?

Tinha sido estupidez sua não ter pesquisado melhor sobre ele. Por outro lado, nunca lhe ocorrera que Grankin fosse outra coisa senão um guia do Everest sem nenhuma relação com a história. Apenas um pobre infeliz que se apaixonara por uma mulher casada, que tomara decisões ruins na montanha e morrera em consequência delas. As informações sobre seu passado pareciam um pouco organizadas demais e bastante imprecisas.

Sem dúvida ele fora um alpinista de primeira e havia alcançado o topo de algumas das montanhas do mundo mais difíceis de escalar: K2, Eiger, Annapurna, Denali, Cerro Torre e, claro, o Everest. Fora isso, não havia muitas informações concretas sobre ele, apenas, mais uma vez, a menção de Grankin haver trabalhado como consultor para viagens de aventura. Haveria alguma coisa por trás dessa atividade? Mikael não encontrou muito a respeito, até no fim se deter numa velha foto de Grankin com o empresário russo Andrei Koskov. Koskov... Aquele nome lhe era familiar.

Sim, de fato. Koskov fora um empresário e delator que, no exílio, em novembro de 2011, revelou ligações entre o serviço de inteligência russo e o crime organizado. Poucos meses depois, em março de 2012, caiu morto durante uma caminhada em Camden, em Londres, e a princípio a polícia não descobriu nada suspeito. Mas passados alguns meses foram detectados em seu sangue vestígios da planta asiática dicotiledônea *Gelsemium elegans*, por vezes conhecida como *heartbreak grass*, que, em forma concentrada, é capaz de fazer o coração parar.

Mikael descobriu que o veneno não era tão desconhecido. Em 1879, Conan Doyle já o havia mencionado no *British Medical Journal*. Entretanto, a substância desapareceu da história e do noticiário por muito tempo. Somente em 2012 ganhou nova atualidade por ter sido encontrada no corpo de um desertor morto e ex-agente do GRU, um tal de Igor Popov, em Baltimore, nos Estados Unidos. Mikael teve um sobressalto: Serviço Militar de Inteligência, suspeita de assassinatos por envenenamento, Forsell mapeando atividades do GRU e sendo expulso da Rússia...

Será que não passavam de correlações ilusórias, assim como tinha sido com o historiador militar Mats Sabin? Claro, podia ser. Afinal, era apenas uma foto de Grankin ao lado de uma pessoa que havia morrido em circunstâncias suspeitas. Mesmo assim... não faria mal nenhum ele perguntar ao maldito *Charles* e ver que tipo de informação ele tinha. Mikael mandou a ele a seguinte pergunta:

Quem era Grankin na verdade?

Demorou dez minutos antes de receber uma resposta:

Agente militar do GRU. Tenente-coronel. Investigava colegas.

Meu Deus, pensou Mikael, mesmo sem acreditar de todo naquilo. Não antes de saber com quem estava conversando.

Escreveu:

Quem é você?

A resposta veio prontamente:

Um ex-oficial.

MI6, CIA?

Sem comentários, como se diz.

Nacionalidade pelo menos?

Americana, infelizmente.

Como sabe que estou pesquisando essa história?

É o tipo de coisa que sou obrigado a saber.

Por que você quereria vazar isso para a imprensa?

Sou um homem à antiga.

De que maneira?

Acho que crimes devem ser expostos e punidos.

Simples assim?

Talvez eu tenha motivos particulares também. Mas o que importa? Você e eu temos interesses comuns, Mikael.

Me dê alguma coisa então. Para eu saber que não estou desperdiçando meu tempo.

Cinco minutos depois, chegou a foto de um documento de identidade do tenente-coronel Viktor Aleksievitch Grankin ao lado do símbolo do GRU na época, o trevo vermelho de cinco folhas sobre um fundo preto. Pelo que Mikael pôde ver, parecia um documento verdadeiro.

Ele escreveu:

Grankin e Forsell tinham outros interesses em comum além do Everest?

Forsell estava lá para recrutar Grankin. Mas tudo deu muito errado.

— Caramba! — disse Mikael. Ele escreveu:

E você quer me dar essa história?

Com discrição e sigilo da fonte, sim.

Fechado.

Então pegue um táxi e venha já para cá. Te encontro no saguão. Depois, até um notívago como eu vai precisar dormir.

O.k., Mikael respondeu.

Seria imprudência? Ele não sabia nada sobre esse homem, apenas que era bem informado, e Mikael precisava do maior número de informações possível para o encontro com os Forsell na manhã seguinte. Uma caminhada de um minuto até o Grand Hôtel não representaria um grande risco. Era 1h58 e ainda se ouviam vozes lá fora. A cidade estava acordada. Pelo que se lembrava, havia sempre táxis em frente ao Grand durante a noite, e porteiros também. Não, não deveria haver perigo nenhum. Silenciosa e cuidadosamente, Mikael se vestiu e saiu do quarto. Desceu de elevador até o térreo e depois a escada curva que dava para a rua. Lá fora, estava tudo molhado por causa da chuva que havia caído, mas o céu escuro estava limpando.

Era gostoso sair. O palácio reluzia do outro lado do canal e mais adiante, no Kungsträdgården, ainda havia movimento. Ficou aliviado de ver pessoas até ali no cais. Um casal de jovens passou por ele, uma garçonete de cabelo preto e curto recolhia copos nas mesas da calçada, um homem alto de terno de linho branco ainda estava sentado numa cadeira mais afastada, olhando para a água. Tudo tranquilo, pensou Mikael, e começou a andar. Mas não teve tempo de dar muitos passos, pois ouviu uma voz:

— Blomkvist.

Ele se virou e percebeu que o homem de terno branco é que o tinha chamado, um senhor alto de sessenta e poucos anos e cabelo grisalho, feições harmoniosas e um sorriso divertido que parecia ensaiar um gracejo, talvez um comentário sobre o jornalismo ou mesmo sobre Mikael. O homem, porém, não disse nada.

Mikael ouviu passos atrás de si e sentiu como que uma carga elétrica penetrar seu corpo. Ele caiu, bateu a cabeça no chão, e, estranhamente, sua primeira reação não foi de medo ou de dor, mas de raiva, e não de raiva de quem o atacou, mas de si mesmo: Como pôde ter sido tão estúpido, caramba? Como? Mikael tentou se mexer, porém levou outro choque que o fez estremecer como que numa convulsão.

— Meu Deus, o que ele tem?

Ele achou que era a garçonete.

— *Looks like an epileptic fit. I think we need to call an ambulance.**

Devia ser o homem de terno branco, e de novo com aquela voz calma. Logo os passos desapareceram. Outras pessoas se aproximaram e Mikael percebeu o som de um carro se aproximando. Em seguida, tudo aconteceu muito rápido. Ele foi posto numa maca e levado para dentro de um veículo. Uma porta se fechou, um motor foi ligado e ele caiu da maca. No chão do veículo, tentou gritar, mas estava tão atordoado que apenas grunhiu, e só quando o carro cruzou a Hamngatan ele conseguiu pronunciar algumas palavras, que agora voltavam para ele.

— O que vocês estão fazendo? O que vocês estão fazendo?

Lisbeth foi acordada por um som que ela não conseguiu identificar e, temendo que alguém tivesse invadido o quarto, ainda sonolenta tateou a mesa de cabeceira à procura de sua arma. Mas no instante em que varria o quarto com o cano da arma se deu conta de que o som vinha de seu celular. Será que tinha ouvido alguém gritar no telefone?

Não teve certeza, e só depois de alguns segundos concluiu que só podia ser Blomkvist. Então fechou os olhos e respirou fundo, tentando organizar os pensamentos. Vamos, ela sussurrou, diga apenas que você ligou por engano. Diga.

Ela aumentou o volume do celular e ouviu um barulho de batidas e de crepitar. Podia não ser nada, apenas sons vindos de um carro ou de um trem em que ele estava. Mas depois ouviu-o gemer e respirar forte e penosamente. Ele parecia estar perdendo a consciência. Lisbeth soltou um palavrão, se levantou e foi se sentar à mesa. Ainda estava hospedada no Hotel Nobis, na Norrmalmstorg, e a noite inteira, depois do ataque a Conny Andersson, do MC Svavelsjö, tinha vigiado o endereço da Strandvägen. Havia observado alguma atividade por lá e visto Galinov sair do edifício. No entanto, sem considerar isso especialmente preocupante, fora dormir por volta da uma da manhã — viu que não fazia muito tempo —, pensando que teria um dia seguinte de trégua. Ela se enganara.

Pelo computador, viu que Mikael estava sendo levado para o norte, para

---

* "Parece um ataque epiléptico. Acho melhor chamar uma ambulância." (N. E.)

fora de Estocolmo. A qualquer momento eles iriam revistar seus bolsos e pegariam seu celular. Se Galinov e Bogdanov estivessem envolvidos, saberiam exatamente como encobrir seus rastros, portanto ela não podia apenas ficar ali feito uma tonta acompanhando o trajeto deles no mapa. Era preciso agir. Lisbeth tocou de novo a gravação e ouviu Mikael gritar:

— O que vocês estão fazendo?

Ele havia repetido essa frase duas vezes e sem dúvida estava perturbado e em choque. Em seguida, a voz dele sumiu, embora ela continuasse ouvindo sua respiração. Será que o tinham drogado? Ela deu um soco na mesa e observou que, no momento em que Mikael disse aquele frase, o veículo estava na Norrlandsgatan, não muito longe do hotel dela. Mas dificilmente era onde ele havia sido capturado, portanto Lisbeth voltou a gravação um pouco mais e ouviu passos, a respiração dele e uma voz dizendo "Blomkvist" — a voz de um homem já de idade, ela achou. Depois houve um "ai", um gemido profundo e uma mulher gritou: "Meu Deus, o que ele tem?".

Onde tudo isso tinha acontecido?

Ao que tudo indicava, em Blasieholmen. Ela não conseguiu descobrir o ponto exato, mas devia ter sido muito perto do Grand Hôtel ou do Museu Nacional, naquela região. Ela telefonou para o serviço de emergências e informou que o jornalista Mikael Blomkvist tinha sido assaltado naquela área. O jovem que atendeu reconheceu o nome e, alvoroçado, quis mais detalhes. Antes de Lisbeth ter tempo de acrescentar mais alguma coisa, ela ouviu uma voz ao fundo dizer que eles já haviam recebido uma chamada daquele lugar: um homem havia tido um ataque epiléptico em frente ao Hotel Lydmar e fora removido de lá.

— Removido como? — Lisbeth perguntou.

Ela escutou uma confusão de vozes conversando entre si.

— Uma ambulância o pegou? — o atendente confirmou com alguém.

— Uma ambulância? — perguntou Lisbeth.

Por um instante ela ficou aliviada, mas logo se conteve.

— Vocês mandaram uma ambulância para lá?

— Suponho que sim.

— Você supõe?

— Vou verificar.

Outras vozes conversavam no fundo, mas era difícil captar o que diziam. O rapaz voltou, claramente nervoso.

— Quem está falando? — ele perguntou.

— Salander. Lisbeth Salander.

— Não, tudo indica que não mandamos uma ambulância.

— Então, tratem de parar aquela ambulância! Já! — ela gritou.

Lisbeth xingou, desligou e voltou a ouvir a transmissão em tempo real. Estava quieto demais para o seu gosto. Só o barulho do motor do veículo e a respiração pesada e difícil de Mikael. Além disso, não se ouvia nada, nem um pio de ninguém. Agora, se fosse realmente uma ambulância, já seria uma boa pista, e ela cogitou ligar para a polícia e transformar a vida deles num inferno. Mas não, se o pessoal do serviço de emergências não fosse um bando de idiotas, eles já estariam atrás da ambulância.

Era importante que ela agisse antes de os sinais de rastreamento desaparecerem. No mesmo instante, se ela por acaso tivesse duvidado das informações recebidas, pôde ouvir uma sirene de ambulância e algo mais: um roçar de mãos, ela achou, imaginando que os bolsos de Mikael estavam sendo revistados. Em seguida, movimentos, uma respiração pesada, um som forte de batida, um estalo, como se o celular tivesse sido destruído com uma marreta, e não arremessado. Então a transmissão foi interrompida. Apagou de repente, como num estalo, um corte de energia, e ela chutou a cadeira. Agarrou um copo de uísque que estava na mesa e o atirou contra a parede, fazendo-o em pedaços.

— Filhos da puta! Porra!

Depois sacudiu a cabeça, se recompôs e foi ver onde Camilla estava. Claro, a irmã continuava na Strandvägen. Ela não iria sujar as mãos, a desgraçada. Lisbeth ligou para Praga, gritando com ele enquanto se vestia e colocava na mochila o computador, a arma e o captador IMSI. Em seguida xingou mais um pouco, deu um pontapé em um abajur, pôs seu capacete, seu Google Glass e saiu. Na praça, pegou sua motocicleta e voou dali.

Rebecka Forsell tinha pedido para dormir sozinha. Achou que Janek e Johannes podiam muito bem dividir um quarto. Mesmo assim, não conseguia pegar no sono. Viu-se acordada numa cama estreita em um pequeno escritório abarrotado de livros, lendo as notícias no celular. Nenhuma palavra sobre o desaparecimento de Johannes do hospital. Pelo visto, seu telefonema para Klas Berg, através de uma linha segura, tinha funcionado. Rebecka dissera que preferia cuidar de Johannes ela, e nem se importou com as admoestações e ameaças dele. Klas Berg não fazia ideia de sua insignificância no conjunto das atuais preocupações dela.

Rebecka não dava a mínima nem para ele nem para ninguém das Forças Armadas. Tudo que queria era conseguir processar todas as implicações do que acabara de ouvir e talvez também entender por que nunca suspeitara de nada. Não faltaram sinais, ela percebia agora. A crise de Johannes no acampamento-base logo depois que desceu e sua relutância em contar o que ocorrera. Houve muitas coisas pequenas que na época não foi possível interpretar, mas que agora compunham uma nova totalidade. Por exemplo, há pouco menos de três anos, numa noite de outubro, os meninos já estavam dormindo e Johannes acabara de se tornar ministro da Defesa. Os dois estavam em casa, em Stocksund, sentados no sofá, quando Johannes mencionou Klara Engelman com um tom de voz diferente, perturbador.

— Gostaria de saber no que ela ficou pensando — ele disse.

— Quando? — Rebecka perguntou.

— Quando foi deixada lá.

Ela respondeu que Klara não devia ter pensado em nada, pois provavelmente já estava morta. Mas agora Rebecka entendeu o que Johannes quisera dizer, e foi mais do que pôde suportar.

28. 13 DE MAIO DE 2008

Klara Engelman não pensou em nada quando foi abandonada pela primeira vez. Sua temperatura corporal havia caído para 28 graus, seu coração batia lenta e irregularmente. Ela nunca ouviu passos se afastando nem a tempestade uivando.

Encontrava-se numa inconsciência profunda, não sabia que havia abraçado Viktor nem que o corpo a que estava abraçada era o dele. Seu organismo havia se desligado como uma última forma de defesa, e logo ela estaria morta. Não havia como duvidar disso naquele momento, e de algum modo talvez fosse o que ela desejava.

Seu marido, Stan, manifestara abertamente seu desdém por ela, traindo-a às claras, e sua filha, Juliette, de doze anos, estava em crise. Ao ir ao Everest, Klara tinha fugido disso tudo e lá, como sempre fazia, fingiu estar muito feliz. Mas na verdade ela passava por profunda depressão, e fora apenas na última semana que ela reencontrara um significado para a sua vida. Não foi só seu amor por Viktor; ela também começou a ter esperanças de desmascarar Stan de uma vez por todas.

Tinha voltado a se sentir forte, inclusive na subida para o pico, e havia tomado bastante sopa de mirtilo, que ela tinha ouvido dizer que fazia muito bem. Mas logo seu corpo pareceu estranhamente pesado, foi difícil manter os olhos abertos, e ela foi sentindo cada vez mais frio, até que desabou. Klara foi apagando aos poucos, sem ter noção da tempestade que, do nada, chegou do norte, colocando em perigo todos da expedição. Para ela, as horas simplesmente se dissolveram na escuridão e no silêncio, e ela não ouviu nada até uma picareta de gelo começar a bater em seu rosto.

Não que ela entendesse o que estava acontecendo. Eram golpes próximos, próximos mas ainda assim distantes, como se em outro mundo. Mas então... quando suas vias respiratórias ficaram mais desobstruídas e os passos desapareceram, ela abriu os olhos. De certa forma, era um milagre. Ela deveria estar morta havia muito tempo. Klara Engelman, dada como morta, olhou em volta e não entendeu nada. Soube apenas que se encontrava em alguma espécie de inferno. Aos poucos, porém, foi se lembrando de algumas coisas, olhou para suas pernas, para suas botas, e depois para um braço, sem entender de quem ele era, e não só porque estava atordoada. O braço pairava congelado no ar, acima de seu quadril. Quando ela percebeu que o braço era seu, tentou mexê-lo. Mas ele não respondeu. Estava morto. Ela estava inteira congelada. Nesse instante, aconteceu uma coisa que a pôs de pé.

Ela viu a filha diante de si. Viu a menina tão nitidamente que parecia possível tocá-la, e depois de quatro ou cinco tentativas Klara de repente estava em pé, cambaleando ladeira abaixo como uma sonâmbula, as mãos congeladas à frente. E embora mal soubesse o que era direita e o que era esquerda, uivos e gritos inumanos a guiaram, parecendo lhe mostrar o caminho. Foi só depois de um bom tempo que ela entendeu que os gritos vinham de si mesma.

Nima Rita estava num cenário que ele sempre acreditou ser habitado por espíritos e fantasmas, por isso ignorou os gritos. Podem gritar, ele pensou, gritem. Por que diabos ele tinha voltado lá para cima? Nem ele mesmo conseguia acreditar nisso. Ele a tinha visto e se despedido. Não havia mais esperança. Por outro lado, sabia que tinha dado ouvidos demais aos outros e abandonado quem ele não podia abandonar. Para ele, talvez nem fizesse muita diferença se ela sucumbisse ou não. O importante era mostrar que ele não havia desistido. Se ele morresse, pelo menos morreria com dignidade.

Estava exausto, com graves geladuras, e mal conseguia enxergar. Só ouvia a tempestade de neve e os uivos saídos da cerração. Mas em nenhum instante achou que tivessem relação com Mamsahib, e ele estava prestes a parar a fim de descansar um pouco quando percebeu a aproximação de um som de passos, de passos que estalavam.

Em seguida, viu um fantasma com os braços estendidos, como se suplicasse uma dádiva do mundo dos vivos, um pedaço de pão, um pouco de consolo, uma prece, e ele se aproximou do fantasma. Segundos depois, a figura desabou em seus braços com um peso surpreendente. Os dois caíram e rolaram na neve, e Nima bateu a cabeça.

— Me ajude, me ajude, preciso alcançar minha filha — disse a figura, e só então ele entendeu.

Não de imediato, mas de forma lenta e confusa, até que uma pontada de alegria atravessou seu corpo exaurido. Era ela. Realmente era ela, e aquilo só podia significar que a deusa da montanha queria bem a ele apesar de tudo. A deusa devia ter visto como ele tinha lutado e quanto sofria e penava. Ia dar tudo certo, pensou, e reunindo suas últimas forças segurou-a pela cintura, colocou-a em pé, e logo os dois, juntos, desciam a montanha aos tropeções, enquanto ela gritava e ele ia perdendo cada vez mais a noção da realidade.

O rosto dele era estranhamente rígido e manchado. Parecia estar em outro mundo, e ainda assim, era incrível... ele a segurava, ele lutava. Sua respiração indicava que ele fazia um esforço sobre-humano, e ela pedia a Deus que a deixasse voltar para rever sua filha, e o tempo todo prometia a si mesma que não iria desistir. Que nunca, jamais, cairia de novo. Nem agora nem depois. Vai dar tudo certo, ela pensou.

A cada passo que dava, dizia a si mesma: se sobrevivi a isso, consigo qualquer coisa. Logo depois, mais abaixo, ela vislumbrou dois vultos e se animou ainda mais:

Agora estou a salvo.
Agora finalmente devo estar a salvo.

29. 28 DE AGOSTO

Catrin acordou às oito e meia da manhã, na cama de casal do Hotel Lydmar e esticou a mão para puxar Mikael para si. Mas ele não estava lá, e ela o chamou:

— Blomknuvem?

Era um apelido bobo que ela tinha inventado na noite anterior, quando ele não estava prestando atenção a uma única palavra que ela dizia. — Você está com a cabeça nas nuvens, Blomknuvem — ela tinha dito, o que pelo menos o fez rir. No mais, ele havia se mantido inacessível. Mas também não era difícil de entender. Ele ia ter uma entrevista exclusiva com o ministro da Defesa, e havia toda aquela confidencialidade em torno do encontro, instruções criptografadas sendo enviadas pelo celular dela... A única maneira de estabelecer alguma troca com Mikael era falar da entrevista, aí ele se mostrava mais próximo. A certa altura, até tentou recrutá-la para a *Millennium*. Logo depois ela conseguiu desabotoar a camisa dele, e depois o resto da roupa, e fizeram amor. Em seguida, ela deve ter pego no sono.

— Blomknuvem? — ela chamou de novo. — Mikael?

Ele não estava mesmo no quarto. Ela olhou o relógio: era mais tarde do que havia imaginado. Fazia tempo que ele devia ter saído, provavelmente já estava no meio da entrevista. Ela ficou surpresa por não ter acordado. Mas às vezes seu sono era estranhamente pesado, e lá fora estava tudo quieto, não se ouvia nem um carro passar. Ela continuou deitada, até que seu celular tocou.

— Catrin falando — disse.
— Meu nome é Rebecka Forsell — disse uma voz.
— Ah, olá.
— Estamos um pouco preocupados.
— Mikael não está aí?
— Ele está meia hora atrasado e o celular dele parece estar desligado.
— Que estranho — ela disse.

Era muito estranho. Embora ainda não conhecesse Mikael tão bem, Catrin achou que ele não se atrasaria para uma entrevista daquela importância.

— Quer dizer que você não sabe onde ele está? — perguntou Rebecka Forsell.
— Quando acordei ele já tinha saído.
— É mesmo?

Ela detectou uma ponta de apreensão na voz de Rebecka.

— Estou começando a ficar preocupada — disse Catrin.

Ou gelada, devia ter dito. Absolutamente gelada.

— Você tem alguma razão específica para se preocupar? — perguntou Rebecka. — Além do atraso dele aqui conosco?
— Bem...

Sua cabeça dava voltas.

— O quê?
— Faz uns dois dias que Mikael não está na casa dele. Não acha seguro, me disse que está sendo vigiado — ela disse.
— Por causa da história de Johannes?
— Não, acho que não.

Catrin não sabia quanto podia dizer, mas decidiu se abrir.

— Tem a ver com a amiga dele, Lisbeth Salander. É só o que eu sei.
— Meu Deus.
— Por quê?
— É uma longa história. Mas sabe...

Rebecka Forsell hesitou, parecia agitada.

— Pode falar.

— Gostei do que você escreveu sobre Johannes.
— Obrigada.
— Dá para entender por que Mikael confia em você.

Catrin não contou o quanto ela havia precisado jurar a ele, na noite anterior, que não diria uma única palavra sobre a história para ninguém, nem comentou sobre todas as vezes que ele pareceu não confiar nela. Apenas murmurou:

— Ah, é?
— Você pode esperar um pouco?

Catrin esperou, mas logo se arrependeu. Não podia só ficar ali sentada; precisava agir, telefonar para a polícia, e talvez também para Erika Berger. Quando Rebecka Forsell finalmente voltou, ela estava quase desligando.

— Queríamos saber se você podia vir aqui — disse Rebecka.
— Acho que eu devo telefonar para a polícia.
— Deve, claro. Mas nós... o Janek... também tem pessoas que podem investigar o caso.
— Não sei... — ela disse.
— Realmente achamos mais seguro você vir. Podemos mandar um carro se você nos passar o endereço.

Catrin mordeu o lábio, se lembrando do homem que ela tinha visto na recepção. Também se lembrou dos passos atrás de si quando se dirigia ao hotel, da sensação de que estava sendo seguida.

— Tudo bem — ela disse, e informou o endereço.

Segundos depois, alguém bateu à porta do quarto.

Jan Bublanski tinha acabado de ligar para a agência de notícias sueca, divulgando a notícia, na esperança de que a população pudesse enviar alguma informação. Por enquanto, e apesar de terem trabalhado duro desde cedo, não faziam ideia de onde estava Mikael Blomkvist. Sabiam que ele havia passado as últimas horas da noite no Lydmar, sem que ninguém, nem mesmo os recepcionistas, o tivesse visto.

Logo depois das duas da manhã, ele tinha saído do hotel. Imagens de um vídeo muito curto gravado pelas câmeras de segurança, mesmo sem muita nitidez, sem dúvida mostravam Blomkvist em boas condições, aparentemente sóbrio e um pouco agitado, a mão tamborilando na coxa. Em seguida ocorrera algo sinistro. As câmeras de segurança se apagaram. Elas simplesmente morreram. Felizmente, havia testemunhas no local, por exemplo uma jovem chamada Agnes Sohlberg, que no momento estava arrumando as mesas da calçada.

Agnes tinha visto um homem de meia-idade sair do hotel. Ela não o reconheceu como Mikael Blomkvist, mas ouviu um senhor esguio e já idoso chamá-lo por esse nome. O homem usava um terno branco e estava sentado de costas para ela a uma mesa mais distante, na ponta do bar. Em seguida, Agnes ouviu passos rápidos e talvez também um suspiro, um gemido. Ao se virar, viu outro homem, um sujeito mais jovem e forte, de jaqueta de couro e jeans.

A princípio, Agnes Sohlberg pensou que fosse uma pessoa solícita chegando rápido para ajudar. Ela mesma viu Blomkvist, ou seja, aquele que ela mais tarde soube ser Blomkvist, cair no asfalto, e também ouviu uma voz falando em um inglês britânico que era "um ataque epiléptico". Como Agnes estava sem o celular, correu para dentro a fim de chamar o serviço de emergências.

Depois Bublanski e seu pessoal ouviram outras testemunhas, entre as quais o casal Kristoffersson, que viu uma ambulância chegar da Hovslagargatan. Blomkvist foi posto em cima de uma maca e transferido para a ambulância. O marido e a mulher teriam considerado a cena bem normal, se não tivessem percebido um modo descuidado de lidar com o paciente e visto os homens entrar no carro de uma maneira que não lhes pareceu "natural".

A ambulância, que depois se descobriu ter sido roubada fazia seis dias em Norsborg, foi vista mais tarde na Klarabergsleden e na rodovia E4, indo na direção norte com as sirenes ligadas. Logo depois desapareceu. Bublanski e sua equipe não tinham dúvida de que os sequestradores haviam trocado de veículo. No entanto, ainda não se podia afirmar nada com certeza, apenas que Lisbeth Salander também havia telefonado para o serviço de emergências. Bublanski não gostou nada daquilo.

O fato de Lisbeth ter sabido tão depressa o que havia ocorrido reforçou suas suspeitas de que o ataque a Blomkvist estava de algum modo relacionado a ela, e quando teve a oportunidade de conversar com Lisbeth sua apreensão não diminuiu nem um pouco. De certa forma, o inspetor Bublanski ficou grato por ela ter telefonado — qualquer informação era valiosa —, porém não gostou do que pressentiu na voz dela: muita raiva e uma fúria incontrolável, e mesmo que ele tivesse insistido em dizer "Não se meta, deixe a gente cuidar disso", suas palavras pareceram não alcançá-la. Bublanski também não acreditou que ela tivesse lhe contado tudo. Deduziu que estava envolvida em alguma operação própria, e soltou uns bons palavrões quando desligaram. Agora tinha acabado de soltar mais alguns na sala em que estava reunido com seus colegas Sonja, Jerker Holmberg, Curt Svensson e Amanda Flod.

— O quê? — murmurou Bublanski.

— Perguntei como Salander soube tão depressa que Blomkvist foi atacado — disse Jerker.

— Eu já não contei?

— Você contou que ela tinha feito alguma coisa no telefone dele.

— Isso mesmo, ela mexeu no telefone de Blomkvist, mas com o consentimento dele. Por isso o ouviu e soube onde ele estava. Pelo menos até destruírem o celular.

— Me refiro ao fato de ela ter reagido tão depressa — prosseguiu Jerker. — É como se... Não sei, como se ela estivesse esperando que algo assim acontecesse.

— Ela disse que temia que isso acontecesse — confirmou Bublanski. — Na pior das hipóteses. O MC Svavelsjö andava vigiando Mikael tanto na Bellmansgatan como lá em Sandhamn.

— E não temos nada que incrimine esse clube?

— Hoje de manhã acordamos o presidente deles, Marko Sandström. Mas ele riu na nossa cara. Disse que seria suicídio atacar Blomkvist. Estamos tentando localizar os outros membros, para colocá-los sob vigilância. Por enquanto não podemos afirmar que algum deles esteja ligado ao ocorrido, apenas constatar que vários estão fora do nosso alcance.

— E ainda não sabemos o que Mikael foi fazer no Lydmar? — perguntou Amanda Flod.

— Não, não sabemos — respondeu Bublanski. — Nosso pessoal está lá agora. Mikael parecia estar muito reticente ultimamente. Nem na *Millennium* sabem o que ele andava fazendo. Erika Berger disse que ele tirou uma espécie de férias. Tudo indica que vinha se dedicando à sua matéria sobre o xerpa.

— Que pode ter a ver com Forsell.

— Pode, sim, o que, como vocês sabem, deixaria nervoso o Serviço de Inteligência Militar. E a Säpo também.
— Será alguma operação estrangeira? — sugeriu Curt Svensson. — O hackeamento das câmeras de segurança indica isso. E o fato de que tenham usado uma ambulância roubada não me agrada, cheira a provocação. Além disso eu...
— ... você associa tudo isso a Salander — completou Sonja Modig.
— Acho que todo mundo associa — disse Jerker.
— Talvez — disse Bublanski, mergulhando outra vez em suas reflexões e se perguntando o que Lisbeth estaria escondendo dele.

Lisbeth não havia lhe contado sobre o apartamento na Strandvägen. Torcia para que Camilla a levasse a Mikael e não queria que a polícia estragasse essa oportunidade. Mas por enquanto Camilla continuava metida no apartamento. Quem sabe estivesse esperando o mesmo que Lisbeth, e que Lisbeth temia: imagens de Mikael sendo torturado e a exigência de uma troca dela por ele ou, pior, imagens de Mikael morto e a ameaça de que outras pessoas próximas a ela seriam assassinadas caso Lisbeth não se rendesse.

À noite tinha entrado em contato com Annika Giannini, Dragan Armansky, Miriam Wu e algumas outras pessoas — inclusive Paulina, cuja existência, ela supunha, ninguém conhecia —, dizendo a todos que fossem para algum lugar seguro, o que não foi exatamente agradável. Mas ela fez o que precisava ser feito.

Olhou pela janela. Parecia estar fazendo sol e antes podia ter havido uma nevasca. Era o de menos. Não tinha a menor ideia de para onde haviam levado Mikael, apenas que parecia ter sido para o norte, razão pela qual se hospedara no Hotel Clarion, perto do aeroporto de Arlanda, que pelo menos ficava nessa direção. Mas Lisbeth estava alheia a tudo em volta, ao quarto, ao hotel, e não tinha pregado o olho.

Passara horas e horas sentada à mesa, tentando encontrar alguma pista, alguma brecha, e apenas agora de manhã, ao ouvir um sinal no computador, ficou alerta e se levantou. Era Camilla deixando o apartamento da Strandvägen. Muito bem, irmãzinha, ela pensou. Agora seja um pouco descuidada e me leve até ele. Mas não acreditava muito que fosse acontecer. Camilla tinha Bogdanov, e Bogdanov era um fenômeno da mesma categoria que Praga.

Aliás, necessariamente não seria uma grande conquista a irmã levá-la a algum lugar. Poderia ser uma armadilha, uma tentativa de despistá-la. Precisava estar preparada para tudo, mas agora... seus olhos fixaram-se no mapa. O carro em que a irmã estava ia na mesma direção que a ambulância no dia anterior, pela rodovia E4 sentido norte, o que era promissor. Tinha que ser. Lisbeth juntou suas coisas, desceu, fez o check-out na recepção e partiu em sua Kawasaki.

Catrin envolveu o corpo num roupão e foi abrir a porta. Ao dar com um jovem policial loiro, de cabelo penteado com capricho para o lado e olhos estreitos e franzidos, ela murmurou um bom-dia nervoso.

— Estamos procurando pessoas no hotel que tenham visto ou estado em contato com o jornalista Mikael Blomkvist — disse o policial, e ela logo sentiu o quanto ele estava desconfiado e se mostrando até um pouco hostil.

Ele tinha uma expressão presunçosa nos olhos e uma postura bem ereta, como se quisesse mostrar o quanto era alto e poderoso.

— O que aconteceu? — ela perguntou, e não foi difícil ouvir o medo em sua voz.

O policial se aproximou, medindo-a com um olhar que ela conhecia bem demais. Já o vira muitas vezes na cidade. Um olhar que queria tanto despi-la quanto machucá-la.

— Qual é o seu nome? — ele perguntou.

Fazia parte da provocação. Ela viu que ele sabia muito bem quem ela era.

— Catrin Lindås.

Ele anotou num bloco.

— Você estava com ele, não é?

— Sim.

— Passaram a noite juntos?

O que isso tem a ver com o caso?, ela quis gritar. Mas estava com medo e respondeu "sim", recuando mais para dentro do quarto. Depois disse que Mikael já não estava lá quando ela acordara naquela manhã.

— Vocês se hospedaram com nome falso?

Ela tentou respirar com calma, perguntando-se se seria possível ter uma conversa racional com aquele homem, sobretudo agora que ele havia entrado no quarto sem cerimônia.

— E você, tem um nome? — ela perguntou.
— Como é?
— Não me lembro de ter se apresentado.
— Me nome é Carl Wernersson, da polícia de Norrmalm.
— Muito bem, Carl. Antes de mais nada você pode me contar o que está acontecendo?
— Mikael Blomkvist foi assaltado e sequestrado nesta madrugada em frente ao hotel, portanto você deve agradecer por estarmos tratando isso com a maior seriedade.

Ela sentiu as paredes desmoronando sobre ela.
— Meu Deus — disse.
— É da maior importância que você me conte exatamente o que aconteceu antes disso.

Ela se sentou na cama.
— Ele está ferido?
— Não sabemos.
Ela olhou para ele.
— Você não respondeu à minha pergunta — ele disse.
O coração de Catrin disparou, e ela procurou as palavras certas.
— Mikael ia ter uma reunião importante esta manhã, mas acabei de saber que ele não compareceu.
— Que reunião?
Ela fechou os olhos. Por que estava sendo tão idiota? Tinha jurado não dizer nada sobre a reunião, mas estava apavorada, confusa, seu cérebro não estava funcionando direito.
— Não posso revelar, é uma questão de sigilo das fontes — ela disse.
— Quer dizer que você não quer cooperar?
Ela estava sentindo falta de ar e olhou para a janela, buscando uma saída. Entretanto, o próprio Carl Wernersson ajudou-a sem querer, quando pregou os olhos nos seios dela. Catrin enlouqueceu.
— Coopero de bom grado, mas preciso falar com alguém que tenha um conhecimento minimamente rudimentar sobre a lei de proteção às fontes e

que ao menos se esforce para demonstrar algum respeito por aqueles que recebem notícias traumáticas sobre pessoas às quais são próximas.

— Do que você está falando?

— Estou dizendo para você ir falar com os seus superiores e sumir daqui já!

Carl Wernersson parecia disposto a lhe dar voz de prisão a qualquer momento.

— Já! — ela gritou, ainda mais furiosa. Ele então resmungou um "o.k.", embora não tenha resistido a acrescentar:

— Só que você fica aqui.

Ela não respondeu. Apenas abriu a porta para que ele saísse e depois se sentou na cama, atordoada. Porém, logo foi trazida de volta à realidade pela vibração do celular em sua mão. Era uma notícia de última hora do *Svenska Dagbladet*: **Famoso jornalista atacado e sequestrado em frente ao Hotel Lydmar.**

Por alguns minutos, Catrin ficou absorvida pelas notícias. Havia manchetes por todo lado, embora o conteúdo dos artigos fosse escasso, limitando-se a informar que uma ambulância o tinha levado, uma ambulância que ninguém havia chamado. Parecia... inconcebível. O que ela devia fazer, meu Deus? Só queria gritar. Em seguida, se lembrou de alguma coisa da noite anterior, de um som no banheiro, de um sussurro, de uma exclamação de Mikael. Achou que tivesse até murmurado para ele: — O que você está fazendo?

Ou ela teria sonhado isso? Não importava. O sussurrar dele certamente estava relacionado com a saída dele do quarto. De acordo com o noticiário, ele tinha sido sequestrado às duas da manhã em frente ao hotel. Tentou raciocinar com clareza. Ele devia ter ficado preocupado com alguma coisa e saído, deixando-a sozinha, e sido imediatamente atacado. Teria sido uma armadilha, uma tentativa para fazê-lo sair? Merda, merda. O que estava acontecendo? O que tinha ocorrido?

Ela pensou no mendigo e em Rebecka Forsell, no desespero em sua voz e em toda a excitação de Mikael na noite anterior com a entrevista. Aquele policial idiota que se danasse. Decidida, se vestiu e fez a mala. Depois desceu, pagou a conta na recepção e foi embora num carro preto do corpo diplomático da embaixada britânica que a aguardava.

30. 28 DE AGOSTO

O local tinha um pé-direito alto, era iluminado apenas por um ou outro holofote, e nenhuma luz natural entrava lá. Estava quente, havia um fogo enorme aceso numa fornalha a gás. As grandes janelas estavam escurecidas pela fuligem ou tinham sido pintadas de preto. Os olhos de Mikael percorreram a construção, as vigas de concreto e as armações de ferro, passaram pelos cacos de vidro no chão e pelas bordas lustrosas de metal da fornalha, que refletiram sua imagem.

Ele estava em alguma fábrica desativada, talvez uma antiga vidraria, provavelmente mais distante de Estocolmo, mas não fazia a menor ideia de onde. Achou que a viagem até ali tinha sido longa. Eles haviam trocado de carro uma ou duas vezes, e por estar fortemente dopado e desorientado tinha apenas lembranças fragmentadas da noite anterior e daquela manhã. Agora estava deitado numa cama de exército, ou maca, amarrado com correias de couro, perto da fornalha. Ele gritou:

— Ei! Tem alguém aí? Ei!

Não que achasse que isso ia ajudar, mas precisava fazer alguma outra coisa além de se retorcer, suar e sentir o fogo ir esquentando seus pés. Do contrário, enlouqueceria. A fornalha sibilava feito uma serpente, e ele estava aterrorizado, encharcado de suor e com a boca seca. Agora... o que era aquilo? Ouviu o chão estalar, estilhaços de vidro estavam sendo esmagados. Passos se aproximavam, e ele sentiu que não eram passos de chegada de socorro. Pelo contrário, pareciam passos indiferentes, exageradamente lentos e acompanhados de um assobio.

Que tipo de pessoa assobiava numa hora dessas?

— Bom dia, Mikael.

A mesma voz inglesa que o havia chamado pelo nome na noite anterior. Mas ele ainda não via ninguém. Talvez fosse intencional. Talvez quisessem esconder o rosto. Mikael respondeu em inglês:

— Bom dia.

Os passos se detiveram, o assobio cessou, e Mikael sentiu uma respiração e um leve odor de loção pós-barba. Preparou-se para qualquer coisa, um soco, uma punhalada, um empurrão na maca que impulsionaria seus pés para dentro do fogo. Mas nada aconteceu. O homem simplesmente disse:

— Não esperava uma saudação tão alegre.

Mikael não conseguiu articular uma única palavra.

— Fui criado assim — disse a voz.

— Assim como? — gaguejou Mikael.

— Para sempre fingir estar calmo, aconteça o que acontecer. Mas aqui não há necessidade disso. Prefiro a sinceridade, e não me importo de admitir que estou me sentindo um pouco... desconfortável. Uma espécie de resistência.

— O que você quer dizer? — perguntou Mikael.

— Gosto de você, Mikael. Respeito sua busca pela verdade, e essa história...

A voz fez uma pausa calculada.

— ... deveria ser apenas um assunto de família. Mas, como muitas vezes acontece com as vendetas, outras pessoas acabam sendo envolvidas.

Mikael percebeu que tinha começado a tremer.

— Você está falando de Zala — disse com dificuldade.

— O companheiro Zalachenko, ah, sim. Mas, pelo que sei, você não o conheceu.

— Não.

— Devo felicitá-lo por isso. Era uma experiência sublime, mas deixava marcas.

— Você o conheceu então?

— Eu o amava. Mas infelizmente acho que era um pouco como amar um deus. Não se recebe nada em troca. Apenas um resplendor que te deslumbra e te torna irracional, cego.

— Cego? — repetiu Mikael, mal sabendo o que dizia.

— Isso mesmo, cego e louco. Receio que eu ainda seja um pouco assim. Meus laços com Zalachenko pareciam impossíveis de romper, e eu tenho uma tendência a correr riscos desnecessários. Nem eu nem você, Mikael, deveríamos estar aqui.

— Por que estamos então?

— A resposta é simples: vingança. Quem poderia lhe contar um pouco sobre seu poder destrutivo é sua amiga.

— Lisbeth — ele disse.

— Exato.

— Onde ela está?

— Pois é, onde? É o que estamos nos perguntando.

Houve outra pausa, talvez não tão longa, mas longa o suficiente para Mikael temer que o homem quisesse mostrar como ele ainda era cego e irracional. Entretanto, a figura se aproximou, e a primeira coisa em que Mikael reparou foi no terno de linho branco, o mesmo que o homem usava na noite anterior. Para seu horror, Mikael imaginou seu próprio sangue manchando o paletó dele.

Depois viu o rosto. Era um rosto harmonioso e bonito, com uma leve assimetria em torno dos olhos e uma cicatriz pálida ao longo da face direita. Tinha um cabelo grosso e grisalho, com faixas brancas como neve. Ele era alto e magro. Em outro contexto, poderia passar por um intelectual excêntrico, um Tom Wolfe. Mas ali, naquele lugar, havia alguma coisa de desagradavelmente gelada nele e uma lentidão artificial em seus movimentos.

— Imagino que você não esteja sozinho — disse Mikael.

— Temos alguns bandidos por aqui também, jovens que, por motivos insondáveis, não desejam mostrar o rosto. Além disso temos uma câmera lá em cima.

O homem apontou para o teto.

— Vocês vão me filmar?

— Não se preocupe com isso, Mikael — disse o homem, passando inexplicavelmente a falar em sueco. — Pense nisto como alguma coisa inteiramente entre mim e você, como uma espécie de intimidade nossa.

Os tremores no corpo de Mikael aumentaram.

— Você fala sueco — disse, apavorado.

Era como se a capacidade de o homem trocar de idioma confirmasse a imagem dele como um demônio.

— Sou linguista, Mikael.

— É mesmo?

— Sim. Entretanto, você e eu vamos fazer uma viagem para além dos idiomas.

Ele desdobrou um pano preto que vinha segurando na mão direita e distribuiu alguns objetos brilhantes na mesa de aço ao lado dele.

— O que você quer dizer?

Cada vez mais desesperado, Mikael se retorcia na maca, olhando para o fogo que sibilava à sua frente e para a imagem de seu rosto distorcido refletida na armação de metal da fornalha.

— Existem inúmeras palavras maravilhosas para classificar a maioria das coisas na vida — prosseguiu o homem. — Principalmente o amor, não é mesmo? Você deve ter lido Keats e Byron, e tudo isso, quando era jovem, e na minha opinião eles captaram muito bem o amor. Mas para a dor infinita, Mikael, para ela não existem palavras. Ninguém conseguiu descrevê-la, nem mesmo os maiores artistas, e é para lá que estamos indo, Mikael. Para o mundo sem palavras.

O MUNDO SEM PALAVRAS

Jurij Bogdanov estava no banco de trás de uma Mercedes preta, indo para o norte, na direção de Märsta, mostrando o vídeo a Kira. Ela assistiu de cenho franzido, e Bogdanov esperou ver aquele brilho afogueado que sempre despontava no olhar dela quando via seus inimigos sofrer.

Mas nada aconteceu. Somente uma expressão de impaciência atormentada passou por seu rosto, e ele não gostou daquilo. Não confiava em Galinov e estava convencido de que tudo tinha passado dos limites. Atacar Mikael Blomkvist não levaria a nada de bom. Havia emoções exaltadas no ar, e ele não gostou do olhar obstinado de Kira.

— Como está se sentindo? — perguntou.
— Você vai mandar o vídeo para ela? — foi a resposta de Kira.
— Primeiro vou blindar o link. Mas sinceramente, Kira...
Ele hesitou. Sabia que ela não ia gostar e evitou os olhos dela.
— Você devia ficar longe daquele lugar — ele prosseguiu. — Devíamos pôr você num avião e mandá-la para casa agora mesmo.
— Não vou pegar avião nenhum até que ela esteja morta.
— Eu acho... — ele começou.
... que ela não se deixará capturar tão facilmente, ele quis dizer, *que você a está subestimando*. No entanto, não disse nada. Não podia revelar com palavras nem com seu olhar que, na verdade, ele admirava Lisbeth, ou Wasp, como ele viera a conhecê-la. Havia bons hackers, havia gênios, e havia ela. Era a opinião dele, mas, em vez de falar, ele se abaixou e pegou uma caixa azul de metal.
— O que é isso? — ela perguntou.
— Uma caixa de blindagem. Uma gaiola de Faraday. Ponha seu celular aqui dentro. Não podemos deixar rastros.
Kira olhou um pouco pela janela do carro e depois deixou seu telefone na caixa. Em seguida, permaneceram em silêncio, olhando para a frente, para o motorista e a paisagem lá fora, até Kira pedir para ver mais do que se passava na fábrica de Morgonsala. Bogdanov lhe mostrou.
Eram imagens que ele dispensava.

Logo depois de Lisbeth passar Norrviken, o sinal de seu Google Glass caiu, ela xingou e socou o guidom com a mão direita. Entretanto, era esperado. Ela desacelerou e achou uma área de descanso na beira da estrada, com um banco de madeira e uma mesa perto de um bosque. Acomodou-se ali com seu notebook, torcendo para ser recompensada por todas as horas gastas durante o verão mapeando o grupo de auxiliares de Camilla.

A operação não poderia ter sido executada sem a participação dos membros do MC Svavelsjö, e, embora Lisbeth calculasse que nenhum deles tivesse levado outra coisa que não celulares pré-pagos, ela ainda queria acreditar que tivesse ocorrido alguma pequena falha no caminho. Desse modo, deu outra olhada nos sujeitos que tinham estado no apartamento de Kira na Strandvägen: Marko, Jorma, Conny, Krille e Miro. Mas não resultou em nada, mesmo tendo hackeado a operadora deles e tido acesso às torres de celular. Deu um murro na mesa e estava a ponto de desistir e procurar outra saída quando se lembrou de Peter Kovic.

Peter Kovic era o membro do clube com os antecedentes criminais mais pesados e, segundo boatos, ele vivia tendo problemas com bebida, mulheres e disciplina. Ela não o tinha visto nas imediações da Strandvägen, mas ele era um dos que estiveram na Fiskargatan no verão. Portanto, fez também uma tentativa com ele e seu celular, e logo soltou um palavrão de alegria. De manhã cedo, Kovic tinha feito o mesmo caminho que Camilla percorria agora, e depois continuado mais ao norte, em direção a Uppsala, passando Storvreta e Björklinge. Ela ia verificar melhor aquilo quando o telefone tocou.

Uma ova que ia atender. Mas quando viu que era Erika Berger, da *Millennium*, Lisbeth atendeu. Primeiro não entendeu nada, Erika só gritava, e as únicas palavras que ouviu foram:

— Ele está queimando! Ele está queimando!

Em seguida, começou a entender o que estava acontecendo.

— Eles o enfiaram numa fornalha. Ele está gritando e sofrendo dores horrorosas, e eles disseram… eles escreveram…

— O quê?

— Que vão queimá-lo vivo se você, Lisbeth, não aparecer num lugar específico da floresta nos arredores de Sunnersta. Eles disseram que se perceberem que a polícia está na área ou suspeitarem de alguma coisa, Mikael vai morrer de uma forma horrível. E depois eles vão atrás de outras pessoas próximas a você e a Mikael, disseram que não vão parar até você se render. Meu Deus, Lisbeth, é terrível. Os pés dele…

— Vou encontrá-lo, ouviu? Vou encontrá-lo!

— Disseram para eu te enviar o vídeo e um endereço de e-mail, para você se comunicar com eles.

— Me mande então.

— Lisbeth, você precisa me dizer o que está acontecendo!

Lisbeth desligou. Não tinha tempo para isso. Precisava voltar ao que havia encontrado: Peter Kovic, que, de madrugada, percorrera o mesmo trajeto que Camilla fazia agora. Mas ele havia continuado mais ao norte, na rodovia E4, rumo a Tierp e Gävle, o que era promissor. De fato estava parecendo mesmo promissor, e ela tamborilou os dedos na mesa, resmungando e xingando:

— Vamos, seu bêbado desgraçado, me leve até eles.

Mas em Månkarbo os sinais cessaram, e Lisbeth lançou um olhar vazio para a rodovia. Seu rosto estava com uma expressão tão violenta que um jovem num Renault, que parava na área de descanso, foi embora assustado. Ela nem o viu. De dentes cerrados, assistiu ao vídeo que Erika Berger havia mandado e viu um close de Mikael.

Os olhos dele estavam arregalados e brancos, como se as pupilas tivessem sumido nas órbitas, e o rosto estava tão tenso e distorcido que nem parecia mais ele. O suor brotava por toda parte, no queixo, nos lábios, na frente da camisa, enquanto a câmera sobrevoava sobre seu corpo, mostrava a calça jeans, os pés. Ele estava de meias vermelhas, que lentamente iam sendo levadas para dentro de uma grande fornalha de tijolos marrons, onde o fogo ardia e sibilava. As meias e as pernas da calça pegaram fogo, e, com um atraso estranho, como se Mikael o estivesse segurando o mais possível, se ouviu um grito selvagem e dilacerante.

Lisbeth não disse uma palavra, mal moveu um músculo sequer do corpo. Mas com a mão, que naquele momento parecia uma garra, fez três sulcos profundos na mesa de madeira à sua frente. Depois leu a mensagem que haviam mandado, viu o endereço de e-mail — era uma merda criptografada pra caramba — e o mandou para Praga com algumas breves instruções, além de uma foto de Peter Kovic e de um mapa da rodovia E4 e da região norte de Uppland.

Em seguida pegou seu computador, sua arma, pôs o Google Glass outra vez e rumou para Tierp.

— Lisbeth, você precisa me dizer o que está acontecendo! — berrou Erika Berger ao telefone.

No entanto, as únicas pessoas que a ouviram eram aquelas reunidas em torno dela na redação da Götgatan, e que não entenderam nada, viram apenas que ela estava fora de si. Sofie Melker, mais próxima de Erika, chegou a pensar que ela fosse cair, e correu até ela, abraçando sua cintura. Erika nem notou. Estava desesperadamente concentrada em articular um plano de ação.

Eles tinham dito que ela não deveria entrar em contato com a polícia sob hipótese alguma. Mas seria realmente uma opção? Aquelas imagens não só eram a pior coisa que ela já tinha visto como diziam respeito a Mikael, seu amigo mais antigo e seu grande amor, e ela fora pega totalmente de surpresa. Tinha ido olhar seus e-mails, do jeito que todo mundo faz todos os dias regularmente, sem nem ter consciência do que está fazendo, simplesmente no piloto automático, e de repente aquilo...

Ela telefonou para Lisbeth antes mesmo de digerir aquele horror ou de lhe ocorrer que poderia ser apenas uma brincadeira macabra, algum truque de filmagem. Entretanto, pensamentos como esses desapareceram assim que ela ouviu a voz de Lisbeth e entendeu que basicamente era o que ela estava esperando: a maldade no mais alto grau.

Era indescritível, Erika descarregou palavrões em voz alta e de forma incoerente, como se estivesse voltando de outra dimensão, e só então percebeu que Sofie a estava abraçando. Por um instante pensou em contar à equipe o que estava acontecendo, mas acabou limitando-se a se desvencilhar de Sofie e murmurou:

— Desculpe, pessoal, preciso ficar sozinha. Mais tarde eu explico.

Erika foi para a sua sala, bateu a porta, e naquele momento teve uma certeza: não suportaria continuar viva se fizesse algo que pudesse custar a vida de Mikael. Mas isso também não significava que tudo que lhe cabia fazer era ficar paralisada, nem simplesmente seguir as instruções dos bandidos. Ela precisava... Do que ela precisava?... Pensar, se manter focada, claro! Afinal, o padrão desse tipo de crime não era sempre assim?

Os criminosos não querem o envolvimento da polícia. Mas acontece que quando eles são pegos é porque a polícia, de fato, estava secretamente envolvida. Ela precisava ligar para Bublanski através de uma linha segura, certo? Depois de hesitar por um instante, tentou um contato. No entanto, ele estava em outra ligação. Ela começou a tremer descontroladamente.

— Lisbeth, sua filha da puta — ela murmurou. — Como você pôde envolver Mikael nisso? Como?

O inspetor Bublanski tinha conversado bastante com Catrin Lindås. Depois o aparelho foi passado a um homem que se apresentou como Janek

Kowalski e que disse estar vinculado à embaixada britânica. Bublanski considerou que só lhe restava confiar na palavra dele. Agora os dois conversavam.

— Estou um pouco preocupado — disse o homem, o que fez Bublanski pensar uma ou duas coisas sobre o gosto dos ingleses por eufemismos.

Ele perguntou, com um tom seco na voz:

— De que forma?

— Duas histórias distintas estão se mesclando de modo delicado, talvez por coincidência. Ou não. Blomkvist tem uma ligação com Lisbeth Salander, não tem? E Johannes Forsell...

— Sim? — disse Bublanski impaciente.

— No final de sua estada em Moscou, em 2008, Forsell esteve envolvido em uma investigação sobre o pai de Lisbeth Salander, Alexander Zalachenko, e a deserção dele para a Suécia.

— Pensei que apenas o pessoal da Säpo soubesse disso na época.

— Nada é tão secreto como as pessoas querem acreditar, inspetor. O interessante é que Camilla, a outra filha de Zalachenko, mais tarde criou laços estreitos com o homem do GRU mais próximo a Zalachenko, que manteve contato com ele inclusive depois de ele haver traído sua pátria.

— E quem é esse homem?

— Seu nome é Ivan Galinov, e, por razões que não compreendemos totalmente, ele se manteve leal... como posso dizer?... até além-túmulo. Vem investindo contra velhos inimigos de Zalachenko até hoje e silenciando pessoas que possuem informações que lhe sejam prejudiciais. Ele é impiedoso, perigoso, e acreditamos que se encontre na Suécia e esteja envolvido no sequestro de Blomkvist. Seria de enorme importância para nós se ele fosse capturado, portanto gostaríamos de lhes oferecer ajuda, sobretudo porque o ministro da Defesa Forsell tem seus próprios planos, que eu, de maneira um tanto leviana, aprovei.

— Não estou entendendo.

— Vai entender no devido tempo, fique tranquilo. Estamos lhe passando o material, bem como fotos de Galinov, que infelizmente não são tão recentes. Até logo, inspetor.

Bublanski assentiu sozinho com a cabeça. Não era comum receber ajuda de um servidor público daquele gabarito. A esta altura, Bublanski já havia entendido exatamente que tipo de pessoa Kowalski era, e ele pensou nisso e em outras coisas mais. Depois se levantou e estava se preparando para ir até a sala de Sonja Modig lhe contar as novidades quando o telefone tocou de novo. Era Erika Berger.

Catrin estava sentada numa poltrona marrom na sala de Janek Kowalski, de frente para Johannes Forsell e ao lado de Rebecka. Não estava sendo fácil se concentrar, ela não parava de pensar em Mikael. Tinha conseguido arranjar um gravador emprestado, deixando de lado o celular. Calculou que ia dar certo e, aos poucos, foi se concentrando mais e mais na história, apesar de tudo.

— Então, você não conseguia dar nem mais um passo? — ela perguntou.

— Não — respondeu Johannes. — Já estava escuro e a temperatura era glacial. Eu estava congelado e só torcia para que tudo acabasse rápido. Que eu afundasse naquele último torpor de uma vez, quando o corpo se esvazia de calor e dizem que, então, você se sente bem de novo. Mas justo naquele momento ouvi os uivos e olhei para cima. Primeiro não vi nada, depois Nima Rita reapareceu na tempestade, só que com duas cabeças e quatro braços, como um deus indiano.

— O que você quer dizer?

— Foi a visão que eu tive, mas na verdade ele estava arrastando alguém. Só que demorou para eu entender, e demorou mais ainda para eu perceber quem era. Eu estava cansado demais para raciocinar. Cansado demais para ter esperança de ser resgatado. Talvez cansado demais até para *querer* ser resgatado, e devo ter desmaiado. Quando acordei, vi uma pessoa deitada ao meu lado, uma mulher com os braços duros e estendidos, como se quisesse me abraçar. Ela murmurava alguma coisa sobre a filha dela.

— O que ela falava?

— Não entendi. Só me lembro que olhamos um para o outro, obviamente num desespero total, mas também surpresos. Acho que nos reconhecemos. Era Klara, e eu passei a mão em sua cabeça e no ombro, e me lembro de ter pensado que ela nunca mais seria bonita de novo. Seu rosto estava destruído pelo frio. Vi a ferida que minha picareta de gelo deixara em seu lábio, e talvez eu tenha dito alguma coisa. Talvez ela tenha respondido. Não sei. A tempestade rugia, e mais acima de nós Svante e Nima brigavam. Gritavam um com o outro, trocavam empurrões. Tudo era absurdo, e a única coisa que captei foi tão maluca e desagradável que achei que tinha ouvido mal. Ouvi as palavras *slut* e *whore* em inglês, vadia e puta. Por que eles estavam dizendo esse tipo de coisa no auge da crise? Não deu para entender.

31. 28 DE AGOSTO

Mikael nunca tinha desejado morrer, não do modo como Johannes Forsell desejara no Everest. Nunca havia caído nem numa crise profunda. No entanto, ali deitado na maca corrediça e com graves queimaduras nas pernas e nos pés, ele quis apagar e desaparecer. Não existia nada além da dor que sentia, e ele não conseguia nem gritar. Apenas mantinha os dentes e os punhos cerrados, sem imaginar que as coisas pudessem ficar piores. Mas podiam.

O homem de terno branco, que se apresentara como Ivan, pegou um bisturi na mesa ao lado e fez um corte na carne queimada de Mikael, o que o fez arquear o corpo e gritar. Urrou e gritou até ser levado de volta ao mundo real. Demorou para entender o que estava acontecendo, e apenas de maneira vaga teve consciência de outros passos se aproximando, dessa vez estalidos de salto alto. Ele virou a cabeça e viu uma mulher loira com um toque de ruivo no cabelo e de uma beleza sublime. Ela sorriu, o que poderia lhe ter dado alguma esperança ou algum tipo de alívio. No entanto, Mikael só se viu invadido por um terror ainda mais profundo.

— Você... — ele murmurou.

— Eu — ela disse.

Camilla alisou a testa e o cabelo dele. Havia um quê de sadismo contido em seu gesto.

— Olá — ela disse.

Mikael não respondeu. Ele era uma ferida viva. Mesmo assim sua mente estava acelerada, como se ele tivesse alguma coisa importante para dizer a ela.

— Lisbeth me preocupa — disse Camilla. — Você também deveria se preocupar com ela, Mikael. O tempo está correndo. Tique-taque. Mas você perdeu a noção do tempo, não é? Pois eu posso lhe dizer que já passam das onze da manhã e que Lisbeth já teria nos procurado se quisesse te ajudar. Mas nenhuma palavra dela.

Ela sorriu outra vez.

— Talvez ela não goste tanto de você assim, Mikael. Quem sabe ela não esteja com ciúmes de todas as suas outras mulheres? Da sua pequena Catrin.

Ele estremeceu.

— O que vocês fizeram com ela?

— Nada, meu querido, nada. Nada ainda. Mas Lisbeth parece que prefere ver você morto a cooperar conosco. Ela está te sacrificando, assim como já sacrificou muitas pessoas.

Mikael fechou os olhos e continuou buscando na memória aquilo que sabia que queria dizer a ela. Mas não encontrou nada além de sua dor.

— *Vocês* é que estão me sacrificando — disse. — E não ela.

— Nós? Não, não. Lisbeth recebeu uma proposta e não aceitou, e para dizer a verdade pouco me importa. Será um prazer fazê-la sentir como é perder alguém importante na vida. Você já foi importante para ela, não foi?

Ela correu os dedos de novo pelo cabelo de Mikael, e naquele instante ele viu algo inesperado no rosto de Camilla: uma semelhança com Lisbeth, talvez não na aparência, mas na expressão calada e furiosa de seus olhos, e ele gaguejou:

— Quem...

Ele lutou para controlar a dor.

— O quê, Mikael?

... foi importante para ela foi sua mãe e Holger, e ela já perdeu os dois — ele disse, e naquele instante se deu conta do que estivera buscando.

— O que você quer dizer?

— Que Lisbeth já sabe o que é perder alguém muito próximo, enquanto você, Camilla...
— Enquanto eu...
— ... perdeu coisa pior.
— E o que seria?
Ele disse entre dentes:
— Uma parte de si mesma.
— O que você quer dizer?
Os olhos dela faiscaram, furiosos.
— Você perdeu tanto sua mãe quanto seu pai.
— Perdi, sim.
— Uma mãe que se recusou a ver o quanto você sofria e um pai... que você amava... mas que abusava de você, e eu acho...
— Que diabos você acha?
Ele fechou os olhos e se esforçou para manter a concentração.
— Que você foi a maior vítima em sua casa. Todos te traíram.
Camilla agarrou-o pelo pescoço.
— O que Lisbeth meteu na sua cabeça?
Mikael estava com dificuldade para respirar, e não só por causa da mão de Camilla. O fogo parecia estar chegando mais perto, e ele tinha certeza de que cometera um erro. Sua intenção fora despertar alguma coisa dentro dela, mas só conseguira deixá-la mais enfurecida.
— Responda! — ela gritou.
— Lisbeth disse que...
Ele arfou em busca de ar.
— O quê?
— Que ela devia ter percebido o motivo de Zala entrar no seu quarto à noite, mas que estava tão concentrada em salvar sua mãe que não entendeu.
Camilla soltou o pescoço dele e chutou a maca, fazendo os pés dele baterem na borda da fornalha.
— Então ela disse isso?
O coração dele disparou.
— Ela não entendeu.
— Papo furado.
— Não, não.

— Ela sempre soube, é claro que soube — gritou Camilla.
— Calma, Kira — disse Ivan.
— Nunca — ela rosnou para Ivan. — Lisbeth o encheu de mentiras.
— Ela não sabia — gaguejou Mikael.
— É isso que ela anda dizendo? Você quer saber o que realmente aconteceu com Zala? Quer saber? Zala fez de mim uma mulher. Foi isso que ele sempre disse.

Camilla hesitou, parecendo procurar as palavras.

— Ele fez de mim uma mulher, como eu agora estou fazendo de você um homem, Mikael — ela disse e inclinou-se para a frente, olhando-o bem nos olhos, e embora a princípio seu olhar fosse de alguém enfurecido e vingativo, esse olhar mudou.

Mikael viu um lampejo de vulnerabilidade ali e teve certeza de que uma ligação se criara entre os dois; talvez o desamparo dele a tivesse feito reconhecer algo semelhante em si mesma. Mas pelo visto se enganara. No instante seguinte, Camilla se virou e saiu, gritando alguma coisa em russo que soou como uma ordem.

Mikael ficou sozinho com o homem que ele conhecia como Ivan e não pôde fazer mais do que tentar aguentar firme e não olhar para as chamas.

13 DE MAIO DE 2008

Quando Klara viu os escaladores na nevasca, ela caiu e rolou pela encosta, para longe de Nima Rita, chocando-se com um corpo lá embaixo, o de um homem. Será que estava morto? Não, não, estava vivo, o homem se mexeu, olhou para ela e sacudiu a cabeça. Ele estava com uma máscara de oxigênio. Ela não conseguiu ver quem era. Mas ele afagou o ombro dela.

Depois ele tirou a máscara de oxigênio e os óculos escuros, e seus olhos sorriram para ela, e ela sorriu também, ou pelo menos achou que tivesse sorrido. Mas não por muito tempo, pois logo percebeu uma discussão mais acima. Ouvia apenas fragmentos. Falavam alguma coisa sobre tudo que Johannes — será que disseram Johannes mesmo? — já tinha feito por Nima e que ainda iria fazer. Construir uma casa. Cuidar de Luna. Não fez sentido para ela.

Ela sentia muita dor. Estava lá deitada na neve, desamparada e incapaz de se levantar, rezando a Deus para que Nima viesse ajudá-la de novo, e, sim, ali estava ele inclinando-se para baixo, e foi como se o mundo inteiro lhe estendesse as mãos. Ela ia ser salva. Ia rever sua filha e voltar para casa. Mas não foi ela quem Nima puxou.

Foi o outro homem, e a princípio ela não se preocupou. Eles apenas tinham decidido pegá-lo primeiro. Não significava nada, certo? Ela ergueu os olhos e viu o homem pendurado em Nima, como ela estivera fazia pouco tempo, e ela pensou que a outra pessoa lá em cima, aquela que havia gritado e brigado tanto com Nima, é que viria ajudá-la. Mas estava demorando, e depois aconteceu uma coisa profundamente perturbadora. Cambaleando, os dois começaram a se afastar dela. Eles não a estavam deixando lá, estavam?

— Não! — Klara gritou. — Por favor, não me deixem aqui!

Mas eles deixaram, sem nem olhar para trás, e ela ficou vendo as costas deles desaparecer na tempestade. Só quando a única coisa que ouvia era o som dos passos deles foi que o terror a invadiu, e ela gritou até não ter mais forças. Depois, tudo que pôde fazer foi chorar baixinho, sentindo um desespero que jamais pensou ser possível.

Jurij Bogdanov estava em um pequeno anexo recém-construído, logo na frente de Kira. Afundada em uma poltrona de couro, ela bebia nervosamente um borgonha branco caro, que eles naturalmente haviam trazido por sua causa.

Bogdanov olhava seu computador. Tinha uma série de vídeos para monitorar, não apenas aquele de Blomkvist se contorcendo de dor, mas também as imagens que as câmeras de segurança captavam na planície lá fora. O edifício era uma antiga fábrica de vasos e tigelas de vidro exclusivos que havia falido e que Kira tinha comprado cerca de dois anos antes. Ficava num lugar isolado, longe de outras casas, na beira da floresta, e, embora as janelas fossem grandes e altas, do lado de fora não se enxergava nada através delas. Bogdanov estivera obcecado em garantir que fossem tomadas todas as precauções. Deveriam estar seguros ali. Mesmo assim ele nunca relaxava, e de vez em quando pensava em Wasp e no que tinha ouvido falar dela. Diziam que ela havia entrado na intranet da NSA e lido coisas que nem mesmo o presidente tivera permissão de ver. Ela tinha conseguido o que se considerava impossível. No mundo dele, ela era uma lenda, enquanto Kira... bem, o que dizer de Kira?

Bogdanov olhou para onde ela estava sentada, para a bela Kira que o tirara da sarjeta e o transformara em um homem rico. Deveria sentir apenas gratidão em relação a ela, mas ainda assim — e sentiu um peso repentino no corpo — estava cansado dela. Cansado de suas ameaças e bofetadas, de sua sede de vingança. Sem entender direito por quê, entrou no endereço de e-mail que havia criado e por alguns segundos ficou ali quieto com uma estranha excitação no corpo.

Então digitou as coordenadas de GPS. Se eles não conseguiam rastrear Wasp, Wasp viria até eles.

Lisbeth estava com seu notebook em outra área de descanso, perto de Eskesta, na rodovia E4, quando um carro parou na beira da estrada. Era um Volvo V90 preto. Ela se assustou e pegou a arma dentro da jaqueta. No entanto, era apenas um casal de meia-idade com um menino que precisava fazer xixi.

Lisbeth voltou a olhar para a tela. Tinha acabado de receber uma mensagem de Praga contendo... Bom, definitivamente não era nenhuma descoberta revolucionária, mas pelo menos era uma nova direção, mais ao leste.

Exatamente o que ela havia previsto. O idiota do Peter Kovic, do Svavelsjö, tinha dado bandeira e sido filmado por uma câmera de segurança num posto de gasolina na Industrigatan, em Rocknö, ao norte de Tierp, às 3h37 da manhã. Seu aspecto era péssimo, o de um homem grande, suado e inchado. No vídeo, ele tirava o capacete e bebia água em uma garrafa de metal prateada, despejando o restante no cabelo e no rosto. Provavelmente para se manter desperto depois de uma ressaca infernal.

Ela escreveu de volta:

Vocês conseguiram segui-lo mais adiante?

Praga respondeu:

Depois disso, nada.

Nenhum sinal do celular?

Completamente morto.

O que significava que aquele bêbado poderia ter ido para qualquer lugar. Para as profundezas do interior de Norrland ou em direção ao litoral. Ela ainda não fazia ideia de para onde tinham levado Mikael, e sua vontade era gritar, bater. Mas se conteve e ficou quieta, se perguntando se afinal deveria fazer contato com os filhos da puta e ver se daquela maneira conseguiria alguma coisa. Entrou na conta de e-mail que recebera e descobriu algo novo ali, duas linhas de números e letras que ela por um instante não conseguiu entender. Depois viu que eram coordenadas de GPS e que elas indicavam um lugar na paróquia de Morgonsala, em Uppland.

Morgonsala.

O que significava aquilo? Antes queriam mandá-la para um lugar nos arredores de Sunnersta, com instruções incrivelmente detalhadas de como chegar lá. Agora, nenhuma direção, nem uma simples palavra, apenas as coordenadas de uma posição em... onde?... Ela olhou melhor: no meio do mato, num campo. Viu que Morgonsala era uma pequena comunidade de sessenta e oito habitantes a nordeste de Tierp, basicamente formada por florestas e planícies. Claro que havia uma igreja, ruínas arqueológicas, além de algumas fábricas abandonadas dos anos 1970 e 80, quando o povoado fora tomado por um espírito empreendedor. Aquilo a interessou e ela entrou no Google Earth para procurar o local, descobrindo que ali, no meio do campo, não muito distante da floresta, havia uma construção retangular e comprida de alvenaria com janelas enormes.

Poderia muito bem ser um esconderijo de criminosos. Por outro lado, qualquer edifício na Suécia também poderia ser. Havia um país inteiro onde procurar. Ela não estava entendendo. Por que a indicação daquela casa? Seria uma pista falsa? Uma armadilha?

Olhou de novo para o mapa e viu que Rocknö, onde Peter Kovic tinha parado e jogado água no rosto, ficava justamente no caminho para Morgonsala. Então ela murmurou empolgada: será que alguém do grupo de Camilla tinha vazado a localização? Seria mesmo possível? A ordem de atacar um homem como Mikael Blomkvist não devia ter sido bem recebida pelo pessoal do Svavelsjö. Deviam ter achado arriscado demais. Mas por que vazar a localização dele para ela? O que esperavam em troca?

Não fazia sentido, mas ela precisava investigar. Escreveu para Praga:

Pode ser que eu tenha uma pista em Morgonsala.

Ele respondeu:

Tell me.

Ela mandou as coordenadas de GPS e escreveu:

Estou indo para lá agora. Você poderia criar uma confusão na vizinhança?

Confusão é comigo mesmo. Como?
Eletricidade, chuva de spams nos celulares.
Entendido.
Até mais.

Em seguida, ela subiu na moto e partiu a uma velocidade imprudente para Morgonsala. Logo percebeu que o vento ficava mais forte. O céu se encobria de nuvens e ela segurou o guidom com tanta força que os dedos ficaram brancos dentro da luva.

32. 28 DE AGOSTO

Ivan Galinov olhou para o jornalista na maca. Era um lutador. Há tempos não via alguém suportar uma dor daquele tipo com tanto estoicismo. Mas de nada tinha adiantado. O tempo estava passando, e eles não podiam esperar mais. O jornalista devia morrer, talvez em vão, mas não importava. Era ali que ele estava agora, tendo sido trazido pelas sombras do passado. Pelo próprio fogo, se poderia dizer.

Ao contrário de tantos outros colegas do GRU, Galinov não tinha aplaudido a filha de Zalachenko, a garota de doze anos que jogou um coquetel molotov no pai e o viu queimar dentro do carro. Ele preferiu se afastar do GRU, jurando ir atrás dela um dia. Não havia como negar que ele, muitos anos antes, ficara estarrecido ao saber que Zalachenko, seu mentor e amigo mais próximo, havia se passado para o lado inimigo e se tornado o pior do pior, um traidor da pátria.

Mais tarde, porém, entendeu que não tinha sido tão simples assim, e os dois retomaram o contato. As coisas voltaram a ser como antes, ou pelo menos quase, eles se encontravam em lugares secretos, trocavam informações e criaram a Zvezda Bratva. Ninguém, nem mesmo seu próprio pai, havia significado tanto para ele como Zalachenko. Galinov sempre honraria a memória dele, apesar de saber que Zala cometera inúmeras maldades não só no exercício de sua profissão, mas outras também, algumas contra a própria família. Esse fora mais um aspecto daquela história que o levara até ali.

Faria qualquer coisa por Kira. Nela, ele reconhecia tanto Zala quanto a si próprio, o traidor e o traído, o torturado e o torturador, e jamais a vira tão transtornada como depois da conversa com Mikael ao lado da maca. Galinov esticou as costas. Já era de tarde, sentia o corpo cansado e os olhos arderem. Mas continuava ali, determinado a levar a tarefa a cabo. Nunca gostara daquilo, não como Kira ou Zala. Para ele, não passava de uma obrigação. Ele disse:

— Agora vamos terminar com isto, Mikael. Você vai se sair bem.

Mikael não respondeu. Só apertou os dentes e se manteve firme. A maca estava encharcada de suor. Seus pés tinham queimaduras e cortes graves, e a fornalha queimava incessantemente diante dele com a bocarra de um monstro. Galinov não teve dificuldade em se imaginar no lugar de Mikael.

Já fora torturado, e a certa altura acreditou que iriam executá-lo. Como uma espécie de consolo para si mesmo e Mikael, pensou que com certeza havia um limite para a dor, um momento em que o corpo depois desligava. Afinal, do ponto de vista evolucionário não fazia sentido sofrer infinitamente, sobretudo quando não há mais esperança.

— Está pronto? — perguntou.

— Eu... tenho... — disse o jornalista, mas era evidente que ele já estava no limite, porque isso foi tudo que conseguiu dizer.

Galinov verificou as corrediças da maca e enxugou o suor do rosto, vendo de relance seu próprio reflexo nas bordas metálicas da fornalha. E se preparou para começar.

Mikael queria ter dito alguma coisa só para conseguir uma pequena trégua. Mas suas forças falharam, e as recordações e os pensamentos o inundaram como um tsunami. Viu sua filha diante de si, seus pais, Lisbeth, Erika, tanta coisa, muito mais do que poderia imaginar, e sentiu as costas se tensionarem num arco. As pernas e os quadris tremiam e ele pensou: agora está acontecendo, agora vou morrer queimado. Ergueu os olhos para Ivan, mas tudo estava sem nitidez.

O ambiente inteiro parecia nebuloso, portanto, ele não soube se as lâmpadas do teto realmente piscaram e se apagaram ou se estava alucinando. Por muito tempo, pensou que a escuridão não passava de uma parte de seu medo da morte. Até entender que alguma coisa de fato estava acontecendo, ouvir passos e vozes e ver Ivan se voltar para trás e dizer em sueco:

— Que diabos está acontecendo?

Diversas vozes agitadas responderam. O que era aquilo? Mikael não fazia ideia, uma inquietação repentina tomou conta do lugar, e parecia que a energia elétrica realmente tinha caído. Tudo estava apagado, exceto a fornalha, que ainda queimava com a mesma intensidade feroz, e ele permanecia a apenas um empurrão de uma morte agonizante. Ainda assim, aquele alvoroço tinha que significar... esperança, certo? Mikael olhou em volta e percebeu vultos se movimentando no escuro.

Seria a polícia? Tentou pensar e se colocar acima de sua dor. Será que ele poderia fazer alguma coisa para assustá-los ainda mais? Dizer que estavam cercados e acabados? Não, isso poderia apenas levá-los a empurrá-lo ainda mais depressa para dentro da fornalha. Sua garganta se fechou. Estava quase sem ar. Olhou para as cintas de couro que prendiam suas pernas. Eram novas, pois as velhas haviam queimado e derretido em sua pele. Suas panturrilhas latejavam de dor, a pele desfeita em tiras, mesmo assim... Será que conseguiria se desprender com um puxão? Decidiu tentar. Seria uma dor indescritível, mas não havia tempo para pensar nisso. Mikael fechou os olhos e conseguiu dizer:

— Caralho, o teto está caindo!

O homem que se chamava Ivan olhou para cima. Mikael então respirou fundo e arrancou as pernas das cintas, soltando um grito alucinado que cortou o ar, e instintivamente chutou Ivan na barriga. Logo tudo ficou nebuloso e distorcido. A última coisa de que se lembrou antes de perder a consciência foi do som de vozes gritando em sueco:

— Atirem nele!

MAIO DE 2008

Na descida para o acampamento-base no dia seguinte, aquelas palavras voltaram a ele, as palavras que apenas de maneira vaga tinham atravessado a tempestade e a nevasca, a última coisa que ouviram de Klara, seus gritos desesperados:

— Por favor, não me deixem aqui!

Era impossível de suportar, e naquele momento ele teve certeza de que essas palavras ecoariam dentro dele a vida inteira. Ainda assim, não era simples, ele estava vivo, e havia uma força inebriante nisso, e repetidas vezes, enquanto desciam, rezou a Deus para que o deixasse viver, até chegar lá embaixo para poder cair de novo nos braços de Rebecka. Além do peso da culpa que sentia, ele também queria viver. Estava grato não somente a Nima, mas a Svante. Sem ele, teria morrido lá em cima. Entretanto, não suportava encará-lo e preferiu se concentrar em Nima Rita. Aliás, não foi o único a fazer isso; todos estavam preocupados com ele.

O estado de Nima era deplorável, e eles discutiram se seria possível, depois, transportá-lo por helicóptero até o hospital. Mas ele se recusava a receber ajuda, sobretudo de Svante e Johannes. Ele era um elemento preocupante, não havia como negar. O que ele diria assim que recuperasse as forças? Isso atormentava Johannes e parecia atormentar mais ainda Svante, e o clima foi ficando mais tenso. No fim, Johannes resolveu parar de se preocupar. Que fosse o que Deus quisesse. À medida que suas forças se esgotavam e eles se aproximavam do porto seguro, sua vontade de viver foi sendo substituída por apatia, e quando finalmente pôde abraçar Rebecka, não sentiu nada daquilo com que havia sonhado. Nenhuma sensação de segurança, nenhum anseio por ela, somente um peso no peito.

Mal quis comer e beber. Dormiu por catorze horas e, ao acordar, estava praticamente mudo. Era como se cinzas de repente tivessem caído sobre toda aquela estonteante paisagem alpina, e em lugar nenhum ele encontrou consolo, nem no sorriso de Becka. A vida parecia morta. Apenas um único pensamento o ocupava: precisava contar o que havia acontecido. Mas o tempo todo adiava isso, e não só por causa de Svante e de seus olhares ansiosos. Chegaram notícias de que a carreira de Nima Rita como montanhista estava acabada. Seria Johannes a colocar o último prego naquele caixão? Seria ele a contar que o homem que em todos os sentidos fora o grande herói da montanha havia deixado uma mulher morrer na tempestade de neve a fim de salvar a vida dele, Johannes Forsell?

Parecia impossível. No entanto, teria sido assim se Svante não tivesse se aproximado dele quando iam embora do acampamento-base. Foi na altura de Namche Bazaar, perto de uma ravina e de um córrego borbulhante. Johannes caminhava sozinho. Rebecka estava um pouco mais adiante, cuidando de Charlotte Richter, que estava preocupada com as geladuras dos dedos de seus pés. Svante pôs o braço em volta dos ombros de Johannes e disse:

— Não podemos dizer nada sobre aquilo. Jamais. Você entende isso, não entende?

— Desculpe, Svante, mas preciso falar. Do contrário, não vou mais conseguir ter paz.

— Eu entendo, meu amigo, eu entendo. Mas, veja, estamos numa enrascada — ele disse, passando a lhe contar, com sua voz mais gentil, o que os russos sabiam sobre eles. Johannes respondeu que então talvez devesse aguardar um pouco mais.

Quem sabe se apoiasse nisso como tábua de salvação, como uma forma de escapar daquela voz interior que lhe dizia que era sua obrigação contar o que havia acontecido?

A geografia não era simples. Partindo do princípio de que tinha recebido indicação do edifício certo, Lisbeth não se arriscou a ir pelo caminho normal. Havia encontrado uma trilha na floresta e avançara por ali, derrapando. Agora estava ao lado de sua moto, junto a uma moita de mirtilo atrás de um pinheiro, espreitando o lugar.

No começo, não percebeu sinais de vida lá dentro e se convenceu de que tudo não passava de cortina de fumaça, de uma forma de tirá-la de cena. Era uma construção retangular, como um estábulo, de pedra e tijolo, e havia sinais de abandono. O telhado necessitava de reparos, a pintura estava descascando nas paredes laterais, e do lugar onde ela estava não se viam carros nem motocicletas. Mas logo notou fumaça saindo da chaminé e deu ordem a Praga para que iniciasse a operação.

Em seguida, um homem de roupa escura e cabelo comprido surgiu na porta. Embora só o visse de longe, notou que ele olhava preocupado em volta, e para ela isso foi o suficiente.

Ela montou seu captador IMSI, sua estação de base móvel, e, segundos depois, viu outro sujeito igualmente nervoso varrer com os olhos o entorno. Lisbeth não teve mais dúvida de que eram eles, e deviam ser muitos. Era o esperado, se estivessem com Mikael lá dentro. Ela fotografou o edifício e enviou as coordenadas de GPS numa mensagem criptografada ao inspetor Bublanski, na esperança de que a polícia mandasse seu pessoal rapidamente para lá. Depois foi se aproximando da casa, o que era um grande risco, pois na planície não havia onde se esconder. Mas queria olhar através das grandes janelas que se estendiam até o chão, ao longo das paredes laterais.

Ventava, o céu estava escuro, e ela caminhou curvada, pronta para empunhar a arma. Tinha chegado perto demais, sem conseguir ver nada, as janelas estavam pintadas de preto. Lisbeth teve uma sensação de perigo, recuou alguns passos e deu meia-volta, enquanto olhava seu telefone, que tinha acabado de interceptar uma mensagem de texto:

É pra gente acabar com ele e se mandar.

Mais tarde, ao tentar se lembrar desse momento, foi difícil dizer exatamente o que havia acontecido. Para Lisbeth foi como se ela tivesse hesitado outra vez, da mesma forma que no Bulevar Tverskói. Para Conny Andersson, que naquele instante a viu pela imagem da câmera, foi o contrário; ele teve a impressão de um vulto correndo com uma determinação feroz em direção à floresta.

Bogdanov também a viu na tela de seu computador, mas, diferentemente de Conny, não soou o alarme, limitando-se a observá-la com um fascínio relutante, enquanto ela desaparecia entre as árvores. Por alguns segundos ela sumiu. Depois se ouviu o som de um motor acelerando, e Bogdanov olhou para a tela: ela estava vindo direto para eles em alta velocidade, montada numa motocicleta. A moto saltou e voou sobre a planície, e ele imaginou que fosse a última imagem que veria dela.

Tiros começaram a ser disparados, vidros se quebraram e a moto deu uma guinada no prado. Mas Bogdanov não esperou para ver como aquilo ia acabar. Pegou a chave do carro na mesa próxima a ele e correu, sentindo uma vontade repentina e irresistível de enfim se livrar de tudo aquilo, que não ia terminar bem nem para eles nem para Wasp.

Mikael abriu os olhos e viu uma figura nebulosa bem à sua frente, um sujeito balofo de quarenta e poucos anos, com a barba por fazer, cabelo comprido, queixo largo e olhos vermelhos. As mãos do homem tremiam segurando uma pistola que também tremia enquanto olhava nervoso para Ivan, que ainda arquejava.

— Atiro nele? — o homem gritou.

— Atire! — disse Ivan. — Precisamos sair daqui.

Mikael começou a agitar as pernas como se fosse capaz de rebater as balas com seus pés feridos, e teve tempo de ver o rosto do homem se focar, a testa franzir e os músculos do antebraço se tensionar, então gritou: — Não, pelo amor de Deus, não! — No mesmo instante ouviu o barulho ensurdecedor de um motor de carro ou motocicleta se aproximando a uma velocidade vertiginosa. O homem se virou para olhar.

Pessoas começaram a atirar em torno dele, talvez com metralhadoras, impossível saber. A única coisa certa é que o veículo estava vindo para cima deles. Em seguida ouviu-se um estrondo, e uma chuva de estilhaços de vidro desabou lá dentro. Uma motocicleta entrou como um trovão, montada por uma figura magra de roupa preta, uma mulher, ele achou. Ela foi direto para cima de um dos homens e no choque foi lançada contra a parede.

O tiroteio continuou, o homem balofo e de queixo largo atirou, mas não nele, e sim na mulher que tinha sido jogada da moto, mas ele errou o alvo, claro. A mulher já tinha se levantado e estava se movimentando. Passos rápidos e furiosos vinham na direção dele, e Mikael viu o rosto de Ivan se enrijecer de pavor ou de concentração. Ouviu mais tiros e gritos antes de ser engolido pela dor e pela náusea e perder a consciência.

Catrin, Kowalski e o casal Forsell tinham pedido comida indiana para almoçar em casa e depois feito uma pausa. Agora estavam todos reunidos de novo na sala, e Catrin tentou se recompor. Precisava entender melhor o que Svante dissera a Forsell durante a descida do acampamento-base.

— Achei que ele só queria o meu bem — disse Johannes. — Ele passou o braço pelos meus ombros e disse recear que, se falássemos, poderíamos nos envolver em outras acusações; que nós já estávamos comprometidos.

— Do que ele estava falando?

— Ele disse que os figurões do GRU sabiam quem nós éramos e já deviam estar se perguntando se havia alguma ligação entre a morte de Grankin e a nossa presença na montanha. Depois acrescentou num tom amistoso: "Você deve saber que estão querendo te pegar faz tempo". Era verdade, eu sabia. O GRU me considerava perigoso e irritante. E Svante me lembrou, com aquele mesmo maldito ar falso de amizade, que eles provavelmente tinham um *kompromat* contra mim.

— *Kompromat*?

— Um material comprometedor.

— Svante estava se referindo a quê?

— A um incidente ocorrido com o ministro Antonsson.

— O ministro do Comércio?

— Ele mesmo. No início dos anos 2000, Sten Antonsson tinha acabado de se divorciar, estava um pouco perdido e acabou se apaixonando por uma jovem russa chamada Alisa. Ele estava nas nuvens, coitado. Entretanto, durante uma visita a São Petersburgo — eu estava na cidade também —, os dois beberam rios de champanhe no quarto de hotel. No meio da diversão, Alisa começou a perguntar sobre informações sensíveis, e acho que aí a ficha dele caiu. Não se tratava de nenhum grande amor. Era a clássica armadilha sexual. Ele surtou. Começou a berrar, e seus guarda-costas entraram correndo. Foi um caos, alguém teve a ideia idiota de que eu devia interrogar a mulher e me chamaram.

— O que aconteceu?

— Eu entrei correndo e a primeira pessoa que vi foi Alisa, de calcinha de renda, ligas, com aquela parafernália toda. Ela estava histérica e eu tentei acalmá-la. Depois ela começou a gritar que queria dinheiro, senão iria denunciar Antonsson por abuso. Fui pego de surpresa, e como estava com um maço de rublos no bolso, dei o dinheiro a ela. Não foi nada elegante, mas foi a solução que me ocorreu naquele momento.

— E depois você temeu que houvesse fotos disso?

— Sim, tive medo, e quando Svante me lembrou desse incidente tudo ficou mais complicado. Pensei na Becka, no quanto a amava, e fiquei morrendo de medo de ela achar que eu fosse algum tipo de canalha enrustido.

— Por isso você decidiu não contar o que aconteceu?

— Decidi esperar e, quando percebi que Nima também não contou nada, deixei a história de lado, e o tempo foi passando. De qualquer modo, depois acabamos tendo outros problemas.

— Que problemas?

Janek Kowalski respondeu:

— Alguém vazou para o GRU que Johannes tinha tentado recrutar Grankin.

— Como isso aconteceu?

— Achamos que foi Stan Engelman — prosseguiu Kowalski. — Naquele verão e outono, fomos tendo indicações cada vez mais fortes de que ele pertencia justamente à Zvezda Bratva. Suspeitamos que Engelman tivesse uma fonte na expedição que o informara sobre o contato estreito entre Johannes e Viktor. Chegamos a suspeitar que a fonte fosse Nima Rita.

— E não era?

— Não, mas estava claro que o GRU havia sido informado. Não pensávamos que eles soubessem nada ao certo. Mesmo assim... foi apresentada uma queixa formal ao governo sueco. Até falaram que a pressão de Forsell teria contribuído para o estresse de Grankin no Everest e lhe custado a vida. Johannes foi expulso da Rússia, como você sabe.

— Então essa foi a razão? — ela perguntou.

— Em parte. A Rússia também vinha banindo um grande número de diplomatas naquela época. Fez parte de todo o quadro. Foi uma grande perda para todos nós — disse Kowalski.

— Mas não para mim — disse Johannes. — Para mim, foi o começo de algo novo e melhor. Saí do exército e senti um grande alívio. Estava apaixonado, me casei, construí a empresa do meu pai, tive filhos. Voltei a achar a vida maravilhosa.

— E isso é um perigo — disse Kowalski.

— Seu cínico — disse Rebecka.

— Mas é verdade. A pessoa feliz baixa a guarda.

— Perdi a cautela e não relacionei uma coisa a outra como deveria — disse Johannes. — Continuei vendo Svante como um confidente e um apoio. Até o nomeei meu subsecretário.

— Foi um erro? — perguntou Catrin.

— Erro é pouco. Quase imediatamente comecei a me sentir encurralado por algumas situações.

— Você foi alvo de uma campanha de desinformação.

— Isso também, mas, acima de tudo, Janek me procurou.

— E o que ele queria?

— Eu queria falar sobre Nima Rita — disse Kowalski.

— Como assim?

— Veja bem — disse Johannes —, por muito tempo mantive contato com Nima, o ajudei com dinheiro e construí uma casa para ele em Khumbu. Mas, no fim, nada que eu fizesse adiantava. Depois que Luna morreu, a vida de Nima desmoronou e ele ficou muito doente. Consegui falar com ele apenas umas duas vezes por telefone, e foi quase impossível entender o que ele dizia. Ele só falava coisas desconexas, sua cabeça era uma confusão só, ninguém tinha mais paciência para ouvi-lo. Até Svante o achava inofensivo. Mas no outono de 2017 a situação mudou. Uma jornalista da revista *The Atlantic* chamada Lilian Henderson estava escrevendo um livro sobre o que tinha acontecido no Everest. A ideia é que o livro fosse publicado no ano seguinte, no décimo aniversário do acidente. Lilian estava extremamente bem informada. Sabia não apenas do romance entre Viktor e Klara, mas também da ligação de Stan Engelman com a Zvezda Bratva. Ela até investigou boatos de que Engelman queria ver sua mulher e Grankin mortos na montanha.

— Meu Deus.

— Pois é. Lilian Henderson também tinha feito uma entrevista contundente com Stan em Nova York. Claro que Stan negou todas as acusações, e não havia garantia de que Lilian pudesse provar o que dizia ter descoberto. No entanto, depois disso Engelman deve ter entendido que corria perigo.

— E o que aconteceu?

— Por descuido, Lilian Henderson mencionou que ia ao Nepal conversar com Nima Rita. Como eu disse, em condições normais Nima Rita era inofensivo, mas não talvez diante de uma jornalista investigativa munida de informações suficientes para saber distinguir o que era insanidade e o que eram fatos no falatório de Nima.

— E quais eram os fatos?

— Um deles justamente o que Lilian estava investigando — disse Kowalski.

— O que você quer dizer?

— Um dos nossos homens na embaixada do Nepal lia os jornais murais de Nima em Katmandu. E ali, em meio a tudo o que ele escrevia, havia informações de que Stan pedira que Nima matasse Mamsahib na montanha, embora Nima mencionasse um tal de Angelman, fazendo parecer que um anjo das trevas é que lhe tinha dado aquela ordem.

— E vocês acreditaram que ele tinha recebido mesmo uma ordem para matar Klara? — perguntou Catrin.

— Acreditamos — respondeu Kowalski. — Achamos que Stan por algum tempo tenha cogitado a ideia de usar Nima Rita como instrumento.

— Será mesmo possível?

— Não se esqueça de que Engelman pode ter se desesperado quando entendeu que Klara e Grankin conspiravam para apanhá-lo.

— E qual foi a reação de Nima? Vocês sabem?

— Ele ficou abalado — respondeu Johannes. — Toda a sua missão de vida, toda a sua carreira, tinha sido salvar pessoas, e não tirar a vida delas, e ele se recusou a ouvir aquela ordem. Mas depois, ao ver que no fim havia contribuído para a morte de Klara, ele ficou atormentado. É fácil entender. O sentimento de culpa e a paranoia o destruíram, e quando Janek me procurou no outono de 2017 Nima estava tentando desesperadamente confessar seus pecados em Katmandu. Ele queria se confessar ao mundo.

— Pois é, parecia isso mesmo — disse Kowalski. — E eu informei Johannes que o encontro de Lilian Henderson com Nima poderia pôr em risco a vida dele. Comentei que havia a possibilidade de que Stan e a Zvezda Bratva quisessem se livrar dele, e Johannes imediatamente disse que era nossa obrigação protegê-lo.

— E vocês fizeram isso?

— Fizemos.

— Como?

— Informamos Klas Berg no Must e trouxemos Nima Rita para cá num avião diplomático britânico. Em seguida o internamos na clínica Södra Flygeln, em Årstaviken, onde ele infelizmente...

— O quê? — perguntou Catrin.

— Não foi muito bem cuidado, e eu... — Johannes titubeou.

— E você?...

— Eu não o visitei com a frequência que pretendia. Não apenas por estar muito ocupado, mas porque era doloroso demais vê-lo naquele estado.

— Ou seja, você continuou vivendo a sua vida feliz.

— Acho que sim. Mas não durou muito.

33. 28 DE AGOSTO

Lisbeth Salander baixou a cabeça assim que a motocicleta atravessou a janela de vidro e, no momento em que a levantou de novo, viu um homem de colete de couro pronto para atirar nela. Lisbeth o atropelou. O choque foi tão violento que ela voou da moto e foi se chocar contra a parede, aterrissando em cima de uma barra de ferro no chão. Ela se levantou num instante, abrigando-se atrás de um pilar, enquanto seus olhos registravam todos os detalhes do local, a quantidade de homens e armas, as distâncias, os obstáculo, e, mais longe, a fornalha que ela tinha visto no vídeo.

Um homem de terno branco estava ao lado de Mikael, limpando o rosto com um lenço. Ela voou na direção dos dois, impelida por uma incontrolável força interior. Um tiro resvalou em seu capacete, outros zuniram perto dela. Ela atirou também, e um dos homens próximo à fornalha desabou, o que já era alguma coisa. No entanto ela não tinha nenhum plano.

Apenas continuou avançando depressa e viu que o homem de terno branco tinha pegado a maca para empurrar Mikael para dentro das chamas. Lisbeth atirou nele e, ao ver que tinha errado o alvo, correu e saltou sobre o homem. Os dois caíram no chão, e depois nada foi muito claro.

Soube apenas que tinha lhe acertado uma cabeçada e quebrado o nariz dele. Pondo-se em pé, atirou em outra figura sombria e conseguiu soltar a tira de couro em torno de um dos braços de Mikael, o que foi um erro. Mas pareceu necessário. Mikael estava deitado numa espécie de maca sobre trilhos. Um único empurrão poderia mandá-lo para dentro da fornalha, e mesmo que a manobra para abrir a fivela tivesse demorado só alguns segundos, acabou deixando-a desatenta.

Sentiu um golpe nas costas, um tiro acertou seu braço e ela caiu para a frente, sem conseguir evitar que um pé chutasse para longe a arma de suas mãos, o que foi desastroso. Antes de ter tempo de se levantar, viu-se cercada e se convenceu de que a matariam na hora. Mas havia muita tensão e caos no ar. Talvez estivessem aguardando ordens.

Afinal, tinham estado atrás dela o tempo todo. Lisbeth olhou em volta em busca de alguma saída e viu dois homens no chão e outro ferido, ainda de pé. Era ela contra três homens, Mikael dificilmente poderia ajudar. Ele parecia desorientado, e suas pernas...

Desviou os olhos novamente para os bandidos e se deu conta de que eram Jorma e Krille, do MC Svavelsjö, além de Peter Kovic, que tinha se ferido. Ele parecia mal se aguentar de pé. Era o elo fraco, e Krille também não estava em muito boa forma. Seria ele que ela tinha atropelado?

Mais adiante, viu uma porta azul e imaginou que houvesse mais gente do lado de lá. Atrás de si, ouviu gemidos e movimentos do homem em que tinha dado uma cabeçada, provavelmente Galinov. Tampouco ele estava fora de combate, e agora o sangue brotava do braço dela. Ia ficando claro que ela estava acabada. Um único movimento descuidado, e eles atirariam nela. Ainda assim, recusou-se a desistir. Sua cabeça continuou a trabalhar. Que tipo de equipamentos eletrônicos havia ali dentro? Com certeza uma câmera, um computador com conexão de internet e talvez também um sistema de alarme. Mas... não era nada a que ela tivesse acesso no momento. Além do mais, a energia elétrica fora cortada.

Ela só podia tentar ganhar tempo e olhou para Mikael outra vez. Precisava dele. Precisava de toda ajuda que pudesse obter e também pensar positivo. Pelo menos tinha salvado Mikael, mesmo que temporariamente. O resto era um fracasso gigantesco. Desde que vacilara no Bulevar Tverskói, só criara problemas e sofrimento, e Lisbeth se recriminou, ao mesmo tempo que seu cérebro continuava procurando soluções.

Analisou a linguagem corporal dos homens, calculou a distância até o buraco na janela, até sua moto, até uma barra de ferro, até uma cana de vidreiro — achou que era isso —, até uma ferramenta de artesão jogada no chão. Sua mente criou e rejeitou alguns planos. Era como se estivesse fotografando cada detalhe do ambiente, mantendo-se atenta a sons e alerta para qualquer imprevisto, e também sentia uma estranha premonição. Um momento depois, a porta azul se abriu, e uma figura muito familiar veio em sua direção com passos que ressoavam tanto triunfantes quanto ansiosos. O ambiente se encheu de inquietação e solenidade, e uma voz fatigada atrás de Lisbeth disse em russo:

— Pelo amor de Deus, Kira, você ainda está aqui?

30 DE SETEMBRO DE 2017, KATMANDU
Nima Rita estava ajoelhado num beco, não muito longe do rio Bagmati, onde os mortos são cremados. Suava em seu casaco para neve, o mesmo que tinha usado na última vez que vira Luna na fenda no alto do Cho Oyo. Ele podia vê-la agora deitada de bruços lá embaixo, com os braços esticados, como se estivesse voando e gritando para o mundo dos vivos:

— Por favor, não me deixem aqui!

Ela gritava como Mamsahib. Estava igualmente sozinha e desesperada, e pensar nisso era insuportável. Nima Rita bebeu sua cerveja num só gole. Não que o álcool silenciasse os gritos, nada era capaz disso, mas a cerveja os abafava e fazia o mundo cantar num tom um pouco mais suave. Viu que ainda havia três garrafas a seu lado, o que era bom. Beberia as três. Depois voltaria ao hospital e se encontraria com Lilian Henderson, que tinha vindo dos Estados Unidos para vê-lo, o que era uma grande coisa, talvez a única coisa, em muitos anos, que realmente tinha lhe trazido alguma esperança, embora tivesse medo de que ela também lhe virasse as costas.

Ele tinha sido amaldiçoado. Ninguém o escutava mais. Suas palavras rodopiavam como cinzas ao vento. Ele era como uma doença da qual as pessoas fugiam. Um pestilento. Ainda assim, continuava rezando aos deuses da montanha para que alguém como Lilian o entendesse, e ele sabia exatamente o que queria dizer a ela. Ia dizer que havia se enganado, que Mamsahib não era uma pessoa ruim. As pessoas ruins eram aquelas que disseram isso, Sahib Engelman e Sahib Lindberg, que quiseram que ela morresse, que o tinham ludibriado e sussurrado palavras terríveis em seus ouvidos. Eles é que eram os maus, não ela, era isso que ele ia falar. Mas será que seria capaz? Ele estava doente. Sabia muito bem disso.

Estava tudo muito confuso. Era como se ele tivesse abandonado para morrer na neve não apenas Mamsahib mas também sua querida Luna, por isso todos os dias era obrigado a chorar por Mamsahib e a amá-la do mesmo jeito que chorava e amava Luna. E isso o fazia duplamente infeliz. Cem vezes mais infeliz. Mas seria firme e tentaria distinguir as vozes, para não embaralhar as coisas e assustar Lilian, como tinha assustado todos os outros, por isso fechou os olhos e bebeu sua cerveja, metódica e rapidamente. Em torno dele, havia um cheiro de especiarias e suor. O lugar fervilhava de gente, e de repente ele ouviu passos se aproximar. Ergueu os olhos e viu dois homens, um mais velho e um mais jovem, que disseram em inglês britânico:

— Estamos aqui para ajudar você.

— Preciso falar com Mamsahib Lilian — ele disse.

— Você vai falar — os homens disseram.

Depois Nima não soube direito o que aconteceu, apenas se viu sentado num carro a caminho do aeroporto. Ele nunca se encontrou com Lilian Henderson. Nunca também ninguém o entendeu, e nem adiantou ele ter pedido perdão aos deuses vezes sem fim. Estava condenado.

Morreria como um homem condenado.

Catrin se inclinou para a frente e olhou nos olhos de Johannes Forsell.

— Se Nima Rita queria falar com jornalistas, por que não o deixaram fazer isso?

— Seu estado era considerado ruim demais.

— Você disse que ele recebeu um péssimo tratamento, que na maior parte do tempo vivia trancado. Por que alguém não o ajudou a contar sua história?

Johannes Forsell baixou os olhos. Seus lábios se moviam nervosamente:

— Porque...

— ... porque na verdade você não queria — Catrin o interrompeu com mais rispidez do que fora sua intenção. — Você quis continuar a viver a sua vida feliz, não foi?

— Meu Deus — disse Janek. — Tenha um pouco de compaixão. Johannes não é o vilão dessa história, e, como bem sabemos, sua felicidade não durou muito.

— Tem razão, me desculpe — ela disse. — Continue.

— Não precisa se desculpar — disse Johannes. — Você está certa. Meu comportamento foi deplorável. Reprimi Nima e me bastei com minha vida e com meu trabalho.

— E aquela onda de ódio contra você?

— Ela nunca me afetou muito — respondeu Johannes. — Vi aquilo pelo que aquilo era, mentiras e desinformação. Não, a calamidade mesmo aconteceu agora em agosto.

— O que foi?

— Eu estava no meu escritório no ministério. Fazia alguns dias que eu já sabia que Nima tinha fugido de Södra Flygeln, e eu estava preocupado, pensando nisso, quando Svante entrou. Ele percebeu que havia alguma coisa errada. Eu nunca o informei de que havíamos trazido Nima para cá. Recebi ordens de Janek e de seu grupo quanto a isso. Mas naquele momento não consegui me conter. Por mais que eu já conhecesse o lado manipulador de Svante, muitas vezes eu me apoiava nele em momentos de crise. Era uma coisa que permanecia desde o Everest, então lhe contei tudo. Simplesmente dei com a língua nos dentes.

— E como ele reagiu?

— Com calma, sangue-frio. Vi que ele ficou surpreso, mas não percebi nada de alarmante, de forma alguma. Ele apenas assentiu com a cabeça e saiu, e eu pensei que tudo ia ficar bem. Àquela altura eu já tinha falado com Klas Berg, que prometeu encontrar Nima e levá-lo de volta ao hospital. Mas nada aconteceu. No dia 16 de agosto, um domingo, Svante me telefonou. Ele estava em seu carro, do lado de fora da nossa casa em Stocksund, e queria falar comigo. Ele disse para eu não levar o celular, portanto entendi que era assunto sigiloso. Ele tinha posto música em alto volume dentro do carro.

— O que ele disse?

— Que tinha encontrado Nima e descoberto que ele andava pregando jornais murais contando o que havia acontecido no Everest e que havia tentado falar com jornalistas. Svante disse que não podíamos nos dar ao luxo de deixar aquele tipo de informação vir a público, não agora que estávamos tão expostos.

— O que você respondeu?

— Sinceramente eu não sei. Só me lembro que ele disse que já tinha cuidado do assunto e que eu não precisava mais me preocupar. Fiquei uma fera, exigi que ele me contasse exatamente o que havia feito e ele respondeu com toda a calma: "Por mim, nenhum problema em te contar, mas aí você vai ficar envolvido. Aí seremos dois", e eu gritei: "Estou pouco me lixando, quero saber o que você fez!". E aí o filho da mãe me contou.

— O que ele disse?

— Que tinha encontrado Nima Rita na Norra Bantorget e lhe dado uma garrafa batizada. Que Nima nem o reconheceu e que morreu como um passarinho no dia seguinte. Foi assim mesmo que ele disse, *Morreu como um passarinho*, e acrescentou que ninguém jamais iria pensar que fosse outra coisa que não uma morte natural ou uma overdose. "O cara estava um lixo", ele disse, "um lixo", e aí eu surtei. Comecei a gritar que ia denunciá-lo e metê-lo na prisão pelo resto da vida. Gritei coisas ainda piores. Perdi a cabeça. Mas ele continuou me olhando com toda a calma, e aí a minha ficha caiu. Ficou claro, como se um raio de luz tivesse atingido a minha cabeça.

— Ficou claro o quê?

— Quem era Svante de fato e do que ele era capaz. Me dei conta de tantas coisas que mal sei por onde começar. Mas me lembro que na hora pensei na sopa de mirtilo no Everest.

— A sopa de mirtilo? — disse Catrin espantada.

— Svante conseguiu o patrocínio de uma empresa de Dalarna que produzia uma sopa de mirtilo especialmente nutritiva — vocês sabem que sopa de mirtilo é um alimento tipicamente sueco. No Everest ele elogiava tanto essa sopa que todos da nossa expedição começaram a tomá-la, e quando nós dois estávamos ali no carro essa lembrança me voltou, de como no acampamento 4 ele, um pouco antes de partirmos para o cume, distribuiu garrafas dessa sopa. Os nossos xerpas a tinham carregado até lá. Me lembrei que ele mesmo entregou uma garrafa para Viktor e Klara, uma para cada um, e na indisposição deles mais tarde, em como ficaram letárgicos, e então percebi que…

— Que ele já tinha experiência em batizar garrafas.

— Não é nada que eu possa provar nem nada que ele tenha admitido, mas deduzi que foi assim que aconteceu. Ele colocou alguma coisa na bebida dos dois que os deixou mais fracos, e talvez também um soporífero. Ele e Engelman deviam estar tramando juntos, trabalhando para proteger a si mesmos e à Zvezda Bratva.

— E você não teve coragem de denunciá-los?

— Não, e isso acabou comigo.

— Que material incriminador Svante possuía sobre você?

— Ele tinha fotos que me mostravam dando dinheiro à amante de Antonsson, o que em si já era muito grave. E ainda não era tudo. Havia uma série de documentos demonstrando que eu teria visitado prostitutas e agredido mulheres. Ele disse que existia todo um dossiê sobre mim, e aquilo era tão absurdo que só fiquei ali, boquiaberto. Nunca encostei um dedo dessa forma em mulher nenhuma, você sabe disso, Becka. Mas a expressão dele dizia tudo, e eu o vi como que pela primeira vez.

— O que você viu nele?

— Que para Svante não tinha a menor importância que fossem dados fabricados. Que a nossa amizade também não tinha importância. Se fosse conveniente para os seus propósitos, ele iria me destruir. Nunca vou me esquecer de quando ele disse que, se eu ousasse enfrentá-lo, ele iria me acusar de ter assassinado Nima Rita. Fiquei apavorado. Vi uma verdadeira desgraça caindo sobre a nossa vida, Becka, e não consegui lutar contra isso. Em vez de tomar alguma atitude, tirei uma semana de folga e fui para Sandön. O resto vocês sabem. Não aguentei viver com aquilo e corri para o mar.

— Que canalha esse Lindberg! — exclamou Catrin.

— Sem palavras — disse Rebecka.

— O dossiê que Svante mencionou existe mesmo? Ou ele estava blefando?

— Infelizmente, existe — disse Janek, com um surpreendente tom de gravidade na voz. — Mas talvez seja melhor você explicar isso também, Johannes. Se precisar de ajuda, eu complemento.

Kira por fim vivia aquilo por que tanto ansiara durante toda a sua vida adulta e ainda assim sentia... o quê?... na verdade, frustração. Não apenas por ter enfim acabado e não ser mais possível sonhar com o momento, mas porque o triunfo também não estava sendo tão glorioso como havia imaginado. A pressa e inquietação no ar estragavam aquela cena. Mas, sobretudo, tinha a ver com a própria Lisbeth.

Lisbeth não estava nem um pouco do jeito que ela havia esperado, nem destruída nem amedrontada. Embora estivesse indescritivelmente suja e magra, e deitada ali de bruços, com sangue escorrendo do braço, de alguma forma ela conseguia parecer um felino prestes a saltar. Seu tronco estava apoiado nos cotovelos, como se estivesse preparada para um ataque. Seus olhos negros atravessavam todos eles, fixados na porta da entrada, e só isso, a sensação de não ter sido notada, enfurecia Kira. Olhe para mim, irmã, ela quis gritar. *Olhe para mim*. Mas não devia mostrar nenhum sinal de fraqueza.

Ela disse:

— Então finalmente conseguimos trazer você para cá?

Lisbeth não respondeu. Limitou-se a correr os olhos pelo ambiente, observou Mikael e suas pernas gravemente queimadas, e a fornalha ali atrás. Os olhos pareciam procurar sua imagem refletida no metal da fornalha, o que deu a Kira certa força. Talvez Lisbeth estivesse com um pouco de medo, sim.

— Você vai queimar como Zala — ela disse, e então sua irmã respondeu:

— Você acha que vai ser melhor depois?

— Você é que deve saber qual é a sensação.

— Não fica melhor.

— Para mim vai ficar.

— Sabe do que me arrependo, Camilla?

— Estou me lixando para os seus arrependimentos.

— Me arrependo de não ter enxergado.

— Você está falando merda.

— Me arrependo de não termos nos unido contra ele.

— Isso nunca teria... — começou Camilla, mas então ela parou, talvez por não ter ideia do que queria dizer ou por saber que qualquer coisa que dissesse seria errado. Então gritou:

— Atirem nas pernas dela e a levem para a fornalha! — E enfim ela sentiu um arrepio de excitação percorrer seu peito.

Mas ainda que os malditos idiotas realmente tivessem atirado, eles deviam ter hesitado um segundo a mais, dando tempo a Lisbeth de rolar no chão, e de repente Blomkvist ficou de pé. Só Deus soube como ele conseguira.

Camilla recuou ao ver que a irmã havia conseguido pegar uma barra de ferro enferrujado no chão.

Com a atenção de todos voltada para Lisbeth, Mikael tinha conseguido soltar as mãos das tiras de couro e pôde se levantar. Suas pernas mal o suportavam, mas, fortalecido pela descarga de adrenalina que corria por seu corpo, manteve-se ereto e pegou uma das facas na mesa ao lado.

A apenas alguns metros dele, Lisbeth rolou no chão com uma barra de ferro na mão e correu até sua motocicleta, levantando-a num movimento ágil e brusco. Por alguns segundos, ela a usou como escudo contra as balas. Depois se levantou num salto, subiu na moto, ligou o motor e voou pelo buraco da janela, desaparecendo no campo. Foi tão surpreendente que os bandidos até pararam de atirar. Ela estava fugindo?

Parecia inconcebível. O barulho do motor, porém, foi realmente ficando cada vez mais fraco, até desaparecer. Foi como se um vento frio passasse por Mikael. Ele olhou para a fornalha ardente, para suas pernas horrivelmente queimadas, sentindo o ridículo da faca em sua mão, um pauzinho de madeira numa batalha mortal. Desmoronou no chão com dores lancinantes, e por alguns instantes nada aconteceu.

Tudo se congelou num espanto repentino. Ouviam-se grunhidos, arfadas e o som de seu torturador, Ivan, se levantando. O nariz dele estava ensanguentado e esmagado, seu terno branco, manchado de cinzas e sangue, e ele resmungou que deveriam sair dali imediatamente. Camilla olhou para ele e fez um gesto ambíguo de cabeça que podia tanto significar sim, não ou nada. Ela parecia tão chocada como todos os outros, xingou baixinho e chutou um dos homens que estavam feridos no chão. Ao longe, alguém gritou alguma coisa sobre Bogdanov.

Naquele instante, Mikael captou um novo som: um motor acelerando em direção a eles. Só podia ser Lisbeth. O que ela estava fazendo? Estava voltando, mas não com a mesma velocidade e dessa vez tampouco rumo ao buraco que ela tinha aberto na janela. Ela estava a caminho dele e da fornalha, e os bandidos recomeçaram a atirar, só que agora insana e descontroladamente. O som do motor continuou a se aproximar, e logo a motocicleta atravessou com estrondo a janela bem na frente de Mikael.

Lisbeth reapareceu em meio a uma chuva de estilhaços de vidro, e dessa vez não segurava o guidom, e sim a barra de ferro. Com um golpe, tirou a arma da mão de um dos bandidos, antes de bater a moto na maca e cair sobre o homem. Em fração de segundos, ela se levantou, se apoderando da arma que havia deslizado no chão, e começou a atirar.

Houve clarões por todo lado, e Mikael nem teve tempo de entender o que estava acontecendo. Apenas ouvia tiros, gritos, passos, arquejos, grunhidos e corpos tombando. Quando o barulho enfim cessou, pelo menos temporariamente, ele decidiu agir, fazer alguma coisa... qualquer coisa.

Percebeu que ainda estava segurando a faca e tentou se erguer. Não conseguiu, doía demais. Respirou fundo, fez um novo esforço e se pôs de pé, cambaleando. A dor era absurda. Com a vista embaçada, olhou em volta e viu que só havia três pessoas em pé: Lisbeth, Ivan e Camilla.

Lisbeth era a única com uma arma. A situação tinha virado a seu favor, e ela podia acabar com tudo. No entanto, nada aconteceu. Ela permaneceu estranhamente parada, como se estivesse paralisada. Até seus olhos estavam imóveis, mal piscavam. Alguma coisa estava errada. Mikael sentiu uma pontada de medo no peito e logo viu que a mão de Lisbeth estava tremendo.

Ela não conseguia atirar e, percebendo isso, Ivan e Camilla se atreveram a avançar, cada um vindo de um lado diferente, Ivan, sangrando e humilhado, e Camilla, tremendo de fúria. Por alguns segundos, Camilla encarou Lisbeth com ódio e um olhar que beirava a insanidade. De repente, como se quisesse ser baleada, correu para cima da irmã. Nem dessa vez Lisbeth atirou.

Ela caiu para trás com a força do choque, em direção ao fogo, e bateu a cabeça no ladrilho rente à fornalha. Ivan correu para ela e a agarrou, enquanto outro homem mais afastado se levantava. Mais uma vez, parecia ser o fim para eles.

34. 28 DE AGOSTO

— Naqueles dias, fui ficando mais e mais desesperado, e não era apenas medo — disse Johannes Forsell. — Passei também a me sentir um lixo. Svante não só conseguiu me ameaçar como distorcer minha autoimagem. As coisas de que ele queria me acusar se infiltraram nas minhas veias e comecei a me sentir uma pessoa que não merecia viver. Agora há pouco falei sobre o ódio contra mim na mídia, que nunca me importei com ele. Mas depois do encontro com Svante no carro, tudo que vinha sendo dito sobre mim de repente me pareceu verdadeiro, real, como se aquilo tudo fosse de fato sobre mim, e não consegui reagir. Fiquei completamente paralisado, largado em Sandön, apenas.

— Mas te ouvi gritar ao telefone — disse Rebecka. — Você ainda parecia disposto a lutar.

— É verdade, eu queria mesmo lutar. Liguei para Janek e o informei de tudo, e várias vezes cheguei a pegar o telefone para falar com o primeiro-ministro e com o chefe da polícia nacional. Eu ia agir — pelo menos é no que quero acreditar. Mas o fato de eu ter tirado folga deve ter preocupado Svante, e ele foi até Sandön. Agora me pergunto se ele não estava me vigiando.

— Por quê? — perguntou Catrin.

— Porque uma manhã, quando Becka tinha ido fazer compras, ele apareceu lá sem avisar, e ficamos conversando na praia. Então ele me mostrou o dossiê.

— E como era?

— Era tudo falso, claro, mas feito com um capricho assustador. Havia fotos de mulheres espancadas, depoimentos delas, cópias de boletins de ocorrência, declarações de testemunhas e certificados que pareciam mesmo provas técnicas. Era uma documentação extensa, claramente obra de profissionais, e percebi na hora que aquele conteúdo seria considerado verdadeiro por um número suficiente de pessoas por tempo suficiente para me causar um prejuízo irreversível. Lembro de como voltei para casa e olhei as coisas a minha volta. Cada objeto lá dentro, as facas da cozinha, as janelas do andar de cima, as tomadas elétricas, tudo havia se transformado em coisas que eu poderia usar para me ferir. Tudo que eu queria era morrer.

— Não, Johannes — disse Janek —, você ainda tinha um pouco de espírito de luta. Você me ligou de novo para me contar tudo.

— Tem razão, liguei.

— E passou informações que nos permitiram confirmar que Svante Lindberg tinha sido recrutado pela Zvezda Bratva no início dos anos 2000. Só então nos demos conta de como ele estava absoluta e profundamente corrompido e também entendemos, afinal, o que havia acontecido.

— Que ele envenenou Grankin e Klara Engelman?

— Sua motivação ficou clara. Assim como Stan Engelman, ele se preocupava com o que Klara e Viktor pudessem revelar. Não acreditamos que Grankin conhecesse o papel de Svante na organização criminosa, mas isso é o menos importante. Se você foi cooptado, precisa seguir as ordens e pronto. Àquela altura, a Zvezda Bratva tinha motivos de sobra para se desfazer de Viktor e Klara.

— Estou começando a entender — disse Catrin.

— Muito bem — disse Janek. — Então você talvez perceba que Svante tinha outros motivos por deixar Klara lá em cima, além de só querer ajudar um amigo.

— Ele quis silenciá-la.

— O fato de ela parecer ter voltado do mundo dos mortos significou que o perigo para a Zvezda Bratva também tinha voltado.

— Que horror.

— Sem dúvida. O mais lamentável foi que estávamos trabalhando tão concentrados nas informações que tínhamos que nos esquecemos de manter Johannes informado.

— E o deixaram na mão — disse Rebecka.

— Esquecemos de lhe dar o apoio que ele merecia, e isso me incomoda demais.

— Deveria incomodar mesmo.

— Tem toda a razão. É uma história extremamente infeliz e injusta, e espero que você pense desse modo também, Catrin, depois de ter ouvido tudo isso.

— O quê? — ela disse.

— Que Johannes, o tempo todo, só quis fazer a coisa certa.

Catrin não respondeu. Seus olhos estavam pregados em uma notícia de última hora que chegara em seu celular.

— Aconteceu alguma coisa? — perguntou Rebecka.

— Está havendo uma operação policial em Morgonsala que pode estar relacionada com Mikael — ela disse.

Lisbeth bateu com a cabeça na parede de tijolos e sentiu o ímpeto das chamas da fornalha, consciente de que precisava se recompor, e não só por sua causa. O que havia com ela? Ela queimava homens com ferro de passar. Ela tatuava palavras na barriga deles. Ela podia ser muito violenta. No entanto não conseguia atirar na irmã, nem se sua própria vida estivesse em jogo. Foi o que ela percebeu mais uma vez.

Tinha hesitado de novo, e, em meio ao turbilhão insano à sua volta, Camilla agarrou o braço machucado de Lisbeth e tentou arrastá-la para dentro da fornalha. Seu cabelo chiou quando labaredas se aproximaram um pouco dele, e Lisbeth estava a ponto de cair nas chamas. Mas ela se manteve em pé e viu um dos homens — Jorma, ela achou — apontando uma arma para ela a alguma distância. Ela atirou e o atingiu no peito. Havia movimento e perigo por todo lado, e agora Galinov se abaixava para pegar uma arma no chão, e ela pensou em atirar nele também. Não teve tempo.

Mikael desabou, com uma careta de dor, mas ao cair ainda conseguiu fazer um corte no ombro de Galinov. Naquele instante, Camilla deu um passo para trás e olhou para Lisbeth com um ódio profundo, o corpo todo tremendo. Tomou impulso e se lançou para a frente, no intuito de empurrar a irmã para dentro da fornalha. Lisbeth deu um passo para o lado e, com a força do movimento, Camilla precipitou-se para a frente.

Tudo se passou num instante e ainda assim pareceu uma eternidade. Não só o movimento de Camilla, a queda e o agitar de mãos; também o estrondo, o som do corpo aterrissando nas chamas, o crepitar da pele, o cabelo pegando fogo, o grito que se seguiu e foi sufocado pelas chamas, o esforço desesperado para se erguer e sair dali, e depois os primeiros passos cambaleantes no chão, com o cabelo e a blusa ardendo em chamas.

Camilla gritava, sacudindo a cabeça e agitando os braços, enquanto Lisbeth permanecia parada ao lado, sem ação, observando a cena. Por um instante, pensou se deveria ajudar a irmã. No entanto, continuou imóvel, e outra coisa acabou acontecendo. Camilla calou-se, petrificada. Provavelmente captou seu reflexo na borda de metal da fornalha, porque de repente recomeçou a gritar:

— Meu rosto, meu rosto!

Foi como se ela tivesse perdido algo mais precioso do que a própria vida. Entretanto, de algum modo, ela ainda foi capaz de agir. Abaixou-se depressa, pegou a arma que Galinov havia deixado cair e apontou-a para a irmã, e Lisbeth, então, despertou. Estava pronta para atirar também.

O cabelo de Camilla ainda queimava, e isso provavelmente afetou sua visão. Ela vagou de um lado para o outro, segurando a pistola no alto, como se tateasse no escuro, e Lisbeth pôs o dedo no gatilho, preparada para disparar a qualquer momento. E por um instante achou que tivesse feito isso. Um tiro foi disparado, mas não da arma de Lisbeth.

Camilla atirou. Deu um tiro na própria cabeça. Sem ter consciência de que fazia isto, Lisbeth estendeu a mão, prestes a dizer alguma coisa. No entanto, nada foi dito. Camilla desabou, e Lisbeth permaneceu calada, olhando para a irmã no chão, enquanto um mundo inteiro feito de fogo e destruição passava em disparada por sua mente.

Ela pensou na mãe, pensou em Zala sendo consumido pelo fogo dentro de sua Mercedes, e pouco depois se ouviu o som de um helicóptero. Lisbeth olhou para Mikael, ainda caído no chão, não muito longe de onde estavam Camilla e Galinov.

— Acabou? — ele perguntou baixinho.

— Acabou — ela respondeu, e no mesmo instante ouviu a polícia gritar lá fora e se aproximar do edifício.

35. 28 DE AGOSTO

Todos estavam de olhos grudados em seus celulares. Transmitindo ao vivo, um repórter da Sveriges Television anunciava que Blomkvist e Salander tinham sido retirados vivos do edifício, mas feridos, e Catrin sentiu lágrimas brotar de seus olhos. Suas mãos tremiam enquanto ela olhava para o nada. Catrin sentiu uma mão em seu ombro.

— Parece que eles vão escapar dessa — disse Janek.

— Espero que sim — ela disse, se perguntando se não deveria ir embora logo.

Entretanto, admitiu que dificilmente poderia ser de grande ajuda naquele momento. Era preferível concluir o que tinha iniciado, afinal havia mais uma pergunta que não queria calar. Ela disse:

— As pessoas vão entender a sua situação, Johannes, pelo menos aquelas que quiserem entender.

— Essas não costumam ser muitas — observou Rebecka.

— Seja o que Deus quiser — disse Johannes. — Podemos levá-la para algum lugar, Catrin?

— Eu me viro, obrigada. Há mais uma coisa que eu gostaria de saber.

— Diga.

— Você disse que não foi ver Nima muitas vezes na clínica de Södra Flygeln. No entanto, esteve lá algumas vezes, certo? Nessas ocasiões, você deve ter notado que ele não estava bem.

— Notei, sim.

— Então por que não exigiu que a clínica tomasse alguma atitude? Ou por que não cuidou para que ele fosse transferido para um lugar melhor?

— Exigi uma porção de coisas. Cheguei a gritar com o pessoal da clínica. Só que não foi o suficiente, e eu desisti rápido demais. Fugi da situação. Talvez fosse mais do que eu pudesse suportar.

— Como assim?

— Todos nós temos coisas na vida que não conseguimos encarar — ele disse. — Daí você acaba fazendo vista grossa e fingindo que elas não existem.

— Foi tão ruim assim?

— Você me perguntou se eu o visitei. No início, fui diversas vezes. Depois demorei um ano. Simplesmente acabou sendo assim, e lembro que me senti apreensivo e pouco à vontade quando voltei. Nima se aproximou de mim arrastando os pés e vestindo uma roupa cinza. Parecia um prisioneiro maltratado, e eu me levantei e o abracei. Seu corpo estava rígido e inerte. Tentei puxar conversa, fiz mil perguntas. Ele só respondeu com monossílabos. Parecia ter desistido, e no fim eu estourei, senti uma raiva enorme.

— Da clínica?

— Dele.

— Não estou entendendo.

— O sentimento de culpa faz dessas coisas com a gente. No fim acaba desencadeando muita raiva. Nima era como...

— O quê?

— O meu lado avesso. Ele era o preço que eu havia pagado pela minha vida tão feliz.

— Como assim?

— Você não entende? Eu tinha uma dívida impagável com ele. E nem ao menos podia lhe agradecer, porque o lembraria daquilo que o dilacerava. Eu só estava vivo porque Klara tinha sido sacrificada. Eu estava vivo porque *ele* tinha sido sacrificado, e no fim a mulher dele também, e eu não suportava isso. Nunca mais voltei à Södra Flygeln. Fingi que aquilo não existia.

36. 9 DE SETEMBRO

Erika Berger mexeu a cabeça outra vez. — Não! — ela disse. Acrescentou que não sabia como tudo havia acontecido, mas deixou claro que não gostava da linguagem que eles estavam usando: — Catrin não é nenhuma Senhorita Perfeição, nenhuma moralista surda. Pelo contrário, ela é sensacional. Escreve com sensibilidade e vigor, e, em vez de vocês dois ficarem choramingando, deviam é estar orgulhosos. Portanto saiam daqui e vão trabalhar.
— Já! — ela reforçou.
— Tudo bem, tudo bem. A gente só pensou ...
— Vocês pensaram o quê?
— Deixa pra lá.
Os jovens repórteres Sten Åström e Freddie Welander saíram da sala de Erika com o rabo entre as pernas, enquanto ela os xingava mais um pouco. Mas às vezes Erika também se perguntava: como aquilo tinha acontecido? Era a consequência inesperada de um romance, de uma noite num hotel, ela sabia, mas ainda assim... Catrin Lindås.
Catrin Lindås era a última pessoa na face da Terra que Erika havia imaginado escrever para a *Millennium*. No entanto, Catrin não só fizera uma revelação pesadíssima como a reportagem fora escrita com rara paixão. Antes

da publicação, o ministro da Defesa, Johannes Forsell, havia renunciado e Svante Lindberg, seu subsecretário, fora preso por suspeita de homicídio, extorsão e espionagem. Até agora, nada do que havia saído na mídia e originado grandes manchetes dia após dia, hora após hora, tinha lhes roubado o furo, e muito menos diminuído as expectativas para a próxima edição.

"Em vista das revelações que serão publicadas na próxima edição da revista *Millennium*, deixo à disposição do governo meu cargo de ministro da Defesa", Johannes Forsell escreveu em seu comunicado à imprensa.

Era incrível, nada menos, e o fato de alguns membros de sua própria equipe não serem capazes de comemorar o sucesso mas, em vez disso, preferirem falar mal da pessoa que conseguira o furo jornalístico só revelava o nível de inveja que existia entre os jornalistas. Além do mais, reclamaram da colaboração da revista alemã *Geo*, na qual Paulina Müller, uma jornalista de quem ninguém nunca tinha ouvido falar, escrevera um artigo sobre o trabalho científico que havia possibilitado a identificação do xerpa Nima Rita.

O próprio Mikael não tinha escrito uma única linha, embora, naturalmente, fosse o responsável por todo o trabalho de base. Ele havia passado a maior parte do tempo de cama, meio entorpecido pela morfina, lutando contra as dores e sendo submetido a uma série de cirurgias. Mas os médicos tinham lhe dado uma previsão reconfortante: em seis meses, ele poderia voltar a andar, o que sem dúvida era um grande alívio. Mesmo assim, ele continuava fechado e atormentado, e apenas às vezes, por exemplo quando falavam sobre o divórcio de Erika, ele voltava a parecer o velho Mikael. Até riu quando ela contou que estava tendo um caso com um homem chamado Mikael.

— Que prático — ele disse. Porém não queria falar sobre si mesmo nem sobre o que havia acontecido.

Só deixava tudo aquilo ficar doendo por dentro, e ela estava preocupada com ele. Esperava que se abrisse um pouco hoje. Ele receberia alta, e ela pretendia visitá-lo à noite. Mas primeiro ela ia dar uma olhada na matéria sobre as fábricas de trolls que ele não quisera publicar e que lhe enviara com relutância. Erika pôs os óculos e começou a ler. A introdução não está nada mal, pensou, Mikael sabia como iniciar uma história, mas depois... Tudo bem, acabou lhe dando um pouco de razão por ele não estar satisfeito com o que havia escrito.

Estava enfadonho. Ele misturava as informações, querendo dizer muita coisa ao mesmo tempo. Ela foi buscar café e cortou uma frase aqui e outra ali. Entretanto... o que era isto? Mais adiante no artigo, num adendo desajeitado, estava escrito que um homem chamado Vladimir Kuznetsov não apenas era o dono e responsável pelas fábricas de trolls na Rússia como também estava por trás da campanha de ódio que antecedera os assassinatos de pessoas LGBTs na Chechênia, algo que não era conhecido.

Ela foi pesquisar. Não, tudo que encontrou sobre Kuznetsov na internet era quase... fofo. Constava que ele era *restaurateur*, uma figura brincalhona, fanático por hóquei e especialista em assados de carne de urso e festas para a elite. No artigo de Mikael, porém, ele aparecia muito diferente. Era o homem por trás dos ataques hacker e de desinformação que haviam desencadeado o crash da Bolsa no verão. Era quem comandava uma boa parcela das mentiras e do ódio que haviam se espalhado pelo mundo, e aquilo era simplesmente sensacional. Que diabos Mikael estava fazendo? Como pudera esconder uma informação como aquela no meio da reportagem e soltá-la sem nenhuma prova?

Erika leu o trecho de novo e viu que no nome de Kuznetsov havia um link que remetia a uma série de documentos em russo. Então chamou Irina, a editora e pesquisadora da revista que havia ajudado Mikael no início do verão. Irina tinha quarenta e cinco anos, um sorriso torto e caloroso no rosto, era atarracada, morena e usava grandes óculos de tartaruga. Ela imediatamente se acomodou na cadeira de Erika e mergulhou no material, começando a traduzir em voz alta. No fim, uma olhou para a outra e elas murmuraram:

— Caramba!

Mikael tinha acabado de chegar de muletas em casa, na Bellmansgatan, e não entendia o que Erika dizia ao telefone. Sua mente ainda estava lerda pelo efeito da morfina, a cabeça pesada, e ele vivia atormentado por flashbacks.

No hospital, tivera a companhia de Lisbeth nos primeiros dias, o que lhe dera uma espécie de tranquilidade, como se ajudasse ter a seu lado a única pessoa capaz de entender o que ele havia passado. Mas quando estava se acostumando a tê-la por perto, ela desapareceu sem nem se despedir. Naturalmente, houve tumulto. Os médicos e enfermeiros correram para lá e para cá, à procura dela, e o mesmo fizeram Bublanski e Sonja Modig, que ainda não haviam terminado de interrogar as testemunhas. Mas claro que não adiantou nada.

Lisbeth tinha ido embora, e foi difícil para ele ficar sem ela. Merda, Lisbeth, por que você vive fugindo de mim? Não percebe que preciso de você? Mas tinha que conviver com aquilo, e ele compensou a ausência dela com xingamentos e com um aumento da dose de analgésicos.

Em alguns momentos, quando se via na fronteira entre a noite e o dia, ele era levado à beira da loucura, e se conseguisse adormecer naquelas horas sempre sonhava com a fornalha de Morgonsala. Via seu corpo sendo conduzido bem devagar para dentro do mar de fogo e sendo devorado pelas chamas. Depois acordava com um sobressalto ou com um grito e olhava aterrorizado para suas pernas, para ver se elas não estavam mesmo pegando fogo.

As tardes eram melhores, pois às vezes recebia visitas que conseguiam fazê-lo quase se esquecer de si mesmo, ou que pelo menos eram capazes de afastar as lembranças da antiga fábrica de vidros. A surpresa, certo dia, foi a chegada de uma mulher negra de olhos cintilantes, com um buquê de flores nos braços. Ela usava um terninho azul-celeste com calça boca de sino e o cabelo preso em tranças caprichadas. Parecia uma corredora ou bailarina, e se movia silenciosamente. A princípio, Mikael não soube de onde a conhecia, mas depois se lembrou: era a psicóloga Kadi Linder, membro de diversos conselhos administrativos, com quem ele havia conversado à porta na Fiskargatan, no antigo apartamento de Lisbeth.

Comovida com o que lera sobre ele nos jornais, Kadi disse que tinha vindo saber se ele precisava de alguma coisa. Mas também parecia querer lhe dizer algo mais. Por fim, como ela se mexia inquieta e mostrava um ar constrangido, Mikael perguntou se havia algum problema.

— É que eu recebi um e-mail... — ela disse. — Quer dizer, não foi bem um e-mail. Do nada, houve um clarão na tela do meu computador, e de repente apareceu um arquivo sobre Freddy Carlsson, do Formea Bank, sabe quem é? Ele vem me perseguindo há anos, me difamando, porque o chamei de desonesto na revista *Veckans Affärer*.

— Me lembro vagamente — ele disse.

— Bem, nesse arquivo há provas irrefutáveis de que Freddy estava envolvido num sofisticado esquema de lavagem de dinheiro quando comandava as operações dos bancos nos países bálticos. Agora eu vi que ele não só era desonesto como um criminoso.

— Caramba!

— O que me deixou ainda mais surpresa foi uma mensagem que havia logo abaixo do arquivo.

— O que estava escrito nela?

— Dizia exatamente o seguinte: "Estou monitorando as câmeras de segurança, para o caso de alguém não ter percebido que me mudei". Só isso. No começo não entendi nada, não havia remetente, nome de ninguém. Depois me lembrei de você ter ido até o meu apartamento e de tudo o que aconteceu em Morgonsala. Então entendi que comprei o apartamento de Lisbeth Salander, e aí fiquei...

— Não precisa ficar preocupada — Mikael a interrompeu.

— Preocupada? Imagina, de jeito nenhum, fiquei fascinada! Me dei conta de que aquele arquivo sobre Freddy Carlsson foi a maneira de Salander me compensar pelo incômodo que eu porventura pudesse ter por causa dela. Fiquei encantada, de verdade, o que me fez querer ajudar vocês.

— Não há necessidade — ele disse. — Só o fato de você ter vindo aqui me ver já foi muito gentil.

Mikael então teve uma ideia que depois o surpreendeu, de tão inspiradora que foi. Ele perguntou se Kadi, tendo em vista a situação vulnerável da *Millennium* no mercado e todas as ofertas agressivas de aquisição que vinha recebendo, não gostaria de presidir o conselho administrativo da revista. Kadi adorou a proposta e aceitou na hora, e já no dia seguinte Mikael convenceu Erika e os outros de que era uma boa ideia.

De resto, Catrin é quem mais tinha ido vê-lo no hospital, não só porque eles já formavam um casal, mas porque estavam trabalhando juntos na reportagem dela. Mikael tinha lido todos os rascunhos e os dois discutiram a história vezes sem fim. Tanto Svante Lindberg quanto Stan Engelman foram presos, Ivan Galinov também, e pelo visto seria o fim do MC Svavelsjö. Talvez não o da Zvezda Bratva, cujos padrinhos eram poderosos demais.

Johannes Forsell, pelo contrário, parecia estar se saindo bem, e às vezes Mikael achava Catrin condescendente demais com ele. Mas, apesar de tudo, Forsell é quem lhes passara o furo. Além disso, Mikael gostava dele, portanto concluiu que era uma concessão que valia a pena fazer. E que também representaria um alívio para Rebecka e os filhos.

Mas sobretudo era confortador saber que Nima Rita fora cremado de acordo com a prática budista em Tengboche, no Nepal. Haveria mais uma cerimônia fúnebre, e tanto Bob Carson quanto Fredrika Nyman estavam indo para lá. As coisas pareciam estar se ajeitando sob muitos aspectos. Ainda assim, isso não conseguia fazê-lo realmente feliz. Mikael se sentia à margem de tudo, principalmente agora que Erika tagarelava animada ao telefone. Do que ela estava falando, meu Deus?

— Quem é Kuznetsov? — ele perguntou.
— Você enlouqueceu?
— Como assim enlouqueci?
— Foi você quem o desmascarou.
— Claro que não.
— Que drogas eles estão te dando?
— Umas que não estão ajudando muita coisa.
— Seu texto estava bem ruim.
— Eu avisei.
— Mas mesmo com esse seu texto ruim você soube deixar muito claro que Vladimir Kuznetsov foi quem provocou o crash da Bolsa neste verão. E que ele também é um dos responsáveis pelos assassinatos de homossexuais na Chechênia.

Ele não estava entendendo nada. Mikael foi mancando até o computador e abriu o artigo que escrevera.

— Não faz sentido...
— O que não faz sentido é você ficar falando isso.
— Deve ser...

Ele não terminou a frase, nem foi necessário. O mesmo pensamento passou pela cabeça de Erika.

— Tem a ver com a Lisbeth?
— Não sei — ele respondeu, chocado. — Mas me conte. Você disse Kuznetsov?
— Você mesmo vai poder ler. Irina está traduzindo os documentos e as provas que foram anexadas. É uma história insana. A banda Pussy Singers canta sobre Kuznetsov na música "Killing the world with lies".

— Hein?

— Desculpa, esqueço que você parou mais ou menos na época da Tina Turner.

— Para com isso!

— Vou tentar.

— Quero pelo menos dar uma olhada nesse caso.

— Dou um pulo aí à noite e a gente conversa mais sobre isso.

Ele lembrou que Catrin viria no final da tarde.

— É melhor nos vermos amanhã, assim tenho tempo de entender um pouco mais isto aqui.

— Tudo bem. Aliás, como você está se sentindo?

Ele pensou um pouco e concluiu que ela merecia uma resposta mais verdadeira.

— Tem sido bem difícil.

— Eu imagino.

— Mas agora...

— O quê?

— Acabei de receber uma pequena injeção de vida.

Ele quis desligar logo.

— Eu tenho que... — ele prosseguiu.

— Falar com uma certa pessoa.

— Algo por aí.

— Se cuida — ela disse.

Ele desligou e fez o que já havia tentado inúmeras vezes no hospital: entrar em contato com Lisbeth. Não tinha recebido nenhum sinal de vida desde que ela desaparecera, não tinha ouvido nada sobre ela, apenas o que Kadi Linder dissera sobre a mensagem que havia recebido, e estava preocupado. Fazia parte do seu estado geral de angústia, que piorava à noite e de manhã. Seu medo é que ela não conseguisse parar, que fosse atrás de novas sombras do passado para se vingar, e que no fim a sorte a abandonasse. Não conseguia deixar de pensar que Lisbeth estava destinada a um fim violento, e não suportava essa ideia.

Ele pegou o celular. O que ia escrever dessa vez? Lá fora, o tempo estava ficando encoberto de novo. O vento se levantava, as vidraças estremeciam de leve e Mikael sentiu seu coração acelerar no peito. As lembranças da fornalha e de sua bocarra aberta em Morgonsala o inundaram, e ele cogitou escrever alguma coisa que a pressionasse: que se ela não desse sinal de vida, ele iria enlouquecer.

No entanto, escreveu algo leve, como se estivesse com medo de mostrar o tamanho de sua preocupação:

Quer dizer que não bastou me ajudar com um furo? Você também quis me entregar a cabeça de Kuznetsov numa bandeja.

Mas não houve resposta. As horas passaram, a noite chegou, Catrin também, eles se beijaram, dividiram uma garrafa de vinho e por algum tempo Mikael se esqueceu de seus problemas. Conversaram sem parar até adormecerem entrelaçados por volta das onze da noite. Três horas depois, ele acordou com uma sensação de iminente catástrofe e, ansioso, pegou seu celular. Mas não havia nenhuma palavra de Lisbeth. Ele alcançou suas muletas, foi mancando até a cozinha e ficou ali pensando nela até amanhecer.

EPÍLOGO

Havia um prenúncio de tempestade no ar quando o inspetor investigativo Artur Delov estacionou na estrada de cascalho em frente à casa incendiada em Gorodishche, a noroeste de Volgograd. Ele não entendia por que o incêndio havia causado tamanha comoção.

Não havia feridos e a casa não era lá grande coisa. A vizinhança era pobre e decadente, e ninguém nem tinha reivindicado a espelunca. Mesmo assim, havia figurões por ali, o pessoal do serviço secreto, mafiosos também, ele achou, e uns garotinhos que deviam estar na escola ou em casa com suas mães. Ele os enxotou e observou os escombros. Não havia sobrado muito mais do imóvel além de um velho fogão de ferro e uma chaminé quebrada. Tudo o mais estava destruído e incendiado, e nem os rescaldos ardiam mais no chão. O terreno inteiro era um cenário enegrecido e devastado, e, em meio a tudo aquilo, havia um buraco aberto como uma passagem para um mundo subterrâneo. Logo ao lado, havia algumas árvores chamuscadas e fantasmagóricas com galhos que lembravam dedos calcinados.

Rajadas de vento fustigavam as cinzas e a fuligem do solo, dificultando a respiração. Havia uma sensação de toxicidade no ar, e Artur sentiu uma pressão no peito. Afastou a sensação e se virou para sua colega Anna Mazurova, parada ali, olhando para os escombros.

— Do que se trata tudo isso? — ele perguntou.

Anna tinha fuligem e flocos de cinzas no cabelo.

— Achamos que é uma sentença — ela disse.

— Como assim?

— A casa foi comprada há uma semana por intermédio de um escritório de advocacia de Estocolmo. A família que morava aqui se mudou para uma casa nova e melhor em Volgograd. E ontem à noite, depois que toda a mobília foi retirada, é que se ouviram explosões aqui dentro. A casa irrompeu em chamas e foi reduzida a cinzas.

— E por que há pessoas preocupadas com isso? — ele perguntou.

— Alexander Zalachenko, o homem que criou a Zvezda Bratva, morou aqui nos primeiros anos de sua infância. Depois que seus pais morreram, ele foi para um orfanato em Sverdlovsk, nos montes Urais, que anteontem também foi destruído pelo fogo. Isso claramente preocupou alguns figurões, principalmente por coincidir com outros reveses sofridos pela máfia.

— Parece que alguém está querendo destruir as raízes do mal — ele disse, pensativo.

Acima deles, o céu trovejou. Uma rajada forte de vento arrebatou as cinzas e a fuligem dos escombros, levando-as para além das árvores e da vizinhança. Logo a chuva começou a cair, uma chuva oportuna que parecia purificar o ar, e Artur Delov sentiu a opressão em seu peito diminuir.

Pouco tempo depois disso, Lisbeth aterrissou em Munique, e no táxi, a caminho da cidade, ela olhou seu celular e viu a série de mensagens de Mikael. Por fim resolveu responder. Escreveu:

Agora coloquei um ponto final.

A resposta veio de imediato.

Um ponto final?

É hora de recomeçar.

Ela sorriu, e, embora não soubesse, Mikael também sorriu em sua casa na Bellmansgatan. Parecia que o tempo de algo novo havia chegado.

AGRADECIMENTOS

Agradeço de coração à minha editora, Eva Gedin, e às minhas agentes, Magdalena Hedlund e Jessica Bab Bonde.

Muito obrigado a Peter Karlsson, editor da Norstedts, e a meu redator, Ingemar Karlsson. Meus agradecimentos ao pai e ao irmão de Stieg Larsson, Erland e Joakim Larsson.

Agradeço à jornalista e escritora Karin Bjos, que me deu a dica sobre o gene dos xerpas, e a Marie Allen, professora universitária de Medicina Legal, que me ajudou a pesquisá-lo.

Também agradeço a David Jacoby, especialista em segurança da Kaspersky Lab, a Christopher MacLehose, meu editor britânico, a George Goulding, meu tradutor para o inglês, a Henrik Druid, professor universitário de Medicina Legal, a Petra Råsten-Almqvist, chefe da unidade do Instituto de Medicina Legal em Estocolmo, a Johan Norberg, guitarrista e escritor, a Jakob Norstedt, consultor de DNA, a Peter Wittboldt, inspetor de polícia, e a Linda Altrov Berg, Catherine Mörk e Kajsa Loord, da Norstedts. E à minha primeira leitora, a querida Anne.

ESTA OBRA FOI COMPOSTA POR SPRESS EM ELECTRA E
IMPRESSA PELA GEOGRÁFICA EM OFSETE SOBRE PAPEL PÓLEN
SOFT DA SUZANO S.A. PARA A EDITORA SCHWARCZ EM SETEMBRO DE 2019

A marca FSC® é a garantia de que a madeira utilizada na fabricação do papel deste livro provém de florestas que foram gerenciadas de maneira ambientalmente correta, socialmente justa e economicamente viável, além de outras fontes de origem controlada.